VERNA B. CARLETON
ZURÜCK IN BERLIN

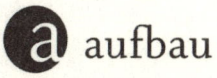 aufbau

VERNA B. CARLETON
ZURÜCK IN BERLIN
ROMAN

Herausgegeben
und mit einem Nachwort
von Ulrike Draesner

Aus dem Amerikanischen übersetzt
von Verena von Koskull

Die Originalausgabe unter dem Titel
Back to Berlin. An Exile Returns
erschien 1959 bei Little, Brown and Company,
Boston/Toronto.

ISBN 978-3-351-03642-3

Aufbau ist eine Marke der Aufbau Verlag GmbH & Co. KG

1. Auflage 2016
© Aufbau Verlag GmbH & Co. KG, Berlin 2016
© Claudia Teresa Millan Carleton, 1959, 1987
Einbandgestaltung ZERO Werbeagentur, München
Satz LVD GmbH, Berlin
Druck und Binden CPI books GmbH, Leck, Germany
Printed in Germany

www.aufbau-verlag.de

Für Sophie und meine deutschen Freunde

VORWORT

Zurück in Berlin ist nicht als Bericht über Deutschland gedacht, und wer darin nach Erklärungen für die vielschichtigen Probleme sucht, vor denen das Land heute steht, wird das Buch enttäuscht zur Seite legen. Mein Anliegen war allein, so wahrheitsgetreu wie möglich die Suche eines Deutschen nach seiner verlorenen Identität sowie die Schwierigkeiten zu beschreiben, denen er sich bei der Rückkehr aus dem Exil ausgesetzt sieht. Um die Anonymität meiner Figuren zu wahren, habe ich sämtliche Namen und bestimmte Aspekte der Hintergrundhandlung abgewandelt. Sollte es Familien mit den Namen Dalburg, von Ludowitz oder Ahrenfeld geben, ist dies allein dem Zufall geschuldet.

Es ist mir ein Bedürfnis, mich bei jedem meiner Freunde inner- und außerhalb Deutschlands für Ermutigung und Zuspruch beim Verfassen dieses Buches zu bedanken. *Zurück in Berlin* hätte ohne das Vertrauen und die unermüdliche Unterstützung der Personen, deren Geschichten hier erzählt werden, nicht geschrieben werden können. Ich kann nur hoffen, den in mich gesetzten Erwartungen gerecht geworden zu sein.

London, 1959   V. B. C.

INHALT

TEIL EINS
FÄHRT HIER JEMAND NACH DEUTSCHLAND?

EINS

Vor wenigen Stunden erst hatten wir Fort Lauderdale in Florida verlassen, um unter einer erbarmungslosen tropischen Sonne über ein gleißendes Meer zu treiben, als ich den Devons zum ersten Mal begegnete.

Die *Caribe*, ein schmutzig weißer, in die Jahre gekommener Überseedampfer, der unter italienischer Flagge die Route Southampton–Genua–Venezuela bediente, gehörte zu der Sorte Schiff, die man nur im äußersten Notfall besteigt. Ich wollte den Sommer in Europa verbringen, und die einzige Überfahrt, die sich zur Hauptreisezeit in jenem Juli 1956 hatte auftreiben lassen, war eine Passage auf diesem schwerfälligen, gerade noch seetüchtigen Dampfer. Bevor ich an Bord ging, war die *Caribe* bereits einige Tage über eben jene liebliche See geschippert, der sie ihren Namen verdankte, um holländische Passagiere auf Curaçao aufzunehmen, Briten in Jamaika, Südamerikaner und Spanier sowie Vertreter allerlei anderer Nationen in La Guajira. Eine hitzige Krisensitzung der Vereinten Nationen war nichts gegen das vielsprachige Stimmengewirr des Speisesaals.

Inmitten dieses lärmenden Trubels wirkte das stille britische Paar gänzlich verloren und fehl am Platze. Dicht

13

nebeneinander kauerten die beiden auf einer Bank des Oberdecks und starrten beklommen auf das winzige Schwimmbecken, das zu dieser Stunde von einem Schwarm kreischender Kinder mit Beschlag belegt war. Als ich mich näherte, blickten sie unvermittelt auf, dankbar für jede Art von Ablenkung.

»Schrecklich überlaufen, nicht wahr?«, sagte die Frau. Über ihr spitzes, blasses, ein wenig schüchternes Gesicht huschte ein Lächeln.

»Grauenhaft«, entgegnete ich. »Sind Sie schon lange an Bord?«

»Vier Tage. Wir haben in Kingston eingeschifft. Im Reisebüro hieß es, der Dampfer sei wunderbar, genau das Richtige, um sich zu erholen – geruhsam und so fort, aber –«

»Das hat man mir auch weisgemacht.« Ich dachte daran, welche Herrlichkeit ich mir ausgemalt hatte: eine lange, beschauliche Reise über den Atlantik, bequem ausgestreckt im Liegestuhl, das Rufen der Möwen im Ohr. »Und jetzt sitzen wir auf einer Art Auswandererschiff, das Arbeiter zwischen Europa und Südamerika hin- und herschippert.«

»Unter haarsträubenden Bedingungen«, sagte sie ungehalten. »Sie müssen sich mal das Loch namens Dritte Klasse ansehen, in das man die armen Jamaikaner pfercht, die in England schuften sollen. Wie Vieh – und das bei dieser Hitze!« Sie zögerte, als wollte sie ihrem Mann Gelegenheit geben, sich einzumischen. »Sobald ich wieder zu Hause bin, schreibe ich einen Leserbrief an die *Times*. Die Zustände sind empörend.«

»Und das Essen?«

»Grässlich. Alles, was nicht gebraten ist, schwimmt in

Öl.« Diesmal klang sie halb entschuldigend, als gehörte es sich nicht, sich zu beklagen, wenn es anderen so viel schlechter ging. Das zitronenklare Licht an Deck ließ ihre Augen in den sanften Tönungen eines Zobelfells schimmern wie ihr glattes, zu einem straffen Chignon geknotetes Haar. Von ihrer zart sommersprossigen Haut stieg ein Hauch Fliederduft auf.

Unvermittelt schepperte aus einem neben der Lounge verborgenen Lautsprecher amerikanischer Jazz, dessen hämmernde, ohrenbetäubende Rhythmen das Gewirr aus Stimmen, Kindergeschrei und Motorstampfen noch steigerten.

»Musik vom Band zur Beruhigung unserer Nerven«, erklärte sie und rückte zur Seite, um mir Platz zu machen. »Jeden Vormittag von zehn bis zwölf und nachmittags noch mal.«

»Wie sollen wir das zwei Wochen lang aushalten?« Mir schwante Übles.

»Das haben mein Mann und ich uns auch schon gefragt. Zum Glück gibt es eine Handvoll netter Menschen an Bord, die Englisch sprechen, so können wir wenigstens gemeinsam verzweifeln. Besser, als das Unglück allein zu ertragen, finden Sie nicht?«

Ich schätzte sie auf etwa vierzig, auch wenn ihre melodiöse Stimme jünger klang. Ohne Punkt und Komma sprach sie weiter, und während ich ihren Beschreibungen einiger Mitreisender lauschte, überkam mich der Verdacht, dass sie mich partout davon abhalten wollte, zu gehen, als fürchtete sie sich davor, dann den fremden Sprachen und dem allgemeinen Durcheinander wieder allein mit ihrem Mann ausgeliefert zu sein.

So abrupt, wie die Musik eingesetzt hatte, brach sie ab, nur um sogleich mit einem kubanischen *Danzón* erneut loszulegen. Aus voller Kehle stimmte eine Gruppe Spanier in das schwungvolle andalusische Volkslied ein und krakeelte mit dem Lautsprecher um die Wette. Wie unter Kreuzfeuer versuchten die Frau und ich, unsere Unterhaltung fortzusetzen, als könnten wir uns hinter einem Schutzwall schwacher Worte vor der nervtötenden Umgebung in Sicherheit bringen.

Sie hießen Eric und Nora Devon (Nora – nach der Schauspielerin Eleonora Duse, typisch für ihre Mutter), lebten in London, genauer gesagt, in Chelsea, und hatten einige Monate bei ihrer Schwester Cordelia in Jamaika verbracht, deren Mann Zucker anbaute. Erics Bronchitis sei im vergangenen Winter besonders hartnäckig gewesen, nicht zuletzt dank Londons feuchter Kälte und seines Smogs. Sie hatten gehofft, das Tropenklima würde Eric guttun, doch Noras Ton verriet, dass dem nicht so gewesen war. Ihr Mann sei in einem Verlag angestellt, sie arbeite als Kinderbuchillustratorin, nicht weiter erwähnenswert, doch fänden ihre Arbeiten glücklicherweise Anklang.

»Und wohin geht Ihre Reise?«, fragte sie.

Zunächst nach London, sagte ich, dann wolle ich ein wenig durch Europa streifen. Mein Hauptziel aber sei Berlin.

»Berlin?«, wiederholte Nora, als hätte ich vom Mars gesprochen. Hastig blickte sie zu ihrem Mann, der wortlos zugehört hatte. Zum ersten Mal wandte sich Eric Devon mir zu, das hagere Profil verwandelte sich in ein Gesicht mit hoher Stirn, ergrauendem aschblondem Haar und einem wohlgeformten, wenn auch von innerer Anspannung gezeichneten Mund.

»Warum Berlin?«, fragte er. Eine Allerweltserklärung würde er nicht gelten lassen.

Ich entgegnete, dass ich für verschiedene Zeitschriften schrieb und Berlin nun einmal –

»Nein, bitte«, unterbrach er mich. »Erzählen Sie mir nicht, dass Sie für ein Wochenende in die geteilte Stadt fliegen, um eine weitere dieser grausigen kleinen Storys über den Überfluss auf der einen und die verhungernden Menschen auf der anderen Seite abzusetzen.«

»Eric!« Ein scharfer Ton von seiner Frau.

»Tut mir leid.«

»Muss es nicht«, sagte ich. »Ich habe gar nicht vor, über Berlin zu schreiben. Ich möchte es mir nur ansehen.«

»Touristen sind niemals dazu in der Lage, sich ein Bild von den wirklichen Zuständen vor Ort zu machen«, meinte er, als hätte dieser Gedanke etwas Tröstliches. »Die Deutschen werden Ihnen das Blaue vom Himmel herunterlügen: Schon immer seien sie treffliche kleine Demokraten gewesen. Das Elend, das die Nazis über Europa brachten, sei einzig und allein die Schuld einer Handvoll übler Schurken, die nichts mit dem hochgesinnten, von Geistesidealen durchdrungenen deutschen Volk gemein hätten.«

Beunruhigt von der Bitterkeit in der Stimme ihres Mannes, ergriff Nora wieder das Wort.

»Bitte verzeihen Sie, wenn wir unversöhnlich klingen. Aber in England ist der Krieg, anders als in Amerika, noch nicht vergessen.«

»Stimmt. Bei uns fielen keine Bomben. Das ist ein gewichtiger Unterschied.«

»Wieso fahren Sie nicht lieber nach Wien?« Eric erhob sich von der Bank und sah mich an. Eine große, hagere Gestalt in austerfarbenen Bermudahosen und gestreiftem Sporthemd; etwas an ihm erinnerte mich an einen Windhund, ein erwartungsvoll bebendes Nervenbündel.

»Bedaure – ich fahre nach Berlin«, sagte ich.

»Aber warum nur?«, beharrte er. Aus irgendeinem Grund schien diese Frage für ihn von überragender Bedeutung.

»Mag sein, dass Sie das nicht verstehen. Oder vielleicht doch – eben weil der Krieg für Sie noch so gegenwärtig ist. Am Tag meiner Ankunft werde ich mich nach Ostberlin aufmachen, mich vor die Überreste von Hitlers Bunker stellen und meiner deutschen Freunde gedenken, die von den Nazis umgebracht wurden oder im Exil ums Leben kamen und niemals zurückkehren können. In ihrem Namen werde ich rufen: ›Gott sei es gedankt – ich lebe und sehe dieses *Tausendjährige Reich* in Trümmern!‹«

»Welchen Tisch haben Sie im Speisesaal?« Er klang erregt.

»Nummer vier.«

»Dann sitzen Sie bei den van Nosts. Nette Leute, aber Sie müssen an unseren Tisch wechseln. Sie muss, Nora –« Zuspruch heischend wandte er sich an seine Frau.

»O ja, unbedingt«, drängte sie mit ihrer sanften Stimme. »Sie ahnen gar nicht, wie viel angenehmer die Reise dadurch würde.«

Schon an meinem ersten Abend am Tisch der Devons spürte ich, dass dieses scheinbar glückliche, harmonische Paar in einer Lebenskrise steckte; Menschen, die mit etwas zu kämpfen haben, werden, berührt von einer tröstenden, ihnen in Freundschaft entgegengestreckten Hand, oft auf ganz eigene Weise verwundbar und anlehnungsbedürftig.

Nach dem Essen, als wir in der rotgepolsterten Lounge Platz nahmen, lernte ich einige der verwandten Seelen kennen, die Nora als Schutz gegen eine nur ihr bekannte Drohung um Eric und sich geschart hatte; einen ironischen, unterhaltsamen französischen Professor namens André Nollet, einen Mann in den Fünfzigern, das wohlfrisierte schüttere Kraushaar akkurat über dem hageren Mönchsgesicht gescheitelt; eine konfuse kleine englische Gouvernante, Miss Leeds, die den Großteil ihrer sechsundsiebzig Jahre im Dienst betuchter Familien in Frankreich zugebracht hatte; schließlich die van Nosts, ein untersetztes stilles Ehepaar aus Holland, das sich verblüffend ähnelte, sie waren beide in mittlerem Alter und hatten die gleichen, in Delfter Blau leuchtenden Augen.

Die nächsten vierundzwanzig Stunden, in denen das Schiff auf Kuba zukroch, um dort abermals anzulegen und weitere Passagiere und Proviant an Bord zu nehmen, diese beklemmend heißen Stunden, die das unablässige Dudeln einer spanischen Gaita auf dem Oberdeck noch unerträglicher machte, schweißten unser Grüppchen zusammen wie eine Schar Schiffbrüchiger auf einer einsamen Insel. Es gelang uns, in einer Ecke der überfüllten Lounge einen freien Tisch zu ergattern, und wir beschlossen, ihn für den Rest der Reise reihum zu verteidigen. Hier legten die Devons Patiencen, die Holländerin häkelte Spitze, Monsieur Nollet korrigierte mit bewundernswerter Konzentration das Manuskript seines neuen Buches über die französische Lyrik des achtzehnten Jahrhunderts, und Miss Leeds schwelgte in Erinnerungen an das Paris zur Zeit von Proust.

Doch selbst wenn wir alle beisammensaßen, war zwischen den Devons und mir eine Art unterschwelliger gegenseitiger Zuneigung spürbar, die uns ein wenig von den anderen absonderte und jeder kleinen Anspielung oder Spitze zusätzliches Gewicht verlieh. Wann immer sich Erics Schwermut lichtete, begeisterten mich sein bestechender Klarblick und sein Scharfsinn, die auf Noras Seite ihr weibliches Gegenstück gefunden zu haben schienen. Offenkundig waren beide äußerst redliche, aufrichtige und vertrauenswürdige Menschen, und es rührte mich, wie sehr sie einander liebten, was sich nicht in Floskeln oder gefühligen Gesten ausdrückte, sondern in ihrer gelassenen Art und Weise, den jeweils anderen vorbehaltlos anzunehmen und sich wortlos zu verständigen. Nora war von Natur aus eher verschlossen, doch das Dahinkriechen der Stunden inmitten der Einsamkeit der hohen See ließ alle Zurückhaltung von ihr abfallen. Kaum fanden wir uns allein, schilderte sie mir mit aller Lebendigkeit Szenen aus ihrem Leben mit Eric, geprägt von den schönen Erinnerungen, die sie über die Jahre gesammelt hatten.

Dem Anschein zum Trotz waren sie alles andere als ein frisch vermähltes Paar; sie hatten gegen Ende des Krieges geheiratet, Nora war dreißig gewesen, Eric fünfunddreißig. Ihr Glück ruhte nicht auf jugendlichem Übermut, sondern auf Reife, Verzicht und Schmerz. Einzig den Grund für den dunklen Schleier, der sich über ihr gemeinsames Leben gelegt zu haben schien, verriet sie mir nicht; es musste etwas sein, das mit Erics Krankheit und der langen fruchtlosen Auszeit zu tun hatte.

Als Kuba, ein schmaler, graugrüner Streifen, am Horizont auftauchte, gingen Eric und ich an Deck, während Nora, vertieft in eine Unterhaltung über holländische Urlaubsorte, mit den van Nosts in der Lounge zurückblieb. Wir lehnten an der Reling, schauten in das schäumende Wasser und kamen auf seelische Krisen zu sprechen. Eric erwähnte eine Bekannte, die versucht hatte, sich in der Themse zu ertränken, und bei ihrer Rettung nichts sagte als: »Ich konnte einfach nicht mehr.«

Er betrachtete ruhig einen vorbeiziehenden Frachter, auf dessen Bug in leuchtend roten Lettern *Rotterdam* stand. »Nora meint, ich sollte einen Psychiater aufsuchen.«

Der Frachter ließ grüßend sein Horn ertönen.

»Nach Jamaika bin ich nicht der Bronchitis wegen gefahren«, gestand er. »Auch ich hatte einen Zusammenbruch. Das Gefühl, einfach nicht mehr zu können.«

Wie eine dicke, über einen sumpfigen Teich dümpelnde Ente pflügte das schwerbeladene Schiff durch das Wasser und überholte uns.

»Das Gefühl kennt vermutlich jeder«, sagte ich. »Aber dann geht das Leben weiter – wenn man alles sorgfältig durchdacht und geordnet hat.«

»Sie halten es doch auch für besser, mit seinen Problemen allein fertigzuwerden?«, fragte er angespannt.

Es komme auf den Menschen und die Umstände an, antwortete ich mit aller Vorsicht. Es sei nicht leicht, in Augenblicken der Verzweiflung klare Gedanken zu fassen, da könnten ein Psychiater, ein psychologisch geschulter Berater oder ein geduldiger, liebevoller Freund eine ungeheure Hilfe sein. Einen schnellen Ausweg gebe es nicht, zumal nicht, wenn man einsam vor sich hin brüte.

»Wie dem auch sei«, entgegnete er, nachdem die Gischt unter uns mehrmals hochgeschlagen und wieder zerflossen war, »ich habe beschlossen, meine Probleme mit mir allein auszumachen. Dabei kann mir keiner helfen.«

Er hatte sich entschieden, das verstand ich wohl, und so leicht würde ihn nichts von dem einmal gewählten Weg abbringen. Ich bezweifelte, dass er mir noch mehr über sich anvertrauen würde, nicht einmal in der Abgeschiedenheit dieses Schiffes, oder dass ich jemals dahinterkäme, was Eric Devon wirklich verfolgte und warum seine Frau bisweilen kurz davor war, in Tränen auszubrechen, wenn sie von ihm sprach.

Eine Stunde später legten wir in Havanna an. Dort ereignete sich etwas völlig Unerwartetes, einer jener scheinbar belanglosen Zufälle, die, wie in einer Kettenreaktion, eine weit in die Zukunft reichende Folge von Ereignissen in Gang setzen.

Herr Emil Grubach aus Köln ging an Bord der *Caribe*.

Er kam nicht allein. Sechsundvierzig weitere Passagiere, zumeist Kubaner, schifften mit ihm ein. Und dann, wir blinzelten alle über die Reling zur Laufplanke hinüber, schnaufte dieses mondgesichtige schwitzende Männchen auf uns zu, das so eindeutig und unverwechselbar deutsch aussah, dass es einer Zeitungskarikatur entsprungen schien.

Die über der Bucht schwebenden, rosig grauen Trutztürme der Festung El Morro waren kaum in der Ferne verschwunden, als Herr Grubach unseren Tisch in der Lounge erspähte, unsere Gruppe unvermittelt in sein Herz schloss und uns überschwänglich begrüßte. Im nächsten Augenblick zog er sich ungebeten einen Stuhl heran, nestelte ein rotgesäumtes Taschentuch hervor, strich sich über die spärlichen Reste seines sandfarbenen Haars und begann, sich wortreich vorzustellen.

Offenbar war Herr Grubach in den Vereinigten Staaten gewesen, um Verwandte zu besuchen, die ihn törichterweise dazu überredet hatten, von Miami nach Havanna zu fliegen, um von dort ein Schiff nach Hause zu nehmen. Ein entsetzlicher Fehler, erklärte er. Havanna sei teuer, dreckig und wimmele nur so von Aufrührern. Nun, das überrasche ihn nicht, Kuba gehöre nun einmal den Kubanern, mithin Südländern, und Südländer seien dreckig, insbesondere die Italiener. Man betrachte nur einmal diesen Dampfer. Um nur einen Tag hatte er einen großartigen deutschen Frachter verpasst, so dass er gezwungen war, einen Platz auf der *Caribe* zu buchen. Etwas so Grausiges habe er sein Lebtag nicht gesehen. Zentimeterdicker Schmutz auf dem Kabinenboden, besudelte Waschräume. Eben, als er den Speisesaal durchquerte, habe er mit eigenen Augen beobachtet, wie ein Steward die Horsd'œuvres mit schmutzigen Fingern auf die Teller verteilte. So etwas sei in seinem Vaterland gänzlich undenkbar.

Kurioserweise hatten wir uns über genau dieselben Dinge beklagt, doch aus Herrn Grubachs Mund klang es, als richteten sich die Beschwerden nicht gegen dieses eine schlecht geführte Schiff, sondern als sollten alle Südländer und Nicht-Deutsche in Bausch und Bogen verdammt werden. Wie in stummem Einvernehmen hob Monsieur Nollet an, die Crew zu loben, die zwar ungeschickt, jedoch überaus *sympathique* sei; Miss Leeds konstatierte mit zittriger Stimme, das Bad in ihrem Gang sei makellos; ich warf ein, dass die Ursprünge der modernen Zivilisation an der Küste des Mittelmeeres lägen, und die van Nosts pflichteten mir bei.

Nur die Devons gaben keinen Laut von sich.

Herr Grubach gehörte nicht zu jenen, die sich kampflos geschlagen geben; mit einem Lächeln, das die kleinen gelben Zähne entblößte, forderte er uns heraus.

»Fährt hier jemand nach Deutschland?«, fragte er.

»Ich«, platzte es aus mir heraus, ehe ich es mir anders überlegen konnte.

»Deutschland wird Ihnen gefallen«, sagte Herr Grubach. Alles sei tadellos sauber. Es mache ihn krank, in andere Länder zu reisen, die Leute seien so schlampig – ja, selbst in Paris.

Monsieur Nollet gähnte hinter nervös vorgehaltenen Fingern.

Die folgende Stunde über schwiegen wir verstört, während Herr Grubach schilderte, wie erfolgreich sich das neue Deutschland aus der Asche der Zerstörung erhebe. In endlosen Kolonnen zögen die Schleppkähne wieder über den sagenhaften Rhein; glitzernde Wolkenkratzer überragten den einstigen Trümmerhorizont von Köln, Frankfurt und Westberlin; die Universitäten wimmelten von lebensfrohen Studenten, die Geschäfte von preisgünstigen Waren, in den Konditoreien werde ordentlich Sahne auf die Kuchen geschlagen – wie in der guten alten Zeit.

Einen naiven Augenblick lang fragte ich mich, ob der begeisterte Herr Grubach für ein deutsches Reisebüro arbeitete, doch da erzählte er schon von seinem gutgehenden Elektrogeschäft in Köln und wie wohlhabend seine inzwischen eingebürgerten amerikanischen Verwandten seien. In den Zwanzigern waren sie nach Philadelphia ausgewandert; hier nahm er es mit der Jahreszahl ganz genau, als wollte er uns überdeutlich machen, dass seine Familie nichts mit den unseligen Ereignissen zu tun gehabt hatte, von denen sein Vaterland später überrollt worden war. Kein einziges Mal nahm dieser kleine Deutsche das schmerzliche Wort *Krieg* in den Mund. Seine lebhaften Schilderungen, die unseren geruhsamen Nachmittag mächtig in Unruhe versetzten, hätten nahelegen können, Deutschland werde nach einer gewaltigen Naturkatastrophe, einer verheerenden Flutwelle oder einem Erdbeben, die Millionen in den Tod gerissen hatten, wieder aufgebaut.

So unvermittelt, wie Grubach zu reden begonnen hatte, so unvermittelt zog er seine Taschenuhr hervor, sagte, es sei Zeit für seine Pillen, stand auf und stolzierte glückstrahlend von dannen, hatte er doch neue Freunde gewonnen. Uns war das Reden vergangen; die Vorstellung eines Deutschlands, das in Millionen von Grubachs wiederauferstand, verschlug uns die Sprache.

Frau van Nost ergriff als Erste das Wort. Mit ihrer angoraweichen Stimme, die für unverhohlene Empörung so gar nicht gemacht schien, sagte sie: »Ich frage mich, ob ich je wieder ohne Grausen und Abscheu mit einem Deutschen werde reden können. Nach allem, was sie uns angetan haben —«

»Jedem von uns«, ergänzte Nollet in geschliffenem Englisch.

»Ich persönlich kann mich über die Deutschen nicht beklagen. Sie waren immer sehr nett zu mir«, fühlte sich die weißhaarige Miss Leeds bemüßigt zu sagen, als sie aus einer ihrer nebulösen Traumwelten zu unserem Gespräch zurückkehrte.

»Nett zu Ihnen während des Krieges?«, fragte Nollet ungläubig und starrte die zerbrechliche alte Dame an.

»Ausnehmend reizend«, erwiderte sie. »Ich war zu der Zeit die Gouvernante der beiden Kinder des Comte de M. Gewiss haben Sie von der Familie und ihrem Château gehört?«

»Allerdings«, entgegnete der Franzose in missbilligendem Ton. Davon unbeirrt, erging sich Miss Leeds in einer Beschreibung des grandiosen Schlosses sowie seines entzückenden Dorfes. 1940, als die Nationalsozialisten Frankreich besetzten, habe der zuständige Besatzungsoffizier – ein vollendeter Gentleman, der perfekt Englisch und Französisch sprach – der Madame la Comtesse sein tiefstes Bedauern über die Unannehmlichkeiten des Krieges ausgedrückt und ihr versichert, dass es ihrer Familie an nichts fehlen werde. Er habe Wort gehalten. Andere Engländerinnen, ebenso tugendhaft und wehrlos wie sie selbst, seien in Lager gesteckt worden, wo sie Grauenhaftes hätten durchmachen müssen. Sie jedoch habe den gesamten Krieg mit dem Comte und seiner *famille* im Château unter dem Schutz des deutschen Offiziers zugebracht, der sich als durch und durch ehrenwerter, untadeliger Gast verhalten habe, was beweise, schloss sie triumphierend, dass in jedem Menschen etwas Gutes stecke, man müsse nur bereit sein, danach zu suchen.

»Hatten Sie ein Glück«, rief Frau van Nost und runzelte ihre breite weiße Stirn. »Zu den Holländern waren die Nazis alles andere als nett und anständig. Sie versuchten uns auszuhungern. Raubten, was immer ihnen in die Hände fiel – Lebensmittel, Medikamente, Möbel, Kleidung –, waggonweise schafften sie das jeden Tag nach Deutschland, während das besetzte Europa dem Tod ins Gesicht starrte. Am Ende waren mein Mann und ich so schwach, dass wir nicht mehr vom Bett hochkamen. Zu Skeletten abgemagert wurden wir am Tag der Befreiung gefunden. Ich wünsche Herrn Grubach persönlich nichts Böses, aber mit seinem Märchen vom armen leidgeplagten Deutschland kann er bei mir nicht landen. Es gibt Dinge, die keiner von uns je vergessen wird. Mein einziger Sohn – er war zwanzig – wurde als Geisel erschossen.«

Vom Deck war das gleichförmige Jammern eines Kindes zu hören, das allein aus Gewohnheit quengelte. Keiner vermochte der Holländerin ins Gesicht zu sehen, die mit erstarrtem Blick zum Loungefenster hinaus auf das blasse Meer sah. In ihren Ohren mochte das Weinen eines anderen Kindes aus einem anderen Leben klingen, das nun für immer vorbei war.

»Wollen wir uns vor Tisch noch ein wenig frisch machen, Eric?« Es war das erste Mal, dass Nora nach diesem langen beklommenen Schweigen etwas sagte.

Als sich Eric mit einer gemurmelten Entschuldigung erhob, erhaschte ich einen gequälten Blick aus seinen blauen Augen, die tiefer eingesunken schienen als sonst.

»Der arme Mann«, sagte Frau van Nost unvermittelt. Überrascht sah ich sie an. Sie hatte ihre Häkelei wieder aufgenommen und ließ ihre Finger virtuos wie eine Harfenistin über das weiße Garn huschen.

»Devon?«, sagte ich. »Ich frage mich, was mit ihm los ist. Glauben Sie, dass er in Kriegsgefangenschaft war?«

»Nein«, antwortete sie rasch und mit Nachsicht angesichts meiner amerikanischen Ahnungslosigkeit. »Soldaten können über ihre Erlebnisse reden. Doch Männer wie Devon sind zu lebenslangem Schweigen verurteilt. Sie haben entsetzliche Gräuel durchgemacht, aber werden das selbstverständlich niemals eingestehen. Gleich am ersten Tag in Kingston, als mein Mann und ich mit Devon auf die Deutschen zu sprechen kamen und ihm der Hass ins Gesicht geschrieben stand, wusste ich Bescheid, ohne dass er noch etwas sagen musste.«

»Was wussten Sie?«, fragte ich und konnte den Blick kaum mehr von den rhythmisch blinkenden Bewegungen der winzigen Nadel in ihrer Hand lösen.

Wachsam, als sei der Krieg noch in vollem Gange und wir säßen als Verschwörer in einer Amsterdamer Bar, ließ Frau van Nost ihre Augen durch die überfüllte Lounge zu Miss Leeds wandern, die soeben, gestützt auf Nollets festen Arm, davontippelte.

»Britischer Geheimdienst, versteht sich. Etwas sagt mir, dass er verdeckt in Deutschland tätig war«, raunte sie und dann, ein wenig lauter: »Glauben Sie mir, es ist ein Wunder, das überhaupt einer dieser armen Teufel mit dem Leben davongekommen ist.«

ZWEI

Je weiter die *Caribe* vorankam, umso eintöniger kam uns diese schier endlose Reise vor. Tag um Tag glitten wir unter dem beharrlichen Glitzern der tropischen Sonne voran; nicht das geringste Wölkchen, nicht die entfernteste Aussicht auf Regen trübten ihren Glanz in jenem Juli; nachts zogen wir verloren unter einem violettschwarzen Himmel dahin, der das Schiff und seine Passagiere umschloss wie schwüler Samt.

Wir sahen uns auf eine harte Geduldsprobe gestellt. Das ewige Gleichmaß der Stunden, die nicht verrinnen wollten, das scheppernde Dröhnen aus den Lautsprechern, das Kreischen der Kinder, die inzwischen über sämtliche Decks tobten, die Berge von fettigem Fisch, gebratenen Kartoffeln, welkem Salat und wässriger Eiscreme zermürbten uns und machten jeden von uns gereizt.

Um Nichtigkeiten entbrannten wütende Streitereien, Missverständnisse steigerten sich zu Dramen, läppische Reibereien nahmen das Ausmaß griechischer Tragödien an. Verzweifelt suchten wir im regen Austausch unserer kleinen Gruppe Trost und die Bestätigung, weiterhin zum zivilisierten Teil der Menschheit zu gehören, also durchaus in der Lage zu sein, zwei Wochen Isolation vom Rest der Welt zu überstehen.

Doch schon bald sahen wir uns vor eine Schwierigkeit gestellt, die den größten Teil unserer Tage und sämtliche Aufmerksamkeit für das, was sonst noch an Bord vor sich ging, auf sich zog. Anfangs beobachteten wir es mit Belustigung, dann voller Unbehagen und schließlich mit blankem Entsetzen, wie Herr Grubach in einem regelrechten Feldzug um Eric Devons Achtung und Freundschaft rang. So rosig geschrubbt, als wäre er soeben einer Reklame für Babyseife entstiegen, einen in Havanna erstandenen Gürtel aus glänzendem Krokodilleder eng um den Trommelbauch geschnürt, erschien er jeden Morgen an Deck, stürzte wie eine aus unseligen Gefilden heimkehrende Brieftaube an unseren Loungetisch oder zu unseren Liegestühlen und belagerte uns für Stunden. Niemals wäre ihm in den Sinn gekommen, er könnte nicht willkommen sein. Auf einen dezenten Hinweis hätte er erwidert, er wolle doch nur angenehm mit uns plaudern. Offensichtlich hielt er uns für die sympathischsten Leute an Bord. Er wollte unser Freund sein. Vor allem aber, aus Gründen, die nur er selbst kannte, wollte er von Eric anerkannt werden.

Zunehmend angespannt, versuchte Eric sich für diese tägliche Begegnung zu wappnen; manchmal erschien er gar nicht an Deck und zog die stickige Hitze seiner Kabine dem Nervenkrieg in der Lounge vor. Oder er zeigte sich erst, wenn er sicher sein konnte, dass Grubach zu Tisch saß, denn glücklicherweise war der Deutsche der ersten Essenszeit zugeteilt und wir der zweiten. Doch sosehr sich Eric auch bemühte, es war ein ungleicher

Kampf: deutsche Hartnäckigkeit gegen britische Höflichkeit.

Eines Nachmittags, als wir bei eisgekühltem Wermut an unserem Loungetisch saßen, blickte Nora auf und sagte verzweifelt: »Da ist er wieder.« Die Devons murmelten eine Entschuldigung, packten ihre Spielkarten und machten sich davon. Ihre Flucht war so offensichtlich, dass selbst Grubach, der sich zielsicher in Noras frei gewordenem Sessel niederließ, etwas bemerkt haben musste.

»Dem geht's nicht gut«, sagte er und blickte Erics hochgewachsener Gestalt nach, die im Gang verschwand.

»Chronische Bronchitis«, antwortete ich.

Resigniert schenkte André Nollet Grubach einen Wermut ein.

»Wie bedauerlich. Ein so sympathisches Paar. Ich mag die Briten. Auf die kann man immer zählen«, entgegnete Grubach und griff nach seinem Glas.

Nollet und ich warteten, was dieser widersprüchliche Zwerg als Nächstes von sich geben würde.

»Aber die Frau ist mir ein Rätsel«, gestand er. »Warum zerbricht sie sich ständig den Kopf über die Jamaikaner im Zwischendeck? Was die zu essen kriegen, wie beengt die schlafen – sie spricht kaum mehr von etwas anderem.«

Ich rief ihm in Erinnerung, wie grauenhaft er selbst die Zustände auf diesem Schiff gefunden hatte, als er an Bord gekommen war. Unten in der dritten Klasse sei es noch viel schlimmer. Nicht nur Nora Devon, wir alle seien entsetzt, unter welchen Bedingungen die jamaikanischen Arbeiter, Frauen wie Männer, nach England gebracht würden.

Grubachs Verwunderung wuchs. Die buttrig weichen Falten unter seinen dunklen Äuglein zuckten, als sprächen wir eine ihm fremde Sprache.

»Aber denen macht das doch nichts«, sagte er schließlich. »Das sind Neger.«

Achselzuckend erhob er sich und ließ den Franzosen und mich mit einem Schauder zurück, eisiger als der Wermut in unseren Gläsern.

Wenige Tage später passierten wir endlich die Azoren, und die *Caribe* nahm Kurs auf die spanische Küste. Die glühende Hitze wich einer frischen salzigen Brise, die das gesamte Schiff aufatmen ließ.

Als Eric an jenem Morgen ausgezehrt und erschöpft (das ungenießbare Essen, so Nora) an Deck erschien, nutzte Grubach die Gelegenheit, um sich mit Begeisterung auf ein neues Thema zu stürzen. Jetzt sprach er nicht mehr über Deutschland. England brachte ihn ins Schwärmen. Über die Reling gelehnt, versuchte er den Devons klarzumachen, wie sehr er die Briten seit jeher bewundere, ihre Tüchtigkeit, ihre Zivilcourage und ihre eiserne Standhaftigkeit. Er sprach es nicht aus – das wäre zu plump gewesen –, doch unschwer ließ sich für jedermann heraushören, dass er all das gleichermaßen für deutsche Tugenden hielt.

»Mein Freund«, sagte Nollet besänftigend zu Eric, als Grubach endlich zum Mittagessen entschwunden war, »der Mann will Ihnen nur Komplimente machen. Wie die meisten Deutschen hält er es für das größte Gottesgeschenk, in seinem ruhmreichen Vaterland geboren worden zu sein, doch würde ein unseliges Los ihn dazu zwingen, sich eine andere Heimat zu suchen, fiele seine Wahl auf England.«

»Wenn er wüsste, wie sehr ich ihn verabscheue, würde er nie wieder mit mir sprechen«, gab Eric umgehend zurück. Er war zu aufgewühlt, um sich länger beherrschen zu können, und schilderte uns mit seiner klangvollen, üppig modulierenden, fast schauspielerhaften Stimme, wie er während des Krieges beauftragt worden war, mit einer Gruppe von Psychologen und Militärärzten mögliche Nazispione unter jenen deutschen Flüchtlingen zu entlarven, die der britischen Regierung ihre Dienste anboten. Am tiefsten hatte ihn erschüttert, dass die meisten dieser durch und durch redlichen Emigranten erst geflohen waren, als es ihnen selbst an den Kragen gehen sollte. Während der gesamten ersten Jahre, in denen sich der Nationalsozialismus zunehmend in ein offenes Terrorregime verwandelte und durch SS und Gestapo jeglichen Widerstand erbarmungslos niederknüppeln ließ, hatte die Mehrzahl dieser Deutschen tatenlos zu Hause gesessen, die Augen verschlossen und gehofft, der Alptraum möge vorübergehen und sie verschonen.

Das sei zwar erbärmlich, warf ich ein, doch ausgesprochen menschlich.

»Mag sein«, antwortete Eric. »Aber Sie und Nollet hier kennen die Deutschen nicht so gut wie ich – ihre entsetzliche Kriecherei, ihren Masochismus, ihr nihilistisches Verlangen nach einem starken Führer –«

»Es täte mir leid für Sie, wenn Sie die Deutschen besser kennen würden als ich«, sagte Nollet und ließ seine Fingerknöchel knacken, einen um den anderen. »Ich war ihr Gast – in Buchenwald.«

Erics Augen, in denen der Widerschein des im Meer

gespiegelten Mittagslichtes glänzte, flackerten panisch auf wie der Blick eines gefangenen Tiers.

»Zum Glück«, fuhr Nollet so gelassen fort, als legte er einer Gruppe Studenten die feinen Zwischentöne eines Rimbaud-Verses dar, »wurde ich erst im Frühling 1944 geschnappt. Nur deshalb bin ich noch am Leben. Eines Nachmittags, ich saß in einem kleinen Café in der Rue des Écoles, verhafteten mich die Deutschen. Jemand aus unserer Widerstandsgruppe hatte mich verpfiffen, ein von der Gestapo eingeschleuster Spion. Wissen Sie, was ich hinterher am meisten bedauerte?«

Auf dem Deck über uns tanzte eine junge Spanierin im Kreis ihrer singenden und klatschenden Freunde einen *Zapateado*. Gleichmütig, weder wütend noch verzweifelt, fuhr Nollet fort.

»Während ich die erniedrigenden grausamen Miss-handlungen und Folterungen ertrug, bedauerte ich, nicht mehr getan zu haben, um sie zu verdienen. Kühner und gnadenloser hätte mein Widerstand sein sollen. Schließ-lich ging es darum, einen Feind zu töten und zu sabotie-ren, der mit jeder Moral und allem Anstand gebrochen hatte. Eines kann man den Deutschen nicht absprechen«, sagte er und blickte Eric fest in die Augen, »ihre Konzen-trationslager waren phantastisch organisiert, nicht nur wenn es darum ging, jeden Widerstand zu ersticken, son-dern insbesondere auch darin, die Qual eines jeden Op-fers so zu verlängern, dass es kurz vor seinem Tod in vol-lem Umfang begriff, wie unsäglich dumm es gewesen war, sich den Nazis entgegenzustellen.«

»Warum erzählen Sie Grubach nicht, was man Ihnen in Buchenwald angetan hat?«, fragte Eric.

»Ich wüsste nicht, was zweckloser wäre.« Nollet schmun-
zelte, der Gedanke schien ihm ein gewisses Vergnügen zu
bereiten. »Er würde schwören, die Konzentrationslager
und Gaskammern – wenn es sie denn gegeben haben
sollte, was er bezweifle – seien das Werk einer Handvoll
übler Schurken gewesen, die nichts mit dem guten, redlichen Volk der Deutschen gemein hätten. Oder er würde
es mit dem honorigen deutschen Herrn halten, der vor
kurzem einen Kongress in Paris besuchte und vor einer
Gruppe französischer Intellektueller äußerte: ›Sie dürfen
nicht vergessen, dass auch die Alliierten ihre Konzentrationslager hatten und mit den ehemaligen Nazis äußerst
hart ins Gericht gingen, sie mussten sogar Fußböden
schrubben.‹ Man stelle sich das einmal vor!«

Vom oberen Deck erklang Gelächter, die frischen, unbeschwerten Stimmen der Jugend.

»Es interessiert Sie vielleicht«, fuhr Nollet fort, »dass
ich im nächsten Winter zu einem Vortrag nach Deutschland eingeladen bin. Ich habe zugesagt. Diese Reise wird
in einem hübsch zynischen Gegensatz zu meiner ersten
stehen, meinen Sie nicht?«

»Ich an Ihrer Stelle hätte abgelehnt«, entgegnete Eric.

Etwas Entschuldigendes mischte sich in Nollets Lächeln. »Ich tue es meiner Tochter Caroline zuliebe. Sie ist
siebzehn. Wir Idealisten halten an dem Glauben fest, dass
wir mit gutem Willen neue, bessere Welten für unsere
Kinder schaffen können. Wenigstens versuchen wollen
wir es.«

Eric hatte sich vorgebeugt und nestelte an einem Stück
Draht, das unter der Reling hervorstak.

»Werden Sie nach Buchenwald fahren?«, fragte er.

»Selbstverständlich«, erwiderte Nollet. »Was, meinen Sie, hat mich dort am Leben gehalten? Ich war wie besessen von dem Glauben, dass ich eines Tages zurückkehren, von außen auf diese entsetzlichen Gemäuer blicken und meine Feinde am Boden sehen würde.«

»Dann«, sagte Eric leise und setzte sich in seinem Liegestuhl auf, »haben Sie zu lange gewartet. Sie werden auf ein abermals selbstherrliches und alles andere als zerrüttetes Deutschland stoßen. Und wundern Sie sich nicht, wenn Sie Ihre einstigen Feinde wiedersehen – in Amt und Würden.«

An jenem Abend erschienen die Devons nicht zum Essen, und am folgenden Morgen informierte uns die kleine Miss Leeds, die in der Nachbarkabine wohnte, dass in der Nacht der Arzt gerufen worden sei und Eric Tabletten verschrieben habe, für seine Nerven, wie Nora später auf dem Flur habe fallenlassen.

Als gegen Mittag die hügelige Küstenlinie Spaniens in Sicht kam, wo viele Passagiere von Bord gehen wollten, breitete sich auf dem Schiff hektische Betriebsamkeit aus. Mit dem Gedanken, dass ein kleiner Ausflug an Land Eric guttun würde, stieg ich zur Kabine der Devons hinunter und klopfte. Nora öffnete sofort.

»Wie schön, dass Sie nach uns sehen. Eric«, rief sie mit der resoluten Fröhlichkeit einer gelernten Krankenschwester, die einen schwierigen Patienten betreut. »Eric, wir haben Besuch.«

Eric, der auf dem unteren Bett lag, sprang hastig auf, zog einen Stuhl für mich heran und schenkte mir, als ich mich ihren Highballs nicht anschließen wollte, ein Glas

Mineralwasser ein. Obwohl er nicht die geringste Lust hatte, Francos Spanien zu betreten, drängten wir ihn zu einem Bummel durch La Coruña; wir könnten ein paar Mitbringsel kaufen und in einem Café einen Aperitif trinken – nach zwei Wochen auf See sei jede Ablenkung recht.

Endlich willigte er ein, uns zu begleiten, und begann im Widerspruch zu seiner sonst so gefassten Art noch im gleichen Atemzug, sich über die gesamte Reise zu beklagen: ein einziger Alptraum. Obwohl er versuchte, ruhig und gelassen zu klingen, entging mir der gequälte Zug um seine schmale gebogene Nase nicht; seine Hand zitterte, als er nach dem Highball griff.

»Und als wäre all das nicht genug«, schloss er, »taucht auch noch dieser Grubach auf.«

»Wieso bringt dieser Mann Sie so aus der Fassung?«, fragte ich. Seine nervösen blauen Augen wurden im Dämmerlicht der Kabine fast farblos grau. »Oder möchten Sie lieber nicht darüber sprechen?«

»Warum nicht?« Er klang wütend. »Der Kerl ist eine Heimsuchung.«

»Mag schon sein. Aber niemand fühlt sich von ihm so angegriffen wie Sie.«

Zaghaft tastete sich Eric durch das unbehagliche Schweigen, das sich zwischen uns auftat. Es war beinahe peinlich, ihn in seiner Bedrängnis zu sehen, offenbar schien er nicht in der Lage, um die Hilfe zu bitten, deren er so dringend bedurfte. Seine gesamte Erscheinung glich einer stummen Suche nach Verständnis.

»Lassen Sie es mich so sagen«, begann er. »Nicht ein, sondern zwei Kriege haben Millionen von Menschen in diesen Zeiten entsetzliches Leid zugefügt. Doch in den Wahnsinn treiben mich Leute wie Grubach und andere Deutsche, denen man gemeinhin über den Weg läuft, mit ihrer stumpfen Weigerung, auch nur die geringste Verantwortung für die Schrecken zu übernehmen, die sie über die ganze Welt gebracht haben. Nollet hat recht. Man wird verrückt, wenn man mit ihnen spricht. Ständig behaupten sie, die Besetzung Europas, die Lager, die Massenmorde und Plünderungen der Nazis seien das Werk einer Handvoll Rädelsführer, das übrige deutsche Volk nichts als ein unschuldiges Opfer, das Trost und Zuspruch verdiene. Ich verabscheue sie!«

Der rosagestreifte Vorhang vor dem Bullauge flatterte sanft in der Brise vom Hafen; die Schiffsmotoren drosselten.

»Sie müssen immer nur den schlimmsten Deutschen begegnet sein, Eric«, sagte ich und ergänzte, dass alle meine Freunde als Antifaschisten und Kriegsgegner lieber ins Exil oder in den Tod gegangen waren, als sich mit einem Regime abzufinden, das ihnen genauso wie dem Rest der Welt die Hölle auf Erden bereitete. Doch obwohl sie selbst Opfer waren, übernahmen sie die volle Verantwortung dafür.

Es gefiel mir nicht, wie verkniffen Eric mich anstarrte. Seine Augenlider zuckten, doch jetzt gab es kein Zurück mehr.

»Ich bin nicht der Meinung, dass die Deutschen kein Schuldgefühl kennen«, sagte ich. »Einige meiner deutschen Freunde tragen so schwer daran, dass sie im Exil nicht nur ihre Staatsangehörigkeit ablegten, sondern ihre Namen und Lebensläufe änderten. Ihre gesamte Zeit verwenden sie auf den Versuch, von ihrer tragischen deutschen Vergangenheit loszukommen. Ein Freund in Kanada gibt vor, er sei in Wien statt in München geboren. Eine New Yorker Freundin behauptet, sie stamme aus dem Elsass und nicht aus Frankfurt. In Paris kenne ich jemanden, der –«

Erschrocken hielt ich inne. Eric hatte sein Glas auf dem Tisch abstellen wollen, doch es war auf den Boden gefallen und zersprungen. Wie betäubt starrten wir auf die kleine Pfütze, die sich auf dem grünen Linoleum bildete.

Eric sprach in einem betont beiläufigen Tonfall, doch die Schatten um seine Augen verrieten die Panik in seinem Inneren:

»Seit wann weißt du Bescheid?«

Erst nachdem ich mich nach einer Scherbe vor meinen Füßen gebückt hatte, erwiderte ich seinen Blick. Ich hatte ihm nicht sofort antworten können; zu deutlich war mir bewusst, dass die ans Licht gekommene Wahrheit jedes Wort, das wir von nun an wechseln würden, sowie alles, was zwischen mir und den Devons gewesen war und noch geschehen würde, auf den Kopf stellte.

»Ich hatte keine Ahnung. Du hast es mir soeben selbst verraten, Eric.«

»Ich bin einer dieser Deutschen.« Er sprach laut, tat dies allerdings weder für mich, die ich nun den wahren Grund seines Elends kannte, noch für Nora, die diese Last jahrelang mitgetragen hatte. Vielleicht brauchte er das eigenartige und erschütternde Gefühl, sich selbst dabei zuzuhören, wie diese lange unterdrückte Wahrheit klar und deutlich hervortrat.

»Ich bin so froh, Eric«, rief Nora und blickte ihn an.

39

Ihr trauriges Gesicht hatte sich vor Erregung gerötet. »End-lich hast du es jemandem anvertraut. Vielleicht siehst du jetzt ein, wie unsinnig es ist, sich deshalb zu zerfleischen. Niemanden kümmert, wo du geboren wurdest. Du selbst zählst, nichts sonst. Seit Jahren sage ich dir das.«

Sie wandte sich an mich, die neutrale Beobachterin die-ses unglückseligen Kampfes, und ihre ganze Geschichte brach in wirren Anekdoten, Halbsätzen und Episoden aus ihr hervor. Sie war Eric während des Krieges auf der klei-nen Gesellschaft eines Journalisten in Kensington vorge-stellt worden, der sie beide mochte und meinte, sie sollten einander kennenlernen. Eric sei ein wenig »verschroben«, so seine Warnung im Vorfeld, äußerst zurückhaltend, aber zweifellos brillant, er stamme irgendwo aus dem Norden, keiner wisse Genaueres, auch Angehörige scheine er keine zu haben. Noch dazu war Eric zu dieser Zeit in einer streng geheimen Sache für das Militär tätig, was ihn umso myste-riöser wirken ließ, Nora aber nicht im Geringsten ab-schreckte. Nach fünf Minuten Unterhaltung gab es auch für sie keinen Zweifel, dass er – Familie hin oder her – ein herzensguter Mensch war. Sie hatten sich vom Fleck weg ineinander verliebt, bald aber musste Nora erkennen, dass Eric größte Angst vor einer Heirat hatte. Auch anderes, wo-rüber er partout nicht sprechen wollte, schien ihn mit Schrecken zu erfüllen.

»Es ist so bedrückend, jemanden zu lieben, der kein Wort über seine Kindheit, seine Eltern oder die kleinen persönlichen Dinge verliert, die zwei Menschen einander näherbringen. Stets stand eine Mauer zwischen uns. Ich wurde ganz krank davon«, klagte sie.

Nora beschloss, die Beziehung zu beenden, war sie

doch zu der schmerzlichen Überzeugung gelangt, Eric müsse entweder ein uneheliches Kind sein – was ihr vollkommen gleichgültig gewesen wäre – oder sein Vater habe einen Mord oder ein anderes schweres Verbrechen begangen. Sie hätte ihn dennoch geheiratet, allerdings war ihr seine gnadenlose Stummheit unerträglich; fast schien es, er würde lieber sie, Nora, verlieren als sein Schweigen brechen.

Dann, an einem denkwürdigen Abend nach einer besonders heftigen Auseinandersetzung, die obendrein während eines Luftangriffes stattgefunden hatte, war Eric zusammengebrochen. Schluchzend wie ein verzweifelter kleiner Junge sagte er: »Nora, mein Liebling, ich würde alles darum geben, dich zu heiraten, aber ich kann nicht. Ich bin kein echter Brite. Ich wurde eingebürgert. Als Flüchtling kam ich nach London, und ich will dich nicht in den Alptraum meines Lebens hineinziehen.«

Nora, die sich auf ein schreckliches Geständnis gefasst gemacht hatte, war vor Erleichterung in beinahe hysterisches Gelächter ausgebrochen.

»Da kämpften wir gegen die Nazis«, sagte sie, »und Eric entschuldigte sich dafür, dass er sie schon lange vor uns bekämpft hatte. Ist das nicht absurd?«

»Für Eric offenbar nicht«, erwiderte ich.

Er hatte sich wieder in die untere Koje gelegt und schien zu schlafen, zog sich in den wärmenden Schutz seiner inneren Welt zurück, um uns und seinem Kummer zu entfliehen.

Das Schlimmste sei, schloss Nora, dass Eric noch immer an dieser Farce festhalte. Er lasse nicht zu, dass ihre Familie oder ihre Freunde von seinen deutschen Wurzeln erführen. Sie habe das Gefühl, als seine Ehefrau versagt zu haben.

»In all den Jahren, die ich Eric so sehr geliebt und ihm in jeder Krise beigestanden habe, ist es mir nicht gelungen, ihm so viel Sicherheit zu geben, dass er sich zu sich selbst bekennen kann. Letzten Winter, als er so depressiv wurde, flehte ich ihn an, zu einem Psychiater zu gehen. Er weigerte sich. Seiner Ansicht nach haben nur psychisch Kranke das Recht, die wertvolle Zeit eines Nervenarztes in Anspruch zu nehmen. Kerngesund sei er, behauptete er, einzig das Elend der Welt mache ihm zu schaffen.«

»Was ist mit Erics früheren Freunden? Es muss in England doch Leute geben, andere Flüchtlinge aus Deutschland, mit denen er bei seiner Ankunft zu tun hatte und die wissen, wer er ist.«

Wir sprachen über ihn, als wäre er nicht im Raum. Eric hatte die Arme über der Brust verschränkt und lag reglos wie ein Toter; es fehlten nur die sprichwörtlichen Lilien, um ihn gänzlich in ein Götzenbild zu verwandeln.

»Selbstverständlich gibt es die«, sagte Nora. »Eric meidet sie wie die Pest. Einmal, wir kamen eben aus dem St.-James-Theater, begegneten wir einem seiner alten Freunde. Er heißt Konrad und fing sogleich an, mit Eric auf Englisch über die belanglosesten Dinge zu plaudern, als fürchte er, ich wüsste über meinen eigenen Mann nicht Bescheid.«

»Ich begreife nicht«, sagte Eric und setzte sich abrupt auf, »was für einen Sinn es hätte, die Wahrheit in die Welt zu posaunen. Es geht niemanden etwas an, wo ich geboren wurde.«

Seine nur mit Mühe beherrschten Züge verrieten eine tiefe innere Angst. Unvermittelt war die modrige Vergangenheit aus dem Schattenreich der Verdrängung ans Licht gekrochen, wehrlos sah er sich ihrer Umklammerung ausgeliefert und spürte ihre eisigen knöchernen Finger.

Es gehe nicht darum, die Wahrheit hinauszuposaunen, sondern sie zu akzeptieren, sagte ich. Die gegenwärtige Situation mache ihn und Nora doch bloß unglücklich.

»Wir sind verzweifelt, vollkommen verzweifelt«, bekräftigte sie.

Vom Gang hörte man Stimmen, überall wurde Abschied genommen; der Dampfer trieb auf die Anlegestelle zu, die Schiffsmotoren erstarben, und das Klatschen des Wassers unter dem Bullauge verebbte.

»Es ist viel zu anstrengend, ein derartiges Scheinleben zu führen, Eric«, sagte ich. Ständig müsse man fürchten, jemandem aus der Vergangenheit zu begegnen, der die Wahrheit kenne, jedes Wort müsse auf die Goldwaage gelegt werden, um bloß nichts preiszugeben.

»Eric merkt gar nicht mehr, wie sehr er ständig unter Spannung steht«, sagte Nora.

»Um jeden Preis versucht er, ein Engländer namens Devon zu sein. Doch tief in ihm gibt es ihn noch, den anderen, deutschen Eric, ob Eric Devon das wahrhaben will oder nicht.«

»Bestimmt war dieser Eric ein hinreißender Junge.« Abwartend musterte sie ihren Mann.

»Und dann hast du ihm jedes Lebensrecht abgesprochen und ihn zu jahrelanger Vergessenheit verdammt.« Auch ich blickte ihm ins Gesicht: »Wie lautete sein voller Name?«

»Erich Dalburg«, brachte er widerstrebend hervor, als schmerzten ihn die Worte.

»Geboren in Berlin?«

»Berlin-Schöneberg. Das ist ein Stadtteil, oder war es. Soweit ich weiß, haben die Bomben ganze Areale dem Erdboden gleichgemacht.«

»Und wie lange hat der Junge in Deutschland gelebt?«

»Von seiner Geburt im Jahr 1910 bis 1934, als er ins Exil fliehen musste.«

»Auf der Flucht scheint er bis heute zu sein«, warf Nora ein.

»Begreift doch«, sagte er inständig. »Meine Familie, insbesondere die meiner Mutter, war immer probritisch, ganz wie Nollet es von Grubach behauptet. Cousins und Cousinen heirateten in den englischen Adel. Ständig reiste man zwischen Deutschland und England hin und her und pflegte die Kontakte. Selbst der Erste Weltkrieg unterbrach die Beziehungen nur zeitweilig. Ich erinnere mich, wie meine Mutter Anfang 1917 sagte: ›Wann ist nur dieser dumme Krieg vorbei, damit wir zur Ballsaison wieder eine Wohnung in London nehmen und unsere Freunde besuchen können.‹ Als ich Jahre später als Flüchtling in London eintraf, war es, wie nach Hause zu kommen. Dass ich meine Einbürgerungspapiere so problemlos bekam, ist einer inzwischen verstorbenen englischen Cousine meiner Mutter zu verdanken. All das muss euch klar sein, sonst versteht ihr das nicht.«

»Wir verstehen sehr wohl, Liebling«, versicherte Nora. »Niemand würde im Traum darauf kommen, dass du kein Engländer bist. Deine Art zu reden, dein Auftreten – so etwas lernt man nur in der Kindheit.«

Doch was war mit der Mutter, die Wohnungen in London anmietete? Und mit dem Vater, den er noch nicht einmal erwähnt hatte? Gab es Geschwister? Fragen über Fragen standen im Raum und umschwirrten uns wie schimmernde Schmetterlinge.

Eric hüstelte. »Bitte zwingt mich nicht, über die Vergangenheit zu sprechen. Es fühlt sich an, als müsste ich ersticken. Vergessen wir das Ganze.«

Er sah mich an, als bitte er um meine Zustimmung. Ich sagte ihm, ich bezweifelte, dass er so leicht vergessen könnte, selbst wenn er wollte, und dass ich hoffte, er könne sein Geburtsland eines Tages in einem objektiveren Licht sehen, das die guten Seiten ebenso zulasse wie die zerstörerischen.

»Ausgeschlossen«, sagte er, »in meiner deutschen Vergangenheit gibt es nichts Positives.«

»Deutschland hat die Nationalsozialisten und die Gaskammern hervorgebracht, aber auch Thomas Mann und Einstein.«

»Nein«, entgegnete er zutiefst traurig. »Es ist ein weitverbreiteter gewaltiger Fehler, Deutschland nach ein paar ins Exil getriebenen Genies zu beurteilen, allesamt Ausgestoßene, die vor dem Hass ihrer Mitbürger fliehen mussten. Das wahre, ursprüngliche, unwandelbare Deutschland besteht aus unzähligen Grubachs, die an dem einen Tag *Heil Hitler* brüllen und am nächsten die Demokratie in den Himmel loben. Glaubt mir, der Fall ist hoffnungslos.«

Ich trat ans Bullauge und spähte hinaus: Die weite Bucht von La Coruña schwamm in einem honigblassen Licht, das die sanften graugrünen Hügel überpuderte.

Die Silhouette verschmolz mit den von Gitterbalkonen bekränzten niedrigen Häusern entlang der Küste.

»Lass uns einen Spaziergang machen, Eric«, sagte Nora. Sie klang erschöpft.

»Gute Idee. Wir trinken einen echten spanischen Sherry und feiern«, sagte Eric und stand auf.

Als wir die Kabine verließen, fragte ich nicht, was es zu feiern gebe, abgesehen vielleicht von der menschlichen Gabe, allen Widerständen zum Trotz zu überleben.

Später am Nachmittag saßen wir in einem Straßencafé, ermüdet von einem langen Spaziergang, der uns tief in die Hügel hinter dem Hafen geführt hatte, von dort wieder zurück über den Marktplatz und weiter den Hauptboulevard die Küste hinab, vorbei an Läden mit filigranem Goldschmuck aus Toledo, handgenähten ledernen Brieftaschen, leuchtend bunten Seidenschals mit dem Aufdruck *Recuerdos de la Coruña*, Keramikaschenbechern aus Vigo und Spitzenmantillen aus Sevilla. Nora hatte beschlossen, sämtlichen Verwandten farbenfrohe spanische Andenken mitzubringen, auf dem Stuhl neben ihr stapelten sich Päckchen.

Der Kellner hatte uns einen erstklassigen *Jerez de la Frontera* in kleinen Flöten serviert, die die letzten Strahlen des warmen Sonnenlichtes einfingen, soweit es durch die starr vor uns aufragenden Palmen drang. Atmosphäre und Architektur von La Coruña erinnerten an das benachbarte Portugal. Die Fenster mit ihren dicht geschlossenen Läden säumten die Bucht wie eine Kette blinder Wächter, die hinter schmalen schmiedeeisernen Balkonen Schutz suchten. Die meisten Hotels und öffentlichen Gebäude mit ihren ausladenden Seitenflügeln waren, ganz im Stil des neunzehnten Jahrhunderts, überfrachtet mit Türmchen und geschwungenen Friesen, sie glichen Geburtstagstorten, von denen der Zuckerguss bröckelte. Wohin man auch blickte, nirgendwo stimmte der bauliche Wildwuchs, der nach Reparaturen, frischer Farbe und Glas für die zerbrochenen Fenster schrie, mit der landschaftlichen Schönheit dieser Küste überein. Spanien war arm und zudem auf trotzige, zur Schau gestellte Weise unglücklich.

Die Zensur hatte der spanischen Presse den Garaus gemacht. Dennoch konnten wir auf der Hauptstraße ohne große Mühe eine Londoner Zeitung erwerben, in der es von Nachrichten über Spanien nur so wimmelte. Eben jetzt zogen aufständische Studenten durch Barcelona, Mütter veranstalteten Protestmärsche in Madrid, und der britische Korrespondent berichtete, die Falange täte sich schwer, die Opposition niederzuschlagen, nicht weil sie, wie Franco behaupte, von kommunistischen Aufwieglern durchsetzt sei, sondern weil die Spanier es satthätten, sich von einfältigen, verlogenen Versagern regieren zu lassen.

»Überall das Gleiche«, sagte Eric verdrossen und faltete die Zeitung auf Luftpostgröße zusammen. »Immer, wenn die Welt besonders dringend weitblickende, visionäre Staatsmänner braucht, droht sie in einer Führungskrise zu versinken.«

»Oh, seht mal – da ist Grubach«, unterbrach ich ihn und holte uns in eine schnödere Wirklichkeit zurück. »Der war wohl auch einkaufen.«

Beladen mit Päckchen, überquerte er die Straße Richtung Anlegestelle; aus einer seiner Taschen blitzte ein allzu eilig verstautes rotseidenes Tuch. Allem Anschein nach hatte er Frau und Kinder, die daheim auf Mitbringsel warteten. Zum ersten Mal überlegte ich, wie diese Familie aussehen und was für ein Mensch Grubach in seiner vertrauten Umgebung sein mochte, fern von der erzwungenen Abgeschiedenheit auf unserem Schiff.

»Gott sei Dank sind wir ihn in achtundvierzig Stunden los«, sagte Eric unvermittelt, als könne er diesen Menschen keine Minute länger mehr ertragen.

Dass Grubach die gesamte Reise über nicht von ihm abgelassen habe, müsse er sich selbst zuschreiben, sagte ich und stellte mein Glas ab. Hätte er nur gewollt, wäre es mit einem Schlag zu beenden gewesen.

»Wie?«, fragte er.

Nun, entgegnete ich, dass dieser Mann ihm so zugesetzt habe, sei vermutlich Erics instinktiver Furcht zuzuschreiben, Grubach könnte hinter der britischen Fassade die deutsche Seele erkennen.

Nachdenklich bestellte Eric einen weiteren Sherry.

»Schon möglich«, gab er zu.

»Ohne diese Furcht hättest du ihn gleich am ersten Tag mundtot machen können.«

»Und wie?«, fragte er erneut.

»Für den armen Grubach warst du, der ihn rundweg abblitzen ließ, ein Musterbeispiel britischer Tugenden. Hättest du ihm nur fünf Worte in astreinem Berlinerisch an den Kopf geworfen, er wäre vor Schreck in Ohnmacht gefallen.«

Eric beobachtete, wie der Kellner den Sherry so langsam einschenkte, dass die Sonne jeden Tropfen in einen golden funkelnden Edelstein verwandelte.

»Ich bringe es nicht fertig, Deutsch zu sprechen«, sagte er.

»Du meinst, du willst nicht.«

»Nein, mit wollen hat das nichts zu tun.«

Angefangen hatte es bei der Beerdigung seiner Mutter, die 1936 in London gestorben war, wo sie sich eines Krebsleidens wegen hatte behandeln lassen. Als ihre deutschen Freunde bei der Beerdigung auf Eric zugingen und die üblichen tröstlichen Worte sprachen, hatte er unwillkürlich auf Englisch geantwortet. Dann war er allein in die kleine Wohnung am Regent's Park zurückgekehrt, die er mit seiner Mutter geteilt hatte, und saß bis zum Morgengrauen in dem kalten, leeren Wohnzimmer.

»In jener Nacht muss etwas mit mir geschehen sein«, schloss Eric, hob sein Glas, nahm einen Schluck und stellte es wieder ab. »Auf bestimmte Weise starb in jener Nacht auch ich. Am nächsten Tag zog ich um. Ich fing an, den Namen Devon zu führen. Als meine Einbürgerung genehmigt wurde, ließ ich ihn gesetzlich eintragen. Doch erst sehr viel später wurde mir klar, dass mir zusammen mit meinem ehemaligen Ich auch meine Muttersprache abhandengekommen war. Hin und wieder habe ich versucht, Deutsch zu sprechen, doch ich bringe kein Wort mehr heraus. Ihr werdet es mir nicht glauben – manchmal fallen mir die einfachsten Wörter nicht ein.«

Ich beobachtete, wie Grubach ein Päckchen fallen ließ, es aufhob und auf seinen kurzen flinken Beinen davoneilte.

»Ich weiß, es ist merkwürdig, seine Muttersprache zu verlernen. Aber –« Eric brach ab und sah gleichfalls zu Grubach hinüber.

»Du hast sie nicht wirklich verlernt, Liebling«, sagte Nora. »Ich glaube, du könntest sie jetzt sprechen – vom Fleck weg, wenn es nur einen wirklich dringenden Grund dafür gäbe.«

»Nein, ganz sicher nicht. Ich brächte keinen Ton heraus«, entgegnete er.

Nora seufzte. »Ich wünschte, ich hätte als Kind Deutsch gelernt«, sagte sie. »Es wäre so schön, Goethe und Heine und all die anderen wunderbaren Dichter im Original zu lesen.«

»Unsinn«, sagte Eric, als wir aufstanden. »Ihr habt doch Shakespeare.«

Die Reise war fast geschafft, und auf dem Schiff herrschte freudige Unruhe. Auch unser Grüppchen beschloss, die bevorstehende Ankunft zu feiern. Nollet wartete mit einer Flasche Champagner auf, ich steuerte einen Cognac bei, den ich in Spanien gekauft hatte, die van Nosts brachten einen aromatischen hochprozentigen holländischen Aperitif und die Devons eine Flasche Scotch. Nach dem zweiten Anstoßen kamen wir überein, die Hitze, das fade Essen, den Krach und die stickigen Kabinen zu vergessen und nur jene angenehmen Reisegefährten in Erinnerung zu behalten, die sich um unseren Tisch versammelt hatten.

Nollet zeigte uns ein Telegramm von seiner Tochter Caroline, die ihn bereits erwartete, um den August mit ihm am Lac d'Annecy zu verbringen. Miss Leeds war für den Rest des Sommers zu einer alten Freundin eingeladen, einer ebenfalls pensionierten Gouvernante, die in einem rosenumrankten Cottage bei Tunbridge Wells lebte. Die van Nosts wollten zu einem Cousin und seinen Kindern nach Zandvoort aan Zee fahren, und die Devons schwankten noch, ob sie vor Erics Arbeitsbeginn in ihrer Wohnung in Chelsea ein paar Ruhetage einlegen oder eine Stippvisite bei Noras Eltern in Cornwall machen sollten.

Natürlich musste just in diesem unbeschwerten Moment Herr Grubach mit einer Flasche in der Hand auf uns zusteuern. Er nahm unsere heiteren Mienen als Einladung, wedelte übermütig wie ein junger Cockerspaniel um uns herum, zog sich einen Stuhl heran, entkorkte seine Flasche, bot uns von dem Weinbrand an und begann, uns seine Pläne kundzutun: ein Tag London, um das Britische Museum, die Abtei von Westminster und selbstverständlich den Buckingham-Palast zu besichtigen, einen Tag in Paris mit Eiffelturm und Napoleons Grab, danach per Express heim nach Köln.

Er wolle die Gelegenheit ergreifen, sagte er in feierlichem Ton, uns alle zu sich einzuladen, sobald wir nach Deutschland kämen. Dass man käme, schien Grubach als selbstverständlich vorauszusetzen. Er zog einen schmalen Notizblock aus der Tasche und schrieb auf verschiedene Seiten seine Adresse und Telefonnummer, damit er uns am Flughafen oder Bahnhof oder wo auch immer mit seinem kleinen Volkswagen abholen könne, dem perfekten Auto für eine Stadtrundfahrt. Grubachs Gesicht glühte vor Freude, als er seine Zettelchen verteilte. Miss Leeds blickte ratlos drein, die van Nosts konsterniert, Nollet höchst gelangweilt.

»Mister Devon?« Grubach wedelte mit einem Zettel vor Erics Nase.

Eric wurde starr vor Abwehr. »Ich … bedaure. Danke,

nein.« Und nach einer kurzen Pause: »Nie im Leben werde ich einen Fuß auf deutschen Boden setzen.«

Grubach wurde rot, seine runden schweißfeuchten Wangen glühten, als hätte man ihm den Inhalt seines Glases ins Gesicht gekippt.

»Ich weiß, wie Sie sich fühlen«, sagte er gefasst und mit respektgebietendem Ernst. »Mein Vater fiel im Ersten Weltkrieg. Ich war erst siebzehn, als ich an die Front musste, und kehrte schwer verwundet aus dem Feld zurück. Im letzten Krieg habe ich beide Brüder verloren, meine Tochter starb an Typhus, weil es keine Medikamente und nichts zu essen für sie gab, und mein ältester Sohn hat bei einem Bombenangriff auf unser Haus ein verkrüppeltes Bein davongetragen. Der Krieg hat keinen von uns verschont. Wohin ich auch komme, die Menschen wollen vergessen und in Frieden leben. Können nicht auch wir vergessen, Mister Devon?«, bat er. »Vergessen, dass Sie Brite sind und ich Deutscher bin? Müssen wir denn auf ewig verfeindet bleiben?«

Eric wandte ihm sein Gesicht zu, sagte aber nichts. Sein stumpfer, fassungsloser Blick schien gegen eine innere Mauer zu prallen, gefügt aus den Trümmern einer zerstörten Welt. Er sah Grubach an, ohne ihn zu sehen. Als er endlich seine Sprache wiederfand, bebte sein Körper, und nur widerstrebend brachte er gequält die Worte über die Lippen:

»Herr Grubach«, sagte er voller Verachtung, »wir deutsche Juden werden niemals vergessen.«

Er hatte deutsch gesprochen, und ich sah, wie die van Nosts zurückwichen, die sanften hellen Augen vor Verblüffung geweitet. Nollet überlegte hastig, ob er recht gehört habe, und begriff zugleich, dass dieser Satz vieles erklärte, was ihm an Devon ein Rätsel geblieben war.

Wir alle schauten, als hätten wir uns abgesprochen, auf Grubach, der wie betäubt mit stierem Blick und vorquellenden Augen dasaß. Schließlich erhob er sich mit so steinerner Miene, als habe er endgültig jede Illusion und alle Hoffnung auf Glück begraben. Schwankend ging er davon; seine einsame Reise nach Deutschland musste er ohne wärmenden Abschied antreten.

DREI

Nach der tropischen Hitze der Überfahrt schien uns die regnerische bleigraue Kälte Londons bis auf die Knochen zu dringen, als wir, die Devons und ich, am Bahnhof in ein Taxi stiegen. Obwohl meine Unterkunft, ein Zimmer in einem Ladies Club, dem ich seit Jahren angehörte, nicht auf ihrem Weg lag, bestanden sie darauf, mich dort abzusetzen, und Nora versuchte mit allen Mitteln, mich zu überreden, bei ihnen zu wohnen. Das sei leider unmöglich, behauptete ich, da ich bereits vor Wochen reserviert hätte. In Wahrheit hatte ich das Gefühl, dass die beiden nach allem, was sie in letzter Zeit durchgemacht hatten, Zeit für sich allein brauchten.

»London ist eine wundervolle Stadt«, sagte Nora, als wir durch die tropfende Stille des Hyde Park fuhren. Im verwaisten Wasser der Serpentine spiegelten sich silbergraue Wolkenfetzen, und ein paar einsame Reiter kanterten mit den grimmigen Gesichtern von Soldaten, die ihre Niederlage zu einem Sieg erklären, die Rotten Row hinunter.

»Ich hoffe nur, dass zu Hause alles in Ordnung ist«, seufzte Nora. Sie hatten ihre Wohnung an eine junge Frau aus Erics Büro vermietet, ein sympathisches Mädchen, das versprochen hatte, die Pflanzen zu gießen. Ein halbblinder, aber entzückender Kater namens Chaucer musste ebenfalls gefüttert werden. Die Nachbarin ein Stockwerk tiefer kümmerte sich um ihn, wenn die Devons verreisten.

»Glaubst du, Chaucer erinnert sich überhaupt noch an uns?«, fragte sie Eric.

Nora schien alles daranzusetzen, diese Heimkehr so normal wie möglich erscheinen zu lassen, ganz als wäre Eric noch immer der Mann, den sie geheiratet hatte, als hätte es den Nervenzusammenbruch, die Depression und Grubach, der das Ganze zum Überlaufen gebracht hatte, nie gegeben.

Eric blickte in den Regen hinaus zu den Zeitungsverkäufern am Lancaster Gate, die sich in den dunklen U-Bahn-Eingang drängten und eben, als das Taxi die Fahrt verlangsamte, riefen: »Suezkrise! Die neuesten Schlagzeilen!«

»Katzen sind die eigentlichen Ausbeuter des Menschen«, sagte er schließlich. »Chaucer schert sich einen Dreck darum, wer ihm seine Milch gibt, Hauptsache, er bekommt sie.«

An der Bayswater Road stieg ich aus.

»Ich rufe dich später an«, sagte Nora.

»Ja, gehen wir morgen Abend zusammen aus«, rief Eric mir nach. »Zum Essen oder ins Theater oder dergleichen. London ist herrlich. Ich kann gar nicht sagen, wie froh ich bin, wieder zurück zu sein.«

Erst auf meinem Zimmer dämmerte mir, was mich an Erics Abschiedsworten irritiert hatte: der aufgesetzte, allzu beherzte Ton eines Menschen, der sich selbst in die Tasche lügt.

Es war spät, als Nora sich meldete.

»Störe ich?« Sie klang verhalten. »Ich hatte früher anrufen wollen, aber es gab so viel zu erledigen.«

»Ich habe mich schon gefragt, wie ihr alles vorgefunden habt.«

»Kannst du mich hören?« Aus irgendeinem Grund flüsterte sie.

»Natürlich.«

»Gleich nach unserer Rückkehr hat sich Eric in sein Zimmer eingeschlossen und es seither nicht mehr verlassen. Er führt Selbstgespräche, auf Deutsch! Es klingt, als würde er rezitieren. Ein regelrechter Wasserfall scheint aus ihm hervorzubrechen.«

»Das freut mich.«

»Ich hoffe nur, es gibt ihm nicht den Rest.« Sie machte eine Pause. »Hattest du einen schönen Nachmittag?«

»Ich war einkaufen, Tee trinken im Savoy. Mir gefällt London, egal ob bei Sonne oder Regen.«

»Kannst du dir morgen für uns freihalten? Komm doch zum Mittagessen, unsere Adresse hast du ja. Ich muss mit dir reden.«

Sie hängte ein, und ich ging zu Bett, wo ich stundenlang wach lag. Bilder aus Deutschland bedrängten mich: der Rhein, den ich in so vielen Filmen hatte fließen sehen; der über der zerbombten Stadt aufragende Kölner Dom; Hitler bei der Truppenabnahme; SS-Divisionen auf dem Marsch durch Europa; die in den KZs bei der Befreiung am Boden zuckenden, zu Skeletten abgemagerten Menschen. Inmitten dieses wirren, quälenden Bilderstroms glaubte ich Eric Devon zu sehen, wie er in seinem Zimmer auf und ab ging und versuchte, sich Passagen aus den Werken von Goethe, Schiller und Heine ins Gedächtnis zurückzurufen, die er in seiner stürmischen Jugend auswendig gelernt hatte. Ihre Bruchstücke umschwirrten ihn und warteten darauf, nach den langen düsteren Jahren vollständiger Verdrängung wieder in den Teppich seines Lebens eingewoben zu werden.

Als ich am nächsten Tag zu den Devons nach Chelsea kam, lag zäher Nebel über der Themse. Er umhüllte das gegenüberliegende Ufer mit seinen stattlichen Bauten und auch noch den nächstgelegenen Brückenbogen, so dass die majestätisch langsam vorüberziehenden Lastkähne nicht auf Wasser, sondern auf gewelltem Nebel dahinzugleiten schienen.

Das vierstöckige Gebäude aus dem achtzehnten Jahrhundert stand unmittelbar am Fluss. Bevor ich klingelte, blickte ich hoch und sah Nora, die nach mir Ausschau gehalten haben musste, hinter den Vorhängen verschwinden. Ich stieg die Treppen hinauf, vorüber an kunstvollen, auf Lacktapeten gedruckten Jagdszenen, und schon öffnete Nora die Wohnungstür.

»Wie schön, dich zu sehen«, rief sie, als wären Jahre seit unserem Abschied vergangen. Sie trug ein kupferfarbenes Tweedkostüm und glänzend goldene Ohrclips.

»Wie geht's Eric?«

»Er hat vergangene Nacht kein Auge zugetan«, entgegnete sie, als wir durch einen schmalen dunklen Flur in das geräumige, hellblau und weiß gehaltene Wohnzimmer traten. »Hör ihn dir an.«

Wir waren unweit des Fensters stehen geblieben, dessen nebelverhangener Ausschnitt an ein Turner-Gemälde erinnerte. Lauschend stand ich da und nahm bald ein rhythmisches Geräusch wahr, das wie das Echo einer fernen düsteren Litanei durch die Tür am Ende des Flurs drang.

»Wenn er so weitermacht, bricht er noch zusammen. Gegessen hat er auch nichts, nur literweise schwarzen Kaffee getrunken«, sagte Nora besorgt. »Als ich heute Morgen nach ihm sah, war er völlig verzweifelt, weil ihm eine Stelle aus *Faust* nicht mehr einfallen wollte und seine deutschen Bücher seit Jahren eingemottet sind. Ich habe ihm versprochen, sie so bald wie möglich herauszusuchen.«

Sie unterbrach sich, denn die Tür im Flur öffnete sich und Eric kam zu uns ins Wohnzimmer.

»Ich habe die Klingel gehört«, sagte er. »Wie ich sehe, bewunderst du unsere Aussicht. Wir haben die Wohnung vor allem ihretwegen genommen. Hat Nora dir schon die traurige Neuigkeit erzählt?«

»Ich bin gerade erst hereingekommen. Wir haben uns kaum begrüßt.«

»Chaucer ist tot.«

»Chaucer?« Dann fiel es mir wieder ein. »Euer Kater. Wann ist es passiert?«

»Wohl schon vor Wochen. Ein friedlicher Tod. Er sei einfach eingeschlafen, erzählte unsere Untermieterin. Sie wollte es uns nicht schreiben, um uns die Ferien nicht zu verderben.« Eric bot mir einen Sherry an und schenkte sich ebenfalls ein. Nora war in die Küche verschwunden.

»Chaucer war eine Persönlichkeit«, fuhr er fort. »Er wird uns fehlen. Er hatte etwas von einem Oxforder Professor, scheinbar hochmütig, aber der Schalk saß ihm im Nacken.«

Eric wirkte auf nervöse Weise zerstreut, streifte durchs Zimmer, kramte in verschiedenen Schachteln nach einer Zigarette, hielt sie aber, als er endlich fündig geworden war, zwischen den Fingern, ohne sie anzuzünden, rückte einen Stich an der Wand gerade, trat ans Fenster und ließ den Blick durch den Nebel über die Schlepper und die Silhouette der Brücke wandern, wandte sich ab, ging zur Tür, nahm Nora die schwere Kasserolle ab und stellte sie auf den kleinen, mit blauem Florentiner Porzellan eingedeckten Tisch.

Wir setzten uns. Nora hatte ein köstliches Hühnchen in Weißwein zubereitet, doch Eric würdigte seinen Teller keines Blickes. Hinter der durchscheinenden Blässe seiner Haut und in seinen tiefliegenden Augen flimmerte eine innere Unruhe, zudem redete er in einem fort, fieberhaft bemüht, von seinen wahren Gedanken abzulenken und nur keinen Augenblick Stille aufkommen zu lassen. Allem Anschein nach hatte seine lange unterdrückte Muttersprache einen Sturm von Erinnerungen ausgelöst, die ihn nun bedrängten, ihm über die Schultern spähten, an ihm zerrten und ihn immer wieder zusammenschrecken ließen, als befinde er sich auf der Flucht vor einem unsichtbaren, aber abstoßenden Dämon.

Ich fragte mich, was er uns auf diesem Umweg mitzuteilen versuchte. Nora gab mir eine zweite Portion auf den Teller.

»Tja, diesem Grubach habe ich den Schrecken seines Lebens eingejagt, was?«, rief Eric plötzlich, als hätte er den kürzesten Weg aus seinem Labyrinth gefunden. »Ich muss sagen, ich war selbst ganz überrascht, mich so reden zu hören, aber natürlich weiß ich warum.«

»Warum was …?«, fragte Nora.

»Warum ich mich einen deutschen Juden genannt habe.« Er schien sehr mit sich zufrieden. »Den grauenhaften Nürnberger Rassegesetzen zufolge reichte eine jüdische Großmutter, um als ›nichtarisch‹ zu gelten. Die Mutter meines Vaters, Charlotte Ahrenfeld, stammte aus einer jüdischen Familie, die Dalburgs, der väterliche Zweig, waren preußische Protestanten, das machte meinen Vater zum Paria, einem sogenannten *Mischling*.«

»Das Hühnchen ist köstlich, Liebling. Iss doch etwas«, drängte Nora.

»Vor Hitler konnte ich mit dem Wort ›Jude‹ kaum etwas anfangen«, fuhr er unbeirrt fort, »denn meine engste Familie war kein bisschen religiös, und unter uns Verwandten bestand nicht der geringste Unterschied. Doch als ich diesem ach so bescheidenen Grubach gegenübersaß und mit jeder Faser spürte, dass er einst ein glühender Nazi war, habe ich mich automatisch mit dem verfolgten Zweig meiner Familie identifiziert, der heute –«

Er stockte, unfähig weiterzureden.

»Erzähl uns von deiner Großmutter Charlotte«, sagte Nora.

»Eine bemerkenswerte Frau«. Er klammerte sich an Noras Stichwort. »Glücklicherweise starb sie 1932 im Alter von neunundsiebzig Jahren. Glücklicherweise, sage ich, weil sie derart kultiviert, weltbürgerlich und liberal war, dass es sie umgebracht hätte, Hitler an der Macht zu sehen. Mein Großvater Dalburg war ein namhafter Chirurg, ein brillanter Mann. Er starb, als ich noch klein war.«

Eric begann die bezaubernde Villa in der Hubertusallee zu beschreiben, die seiner verwitweten Großmutter gehört hatte, ein weißes Haus mit einundzwanzig Zimmern, umgeben von einem Garten, in dem sich ihre Enkel samt Freunden zum Spielen versammelten, so beflügelte er die Phantasie. Statt in akkuraten Rabatten blühten die Blumen in verschwenderischer exzentrischer Fülle, umrankten Lauben und Bogengänge, schlangen sich um Marmorfiguren und Vogelbäder. Wie hatte er sie geliebt, die Villa von Großmutter Lotte. Nie wieder war er so glücklich gewesen. Wenn er es recht bedachte, war seine gesamte frühe Kindheit glücklich gewesen, trotz des Ersten Weltkrieges und der darauf folgenden Wirtschaftsdepression. Ob seine Cousinen und Cousins, sollte er ihnen jemals wiederbegegnen, mit der gleichen Wehmut an diese Villa dachten wie er?

»Natürlich waren darunter auch Cousins, die ich nicht ausstehen konnte«, sagte er und nahm endlich von seinem Hühnchen Notiz. Er stocherte mit der Gabel darin herum, nahm einen Bissen, nickte anerkennend und kaute in nachdenklichem Schweigen. »Die Familie meiner Mutter, die von Ludowitz, waren preußische Adlige und entsetzliche Langweiler«, fuhr er nach einer Weile fort. »Mein Onkel, der im Ersten Weltkrieg heldenhaft für sein Vaterland fiel, verhielt sich für einen Militär gar nicht mal so übel, seine beiden Söhne hingegen waren unausstehlich. Ich weiß es natürlich nicht, doch würde es mich nicht wundern, wenn sie in die Fußstapfen ihres Vaters getreten und wie so viele Angehörige des Adels Wehrmachtsgeneräle unter Hitler geworden wären.«

»Ich habe Cousins, die ich seit meiner Kindheit nicht mehr gesehen habe. Wir haben nun einmal nichts gemeinsam«, bemerkte Nora betont leichthin.

»Zwei gab es, die ich nie vergessen werde. Leo und Magda Ahrenfeld, eigentlich Verwandte zweiten Grades. Habe ich dir je von Magda erzählt?«

»Möglich, ich weiß es nicht mehr«, log Nora tapfer.

»Mit zwanzig war ich furchtbar in sie verliebt.«

»Mit zwanzig war ich furchtbar in einen Schauspieler verliebt, der nicht einmal wusste, dass es mich gab«, entgegnete Nora.

Magda, berichtete Eric, hatte wunderschöne pechschwarze Augen und honigfarbenes Haar, die romantischste aller möglichen Kombinationen. Unglücklicherweise erkrankte sie an Tuberkulose, und als Eric eines Sommers aus den Ferien am Rhein zurückkehrte, überbrachte ihm Leo die traurige Nachricht, dass seine Schwester in einem Sanatorium in der Schweiz sei.

»Ist sie gestorben?«, wollte Nora wissen.

Die Frage schien ihn zu verblüffen. Er wusste es nicht, hatte sie aber nun schon seit so vielen Jahren in einem friedlichen, von Alpenblumen bewachsenen Grab gewähnt, dass er sich nichts anderes mehr vorstellen konnte.

Womit er auf Leo zurückkam, den fast gleichaltrigen Cousin, mit dem er häufig zusammen Geburtstag gefeiert hatte. Wie seine Großmutter Lotte, der Leo sehr ähnlich sah, war er außergewöhnlich begabt gewesen; nie werde Eric vergessen, wie Leo Geige spielte: eine Augenbraue leicht hochgezogen, während die Hand anmutig und virtuos den Bogen führte. Mit seinem umfassenden Wissen hatte Leo die Professoren der Humboldt-Universität zu erstaunen gewusst. Er beherrschte zahlreiche lebende Sprachen, zudem Latein und Altgriechisch. Leo hätte einen vollendeten Diplomaten abgegeben, darin seien sich alle einig gewesen, hätte seine wohlhabende Familie ihn nicht dazu ausersehen, ihr Antiquitätengeschäft zu übernehmen – und wäre er nicht Jude gewesen. Schließlich hatten die Nazis den Antisemitismus in Deutschland nicht erfunden. Sie hatten ihn nur ins Aberwitzige gesteigert.

»Vor einigen Jahren traf ich einen Mann, der gerade aus Israel zurückgekehrt war«, fuhr Eric nach einer Pause fort. »Er sagte, es gebe ein paar Ahrenfelds in Tel Aviv, doch konnte er sich nicht an die Vornamen erinnern.«

»Das sind doch bestimmt deine Verwandten. Gesund und munter«, sagte Nora beschwichtigend.

»Was mich am meisten quält, ist der Gedanke an Käthe. Die Vorstellung, sie könnte tot sein, ist mir unerträglich. Aber wie sonst sollte zu erklären sein, dass sie nie geschrieben hat?«

Hier konnte Nora ihm nicht helfen, es war ihr anzusehen, dass sie noch nie von dieser Käthe gehört hatte. Noch eine Cousine, in die er verliebt gewesen war?

»Na ja, sie war praktisch meine Schwester«, erklärte Eric.

Wir begaben uns zu dem Sofa am Kamin, wo Nora Kaffee servierte, während Eric, der rastlos auf und ab marschierte, begann, Näheres über dieses wichtige Mitglied seiner plötzlich wieder gegenwärtigen Familie preiszugeben.

Er sei etwa acht Jahre alt gewesen, wenn er sich recht erinnere, und, das müsse er zugeben, reichlich verwöhnt, ein Einzelkind, abgöttisch geliebt von seinen Eltern. Einmal sei seine Mutter spätabends in sein Zimmer gekommen und habe ihn geweckt. Schlaftrunken und verwirrt habe er sich aufgesetzt und ein traurig dreinblickendes kleines Mädchen mit Zöpfen und Pony vor seinem Bett stehen sehen, seine Cousine Käthe, das einzige Kind seines in Dresden lebenden Onkels väterlicherseits. Er konnte sich noch genau an die halberstickte Stimme seiner Mutter erinnern, die sagte: »Käthe wird von nun an bei uns leben und unser kleines Mädchen sein.« Viele Monate zogen ins Land, bis er und Käthe endlich herausfanden, dass Käthes Mutter bei einer schweren Geburt gestorben war, ebenso wie das Baby, und dass Onkel Heinrich sich nach sechs Monaten tränenvoller Trauer mit einer neuen Frau auf und davon gemacht hatte. Also wurde Käthe von Erics Eltern aufgezogen, und da beide Kinder den Namen Dalburg trugen, hielt man sie im Allgemeinen für Geschwister, bis mit der Zeit auch sie selbst fast vergaßen, dass sie eigentlich nur Cousin und Cousine waren.

Eric stockte, als müsste er sich schleunigst verkriechen; vor ihm schien sich ein dunkles Feld verborgener Ängste und dramatischer, nie besprochener Ereignisse aufzutun.

»Als mein Vater von den Nazis verhaftet wurde«, sagte er mit belegter Stimme, »lag die gesamte Last auf Käthes Schultern. Ich lebte schon hier in London – ein Flüchtling –, und meine Mutter befand sich ebenfalls hier, unheilbar krank.«

Vom Augenblick der Machtergreifung an hatten die Nazis, so erzählte Eric weiter, alles darangesetzt, Walter Dalburgs Lebenswerk, sein Verlagshaus, zu zerstören. Kunst war ihnen ohnehin suspekt, allemal die Bilder, die sie »entartet« nannten – Matisse, Picasso, Klee und viele andere, von seinem Vater in erstklassigen Editionen herausgegeben. Da er sich weigerte, davon auch nur ein Jota abzurücken, wurde er verhaftet. Eric hatte von Herrn Rudneck, dem Familienanwalt, einen Brief erhalten, der wochenlang unterwegs gewesen war, weil er aus Deutschland über die Schweiz nach England geschmuggelt werden musste. Darin erklärte der Anwalt ohne Umschweife, Doktor Dalburgs Chancen stünden schlecht – Widerstand gegen die nationalsozialistische Gleichschaltung, einen regimefeindlichen, ins Exil geflohenen Sohn, eine jüdische Mutter sowie jüdische Verwandte, denen er Schutz und Hilfe gewährt habe. Eine beachtliche Liste von Anschuldigungen, die den Anwalt das Schlimmste befürchten ließ.

»Monate später traf die knappe Mitteilung ein, mein Vater sei im Gefängnis verstorben. Es gelang mir, diese Nachricht vor meiner Mutter zu verbergen, Gott sei Dank, so dass sie ihre letzten Wochen ahnungslos und in der Hoffnung verbrachte, mein Vater würde uns schon bald nach England folgen.«

Nora griff nach seinen ineinander gekrampften Händen, löste sie und hielt sie sanft in den ihren.

»Der letzte Brief, den ich von Käthe erhielt, kam Monate später aus der Schweiz«, sagte er. Er hatte Mühe weiterzusprechen und rang nach Worten, als würde er sich in keiner Sprache mehr heimisch fühlen. Käthe war geflohen, doch statt zu ihm nach London zu kommen – durfte er das nicht erwarten? –, teilte sie ihm mit, sie werde nach Paris gehen, sie habe in Lausanne, wo sie vorübergehend Zuflucht gefunden hatte, einen französischen Ingenieur kennengelernt, den sie heiraten wolle. Sie hatte Eric eine Adresse in Paris mitgeteilt.

»Hast du geantwortet?«, fragte Nora.

Er blickte sie entgeistert an und schüttelte den Kopf. Jetzt erinnerte er sich: Nein, er hatte ihr nicht geschrieben. Er war so tief enttäuscht gewesen, hatte sich von ihr verraten und im Stich gelassen gefühlt. Ja, töricht. Und dann noch, im selben Brief, ihr Bericht über Tante Rosie. Er hatte beinahe den Verstand verloren, als er las, was Rosie getan haben sollte. Sie war die einzige Schwester seiner Mutter, er vergötterte sie, obgleich sie einen Bankier geheiratet hatte, einen blasierten Gecken namens Seidler, der natürlich ein begeisterter Anhänger des Führers war. Eric hatte den beiden dennoch vertraut und geglaubt, sie wären trotz allem auch seinem Vater von Herzen zugetan.

Käthe indes schrieb, weder Tante Rosie noch ihr Mann hätten auch nur einen Finger gerührt, um seinen Vater zu retten. Eines Abends war sie zu ihnen gefahren, hatte sich außer sich vor Kummer ihnen zu Füßen geworfen, und sie hatten nichts anderes zu sagen gewusst als: »Das verstehst du nicht, Kind. Wir können nichts tun.«

»So war das«, rief er, »das Berlin des Jahres 1936. Selbst hochgestellte Nazis wagten es nicht mehr, einen Finger krumm zu machen, um Angehörige zu retten, aus Angst, es könnte ihnen selbst an den Kragen gehen. Jeder wusste, wie gnadenlos Hitler sogar engste Verbündete aus dem Weg geräumt hatte.«

Er sprach jetzt schleppend und undeutlich, als würden seine Worte von Watte gedämpft.

»Ich schämte mich«, gestand er. »Ich schämte mich, Deutscher zu sein und dem Volk anzugehören, das dieses barbarische Regime zuließ. Als Erich Dalburg konnte ich nicht weitermachen. Als Eric Devon gelang es mir, am Leben zu bleiben.«

Eine fadenscheinige Lösung, hätte man einwenden mögen. Andererseits war seine Reaktion nur allzu verständlich, ein aus tiefster Verunsicherung und Angst errichteter Schutzwall, der über Jahre hinweg gehalten und Eric erlaubt hatte, zu arbeiten, zu heiraten und ein halbwegs normales Leben zu führen. Doch wieso brach der Wall nun ein, Jahre später, wo es keine unmittelbare Bedrohung oder Gefahr mehr gab?

»Ich habe dich nie gefragt, Eric, vielleicht glaubte ich, du würdest es mir irgendwann von dir aus erzählen«, sagte Nora sehr leise, »aber wie kamst du auf den Namen Devon?«

»Du hättest ruhig fragen können. Die Erklärung ist simpel. Meine Mutter liebte die Küste von Devonshire. Einmal in meiner Kindheit mieteten wir sogar ein Sommerhaus dort. Nach ihrem Tod kam mir der Name wie von selbst. Erst jetzt verstehe ich, dass er eine tiefere Bedeutung haben muss – die Verbindung mit meiner Mutter.«

Er hob den Kopf, und all seine Ängste, Befürchtungen und seine Trauer schienen sich jäh zu einem überwältigenden Schuldgefühl zu ballen, das er nicht länger allein ertragen konnte.

»Ich hätte 1936 nach Berlin zurückkehren müssen«, sagte er voll bitterem Schmerz. »Ich hätte zurückkehren und versuchen müssen, meinen Vater zu retten.«

Jetzt, da er es endlich ausgesprochen und die dünne Haut über der schwärenden Wunde aufgeplatzt war, konnte er sich in das Sofa zurückfallen lassen und mit gesenktem Blick, die Hand seiner Frau fest in der seinen, auf Noras Urteil warten.

»Aber Liebling, deine Mutter lag im Sterben. Du konntest sie nicht allein lassen. Gewiss war es deinem Vater ein Trost, dass er Frau und Sohn in Sicherheit wusste.«

»Wenn selbst seine Freunde mit guten Beziehungen und seine Naziverwandten ihn nicht retten konnten«, fügte ich hinzu, »was hättest du, ein Junge, ein bekannter Regimegegner im Exil, mit deiner Rückkehr erreichen können?«

Erschöpft zog er unsere Einwände in Betracht und klopfte sie auf Schwachstellen ab, um seine Selbstkasteiung fortzusetzen.

»Sag bitte nicht, du hättest dein Leben opfern sollen, um gemeinsam mit deinem Vater zu sterben.« Nora versuchte seiner Verzweiflung mit Vernunft beizukommen. »Auch ich habe den Krieg durchgemacht. Und ich weiß, dass diese grausame Welt eines ganz bestimmt nicht braucht: sinnlose Heldentaten.«

Er schaute betrübt aus dem Fenster. »Nein, wahrscheinlich nicht.«

»Es regnet wieder«, rief Nora, um Ablenkung bemüht. Nebel und Wasserdunst tauchten das Zimmer in einen Halbdämmer, aus dem unsere Körper geisterhaft blass auftauchten, als sie die bernsteinfarbene Lampe hinter dem Sofa anknipste.

»Leg dich ein bisschen hin«, sagte sie zu Eric. Er ließ den Kopf gegen das blaue Polster sinken, vor dem seine müden Züge erschreckend eingesunken wirkten.

»Du hast recht«, antwortete er und stand langsam auf. »Wenn das Wetter aufklart, gehen wir heute Abend aus, Dinner und ein Theaterbesuch.«

Er verschwand im Flur, zutiefst hoffnungslos, ein gebrochener Mensch, und die Schlafzimmertür schloss sich hinter ihm. Nun hatte er den ganzen Nachmittag geredet, hatte um innere Klarheit und Erleichterung gerungen, doch Worte allein konnten seinen Seelenfrieden nicht wiederherstellen. Zwanzig Jahre lang hatte Eric Devon versucht, die eine Frage zu verdrängen, die sich auf die Dauer nicht verdrängen ließ. Wie war sein Vater ums Leben gekommen? Hatte man ihn hingerichtet, in seiner Zelle ermordet, hatte er Selbstmord begangen, oder war er eines natürlichen Todes gestorben?

Ich glaubte nicht – und wusste dabei Nora auf meiner Seite –, dass Eric jemals Frieden finden würde, wenn er nicht den Mut aufbrachte, sich dieser Frage zu stellen und endlich eine Antwort zu suchen.

Das Unwetter wurde so heftig, dass Nora darauf bestand, mich in ihrem Gästezimmer einzuquartieren, und da sie die Aussicht auf einen Abend ohne Gesellschaft zu bedrücken schien, willigte ich ein. Sie lieh mir einen warmen wollenen Morgenrock und Pantoffeln und schlüpfte selbst in einen karierten Bademantel. Wir zogen uns in die kleine gelbgestrichene Küche zurück, wo die feuchte Kälte am erträglichsten war, machten Tee und toasteten Käsesandwiches. Von Zeit zu Zeit warf Nora einen vorsichtigen Blick ins Schlafzimmer, doch nach den Wochen größter Erschöpfung schlief Eric tief und fest.

Nun war es Nora, die in einem fort redete, sie schien das Bedürfnis zu haben, ihre Rolle in dieser verfahrenen Situation zu klären. Ihrer Ansicht nach hatte sich Erics Zustand trotz der sogenannten Auszeit auf Jamaika verschlechtert. Bis vor einem halben Jahr hatte er engagiert für den Verlag gearbeitet, in dem er als stellvertretender

Leiter eine gute Stellung bekleidete. Über einen Mangel an Bekannten konnten sie sich wahrlich nicht beklagen, auch wenn sie diese nicht als enge Freunde bezeichnet hätte, ihr Leben war erfüllt gewesen mit Konzert- und Theaterbesuchen, Vernissagen und literarischen Tees. Eric schien gern unter Leuten zu sein. Zwar kam es immer wieder zu diesen rätselhaften und beängstigenden Depressionen, doch diese Schübe seien nie von Dauer gewesen. Letzten Winter allerdings habe sich das geändert. Völlig überraschend war er eines Tages zusammengebrochen, hatte sich ins Bett gelegt, wollte niemanden mehr sehen und weigerte sich, etwas zu essen oder zu sagen. Der Arzt habe gemeint, Eric sei überlastet, obwohl er in den vorangegangenen Monaten nicht mehr gearbeitet hatte als sonst. Als die Bronchitis dazugekommen sei, hätten sie einen guten Grund gehabt, um auf Reisen zu gehen.

»Ich kann dir gar nicht sagen, wie wunderbar sich meine Eltern bei alldem verhielten«, fügte sie hinzu. »Könnte ich ihnen doch nur die Wahrheit gestehen. Aber Eric will nichts davon wissen.«

Ich gab zu bedenken, dass sie die Wahrheit womöglich schon kannten. Nora hatte ihre Eltern als anständige, gewissenhafte Menschen beschrieben, die angesichts einer Krise bestimmt nicht tatenlos herumsaßen. Noras Vater war Offizier im Ruhestand mit hervorragenden Verbindungen zu höchsten Regierungskreisen. Ein diskreter Anruf genügte, und er würde alle Einzelheiten über seinen geheimnisvollen Schwiegersohn erfahren, der seine Einbürgerungsdokumente zwar vor Freunden geheim halten konnte, aber gewiss nicht vor der britischen Regierung, die sie ihm ausgestellt hatte.

Nora musste einräumen, dass sie darauf längst hätte kommen sollen. Sie erinnerte sich, wie ihre Familie stets darauf bedacht war, zwischen den Nazideutschen und den deutschen Emigranten »auf unserer Seite« zu unterscheiden. Zudem hatte ihre Mutter von Eric stets als »dem armen Jungen« gesprochen, ohne ihr Mitgefühl näher zu begründen.

»Der heutige Nachmittag muss für Eric entsetzlich gewesen sein, aber kannst du dir vorstellen, wie mir dabei zumute war?«, fragte sie unvermittelt.

Ich konnte es mir vorstellen. Sie hatte einen Mann geheiratet, dessen Leben augenscheinlich erst im Jahr 1936 begann. Jahrelang hatte sie mit ihm zusammengelebt, ohne dass er ein Wort über seine Vergangenheit verloren oder von seiner Familie gesprochen hätte, und mit einem Mal …

»Ich wusste, dass seine Mutter hier in London an Krebs gestorben ist. Irgendwann kamen wir an dem Pflegeheim in Hampstead vorbei, und Eric zeigte es mir. Doch ich hatte keine Ahnung, dass sein Vater im Gefängnis umkam.«

Genauso wenig hatte sie, dessen war ich mir sicher, jemals von dem jüdischen Zweig der Familie gehört, der zweifellos am meisten gelitten hatte, noch von der Villa mit den vergnügten Kindern oder von dieser Käthe, die Eric als seine Schwester bezeichnete. Das, gestand mir Nora, sei für sie die unfasslichste seiner Enthüllungen gewesen.

»Die schlichte Wahrheit ist, dass er keine Ahnung davon hat, was aus seinen Verwandten geworden ist. Vielleicht sind sie alle lange tot, und nicht einmal das weiß er.«

71

Ich entgegnete, dass er nicht der Engländer Eric Devon hätte sein können, wenn er gleichzeitig die Verbindung zu seiner deutschen Verwandtschaft gepflegt hätte.

»Der Ärmste. Er hat seine gesamte Familie verloren«, murmelte Nora.

»Sich selbst hat er verloren.«

In diesem Moment hörten wir dumpfe Laute, Eric schien zu husten, als hätte er sich an etwas verschluckt. Die Küche lag dem Schlafzimmer unmittelbar gegenüber, und in der Stille des verregneten Abends wirkte jedes Geräusch überlaut. Nora sprang so unvermittelt auf, dass sie ihre halb ausgetrunkene Teetasse umstieß.

»Eric!«, rief sie besorgt. »Er hat wieder einen dieser furchtbaren Träume.«

Sie hastete ins Schlafzimmer, und ich folgte ihr. Vollständig angekleidet, mit halbgeöffneten Lidern und schweißfeuchter Stirn, lag Eric auf dem Bett. Verzweifelt versuchte er, sich aus der quälenden Umklammerung eines Traums zu befreien.

»Eric!« Nora rüttelte ihn an der Schulter.

Er hörte sie, konnte aber nicht antworten. Ich knipste die Deckenlampe an, die jeden Winkel des geräumigen Zimmers, das Himmelbett, den Marmorkamin aus der Regency-Zeit und Noras Familienfotografien in ein warmes, beruhigendes Licht tauchte.

»Ich hole heißen Tee mit Rum. Das hilft immer«, sagte Nora und lief in die Küche.

Eric hatte die Augen weit aufgerissen, sein Atem ging laut und stoßweise. Die Angst vor dem, was er in der Dunkelheit gesehen hatte, hielt ihn fest im Griff. Das Zimmer, der gegen das Fenster trommelnde Regen und

Nora, die mit einer Teetasse in der Hand zurückkehrte, mussten ihm fern und unwirklich erscheinen.

In kleinen Schlucken flößte sie ihm das Getränk ein. Über den Tassenrand wanderte sein Blick suchend umher, als wollte er sich vergewissern, dass er wirklich hier war, zu Hause. Endlich setzte er sich auf und versuchte sogar ein zaghaftes, zerknirschtes Lächeln.

»Diesmal war es wirklich übel. Grauenhafter als je zuvor«, sagte er zu Nora.

»Worum ging es denn?«

»Ich war auf einem Berliner Friedhof. Im Traum wusste ich nicht, welcher, aber jetzt ist mir klar, dass es der im Arbeiterbezirk Wedding gewesen sein muss. Es stürmte – die Gestapo – überall Gräber – ich rannte, rannte durch die Nacht –«

»Es ist vorbei, Liebling«, sagte Nora entschieden.

»Ich halte diese entsetzlichen Alpträume nicht mehr aus. Nach all den Jahren …« Er schien am Ende seiner Kräfte.

»Eric«, sagte ich und trat näher an sein Bett. »Warum begleitet ihr beiden mich nicht für ein paar Tage nach Berlin? Nur um zu sehen, wie die Stadt heute ist – ohne Fackelzüge, ohne Gestapo.«

»Aber heute Nachmittag hast du noch selbst gemeint …«

»… dass es vor zwanzig Jahren sinnlos gewesen wäre, zurückzukehren. Jetzt ist es etwas anderes. Die Nazis haben dich nicht umgebracht, doch ihre Gespenster schaffen es noch, wenn du so weitermachst.«

»Vielleicht finden wir heraus, was aus deiner Familie und deinem Zuhause geworden ist«, sagte Nora rasch.

»Es könnte ein harter Schlag sein, aber es gibt keinen anderen Ausweg.«

Benommen hörte Eric zu. Der Traum streckte seine dürren Finger nach uns aus und erfüllte uns mit stummem Grauen. Unfähig, zu sprechen oder sich gegen die Idee der Berlin-Reise zu wehren, lag Eric da. Unvermittelt griff er nach Noras Hand, als suchte er nach einem Halt, den nur ihre Liebe ihm geben konnte. Er war nicht dazu imstande, eine Entscheidung zu treffen, das musste Nora tun, für sie beide. Sie beugte sich nach vorn und küsste ihn auf die Stirn.

»Morgen besorge ich die Flugscheine«, sagte sie.

»Wenigstens musst du nicht allein nach Berlin zurückkehren.«

TEIL ZWEI
BERLIN – DER BÄR
TANZT NICHT MEHR

EINS

Durch den Dunstschleier des frühen Augustmorgens erschien das weit unter uns liegende Berlin an jenem ersten Tag trügerisch schön. Falls dort Ruinen standen, meinte die luftige Entfernung es gut mit ihnen, sie malte Fenster, wo keine waren, und ließ zerbombte Häuser intakt aussehen. Von oben wirkte die Stadt mit den sich schlängelnden Kanälen und weiten Seen, dem waldigen Umland und den zahllosen kleinen Parks einladend und friedlich, alle Zerstörung von Menschenhand verborgen unter üppig sprießendem Sommergrün. Als wir tiefer kreisten, nahmen breite Straßen, moderne Hochhäuser und neue Wohnblöcke Gestalt an. Wer die berühmten Grenzübergänge nicht kannte, hätte kaum zu sagen vermocht, wo die Teilung verlief. So groß und weitläufig, wie Berlin dalag, hätte man glauben können, auf die wiedervereinte blühende Hauptstadt einer mächtigen Nation zu blicken.

Seit unserem Abflug aus London hatte Eric kaum ein Wort gesprochen. Obwohl er wusste, dass wir gleich landen würden, blickte er nicht aus dem Fenster. In der Hand hielt er die *Frankfurter Allgemeine*, aufgeschlagen bei einem Artikel über Goethe, auf den er stundenlang gestarrt hatte, ohne ihn zu lesen.

Der Flughafen Tempelhof lag mitten in der Stadt, die Flieger glitten dicht über die Hausdächer, Autos schienen zum Greifen nah. Schon wurden wir unter das langgestreckte Vordach der Ankunftshalle gefahren. Ich hatte überlegt, ob Eric vor der ersten Berührung mit seiner Geburtsstadt zurückschrecken würde, doch als wir eine Treppe hinunter- und die nächste wieder hinauf- zur Gepäckausgabe gingen, folgte er den anderen Passagieren so selbstverständlich wie ein x-beliebiger Tourist. Würde er den Gepäckträger auf Englisch oder auf Deutsch ansprechen? Er löste das Problem – wenn es denn eines war –, indem er gar nichts sagte. Nora führte uns hinaus zu einem Taxi, und ich nannte dem Fahrer den Namen unseres Hotels.

Langsam rollten wir an dem steil aufragenden Luftbrückendenkmal vorüber, das zum meistfotografierten Wahrzeichen Westberlins geworden war. Das kleine Taxi nahm Fahrt auf und fädelte sich in den dichten Verkehr ein, der Richtung Stadtzentrum brauste. Kaum hatten wir ein Schild mit der Aufschrift Nollendorfplatz passiert, verwandelte sich das trostlose Grau der Stadt: Der Wiederaufbau war in vollem Gang, Gerüste reckten sich in den wolkenlosen Himmel, und dort, wo sich bis vor kurzem Schuttberge befunden hatten, taten sich freigeräumte Grundstücke auf. An den Baustellen prangten große farbenfrohe Schilder mit dem Wappen der Stadt, einem schwarzen tanzenden Bären, neben den Flaggen der Vereinigten Staaten und der Bundesrepublik und dem Schriftzug *Berliner Aufbau-Programm mit Unterstützung durch USA und Bund.*

Endlich fand Eric, der schwermütig in die vorbeiziehenden Straßen schaute, seine Sprache wieder.

»Berlin war nie eine schöne Stadt, doch es hatte Charakter. Ich fürchte, davon ist nichts geblieben.«

Das Taxi hielt vor unserem Hotel an einem kleinen begrünten Platz. Offenbar hatte man das Gebäude nach einer Komplettrenovierung erst jüngst wieder eröffnet, doch was von der alten Fassade stehengeblieben war, reichte für Eric, um den Ort wiederzuerkennen, und als wir hineingingen, sagte er, seine Tanten und Onkel seien bei ihren Berlin-Besuchen immer hier abgestiegen.

Bald wurde mir klar, wie recht Herr Grubach hatte, als er behauptete, Deutschland würde sich mächtig ins Zeug legen, um den Tourismus anzukurbeln. Der graubärtige Hoteldirektor, der aufrecht hinter seiner Rezeption stand, hieß uns aufs herzlichste willkommen, die Hotelpagen waren jung, rotwangig und flink. Ein Zimmermädchen, blauäugig und mit Wangengrübchen, eilte durch unsere miteinander verbundenen Räume, um sich zu vergewissern, dass sämtliche Handtücher und Kleiderbügel für unsere Ankunft bereitlagen.

In beiden Zimmern stand das reichverzierte, dick gepolsterte Mobiliar, das zu dem behaglichen deutschen Wohlleben vor dem Ersten Weltkrieg gehört hatte, als niemand eine Wirtschaftskrise auch nur im Entferntesten für möglich gehalten hätte. Spitzengardinen, Daunendecken, geblümte Teppiche und goldgerahmte, von Putten gehaltene Spiegel vervollständigten die Einrichtung.

Ich duschte und besuchte Nora, die an ihrem Toilettentischchchen saß und in ihrem gutgeschnittenen grünen Tweedkostüm und der narzissengelben Seidenbluse ausgesprochen elegant aussah.

»Dafür, dass Berlin fast dem Erdboden gleichgemacht

wurde, haben erstaunlich viele Möbelstücke unbeschadet überstanden«, sagte ich und ging zu ihrem ausladenden Doppelbett hinüber, dessen Kopfteil ebenfalls ein fröhlicher Puttenreigen zierte.

»Phantastisch, nicht wahr? Eric schwört, dass sich in diesem Hotel bis auf die frische Farbe an den Wänden und die modernen Aufzüge nichts verändert hat. Er wollte mir sogar weismachen, sein Onkel Gustav habe genau hier, in diesem Zimmer, geschlafen, damals sei es mit roten Rosen tapeziert gewesen. Aber ich bezweifle, dass er sich an solche Details erinnern kann.«

»Wer weiß«, sagte ich. Noch ein Onkel. Seit dem ersten verzweifelten Geständnis wuchs und wuchs Erics Familie.

Eric sei mit unseren Pässen nach unten gegangen, um die polizeilichen Meldeformulare auszufüllen, sagte Nora. Da er schon zwanzig Minuten fort sei, hoffe sie, er habe jemanden zum Plaudern gefunden, der ihm die Ankunft ein wenig erleichtere. Als sie aufstand und ihre beigefarbenen Handschuhe überstreifen wollte, erschien Eric in der Tür.

»Bereit?«, fragte er.

Bereit wofür? Ich hatte geglaubt, es würde ihm schwerfallen, sich der Stadt auszusetzen, diesem Schauplatz all der tragischen Ereignisse in seinem Leben, doch da stand er, das gesprenkelte Licht der Nachmittagssonne auf dem müden Gesicht und im aschblonden Haar, und war fest entschlossen, die Flucht nach vorn anzutreten.

»Ich habe mit dem Hoteldirektor gesprochen«, bemerkte er. »Was er zu sagen hatte, war …«

Nora, die den Handschuh halb übergestreift hatte, blickte alarmiert auf.

Der Mann hatte angefangen, über die belanglosesten Dinge zu plaudern, erzählte Eric, auf Englisch natürlich, das übliche Gewäsch für Touristen. Doch kaum habe der Pass mit seinem Geburtsort, Berlin-Schöneberg, auf dem Tisch gelegen, habe der kluge Hotelier, ohne mit der Wimper zu zucken, ins Deutsche gewechselt, und der Ton der Unterhaltung habe sich so jäh gewandelt, wie es sich kein Außenstehender je vorstellen könne. Wohl wissend um die deutsche Schwäche für akademische Titel, hatte Eric fallenlassen, er sei Doktor der Philosophie, und sogleich habe es *Herr Doktor* hier und *Herr Doktor* da geheißen, der *Herr Doktor* sei wohl seit Jahren nicht mehr in Berlin gewesen. Der Mann habe ihm all die kleinen Vertraulichkeiten erwiesen, die den heimgekehrten Berliner von einem gewöhnlichen Reisenden unterschieden.

»Der ist mit allen Wassern gewaschen«, fuhr Eric fort und zündete sich eine Zigarette an. »Hat sein Leben lang im Hotelwesen gearbeitet, unter dem Kaiser, in der Weimarer Republik, unter Hitler (den er natürlich, wie er behauptet, stets verabscheut hat) und jetzt unter der Besatzung. Ein Realist, durch und durch.«

»Und zu welchen Schlüssen ist dein Realist gelangt?«, fragte Nora.

Eric zögerte, als suche er sich an den genauen Wortlaut zu erinnern.

»Er erzählte mir – unter anderem und höchst vertraulich, denn diese Dinge laut auszusprechen könnte ihn seine Stelle kosten –, dass die sowjetische Besatzung der Ostzone für Westberlin ein Segen sei, denn ohne die Alliierten, insbesondere die Vereinigten Staaten, wären niemals so viele Milliarden in den Westteil der Stadt und dessen

Wiederaufbau geflossen. Soweit er wisse, bestehe das strategische Spielchen derzeit darin, zu hoffen, dass die Russen nicht zu nett oder ungefährlich würden, zumindest nicht, bis …«

Eric hielt inne, und seine Augen verschwanden hinter Zigarettenrauch.

»… bis Westdeutschland vollständig wiederaufgebaut und so stark ist, dass es auf eigenen Beinen stehen und sowohl den Russen als auch den Alliierten den Laufpass geben kann«, beendete Nora den Satz.

»Woher weißt du das?«

»Vergiss nicht, mein Vater war Offizier. Genau das prophezeit er seit Kriegsende. Er würde der deutschen Militärmaschine niemals über den Weg trauen.«

»Ich hatte den Eindruck, dass der nette Herr an der Rezeption davon überzeugt ist, Deutschlands großer Tag liege in nicht allzu ferner Zukunft.«

»Ich verstehe nicht ganz, was dich daran überrascht«, sagte Nora und nahm ihre Krokohandtasche vom Tisch. »Wir sollten ebenfalls realistisch sein. Kein Volk lässt sich gern von fremden Truppen besetzen. Das haben die Deutschen begriffen, als sie fast ganz Europa überrollt und rundum grenzenlosen Hass gesät haben. Man kann nicht erwarten, dass ausgerechnet sie nun gern unter einer Besatzung leben, selbst wenn sie der nationalen Verteidigung dient.«

»Darum geht es nicht«, gab Eric verärgert zurück. »Mich empört, dass dieser Mann offenbar vollkommen vergessen hat, weshalb Deutschland besetzt wurde.«

»Aber das wusstest du, bevor wir herkamen, Eric«, wandte ich ein. »Wozu sich jetzt darüber aufregen?«

»Weil einen der lebende Beweis bei allem theoretischen Wissen doch in Angst und Schrecken versetzt.«

»Liebling, hör zu«, sagte Nora mitfühlend, doch bestimmt. »Gestern Abend, als wir packten – und deine Laune war miserabel –, haben wir uns darauf geeinigt, dass du hier in Berlin versuchst, alles so sachlich und objektiv wie möglich zu sehen. Weißt du noch?«

»Ich versuche es.« Eric griff nach der Klinke und hielt uns die Tür auf. »Ich sage nicht, dass es mir gelingt.«

»Kommt dir nichts hier bekannt vor?«, fragte Nora, als wir nach einem kurzen Spaziergang durch das puderige Spätnachmittagslicht an einer Ecke des von Menschen wimmelnden Kurfürstendamms standen. Von irgendwo schlug eine Glocke vier Uhr.

»Nur die Kirche«, meinte Eric, nachdem er sich ratlos umgeblickt hatte. »Und die ist – nun ja, nichts als eine Ruine.«

Der Kurfürstendamm, das leuchtend bunte, luxuriöse Vorzeigeprojekt des westdeutschen Wirtschaftswunders, hatte sich zu einem der meistfotografierten Boulevards der Welt gemausert. Läden, einst in einem weiten Radius über die gesamte Innenstadt verteilt, drängten sich in wenigen Straßenzügen zusammen. Alle namhaften Restaurants, deren buntgestreifte Markisen sich über die Trottoirtische wölbten, hatten sich ebenfalls hier angesiedelt. Zahllose echte Berliner hatten sich, ebenso wie Sommertouristen, zu dieser Stunde eingefunden, um Kaffee zu trinken und die Passanten zu beobachten.

Die Straße strahlte vor frischer Farbe, scharlachrote und weiße Petunien prangten in üppigen Blumenkästen vor jedem Restaurant, und in den hochmodernen mächtigen Schaufensterfronten spiegelte sich geschäftiges Treiben. Bunte Werbeplakate glitten vorüber, man hatte sie auf die fabrikneuen beigefarbenen Doppeldeckerbusse gezogen, deren behäbige Silhouetten in komischem Gegensatz zu den kleinen wendigen Volkswagen und den Limousinen von Opel standen. Aus nahezu jedem Häuserblock schien ein neues Gebäude mit den Riesenlettern BERLINER BANK zu ragen. Die runden Litfaßsäulen warben, ganz wie in Paris, für neue Theaterstücke, Konzerte sowie deutsche und ausländische Filme.

Ebenfalls sehr pariserisch wirkten die akkurat getrimmten, wohlgenährten Pudel, die hochmütig neben ihren überaus schicken Herrinnen die Straßen entlangtrippelten. Vor wenigen Jahren noch, bei Kriegsende, war hier Zeitungsberichten zufolge mancher Berliner vor Hunger zusammengebrochen. Jetzt schien dieser Hunger bestenfalls eine blasse Erinnerung, und der Kurfürstendamm mutete wie ein Boulevard in jeder anderen Weltstadt an – bis auf eine schmerzliche Ausnahme.

Von den Luxusläden, die Nerzmäntel, französisches Parfüm, Kaviar und amerikanische Konserven zu überzogenen Preisen anboten, wanderte der Blick über die Leuchtreklamen und die Ströme der Flaneure zum Ende der Prachtstraße, wo sich als mahnender Schatten über dem neureichen Treiben die zerbombte, verstümmelte Silhouette der Kaiser-Wilhelm-Gedächtniskirche erhob.

»Schön war sie auch vor der Zerstörung nicht«, sagte Eric nach einer Weile beklommenen Schweigens. »Aber meine Mutter besuchte sie trotzdem regelmäßig, weil sie dort ihre Schulfreundinnen wiedertraf.«

Wir gingen weiter. Ganz Berlin schien an diesem Nachmittag hier zusammenzukommen, es gab in der geteilten Stadt wohl nicht viele Orte für einen Schaufensterbummel und eine gepflegte Tasse Kaffee. Junge Paare schoben pausbäckige, ernst blickende Babys vor sich her, ältere Menschen tasteten sich unsicheren Schrittes durch das Gewimmel, und Berliner Jugendliche, ganz nach der Mode der Pariser Rive Gauche gekleidet, trugen ihre Begeisterung für das Gewagte und Neue zur Schau. In hautengen schwarzen Hosen, schlabberigen Pullis und formlosen Jacken sahen Jungen und Mädchen erstaunlich gleich aus.

»Ich frage mich«, bemerkte Eric und blickte einer Gruppe nach, »ob die Teenager von heute noch immer *knorke* sagen, wenn sie etwas gut finden.«

Eine neue Generation, aufgewachsen nach Hitler, Kinder der Besatzungszeit mit wenig Erinnerungen an den Krieg. Wie sie sein mochte? Würde Eric, falls er mit diesen Jugendlichen sprach, einen Weg finden, die Kluft der letzten zwanzig Jahre zu überbrücken?

»Ihr könnt euch nicht vorstellen, wie seltsam mir das alles vorkommt«, sagte er ratlos. »In meiner Jugend war der Ku'damm eine Straße wie viele andere. Die meiste Zeit verbrachten wir Unter den Linden, in der Nähe der Universität, in der Friedrichstraße und an anderen Orten. Dort schlug das Herz der Stadt. Heute liegt das alles in Ostberlin. Stell dir nur vor«, wandte er sich an Nora, »aus London würden der Buckingham-Palast, Piccadilly und Trafalgar Square herausgelöst, und das gesamte Geschäfts- und Nachtleben müsste sich in einer neuen ›Hauptstraße‹, sagen wir in Knightsbridge, abspielen.«

»Oder New York verlöre den Times Square, und alles befände sich nur mehr westlich des Central Park«, sagte ich.

Unser Weg kreuzte eine andere große Straße, die den kaum aussprechbaren Namen »Tauentzien« trug. Mehrere moderne Kaufhäuser, kleinere Geschäfte und sogar ein Woolworth, dessen Name in der unvertrauten Umgebung etwas nahezu Tröstliches hatte, reihten sich aneinander.

Eric starrte auf eine Baulücke hinter der Gedächtniskirche, die einer vom Verkehrsstrom umspülten Insel glich.

»Genau hier muss es gewesen sein«, sagte er laut, als wäre er zu einem schwierigen Schluss gekommen. »Da, die Kirche – tja, ohne sie würde ich mich überhaupt nicht mehr zurechtfinden.«

Es erschien mir von diesem Blickwinkel aus noch seltsamer, die Ruine »Kirche« zu nennen: kein Dach, kein Altar, keine Sitzreihe, nur ein skelettartiges Stück Fassade vor einer von Schutt beräumten Fläche. Hier hatten sich einst die Gläubigen versammelt. Und doch blieb der Bau ein Wahrzeichen, ein Kompass in einer fremd gewordenen, von Baugerüsten vollgestellten Welt, an dem sich ein verlorener Heimkehrer orientieren konnte.

»Aber ja, hier war es«, rief Eric plötzlich erleichtert. Das »es«, von dem er sprach, hatte nun sogar einen Namen – das Romanische Café, in der Zeit vor Hitler ein bekannter Treffpunkt der intellektuellen Avantgarde. Eric sah sich wieder als siebzehnjährigen Schüler, voller Ehrfurcht für die berühmten Maler, Schriftsteller und Kritiker, die sich, eng um die Tische gedrängt, bei Bier, Cognac und Kaffee die Köpfe heißredeten über Brecht, Reinhardt,

Piscator, über Freud und Jung. Angestrengt versuchte er, sich weitere Namen ins Gedächtnis zu rufen, als könnten sie der Brache inmitten der Stadt eine vergessene Substanz, einen Hauch jenes geballten Lebens entlocken, das hier pulsiert hatte.

Seine Eltern seien über seine Wandlung zum Bohemien entsetzt gewesen: der affige Haarschnitt, die grellbunten Schlipse und sein in ihren Augen schlichtweg »unmöglicher« Umgang. Versöhnlicher zeigten sie sich erst, als ein paar dieser verkannten Genies über Nacht berühmt wurden, erzählte Eric melancholisch und bedauernd, schien er sich doch unvermittelt dieser anregenden und sinnerfüllten Phase seines Lebens wieder nahe zu fühlen und konnte ihr nun nachtrauern.

Eine Straßenbahn hielt unweit der Kreuzung, zwei Waggons, einer für Raucher, der andere für Nichtraucher. Eric hatte die Bahn ebenfalls bemerkt, und sein Gesicht hellte sich auf.

»Schnell«, rief er, packte uns am Arm, lief mit uns über die dichtbefahrene Straße und schob uns in letzter Sekunde in den Wagen.

»Was in aller Welt …«, rief Nora und klammerte sich schwankend an den Halteriemen. Eric war neben der Tür stehen geblieben und löste Fahrscheine.

»Wohin fahren wir?«, fragte sie und hielt ihre rutschende Handtasche fest.

Im Gegensatz zu mir hatte sie das Schild am Wagen nicht gesehen. Ich verstand, was Eric durchzuckt hatte – ein alter, durch einen vertrauten Namen ausgelöster Reflex. Eben noch hatte er an seine Studententage inmitten des brillanten Strudels der Berliner Avantgarde gedacht, jetzt fuhr er noch weiter in die Vergangenheit zurück, dorthin, wo er geboren war.

»Schöneberg«, flüsterte ich.

Ich sah an Noras Augen, dass sie erschrak. »Und wenn es dort nichts mehr zu sehen gibt?«, fragte sie ebenso leise zurück.

Nach einer Fahrt von etwa zehn Minuten, die durch eine den stolzen Namen Martin Luther führende Straße aus dem Stadtzentrum hinausging, verkündete Eric: »An der nächsten Ecke steigen wir aus.«

Ich fragte mich, wie er sich jetzt zurechtfinden wollte, wenn ihn schon der Kurfürstendamm mit seiner geisterhaften Kirche als einzigem Anhaltspunkt so gründlich verwirrt hatte. Ruinen mögen erschreckend wirken, aber immerhin zeigen sie an, wo einmal ein Haus gestanden hat, unter dessen schützendem Dach Generationen von Menschen zur Welt kamen und sich aus ihr verabschiedeten. Doch als wir in Schöneberg ausstiegen, war es, als würden wir unerschlossenes Bauland weit draußen am Rand einer neuen Stadt betreten. Nur verstreut ragten Gebäude auf, während frischgepflasterte Straßen eine grasüberwucherte Parzelle von der anderen trennten.

Wortlos, als kennte er sich in dieser Ödnis aus, setzte sich Eric in Bewegung. Vor über zwanzig Jahren, als er seine Heimatstadt verließ, hatte sie im Schein von Fackelumzügen und der Begeisterung für ein neues Reich geglänzt, das, so das Versprechen des Führers, tausend Jahre dauern sollte. Jetzt, geschunden und entstellt, war die Stadt teilweise selbst für den, der in ihr geboren war, nur mit Mühe wiederzuerkennen, doch immer wieder bog

Eric entschlossen in die eine oder andere Straße ein und überquerte Bauland, als wäre er erst gestern hier gewesen. Schweigend, in gespannter Erwartung folgten wir ihm.

Nirgends in Berlin schien der Gegensatz zwischen Alt und Neu augenfälliger. Die auf den geräumten Brachen hochgezogenen Häuser wirkten wie über Nacht aus dem Boden gestampft, um dem gewaltigen Wohnungsmangel beizukommen; einförmige rechteckige Kästen mit kleinen Fenstern und winzigen Balkonen, gerade groß genug für ein paar Blumentöpfe. Offensichtlich hatten die Architekten gehofft, wenigstens mit bunten Anstrichen den Trübsinn der Bewohner etwas zu lindern, denn die Gebäude wetteiferten in den erstaunlichsten Farbkombinationen – erbsengrüne Fassaden hinter rosafarbenen Balkonen, leuchtendes Türkis, blasslila abgesetzt –, die sie wie gigantische Pralinenschachteln erscheinen ließen. Das hätte gereicht, noch das beste Stadtbild zu verschandeln, wirkte aber zwischen den alten, notdürftig reparierten schwarzgrauen Prachtbauten der Jahrhundertwende und den zerbombten, abrissreifen Mietshäusern, die einst das Straßenbild geprägt hatten, besonders unerträglich.

Überraschend blieb Eric an der Kreuzung zweier Straßen stehen, die sich zu einem kleinen Platz weiteten. Die drei Häuser, die ihn einst umgeben hatten, waren den Bomben zum Opfer gefallen. Wir standen da und starrten auf einen mickrigen Strauch; gegenüber waren noch die Fundamente dessen zu erkennen, was einmal ein stattliches Wohnhaus gewesen sein musste.

»Das«, sagte Eric und versetzte dem Strauch einen Tritt, »ist der Ort, an dem ich geboren wurde. Und auf der anderen Straßenseite, in dem Haus dort, lebte Einstein.«

Eric ließ den Blick durch die gähnende Leere zu der Rückseite eines Neubaus wandern, wo Kinder vor Mülltonnen spielten. Daneben ragte eine fünfstöckige Bombenruine so absurd schief in den Himmel, als hätten die Kinder sie aufgestellt, zum Scherz.

»Die Wohnungen waren sehr geräumig«, sagte Eric und stocherte mit der Schuhspitze im Unkraut. »Mein Zimmer befand sich dort drüben, am Ende des Flurs.«

Er deutete auf eine entfernte Ecke des leeren Grundstücks, wo eine alte Zeitung im Wind flatterte.

»Käthes Zimmer lag gleich hier, das Schlafzimmer meiner Eltern auf der anderen Seite. Von diesem Strauch hier bis zu dem Jungen da drüben erstreckte sich unser mit dem Esszimmer verbundenes Wohnzimmer. Hatten wir große Gesellschaft, wurden die Flügeltüren geöffnet, manchmal kamen über hundert Gäste.«

Unsicher sah er uns an: »Ziemlich protzig, oder? Ich dachte schon, ich hätte die Wohnung falsch in Erinnerung. Als Kind erscheinen einem die Dinge immer größer, als sie sind.«

Er ging weiter, schritt Räume ab, öffnete unsichtbare Türen, sah in einen Flur, dann in den nächsten, blickte sich von einem Balkon aus um, hielt inne und suchte den Himmel nach einem venezianischen Kristalllüster ab. Wie hatte er das alles vergessen können? Und erst die Küche, natürlich! Daneben die beiden Dienstbotenzimmer, das größere von Else, der Haushälterin, die jetzt, falls sie noch lebte, gute achtzig sein musste. Er bückte sich nach einem Stein und warf ihn in den Strauch. Gerührt dachte ich daran, wie Kinder auf der ganzen Welt »Haus« spielten, mit ein paar Kieseln Zimmer markierten und ein schützendes Dach hinzuerfanden, das nur in ihrer Phantasie existierte.

»Ich hätte nicht geglaubt, die Haberlandstraße jemals wiederzusehen«, sagte Eric bemüht gelassen.

»Nördlinger Straße«, korrigierte Nora und deutete auf das Schild.

Verdattert blickte Eric auf.

»Liebling«, rief Nora erleichtert wie jemand, der sich verlaufen hat und zufällig auf den richtigen Weg stößt. »Vielleicht ist das gar nicht euer Haus. Alles sieht so verändert aus. In zerbombten Städten gleicht ein Ort dem anderen. Da irrt man sich schnell.«

»Hier«, wiederholte Eric mit tonloser Stimme, »wurde ich geboren und habe bis zu meinem siebzehnten Lebensjahr gelebt. Dann erwarb Vater das Haus im Grunewald, aber mein Zuhause ist immer Schöneberg geblieben. Ich kenne das Bayerische Viertel wie meine Westentasche, mit verbundenen Augen würde ich zu meiner alten Schule und zu meinen Verwandten und Freunden finden. Ich habe mich nicht geirrt. Von mir aus kann sonst was auf dem Straßenschild stehen.«

Doch dann, als müsste er uns beweisen, dass noch in dieser zerstörten Welt auf seine Erinnerung Verlass war, fing er an, stumme Zeugen der Vergangenheit auf den öden Plan zu rufen.

»Schaut«, sagte er und wies triumphierend auf einen niedrigen runden Steinsockel in der Mitte des Platzes. »Hier befand sich eine Statue des Heiligen Georg mit dem Drachen. Sämtliche Häuser dort drüben hatten im Erdgeschoss kleine Läden, in denen Else den Großteil ihrer Einkäufe erledigte.«

Angestrengt versuchte er sich an den Namen eines Ladenbesitzers zu erinnern – Herr Krüger! Ein knödelrunder Mann mit blondem Zwirbelbart, der das köstlichste Sauerkraut für fünf Pfennig pro Schöpflöffel direkt aus einem Fass gleich neben der Ladentür verkaufte. Eine Zeitlang hatten sich die Eltern gewundert, warum Eric nichts mehr essen wollte. Sie hatten nie herausgefunden, dass er sich heimlich mit Sauerkraut vollstopfte und dazu mit dem grauenhaften Zwieback aus altbackenen Kuchenresten, den es für drei Pfennig in der Bäckerei nebenan gab und der wie Blei im Magen lag. Jetzt schauderte er schon beim bloßen Gedanken daran, doch mit fünfzehn hatte sein Heißhunger vor nichts haltgemacht.

Eric verstummte und beobachtete bedrückt die Kinder, die auf eine Blechdose eindroschen. Eine graugetigerte Katze strich gemächlich durch das Gras auf uns zu. Die vollkommene Leere, die uns umschloss, wurde von Minute zu Minute deutlicher. Es war erschütternd.

»Aber warum solltet ihr mir auch glauben?«, rief er. »Ich könnte euch zu irgendeinem zerbombten Platz führen und behaupten: Das war mein Zuhause. Wie sollt ihr euch vorstellen können, dass das hier einmal das Zentrum eines belebten Stadtviertels war, in dem Tausende von Familien in prächtigen Wohnungen mit ausladenden Balkonen lebten, auf denen man im Sommer zu Abend aß. Die Straßen wimmelten von Kindern, und mein Vater sagte, der Lärm dieser Stadt würde ihn noch in den Wahnsinn treiben, die hupenden Autos und die Musik der Nachbarn, die ständig feierten.«

Die Katze war mit erhobener Tatze stehen geblieben. Ein Vogel flatterte durch die Stille.

»Wir glauben dir, Liebling«, sagte Nora.

Doch die Zweifel nagten an ihm, und in dem Bemühen, ein Indiz oder eine Bestätigung für seine Erinnerungen zu finden, lief er auf die andere Straßenseite zu einer gekrümmten Frau in einem sackartigen schwarzen Kleid, die einen Einkaufskorb am Arm trug. Eric sprach sie an und deutete auf das Straßenschild. Das müde Gesicht der Alten leuchtete auf, während sie redete und dazu lebhaft gestikulierte. Als Eric zurückkam, sah sein Gesicht fast so abgekämpft aus wie das der Alten.

»Der Straßenname wurde vor ein paar Jahren geändert, aber es war natürlich die Haberlandstraße. Die Frau lebt seit über vierzig Jahren in einem Haus ein Stück weiter, das wie durch ein Wunder stehen geblieben ist.«

Die Katze hatte sich genüsslich im Gras ausgestreckt und ließ sich die Sonne auf den Bauch brennen.

»Frau Keptnar erinnert sich an die Nacht, als hier alles in Schutt und Asche sank«, sagte Eric. Ausgerechnet in diesen Stunden bekam ihre Tochter im Luftschutzkeller ein Kind. Ganz Berlin stand in Flammen. Alle wussten seit Wochen, dass der Krieg verloren war, auch wenn aus den Radiogeräten noch immer die hysterischen Parolen vom Endsieg dröhnten. Nachts brannte der Himmel über Berlin feuerrot.

»Wie bei uns«, sagte Nora. »Erinnerst du dich an die Nacht, in der wir während eines Luftangriffs unweit von Lower Regent Street festsaßen – taghell war es.«

»Nur dass den Deutschen versprochen worden war, dass niemals eine Bombe auf Deutschland fallen würde«, sagte Eric und starrte auf das skelettartige, nackte Steinfundament auf der Straßenseite gegenüber.

»Sie hat gesagt«, setzte er langsam hinzu, während die alte Frau unseren Blicken entschwand, »dass sie sich mit ihrer Familie umbringt, wenn es wieder Krieg gibt. Jetzt wüssten sie, wie das ist.«

Plötzlich bückte er sich und hob ein hellgelbes Fliesenrechteck aus dem Gras.

»Schau nur, Nora, schau!«, rief er. »Es *ist* unser Haus. Die Fliese aus dem Entrée. Glaubst du mir jetzt?«

»Ich glaube dir schon die ganze Zeit!« Nora presste sich ein Taschentuch gegen die Augen und begann zu schluchzen. Sie weinte um all die zerstörten Häuser und die unschuldigen Toten, und es gab nichts, was sie hätte trösten können.

ZWEI

An diesem Nachmittag, als die Schatten länger wurden, durchstreiften wir Berlin zu Fuß, per Straßenbahn und mit dem Bus. Alle paar Haltestellen stiegen wir aus, um eine bestimmte Adresse zu suchen, ein Wahrzeichen, irgendeinen Anhaltspunkt aus der so rasch zurückkehrenden Vergangenheit eines Menschen, der sich in seine schlimmsten Alpträume versetzt fühlen musste.

Irgendwann auf unserer bedrückenden Suche gelangten wir an den Potsdamer Platz, dieses Fadenkreuz der Besatzungsmächte, den zentralen Grenzpunkt zwischen Ost- und Westberlin. Touristen konnten ihn offensichtlich unbehelligt zu Fuß passieren, während Wachleute auf beiden Seiten jedes private Fahrzeug anhielten und es nach Schmuggelware durchsuchten. Hier endeten auch die westlichen Straßenbahnlinien. Wer »rüber« wollte, musste aussteigen, ein Stück zu Fuß gehen und in eine Bahn oder einen Bus des Ostsektors einsteigen. Da war sie, die vielbeschriebene geteilte Stadt, die Spaltung menschlicher Schicksale in zwei Welten, jede mit eigener Regierung, eigener Währung, eigener Gesellschaftsform. Es war offensichtlich, dass das auf Dauer nicht gutgehen konnte.

Wir wanderten die Leipziger Straße entlang, tiefer hinein in den Ostsektor. Die totale Zerstörung der Stadt, eine Folge der »Schlacht um Berlin«, umgab uns wie ein stummer Schrei. Elf Jahre waren vergangen, doch die leichenhaften Trümmer der einst stattlichen Gebäude, die niedergestürzten Steinfiguren und die dunklen, kalten Wege machten den Eindruck, als liege das Kriegsende erst wenige Stunden zurück. Eine tödliche Stille vibrierte zwischen den Ruinen.

Wilhelmstraße! Wir hatten das Machtzentrum des Dritten Reiches erreicht. Kurz darauf blieb Eric auf einem nicht sehr großen, nach Thälmann benannten Platz stehen, vor einem trutzigen Gebäude, das sichtlich zu Regierungszwecken genutzt wurde. Zwei Ostberliner Volkspolizisten patrouillierten vor dem Tor.

Eric spähte durch einen Stacheldrahtzaun, hinter dem sich eine unkrautüberwucherte weite Fläche öffnete. In ihrer Mitte erhob sich ein Hügel, auf dem zwei umgestürzte Säulen lagen.

»Soweit ich weiß, haben die Russen dieses Areal vor einiger Zeit abgeriegelt, weil die Touristen hier noch das kleinste Steinchen als Souvenir mitgehen ließen«, sagte Eric.

Hitlers Bunker? Dieser klägliche Haufen Schutt? Nora sah mich an, wir traten an den Zaun und legten die Hände gegen die kühlen Maschen. Stacheldraht – damit waren die Konzentrationslager umzäunt gewesen, und nun umzäunte er die Bühne von Hitlers letztem Schauspiel: die improvisierte Heirat mit Eva Braun unmittelbar vor dem Ende, der endgültige Zusammenbruch, der gemeinsame Selbstmord und die Verbrennung ihrer

Leichen – all das war jetzt eine Erinnerung unter wucherndem Unkraut auf einem verlassenen, zerklüfteten Feld.

»Ein Jammer, dass wir zu so viel Anstand erzogen wurden«, sagte ich, weil ich an meine erste Begegnung mit den Devons und an meinen Schwur denken musste, dass ich triumphierend und voller Genugtuung hier stehen würde, während ich nun nur dumpfen, bleiernen Schmerz empfand.

»Wir können Zerstörung nicht genießen, nicht einmal wenn sie unsere Feinde trifft«, entgegnete Nora.

Wir blickten uns um. Sieg oder Untergang, hatte Hitler stets propagiert. Das, was er in jener Aprilnacht zu sehen bekam, als ihm und seinen Gefolgsleuten dämmerte, dass das Ende wirklich gekommen und Deutschland dem Untergang geweiht war, musste die tiefsten masochistischen Schichten seines Zerstörungswahns befriedigt haben. Er hätte nur hier zu diesem wüsten Feld hinaufsteigen müssen, dem einstigen Garten der Reichskanzlei, um zu sehen, wie eine der bedeutendsten Städte der Welt in Bombenhagel und Feuersbrunst versank. Mit Hilfe eines vorsätzlich gelegten Brandes im Reichstag waren die Nazis an die Macht gekommen, in einem Flammenmeer hatte ihre Herrschaft geendet.

Eric setzte sich wieder in Bewegung, und wir folgten ihm, an den Ruinen entlang, die in dem schwindenden malvenfarbenen Licht so zeitlos wirkten wie das Trümmerfeld von Pompeji. Ziellos wanderten wir von einem dachlosen Gebäude zum nächsten durch Straßen, in denen einzig die Namen auf frisch übermalten Schildern an die frühere Lebendigkeit erinnerten. Es war uns an jenem ersten Tag nicht bewusst, dass Eric uns auf seiner Suche in den am meisten zerstörten Teil der Stadt geführt hatte. Hier war kaum ein Stein auf dem anderen geblieben, so dass ein Wiederaufbau nicht der Mühe wert schien. Das gesamte Gebiet war zu einem unseligen Niemandsland zwischen den beiden Sektoren verkommen.

Verwirrt wanderte Eric durch die Straßen. Als das Schild Niederwallstraße vor uns auftauchte, blieb er abrupt stehen. Rings um uns nichts als eine menschenleere Ödnis, erst in weiter Ferne hoben sich die verstümmelten, skelettartigen Silhouetten einst stolzer Gebäude schroff gegen den Himmel ab. Der Trostlosigkeit zum Trotz ließen die wenigen erhaltenen Mauern noch erkennen, dass hier einmal ein geschäftiges Viertel mit schmalen Straßen und stattlichen Bürogebäuden gelegen haben musste, zwischen denen man früher statt des Horizonts nur ein kleines Stück Himmel über seinem Kopf gesehen hatte.

»Das ist ... das ist unfassbar.« Schmerzlich lachte Eric auf. »Wir stehen im Herzen der vormals weltbekannten Berliner Konfektionsindustrie. Kleiderfabriken drängten sich in den Straßen, Büros und Lagerhäuser. Genau hier stand das mächtige Lagerhaus meiner Ahrenfelder Verwandtschaft.« Wieder nichts als eine Brache, auf der nicht einmal ein Strauch als Anhaltspunkt wuchs. »Dort waren alle Antiquitäten eingelagert, die im Geschäft Unter den Linden keinen Platz fanden. Dort hatten ...«

Mit einem resignierten Schulterzucken brach er ab.

»Darling, war dir nicht klar, wie schwer Berlin bombardiert wurde?«, fragte Nora, als wir unseren Weg fortsetzten.

Er blickte zwei kleinen Jungen nach, die zwischen den Mauerresten über die leeren Plätze tobten. Laut hallte ihr Kinderlachen durch den schwindenden Nachmittag.

»Ehrlich gesagt, nein.«

Aber es sei nicht angebracht, jetzt sentimental zu werden, fuhr er fort, insbesondere wenn man an das mit böser Absicht dem Erdboden gleichgemachte Warschau denke, an das schwelende, völlig ruinierte Stalingrad oder an Rotterdam, das schöne, schmucke Rotterdam, niedergemäht von Nazibombern, um den Holländern eine Lektion zu erteilen.

Den Preis zahlten immer die Unschuldigen, wandte Nora ein, auch hier seien Kinder gestorben statt der Nazischergen, von denen sich die meisten rechtzeitig aus dem Staub gemacht und in Bayern oder im Ausland einen Schlupfwinkel gefunden hätten.

Eric gab keine Antwort. Seine tiefe Niedergeschlagenheit war fast schwerer zu ertragen als der Anblick der blinden, zerschmetterten Fassaden. Als wir um eine Ecke bogen, stießen wir auf einem riesigen, von einer großen Tribüne flankierten Platz endlich auf erste Anzeichen menschlichen Lebens und alltäglicher Betriebsamkeit. Marx-Engels-Platz, das neue Zentrum Ostberlins. Kleine Autos knatterten die Straße entlang, eine Gruppe Ostberliner Jugendlicher – von denen in Westberlin in nichts zu unterscheiden – musterte uns neugierig. Der Platz war mehrfarbig gepflastert, die ausgebrannte, gleichwohl erhabene Silhouette des kuppelgekrönten Doms stand in krassem Gegensatz zu der proletarischen Nüchternheit der schmucklosen weißen Tribünenränge.

»Das Schloss!«, sagte Eric entgeistert, obwohl ich geglaubt hatte, nichts mehr könnte ihn erschüttern. »Hier stand es.«

Welches Schloss? Nora und ich sahen uns an – ahnungslose Touristen.

»Das Berliner Schloss natürlich – der Sitz des Kaisers! Stellt euch London ohne Buckingham-Palast vor.«

Es war, weiß Gott, kein bemerkenswert schönes Schloss gewesen, die Italiener und Franzosen bauten viel schönere Paläste, aber ohne das Gebäude sah Berlin nackt und seltsam aus. Eric hatte von der Sprengung gelesen, davon zu lesen indes war etwas vollkommen anderes, als vor der vollendeten Tatsache zu stehen. Er wünschte, die Russen oder Ostberliner oder wer immer für den Abriss des Schlosses verantwortlich war, hätten bei der Neugestaltung des Ortes etwas mehr Schönheitssinn walten lassen. Der zugepflasterte Platz war eine architektonische Ohrfeige, kein Gran besser als die Pralinenschachtelhäuser im Westen der Stadt.

»Berlin war nie eine schöne Stadt«, wiederholte er, was er schon am Vormittag gesagt hatte, »aber wenn der Wiederaufbau in allen Sektoren vollendet ist, wird es einfach nur noch grausig sein, es sei denn, es geschieht ein Wunder und man einigt sich auf ein gemeinsames Konzept.«

Es erstaunte uns, nach all den schmalen zerstörten Seitenstraßen erneut auf einen prachtvollen belebten Boulevard zu stoßen, auf dem die Menschen ihren alltäglichen Geschäften nachgingen. Kinder saßen Eis essend auf den Stufen eines zerfallenen Theaters, Frauen schoben Kinderwagen, Männer standen schwatzend in Grüppchen beisammen. In den Fenstern eines Regierungsgebäudes hingen grelle Plakate.

»Gütiger Himmel, das allein war die Reise wert«, sagte Eric und blieb vor einem dieser Plakate stehen. Eine Reihe Arbeiter stellte sich einem feuerroten Atompilz entgegen.

»Was ist, Liebling?«, fragte Nora.

»Das ist Unter den Linden, die berühmte …, weltberühmte …«

»Das weiß ich doch. Aber was findest du so komisch?«

»Ich musste an meinen Onkel Friedrich denken – was würde ich darum geben, jetzt sein Gesicht zu sehen.« Widerstrebend riss sich Eric von dem Plakat los. »Er war ein Nazi – der Mann, der keinen Finger krümmte, um meinem Vater zu helfen.«

»Und das ist amüsant?«

»Nein – manch einer würde es vielleicht göttliche Gerechtigkeit nennen. Onkel Friedrich war Bankier. Bankiers, Industrielle und der gesamte wohlhabende und weniger wohlhabende Adel unterstützten Hitler, weil er das Land vor dem Kommunismus bewahrte.«

In der Ferne erkannte man klar die scharf umrissene Silhouette des Brandenburger Tors.

»Und das haben sie jetzt davon!«, rief er vor dem nächsten Plakat. »Marxistische Propagandasprüche auf Berlins nobelstem Boulevard. Ich finde das zum Totlachen komisch.«

»Das ist doch Unsinn. Viel zu viele Menschen mussten sterben«, sagte Nora. »Und wenn du meinst, die Überlebenden hätten auch nur das Geringste daraus gelernt …«

Ein Westberliner Touristenbus schaukelte die Straße entlang, verzerrte Satzfetzen drangen aus seinem Megafon. Wie an anderen Orten der Welt reckten Touristen die von

Strohhüten oder geblümten Tüchern bedeckten Köpfe aus den Fenstern und sahen sich um. Berlins Sehenswürdigkeiten waren, wie die Ruinen des antiken Athens, eine Reihe pittoresker Schutthaufen, die man fotografieren und auf seelenlose Albumseiten kleben konnte.

Schweigend schlenderten wir unter den Bäumen entlang, die der Straße noch immer eine gewisse Anmut verliehen und etwas von ihrer einstigen Pracht erahnen ließen. Eric zeigte auf eine Ecke, an der früher ein berühmtes Café gelegen hatte, auf die Überbleibsel einer ausgebombten Botschaft – zur Jugendzeit seiner Eltern war Berlin eine lebensfrohe Stadt gewesen.

Wir hatten das andere Ende der Wilhelmstraße erreicht. Vor uns erhob sich das Brandenburger Tor. Auch ohne seine berühmte Quadriga leuchtete es in der lila Abenddämmerung. Hinter den Säulentoren lag der frisch aufgeforstete Tiergarten, in dem Eric als Kind gespielt hatte.

»Mir fiel eben der Tag ein, an dem ich zum letzten Mal hier stand«, sagte er, und jedes Wort klang, als müsse er es sich einzeln abringen. Hitler habe sich im offenen Wagen die Charlottenburger Chaussee bis zu diesem Tor hinunterfahren lassen, gefolgt von seinen handverlesenen SA-Männern, die die Welt im Sturm erobern sollten. Wie die Menschen herbeiströmten, um ihren Führer zu sehen und ihm jubelnd ihre Liebe und Treue zu bekunden!

»Wer nicht laut genug schrie, wurde von diesen Fanatikern windelweich geprügelt«, sagte er. Er machte eine Pause. »Mich rettete nur eines.«

»Was?«, fragte Nora.

»Mein Englisch. Wenn einer dieser tollwütigen Nazischergen meinen Arm packen und mich zum Hitlergruß zwingen wollte, tat ich so, als wäre ich Ausländer.«

Ausländer! Damals schon hatte Erics Spaltung also begonnen. Nicht erst in London nach dem Tod seiner Mutter, sondern Jahre zuvor, hier in seiner Heimat Berlin, die mit jeglicher Normalität und Menschlichkeit gebrochen hatte.

»Nie werde ich die Frau vergessen, die damals neben mir stand«, erzählte Eric weiter, während wir uns auf den Weg in den Westsektor machten. »Sie muss um die vierzig gewesen sein, und ihr sommersprossiges Gesicht glänzte feucht von Tränen der Freude und Ehrfurcht. ›Unser Führer – nein, wie schön er ist‹, hauchte sie berauscht. Mit Schrecken wurde mir klar, worin Hitlers besondere Gabe bestand.«

Wir passierten das Tor. Die Wachen hielten nur Autos und Radfahrer an.

»Ein Genie, ja – dieser kleine, hässliche, ungebildete Schrat«, sagte Eric mitgenommen. »Er konnte Frauen dazu bringen, ihn für gutaussehend zu halten, und Militärstrategen in dem Irrtum wiegen, er wisse über Kriegstaktiken besser Bescheid als sie. Ausländische Staatsmänner ließ er nach seiner Pfeife tanzen, seinen Anhängern vermochte er jedes Opfer für die Sache abzuverlangen. Wenn Hitler wahnsinnig war«, seine Stimme wurde lauter, »war das deutsche Volk es nicht minder. Er tauchte nicht rein zufällig aus dem Nichts auf. Hitler war die Ausgeburt der finstersten und zerquältesten Seiten der deutschen Seele!«

Vor uns erstreckte sich die weite Allee, die über die Siegessäule in das Herz Westberlins führte. Eric blickte zu der wuchtigen, düsteren Brandruine des Reichstages hinüber, der Bühne von Hitlers größten Triumphen. Wie leicht wäre es, hier zu stehen und sich nur an Hitlers Niederlagen zu erinnern statt auch an seine spektakulären Erfolge zu denken. Oder in kindlicher Arglosigkeit zu glauben, jeglicher despotische Geist finde sich unwiederbringlich unter diesen Trümmern begraben und nichts davon kehre jemals zurück.

»Bestimmt wollt ihr wissen, welchen Eindruck Berlin auf mich macht«, fragte Eric.

»Wir können es uns denken«, sagte Nora rücksichtsvoll.

Eric zwang sich, sachlich und ruhig wie ein Radiomoderator zu sprechen.

»Stellt euch vor, ihr müsstet in ein Leichenschauhaus, um einen Toten zu identifizieren. Er ist bis zur Unkenntlichkeit verstümmelt und entstellt. Und doch gibt es Anhaltspunkte: einen Ring, Kleidungsfetzen, ein paar blutverklebte Haarsträhnen. Anhand dieser Zeichen seid ihr in der Lage, laut zu sagen: ›Das ist der Körper meiner Mutter.‹ Doch noch während ihr diese Worte aussprecht, begehrt jede Faser in euch auf. Wie um alles in der Welt kann dieses abstoßende Bündel totes Fleisch die Frau sein, die euch zur Welt brachte und die ihr liebtet? ›Das ist sie nicht!‹, wollt ihr schreien, wollt wegrennen und nicht wahrhaben, was eure Augen sehen und euer Verstand euch sagt. Ihr wollt –«

»Taxi! Taxi!«, rief Nora inständig. Ein Wagen rollte langsam auf uns zu, die Reifen surrten über den noch warmen Asphalt.

Wir schoben Eric auf die Rückbank, wo er sich mit

aschfahlem Gesicht fallen ließ. Nora nannte dem jungen Fahrer unsere Hoteladresse, und schon brausten wir durch die einbrechende Dunkelheit. Vor Erschöpfung fühlten wir uns so benommen, dass wir erst nach einer Weile bemerkten, dass der Mann in einem merkwürdigen Gangsterfilm-Englisch auf uns einredete. Willi, so hieß er, wollte uns die *hot spots* des Berliner Nachtlebens zeigen, gleich jetzt, alles für zehn Kröten, garantiert kein Nepp. Die echt heißen Schuppen. Schräge Vögel – *ya know what I mean, dont' ya?* Heute nicht? Dann vielleicht morgen. Hier, seine Karte, und *if I aint't there ask for my old man.* Nein, er sei nie in den Staaten gewesen. Hätte sein Englisch hier in Berlin bei den GIs gelernt. Er sei ganz verrückt nach allem Amerikanischen. Sein großer Traum sei es, nach Hollywood zu reisen und die flotten Girls alle mal in Augenschein zu nehmen. Aus welchem Teil der Staaten wir kämen? Ich nannte ihm meinen Geburtsort und sagte, dass meine Freunde Engländer seien. Oh, sagte er, und seine Neugier verebbte. Wir wechselten kein weiteres Wort.

Als wir endlich wieder in unseren leidlich ruhigen Hotelzimmern saßen, war es bereits Zeit zum Abendessen. Nora und ich waren uns einig, dass wir einen Restaurantbesuch nicht mehr schaffen würden, und so bestellten wir kaltes Hühnchen mit Salat und eine Flasche Riesling aufs Zimmer. Während wir warteten, ließ ich mich, dankbar für den Lufthauch, der mit den Spitzengardinen spielte, in einen Sessel am Fenster fallen. Nora half Eric in seinen Morgenmantel, gab ihm seine Hausschuhe und sprach mit sanften Worten, um die Schrecken dieses ersten Tages zu lindern.

»Ich habe eine Idee«, sagte sie. »Wieso versuchen wir nicht, ein paar deiner Familienangehörigen ausfindig zu machen. Der heutige Tag war entsetzlich – Ruinen, nichts als Ruinen. Du musst mit Menschen reden, die dir etwas bedeuten und die sich freuen, dass du wieder da bist.«

»Ich kann mir nicht vorstellen, dass noch ein einziges Mitglied meiner Familie in Berlin lebt – nicht einmal entfernte Cousinen und Cousins.«

»Was ist mit Käthe?«

»Das habe ich dir doch gesagt«, erwiderte er matt. »Die letzte Nachricht von ihr bekam ich aus der Schweiz, sie war auf dem Weg nach Frankreich. Sie hat einen Franzosen geheiratet, dann brach der Krieg aus. Bestimmt ist sie tot.«

»Unsinn. Wieso sollte sie tot sein? Ich würde mich nicht wundern, wenn sie hier lebte … Denk doch daran, wie es bei uns in England war.« Er ließ sich in einen Sessel sinken, und sie steckte ihm ein Kissen hinter den Kopf. »Die Leute wurden ausgebombt, flohen aufs Land – die unterschiedlichsten Dinge stießen ihnen zu. Aber später kehrten sie alle wieder dorthin zurück, wo sie früher gewohnt hatten. Freunde von mir, die ihr altes Haus in der Finchley Road nicht wiederaufbauen konnten, zogen in ein Haus am Swiss Cottage, gleich um die Ecke. Glaub mir, die Menschen sind überall so.«

Sie griff nach dem Berliner Telefonbuch, das auf dem Tisch lag.

»Schau unter Ahrenfeld nach«, seufzte Eric resigniert. »A-h-r-e-n…«

Hastig blätterte sie die Seiten um. »Ach je … niemand … nicht einer …«

»Etwas anderes habe ich auch nicht erwartet.«

Sie blätterte weiter. »Käthe war doch eine Dalburg, nicht wahr?«

»Das war ihr Geburtsname. Aber sie hat geheiratet, wenn sie noch am Leben ist, kann sie jetzt sonst wie heißen.«

Mit dem Zeigefinger fuhr Nora die Spalten entlang, dann sah sie verwundert auf. »Seltsam. Hier steht Dalburg, aber ohne Vornamen – wie eine Geschäftsadresse. Berlin-Grunewald, Hagenstraße.« Sie hielt inne und fragte besorgt: »Ist was, Liebling?«

»Zeig her.« Eric riss ihr das Telefonbuch aus der Hand. Verwirrt und ungläubig starrte er auf den Namen. »Das ist unmöglich. Ich fasse es nicht.«

»Was ist unmöglich?«

»Das ist die Adresse unseres Hauses – jenes Hauses, das Vater kaufte, als wir aus Schöneberg wegzogen. Aber er ist seit über zwanzig Jahren tot. Soweit ich weiß, wurde sein gesamtes Eigentum von den Nazis konfisziert. Da müssen jetzt wildfremde Leute wohnen.«

»Dann rufen wir dort an – du machst das, Eric, und sagst: ›Ich bin ein alter Freund der Dalburgs und würde gern wissen, was aus ihnen geworden ist‹. In London gibt es auch immer wieder Anrufe von Leuten, die alte Freunde suchen.« Nora bemühte sich um einen pragmatischen Tonfall.

»Wir sind in Berlin, nicht in London. Mein Vater kam im Gefängnis ums Leben. Ich kann da nicht einfach anrufen und einem vollkommen Fremden sagen …« Seine Stimme versagte.

»Aber Eric«, widersprach ich, »die Person, die dort

wohnt, hat offenbar ein Anrecht auf den Namen Dalburg, sonst …«

»Es ist Käthe!«, rief Nora triumphierend. »Sie ist zurückgekehrt und hat das Haus wieder in Besitz genommen. Völlig zu Recht. Sie konnte beweisen, dass sie Walter Dalburgs Nichte ist und wie sein leibliches Kind aufgezogen wurde. Eric, der andere Erbe, war verschwunden.«

Nein, fiel Eric ihr ins Wort, Hirngespinste. Käthe sei eine äußerst zupackende Frau, wenn sie zurückgekommen wäre, hätte sie sich an die zuständigen Behörden gewandt und Eric in England ausfindig gemacht. Niemals könne diese Person Käthe sein.

»Wer sonst hätte Anspruch auf das Haus erheben können?«, fragte Nora.

Eric sah plötzlich gealtert aus, als verwandelten sich alle Gefühle der letzten Stunden schlagartig in tiefe Niedergeschlagenheit.

»Ich weiß, wer dort wohnt«, schloss er mit eisiger Bestimmtheit. »Die Schwester meiner Mutter, Tante Rosie, und ihr Nazimann Friedrich Seidler.«

Eine andere Erklärung gebe es nicht. Irgendwie mussten sie sich vor der Beschlagnahmung einen rechtmäßigen Anspruch auf den Besitz seines Vaters gesichert haben, viele Nazis seien dadurch reich geworden, dass man ihre antifaschistischen und jüdischen Verwandten und Freunde ins Exil, in den Bankrott oder in den Tod trieb. Wie alle anderen habe auch sein Vater Tante Rosie vergöttert und sie für das Opfer ihres unsäglichen Mannes gehalten. Blind hätten sie ihr vertraut, und sie habe sie verraten. Was sein Vater in keiner Weise hätte ahnen können. Sie sei der einzige Mensch gewesen, dem er in seiner Not alles überschrieben hätte in dem guten Glauben, sie würde es für seine Kinder retten. Wie hätte sein Vater, als er im Gefängnis saß, sich vorstellen können, dass diese heimtückischen Geier Käthe weismachen würden: »Wir können nichts für Walter tun. Wir sind machtlos.«

»Und die haben überlebt.« Er klang bitter. »Sie sind wie all die anderen ehemaligen Nazis, die man heute durch Europa reisen sieht. Fett und reich, prahlen sie noch mit ihrem Diebesgut. Das sind die Leute in meinem Haus!«

»Aber warum«, sagte Nora leise, »sollten sie den Namen Dalburg führen? Das ist doch unlogisch.«

Er blickte sie ratlos an. »Ich ... ich weiß es nicht.« Als er die Tragweite ihrer Frage begriff, stemmte er sich ungehalten aus dem Sessel. »Wie auch immer, verlangt bitte nicht von mir, heute Abend noch dort anzurufen. Ich bin bereit, morgen hinzufahren und der Person, die dort wohnt, gegenüberzutreten. Früher hätte ich geschworen, dass ich nach allem, was sie getan hat, nie mehr ein Wort mit Tante Rosie wechseln würde, doch wenn sie es ist, werde ich ihr endlich sagen, was ich von ihr halte. Es ist nie zu spät, die Toten zu begraben!«

Ein lautes Klopfen an der Tür ließ uns zusammenfahren. Nora öffnete, und ein höflicher älterer Kellner schob einen Teewagen mit einem Tablett herein.

»Es wird uns guttun, etwas zu essen«, sagte Nora entschlossen wie jemand, der nach einem langen gewundenen Weg endlich die offene Ebene erreicht und sich ohne Zögern mit der Route einverstanden erklärt, die er vor sich sieht. »Was auch immer der morgige Tag bringt, wir werden all unsere Kraft brauchen.«

DREI

Ich saß bereits beim Frühstück im Speisesaal, als die Devons eintraten, tadellos gekleidet und offensichtlich bemüht, den Morgen als den Beginn eines ganz gewöhnlichen Tages zu nehmen. Eric hatte sich *Die Welt* unter den Arm geklemmt, und kaum saß er, fing er an, die Schlagzeilen zu kommentieren: Überall lese man den gleichen polemischen Unsinn, die gleichen, zum Überdruss wiederholten Dummheiten, als wären Staatsmänner bockige Kinder, die meinten, jeden Andersdenkenden durch Wortgefechte zum Umschwenken zu bringen. Man nehme nur Berlin, wo schon wieder eine Krise drohe – er blätterte um. Wie sollten Ost und West sich je einander annähern, wenn beide Seiten fest davon überzeugt seien, ihr jeweiliger Lebensstil stelle die einzig richtige Antwort auf Deutschlands Probleme dar, womit sie jede Chance auf vernünftige Verhandlungen und Kompromisse von vornherein zunichtemachten?

Nachdem wir unseren Kaffee getrunken hatten, schlug Nora beiläufig vor, wir sollten ein Taxi hinaus in den Grunewald nehmen. Nichts Besonderes, nur vorbeifahren und nachsehen, wer dort wohne. Sollte eine fremde Person die Tür öffnen, müsste sich Eric nicht einmal zu erkennen geben. Er könnte einfach nach Käthe Dalburg fragen. Gut möglich, dass er, ein englischer Tourist, ihr in der Schweiz oder in Paris begegnet wäre. So gesehen, sei es vielleicht sogar am besten, wenn sie die Fragen stelle. Sie hätte schließlich eine Menge Freunde auf dem Festland, und erst gestern Abend habe sie Eric von zwei wundervollen deutschen Flüchtlingen erzählt, die ihre Eltern Ende der dreißiger Jahre in Beaulieu-sur-Mer kennengelernt hatten und mit denen sie noch immer in Briefkontakt standen, obwohl die Roths längst nach Südamerika gezogen waren.

Wie Schauspieler, denen man eine Rolle aufgezwungen hat, traten wir in munterer Ausflugsstimmung in den blassen, sonnigen Morgen und winkten ein Taxi heran. Wenig später durchquerten wir einen Stadtteil, der vom Krieg unberührt schien; herausgeputzte Villen und sommerlich prunkende Gärten flogen nur so an uns vorüber. Stand doch einmal das geisterhafte Balkengerippe eines zerstörten Hauses da, schirmten es üppig wuchernde Pflanzen gegen neugierige Blicke ab. Noch bevor ich auf die Idee kam, wir könnten uns bereits in der Nähe unseres Zieles befinden, gab Eric dem Fahrer das Zeichen anzuhalten. An einem hübschen, mit Rosen bepflanzten Platz stiegen wir aus.

»Wo entlang?«, fragte ich Eric, der sich suchend umblickte.

»Keine Ahnung.« Er wirkte verblüfft.

»Kommt dir nichts bekannt vor?«

»Nein«, antwortete er knapp.

Ich glaubte ihm nicht. Rosen blieben Rosen, egal, ob sie zartrosa oder dunkelrot blühten, und ganz bestimmt hatten diese oder ähnliche Büsche hier schon gestanden, als Eric seinem unweit gelegenen Zuhause den Rücken gekehrt und Deutschland verlassen hatte. Kein Zweifel, in diesen friedlichen Straßen hatte das deutsche Großbürgertum gewohnt und das Familienleben in behaglichen, von großzügigen Gärten umschlossenen Villen in vollen Zügen genossen. Die wenigen neuen Mehrfamilienhäuser auf der anderen Seite des Platzes hatten gewiss noch nicht gestanden, als Eric geflohen war, doch was änderte ein einzelnes Gebäude am Wesen dieses Ortes, an den ewigen Rosenköpfchen, die welkten und wieder erblühten.

Noch tags zuvor hatte Eric uns mit traumwandlerischer Sicherheit durch die Straßen des zerstörten Schöneberg geführt. Und jetzt stand er in Grunewald, wo sich augenscheinlich kaum etwas verändert hatte, und brachte angesichts der unversehrten Vergangenheit kein Wort heraus. Als wäre er ein Außerirdischer, der gerade gelandet war.

Nora warf einen Blick auf das Straßenschild.

»Hier ist es«, sagte sie.

»Tatsächlich«, antwortete er beklommen. Offenkundig wäre es ihm lieber gewesen, die Straße nicht wiederzufinden und stattdessen den ganzen Morgen ziellos zwischen den Rosenbüschen umherzustreifen.

Noch gestern Abend war er entschlossen gewesen, die Toten zu begraben, koste es was es wolle; jetzt trübte ihm die Angst, was er erfahren könnte, Sinn und Verstand. Unter den sanften Ästen der Kastanien trottete er Nora und mir wie ein teilnahmsloser Tourist hinterher.

Hinter einem weißgestrichenen, von kräftigen Pfingstrosen gesäumten Gartenzaun tobte ein kleines blondes Mädchen mit einem Schäferhund. Eric wandte den Kopf ab und griff nach Noras Arm.

»Dass ich Nora nicht verdiene, ist dir mittlerweile bestimmt überdeutlich«, wandte er sich mit nervösem Lächeln an mich.

»Eric, hör auf mit dem Unsinn.«

»Wahr ist es doch«, fuhr er fort. »Meinetwegen hat sie auf so vieles im Leben verzichtet.«

»Eric.« Nora klang verärgert. »Lass uns nicht schon wieder davon anfangen. Letzte Nacht, als du, statt zu schlafen …«

»Es stimmt.« Er schien froh zu sein, ein Thema gefunden zu haben, das ihn von den Häusern und Gärten ablenkte, an denen wir vorübergingen.

»Wenn du Nora glücklich machst, verdienst du sie auch«, erwiderte ich.

»Es gibt Dinge, die du nicht weißt.« Offenbar war er fest entschlossen, sich in ein ungünstiges Licht zu setzen.

»Ist das nicht lächerlich?«, rief Nora. »So ging es stundenlang – fast bis zum Morgengrauen. Eric grub Dinge aus, von denen ich meinte, wir hätten sie vor unserer Hochzeit geklärt.«

»Es war meine Idee … keine Kinder zu haben.« Er wurde lauter. »Ich hatte das Gefühl, in der heutigen Welt – bei dieser entsetzlichen Unsicherheit …« Er stockte, und als kein Einwand kam, lieferte er ihn selbst. »Aber das bedeutet wohl nur, dass ich selbst nicht erwachsen geworden bin – nicht dazu bereit, elterliche Verantwortung zu übernehmen. Lieber schiebe ich alles auf den Zustand der Welt.«

Hatte sein Schuldgefühl etwas mit den vertrauten Straßen und den an sie geknüpften Erinnerungen zu tun? Fragte er sich gerade, was gewesen wäre, wenn sein Vater auf ihn verzichtet hätte?

»Eric zu heiraten, war das Beste, was mir passieren konnte«, sagte Nora vertraulich zu mir. »Ich bin diejenige, die Glück hatte. Wenn du meine Schwester Cordelia in Jamaika kennen würdest, wüsstest du, was ich meine.«

»Bildschön und begabt?«, tippte ich.

»Ganz genau. Zuhause war ich die graue Maus. Mittelmäßig in der Schule, während sie nur Bestnoten einheimste. Ihre Einführung in die Gesellschaft wurde ein Triumphzug, die begehrtesten Männer scharten sich um sie, und heute hat sie drei wunderbare Kinder, spielt hinreißend Klavier und wird von allen vergöttert. Wenn ich Freunde der Familie treffe, fragen sie als Erstes: ›Wie geht es der reizenden Cordelia? Sie ist einfach …‹«

»Aber du bist die Frau, die Eric liebt.«

»Ja«, sagte sie zutiefst bewegt. »Ich weiß auch nicht warum. Es ist so unsinnig, dass er uns beide mit diesen Gespenstern quält.«

In diesem Augenblick hielt Eric vor der schmiedeeisernen Pforte einer terrassenförmig angelegten, von Bäumen dicht umstandenen weißen Villa inne. Mit angespannter Miene las er ein kleines Schild: *Möbliertes Zimmer zu vermieten*. Der Aushang schien ihn zu beunruhigen, er wich einen Schritt zurück und sah sich noch einmal die anderen Häuser an. Dann griff er nach der Klinke, stieß das Türchen auf, und wir folgten ihm über den gepflasterten Weg und die breiten, von Kübelpflanzen flankierten Stufen zur Eingangstür. Ohne zu zögern, so automatisch, wie er es Hunderte Male in der Vergangenheit getan haben musste, drückte er die Klingel.

Nach einer Weile tauchte hinter der Milchglasscheibe der weißen Tür ein Schatten auf, eine Hand griff nach dem Knauf, drehte ihn, und die Tür öffnete sich.

Vor uns stand eine junge Frau: blasse Sommersprossen, rotes Haar, Katzenaugenbrille. Ein kluges, freundliches Gesicht.

»Oh, Sie sind bestimmt wegen des Zimmers hier?«, fragte sie auf Englisch, da sie uns offenbar für Fremde hielt.

»Genau«, antwortete Nora hastig. »Ich hoffe, wir sind nicht zu früh.«

»Ganz und gar nicht. Kommen Sie herein. Ich bin auf dem Sprung, aber es wird sich gleich jemand um sie kümmern.«

Wir traten in eine dämmrige, mit chinesischen Stickereien geschmückte Eingangshalle. Die junge Frau verschwand in einem Nebenzimmer, aus dem gedämpfte Stimmen drangen. Kurz darauf kehrte sie zurück und verließ mit einem freundlichen Lächeln das Haus. Verloren standen wir da.

»Hier entlang«, sagte Eric und führte uns in das Wohnzimmer.

»Eric«, flüsterte Nora. »Hat sie einen Namen genannt? Auf wen warten wir?«

»Auf die Dame des Hauses. Das sagt nicht viel, oder?« Abrupt blieb er stehen und starrte in das Zimmer, das sich vor uns öffnete.

Wie um alles in der Welt schafften es die Leute, ihre Antiquitäten über Krieg und Zerstörung hinwegzuretten? Ich war sprachlos. Noras Gesicht verriet, dass es ihr ähnlich ging. Die Einrichtung hätte jedem Museum Ehre gemacht: geschnitzte Gobelinsessel, Vitrinen voll von kostbarem Porzellan, Miniaturen in Samtrahmen, kunstvolle, unter Glasstürzen geborgene Blüten aus Korallen, illuminierte mittelalterliche Handschriften. In der hinteren Ecke neben der Tür zum Garten befand sich ein Flügel, bedeckt mit einem blutroten, mit goldenen Drachen bestickten chinesischen Seidentuch, auf dem eine Reihe von Familienfotografien in verschnörkelten Rahmen standen: hochgeschnürte Damen in ausladenden Kleidern, beleibte Herren mit gewachsten Schnurrbärten und immer wieder Babys, gewiegt von stolzen mütterlichen Armen. Neugierig spähten Nora und ich zu den Bildern hinüber, doch wie sollten wir in einem dieser pausbäckigen, zufriedenen Kinder den hageren, zerquälten Mann erkennen, der in diesen Augenblicken Möbelstück um Möbelstück mit seinen Blicken verschlang.

»Der Teppich!«, rief er.

Wir blickten zu Boden: ein abgetretener, gleichwohl auffällig schöner Perser, dessen zu mattem Lavendel verblichene Rosen auf einem gedämpft grauen Perlton blühten.

»Ich weiß noch, wie Vater ihn kaufte. Wir lebten noch in Schöneberg. Wehe, wenn ich mit schmutzigen Schuhen auf ihn trat!«

Er klang freudig erregt, als sähe er nach einer Phase tiefster Verunsicherung endlich ein wenig klarer. Begierig blickte er sich nach weiteren vertrauten Gegenständen um, einen zierlichen Sheratonsekretär, halb versteckt hinter einem barocken, französischen Paravent; einer mit

116

Türkisen verzierten Vase hinter einer Tänzerin aus Meißner Porzellan.

»Diese Vitrine stammt aus der Ahrenfeld-Villa«, sagte
er verblüfft. »Die roten Sessel gehörten meiner Tante
Hilde und …« Er brach ab und starrte auf ein Ölgemälde.
»Was, in Gottes Namen, haben all diese Sachen meiner
Cousins und Tanten hier verloren?«

Schritte näherten sich, Nora und ich drehten uns um.

»Entschuldigen Sie, dass ich Sie warten ließ«, murmelte
eine Frauenstimme.

»Sie müssen entschuldigen, dass wir so früh gekommen
sind«, entgegnete Nora und suchte nach einem Ge-
sprächsthema, das uns über die ersten schwierigen Minuten hinweghelfen würde.

Offenbar hatte die Frau Erics verstörte Frage nicht gehört, denn sie kam mit einem entspannten Lächeln auf
uns zu. Ihre Erscheinung, die zierliche, aufrechte Figur,
das gepflegte blauweiße Haar, die schmale Taille und die
selbstsichere Haltung strahlten etwas Französisches aus;
auch ihr Englisch war französisch eingefärbt, als wäre die
Sprecherin zweisprachig aufgewachsen.

»Es ist ein Doppelzimmer«, sagte sie zögernd, als sie
bemerkte, dass wir zu dritt waren: zwei Frauen, die sie
nervös anblickten, und ein Mann, der ihr den Rücken
zudrehte und den Garten offenbar interessanter fand als
das Haus.

»Es wäre nur für meinen Mann und mich«, sagte Nora
und schwieg betreten.

Dann werde ihnen das Zimmer vielleicht zusagen,
meinte die Frau, es befinde sich in der oberen Etage, mit
einem schönen Blick auf den ruhigen Garten. Zurzeit

wohnten drei weitere Gäste im Haus, das junge Mädchen aus Toronto, das uns geöffnet habe, sowie ein dänischer Doktor mit seiner Frau, die an einem Forschungsprojekt der Freien Universität teilnähmen.

Eine besondere Aura umgab sie, während sie sprach. Ihr zerbrechliches und zugleich entschlossenes Auftreten erinnerte an die Frauengestalten aus den Romanen Prousts, die es mit Würde und Fassung ertragen, dass sie wirken, als seien sie aus der Zeit gefallen. Als junge Frau musste sie bildschön ausgesehen haben, und bis jetzt – sie musste um die siebzig sein –, hatte sie sich ihre klaren, geschmeidigen Konturen bewahrt. Die tiefschwarzen Brauen über den goldbraunen Augen brachten ihre verblüffend glatte Haut zum Leuchten.

»Wollen Sie bitte mitkommen?« Sie wandte sich Richtung Eingangshalle, Nora folgte ihr, blickte sich indes hilfesuchend nach Eric um.

»Nora – du bleibst!« Jedes Kristallblättchen des rosafarbenen Kronleuchters schien nachzuzittern unter dem scharfen Befehl.

Erschrocken fuhr die Dame des Hauses herum und griff instinktiv nach dem kleinen Goldmedaillon an ihrem Hals. Eric trat aus dem schützenden Schatten ins Sonnenlicht. Sein Gesicht war so hasserfüllt, dass ich glaubte, einen Fremden vor mir zu haben. Keiner der beiden sagte ein Wort. Unter dem sachten Klimpern des Kronleuchters musterten sie einander in erbittertem Schweigen.

»Du hast lange auf dich warten lassen, Erich«, sagte sie schließlich.

»Wie kamst du darauf, dass ich überhaupt jemals

zurückkehre, Tante Rosie?« Auch seine Stimme war fremd.

»Irgendwann kehrt jeder zu seinen Wurzeln zurück.«

Er war unfähig zu antworten. Ihre Worte verklangen, ohne dass sie eine Miene verzog. Dann wandte sie sich, freundlicher gestimmt, an Nora und streckte ihr die Hand entgegen.

»Sie sind also Erichs englische Frau. Willkommen in Berlin. Ich hoffe, die Stadt war nach dem friedlichen Chelsea kein allzu großer Schock für Sie. Wann sind Sie angekommen?«

»Erst gestern«, antwortete Nora und stellte mich vor. Am Abend habe sie den Eintrag im Telefonbuch entdeckt. Sie entschuldige sich für das Missverständnis mit dem möblierten Zimmer, aber Eric habe keine Ahnung gehabt, wer jetzt hier wohne.

Das verstehe sie vollkommen, erwiderte Tante Rosie, und es sei so nett von uns, zuerst hierherzukommen, ehe wir die »anderen« träfen. Eric zuckte überrascht zusammen. Ohne näher auf ihre Bemerkung einzugehen, bot sie uns einen Kaffee an, aber vielleicht wollten wir lieber Tee …

Nora und ich entschieden uns für Kaffee. Fragend blickte die Frau zu Eric hinüber, der uns wieder den Rücken zugewandt und sich zu dem Flügel mit den Fotografien geflüchtet hatte. Er schien sie alle wiederzuerkennen.

»Ich habe Chelsea immer sehr geliebt«, sagte Tante Rosie, als sie einen Augenblick später forschen Schrittes aus der Küche zurückkam. »Wie ich hörte, wurde die Old Church schwer von Bomben getroffen. Ein Jammer.«

»Sie wird gerade wieder aufgebaut«, entgegnete Nora.

»Vermutlich ein schwacher Trost.«

Die Unterhaltung stockte. Beklommen saßen die beiden da, Reisende auf dem Weg ins Ungewisse. Ich wunderte mich, dass Nora nicht fragte, woher Rosie wisse, dass sie in Chelsea lebten. Erics Tante schien ebenfalls auf diese Frage zu warten, doch da Nora schwieg und Eric ihr beharrlich den Rücken zuwandte, beschränkte sie sich auf die beiläufige Bemerkung, dass fast schon wie in alten Zeiten viele Menschen wieder regelmäßig zwischen London und Berlin hin- und herreisten. Erst vergangenen Monat habe sie ein ehemaliger Freund von Eric besucht – Konrad Geisler.

Eric fuhr herum.

»Was kann dir Konrad schon über mich erzählt haben? Ich habe ihn seit Jahren nicht mehr gesehen.«

»Genau das hat er gesagt. Dass ihr euch nie begegnet.«

Eric zögerte: »Behaupte bloß nicht, dass Konrad froh war, wieder hier zu sein. Dass er gar bleiben wollte.«

»Keineswegs. Er wollte lediglich seine Familie besuchen.«

»Und dann hat es ihm jeder übelgenommen, dass er nicht geblieben ist.« Er war lauter geworden.

»Nun hör mal, Erich …«

»Keiner hier kann sich vorstellen, wie es sich anfühlt, wenn man aus dem Exil zurückkehrt, und sei es nur für ein paar Tage.«

Seine Finger umklammerten eine der gerahmten Fotografien.

»Jaja, ich weiß«, fuhr er fort. »Weiß genau, was du mir jetzt sagen willst. Die Vergangenheit ist tot. Die Nazis verschwunden, auf immer. Es geht wieder aufwärts. Alle sind glücklich –«

Er schluckte. »Aber das kannst du keinem weismachen, der es erlebt hat – das ganze Heil-Hitler-Gebrüll und die Aufmärsche …«

Schweigend, mit gefalteten Händen und unbewegter Miene saß sie auf dem Sofa.

»Wo wir gerade von den Nazis reden«, er warf einen Blick auf das Foto, das er umklammert hielt, »wo ist Onkel Friedrich? Ja, ich weiß, ich habe nach dem Streit in eurem Haus geschworen, nie mehr mit ihm zu reden. Aber gestern Nachmittag, als wir Unter den Linden standen, umzingelt von marxistischer Propaganda, musste ich an den Abend denken, als Hitler zum Reichskanzler ernannt wurde. Wie hat Friedrich gejubelt. ›Unsere einzige Hoffnung auf ein starkes, geeintes Deutschland‹, verkündete er. Und was denkt dein edler Gatte jetzt? Ein schönes geeintes Deutschland haben er und seine Freunde uns eingebrockt.«

Er wartete, doch sie reagierte nicht.

»Hat es dir die Sprache verschlagen, Tante Rosie?«

»Noch höre ich zu.«

»Wären du und Onkel Friedrich doch nur ein wenig schlauer gewesen«, sagte er und versuchte seine Stimme im Zaum zu halten. Seine Ironie sollte kaschieren, wie verletzt er war. Millionen von Nazis hätten ihren Führer angehimmelt, doch viele davon hätten sich weitblickend gegen die ungewisse Zukunft abgesichert. Wurden jüdische Freunde oder Verwandte verhaftet oder zur Flucht getrieben, rafften sie sich zu einer mitfühlenden Geste auf – nicht weil sie Juden mochten, sondern um eines Ta-

121

ges sagen zu können: »Überzeugte Nazis? Wir? Niemals! Sehen Sie doch dieses Gemälde hier, es gehörte einem jüdischen Freund, unter größter Gefahr haben wir es gerettet, um es bis zu seiner Rückkehr für ihn aufzubewahren. Ein Jammer, dass er vergast wurde.«

Mit einem dumpfen Laut fiel das Foto auf den Flügel.

»Hätte einer von euch beiden auch nur einen Finger gerührt, um meinen Vater zu retten, dann wäre heute vielleicht …«

Seine Stimme versagte. Mit einer Handbewegung bedeutete sie ihm zu schweigen.

»Über mich magst du sagen, was du willst, Erich. Ich sitze hier und kann mich verteidigen. Aber dein Onkel …«

»Tot?« Der Gedanke schien ihm den Boden unter den Füßen wegzuziehen.

»Er hat sich erschossen.«

»Wie sein Führer.«

»Ganz und gar nicht. Er hat 1940 Selbstmord begangen, als die ganze Welt Hitler für unbesiegbar hielt.«

»Das verstehe ich nicht«, murmelte er matt.

»Wie solltest du auch? Du hast die vergangenen zweiundzwanzig Jahre in deinem Exil wie ein Vogel Strauß verbracht.«

Er schwankte gegen den Flügel. Die unverhohlene Wut, die ihm Kraft gegeben hatte, wich Ernüchterung und Ratlosigkeit.

»Ich weiß nur, was Käthe mir geschrieben hat«, sagte er versöhnlicher. »Wie sie euch um Hilfe angefleht hat und ihr die Tür gewiesen wurde. Bis zum heutigen Tag weiß ich nicht, wie mein Vater gestorben ist.«

»Hast du jemals ernstlich versucht, es herauszufinden?«

Er schwieg. Die Glasglocke auf der Vitrine, die einen Ast Korallen schützte, schien sich über Eric gestülpt zu haben, wir sahen jede seiner Bewegungen, jeden Atemzug wie aus großer Ferne, als trenne ihn eine unsichtbare Hand von uns. Einen Moment lang stand er noch da, den vorwurfsvollen Blicken seiner Vorfahren ausgesetzt, die ihn von den elfenbeinfarbenen Wänden anstarrten. Dann, besiegt, ließ er sich neben Nora auf einen Stuhl fallen.

Tante Rosie stand auf, ging zu dem Sekretär, zog eine Schublade auf und holte einen langen flachen Umschlag heraus.

»Seit Jahren will ich dir das hier überreichen«, sagte sie und hielt ihm den Umschlag hin. »Diese Seiten, geschrieben von deinem Vater, wurden unter größter Gefahr aus dem Gefängnis geschmuggelt. Wenn du sie liest, wirst du sehen, wie sehr er in seinen letzten Tagen über sich hinauswuchs. Dann verstehst du vielleicht, warum er unser Angebot ausschlug, ihm zur Flucht zu verhelfen. Damals hielt ich seine Entscheidung für falsch. Inzwischen respektiere ich sie und weiß, dass er nicht anders handeln konnte. Nur wenige Menschen haben das Privileg, ihren Tod zu wählen und ihn dabei in eine geistige Heldentat zu verwandeln.«

Ein junges Dienstmädchen brachte ein Tablett mit Kaffee und stellte es auf den Sofatisch. Tante Rosie schenkte ein, milder Duft umhüllte uns, und das Klirren der silbernen Löffel gegen das Porzellan trat an die Stelle unseres Schweigens.

Mit der taktvollen Gelassenheit einer erfahrenen Gastgeberin wechselte Rosie das Thema. Sie reichte die Rosinenplätzchen herum und löste die Spannung, indem sie erzählte, wie kühl und verregnet der Sommer gewesen sei, gestern allerdings sei das Wetter überraschend schön gewesen; sprach dann über das Theater, das im West- wie im Ostsektor gleichermaßen wieder aufblühe, man müsse zugeben, dass Ostberlin großartige Inszenierungen und Konzerte auf die Beine stelle. Jeden September kämen Tausende Gäste zu den Festwochen, und manchmal könne man fast meinen, Berlin sei wieder ganz die alte, eine bedeutende Metropole, womit sie natürlich die Zeit vor 1933 meine.

Wie von einem Magneten angezogen, wandte sich ihre Aufmerksamkeit von neuem Eric zu. Sie hatte ihm Zeit geben wollen, sich zu entscheiden, ob er den Umschlag gleich öffnen oder später in Ruhe lesen wolle, und wirkte erleichtert, als sie sah, dass er ihn in die Tasche steckte. Eric schien sich damit abzufinden, dass man die Vergangenheit nicht über Nacht in einem Sturmangriff nehmen konnte.

»Alle Welt bedauert Deutschlands Teilung in Ost und West«, sagte sie mit einem traurigen Lächeln. »Aber es gibt eine sehr viel tiefere und schmerzlichere Teilung, die kein Außenstehender wahrnimmt. Ich meine den Riss, der die Deutschen, die hier blieben, von jenen trennt, die fortgingen. Die Kluft ist so groß, dass ich manchmal fürchte, sie könnte unüberwindbar sein. Was meinst du, Erich?«

»Ich räume ein«, sagte er widerstrebend, »dass die, die in Deutschland blieben, das Ausmaß des Naziterrors nicht im gleichen Maß erkennen konnten, wie es uns von außen möglich war. Was keine Entschuldigung für absolute Blindheit und kriecherische Hörigkeit ist.«

»Das behauptet auch niemand.« Sie klang überrascht. »Erich, sag mir bitte«, fuhr sie in der gleichen ruhigen Weise fort, »jetzt, wo du seit so vielen Jahren in der Fremde lebst und dein Vaterland, wie ich hoffe, objektiver sehen kannst: Welcher Wesenszug der Deutschen verstört die Menschen im Ausland am meisten?«

»Ihr widerliches Selbstmitleid«, erwiderte er, ohne zu zögern. »Es war das Erste, was die Alliierten bei ihrem Einmarsch schockierte. Ganz Deutschland hat *seine* zerstörten Häuser und *seinen* Hunger beklagt. Kein Wort des Bedauerns über die Gaskammern, den Hungertod und das Grauen, das Deutschland über die unterworfenen Länder gebracht hat. Trifft man einen Deutschen außerhalb seines Vaterlandes, bettelt er um Mitgefühl. Auf unserer Schiffsreise sind wir so einem begegnet – einem gewissen Grubach –, ein widerwärtiger Typ.«

Tante Rosies goldgesprenkelte Augen sahen zu, wie Eric ein Rosinenplätzchen auf seinem Teller zerkrümelte.

»Sie haben kein moralisches Rückgrat, die Deutschen«, sagte sie. »Man muss der Wahrheit ins Auge blicken. Allerdings habe ich das Gefühl – aber vielleicht bin ich voreingenommen –, dass die Berliner immer ein wenig anders waren. Die Nazis haben die Stadt Rotes Berlin genannt, weil sie eine Hochburg des Widerstands war. Die Arbeiterklasse in Deutschland kann sehr störrisch sein, kein Wunder, sie leidet ja auch am meisten unter jeder Krise. Doch das sogenannte Kleinbürgertum beklagt sich unaufhörlich. Ich kann dir nur beipflichten, es ist widerwärtig.«

Ihr sanfter Ton schien ihn aus der Reserve zu locken.

»Ich weiß nicht warum«, sagte er beinahe vertraulich, »aber die Deutschen, die so schwach und unfähig sind, sich selbst zu regieren, erliegen immer wieder der wahnwitzigen Vorstellung, ihre Herrenrasse sei dazu bestimmt, die Welt zu beherrschen.«

»Ein Irrsinn. Doch im Lauf der Geschichte sind auch andere Völker diesem Irrglauben verfallen, das dürfen wir nicht vergessen.«

»Aber sie haben keine Gaskammern gebaut, um Minderheiten ›auszumerzen‹.«

»Nein, Gott sei Dank.«

»Deutsche Gründlichkeit.«

Ihr sanft leuchtender Blick drängte ihn zum Weiterreden.

»Obwohl der Krieg schon so viele Jahre zurückliegt, schäme ich mich noch immer, etwas mit den Deutschen zu tun zu haben. Selbst die Familie meiner Frau weiß nicht, wo ich herkomme.«

»Das ist … sehr bedauerlich.«

»Könnten doch …«, er rang nach Worten, »könnten die Deutschen ihre Niederlage nur mit Würde annehmen. Ich ertrage diese Leute nicht, die ständig jammern!«

»Wie merkwürdig. Seit du diesen Raum betreten hast, hast du nichts anderes getan.«

Er starrte sie an wie ein geohrfeigtes Kind.

»Je länger ich dir zuhöre, Erich, umso deutscher klingst du«, fuhr sie unbeirrt fort. »Wirklich verblüffend, denn ich erinnere mich daran, wie sehr sich deine Mutter bemühte, einen perfekten englischen Gentleman aus dir zu machen.«

Sie blickte zu den goldgerahmten stummen Geistern auf dem Flügel.

»Ich nehme an, du hast das Bild von dir als Zweijährigem mit deiner Gouvernante Collins gesehen. Deine Mutter und ich waren eigens nach London gefahren, um die junge Dame mit dem makellosen Akzent persönlich auszuwählen. Agnes war der Meinung, ein normales Kindermädchen wäre für ihren Sohn nicht gut genug.«

Er griff nach dem Foto, ließ es aber hastig wieder los.

»Als ich dich hier stehen sah«, fuhr sie fort, »sagte ich mir: ›Jetzt ist Erich wahrlich zum Briten geworden.‹ Du hast die Haltung und Gestik eines Engländers und einen hervorragenden Schneider obendrein – Savile Row selbstverständlich. Doch dann machst du den Mund auf und der schöne Schein löst sich in Luft auf. Und weißt du auch warum?«

Eric sah sie nicht an. Offenbar wollte er es nicht hören. Doch sie hatte zu viele Jahre gewartet, um es dabei zu belassen.

»Was du an den Deutschen am meisten hasst, ist, was du an dir selbst unerträglich findest. Ihre Schwächen sind die deinen, wenn auch durch die Jahre im Ausland und deine exzellente Erziehung gemildert und gewandelt. Deine Mutter konnte zwar deinen Akzent kaufen, doch so bewundernswerte britische Wesenszüge wie Charakterstärke, Sinn für Humor und Anstand oder die Fähigkeit, beide Seiten einer Medaille zu sehen, gibt es nun einmal nicht gegen Geld – Eigenschaften, die deiner Frau zweifellos in die Wiege gelegt wurden, was gewiss einer der Gründe ist, warum du sie geheiratet hast. Aber du, mein armer Junge, musst der Tatsache ins Auge sehen, dass du Deutscher bist und es bis ins Grab bleiben wirst. Entweder machst du damit deinen Frieden, oder du nimmst die Niederlage, wie du selbst sagst, mit Würde an.«

Das Rosenmuster des Teppichs konnte Erics Blick nicht länger halten, und als er zu seiner Tante aufblickte, stand aufrichtige Reue in seinen Augen.

»Ich möchte dich um Verzeihung bitten, Tante Rosie. Ich war dir gegenüber sehr ungerecht. Ich war jung, hatte Entsetzliches zu tragen ...«

»Verstehst du, was ich meine?« In ihrer Stimme schwang nicht der leiseste Triumph. »*Du* warst jung. *Du* hattest viel zu tragen. *Dein* Vater starb. *Du* flohst ins Exil. Ständig bist du das Opfer. Hast du dich, seit du in dieses Haus tratest, eine Sekunde gefragt: ›Wie kommt es, dass überhaupt jemand aus meiner Familie überlebt hat? Welche Gräuel haben *sie* erleiden müssen?‹«

Schuldbewusst tastete er nach Noras Hand und umklammerte sie.

»Wer«, fragte ihn seine Tante ruhig und kühl, »ist vor zweiundzwanzig Jahren mitten in der Nacht in dieses Haus gestürzt, mit einem Pass, den sie den einflussreichen Nazifreunden ihres Mannes abgeschwatzt hatte, damit ihr edler Neffe fliehen konnte? Wer hatte die Topasohrringe verkauft – ein Erbstück der von Ludowitzens –, um ihm eine Rolle Schwarzmarktdollar in die Hand drücken zu können? Wer hatte ihm beim Packen geholfen, als seine Mutter bei der bloßen Vorstellung, ihm könnte etwas zustoßen, hysterisch zusammenbrach? Wer hatte ihm zum Abschied gesagt: ›Mein lieber Junge, hab keine Angst, ich liebe dich wie einen Sohn. Du und Käthe, ihr seid alles, was ich habe, und solange ich lebe, werde ich niemals zulassen, dass einem von euch etwas geschieht.‹ Wer?«

Sie sah ihn fast mitleidig an, als wäre Eric wieder das unglückliche Kind, das mit seinen schmutzigen Schuhen nicht auf den Perserteppich treten durfte.

Aus London, erinnerte sie ihn, hatte er ihr die denkbar liebevollsten und warmherzigsten Briefe geschrieben, natürlich unter anderem Namen und stets darauf bedacht, die Zensur zu umgehen. Doch als sein Vater verhaftet wurde, hatte sie ihm aus vielerlei Gründen weder antworten noch erklären können, wie sie Walter zu retten gedachte. Erich hätte, allen voran, diese Verschwiegenheit verstehen müssen. Nicht einmal die arme kleine Käthe konnten sie in ihr Geheimnis einweihen. Sie und Friedrich mussten so tun, als blieben sie tatenlos, während im Untergrund alles auf Hochtouren arbeitete, um Walter die Flucht zu ermöglichen. Hatte er, Erich, jemals genauer darüber nachgedacht? Hatte er sich an alles, was geschehen war, erinnert und seiner Tante vertraut? Mitnichten. Er zog den verkehrten Schluss, vermutete das Schlimmste und war über die einzige Adresse, die Tante Rosie von ihm hatte, nicht mehr erreichbar. Ein Brief nach dem anderen kam zurück, bis …

Sie verstummte und musterte ihn, als könnte sie noch immer nicht fassen, dass er vor ihr auf dem Sofa saß.

»Jahrelang habe ich geglaubt, du seist tot, und habe um dich getrauert«, sagte sie. Doch mit dem Frieden begannen Nachrichten über die Fortgegangenen durchzusickern. Wer im Ausland war und Angehörige in Berlin hatte, versuchte verzweifelt, Kontakt mit ihnen aufzunehmen und herauszufinden, wer noch am Leben war. Jetzt wird Erich schreiben, habe sie gedacht, oder er wird kommen und über das Rote Kreuz nach seiner Familie suchen. Oh, das Warten habe die Tage so lang werden lassen. Unermüdlich habe sie die Kinder von Freunden besucht, die zurückgekehrt waren und Erich während der Kriegsjahre vielleicht irgendwo getroffen hatten. Schließlich hatte sie die Wahrheit erfahren – nicht von einer, sondern von mehreren Seiten –, und damit war ihre letzte Hoffnung gestorben. »Rosie, Erich ist Brite geworden, mit einem neuen Namen und einer britischen Frau. Er will uns alle vergessen.« Das sei ihr größter Kummer gewesen, der Todesstoß nach all den langen schmerzlichen Jahren, dass er ihr, der Tante, die ihn stets geliebt hatte und die ihm jetzt, da beide Eltern tot waren, näherstehen sollte denn je, den Rücken gekehrt hatte.

»Jeder meinte: ›Erich wird nie zurückkehren. Vergiss ihn‹, doch ich sagte mir: ›Eines Tages muss er zurückkommen, und wenn er kommt, wird er mir zuhören müssen – sollte ich dann noch am Leben sein.‹«

Sie hatte ihren Kummer tapfer zurückgehalten, doch jetzt weinte sie still in ein spitzenumsäumtes Taschentuch, überwältigt von dem unterdrückten Schmerz eines schwer geprüften Menschen.

»Bitte, Tante Rosie, jetzt ist Eric zurück, und alles wird anders. Und mich bekommst du noch hinzu«, sagte Nora tröstend.

»Danke, Liebes.« Tante Rosie richtete sich auf. »Wird das nicht aufregend, wenn ich Käthe erzähle …«

»Käthe ist – hier?«, rief Eric.

»Natürlich. Wo sonst sollte sie sein? Es ist ihr Name,

der im Telefonbuch steht. Die Ärmste wollte keinen Vornamen angeben, es klänge so trostlos, meinte sie – sie wollte jeden, der nach der Familie suchte, in dem Glauben wiegen, hier wohnten viele Menschen, nicht nur zwei einsame Frauen.«

Eric war aufgesprungen, doch sie hielt ihn zurück.

»Nein, sie ist gerade nicht da. Kurz bevor ihr gekommen seid, ist sie zu ihrer kleinen Buchhandlung in der Kantstraße aufgebrochen.«

»Was ist mit ihrem Mann passiert?«

»Von den Nazis in Paris erschossen. Er war in der Résistance. Dann ist ihr Kind während der Besatzung im Versteck gestorben, ein kleines Mädchen. Du wirst Käthe nicht wiedererkennen. Sie hat zu viel durchgemacht. Doch sie ist so tapfer und würde sich nie beklagen.«

Wieder schwang ein leiser Vorwurf in ihrer Stimme mit, doch schließlich holte die Gegenwart mit ihren kleinen Pflichten die Vergangenheit ein. Die Kaffeetassen waren schon seit einiger Zeit leer. Rosie stand auf und klingelte nach dem Dienstmädchen, das das Tablett in die Küche zurücktrug. Dann griff sie in ihre Rocktasche und holte eine graue Plastikbrille, einen Stift und einen kleinen Notizblock hervor.

»Nun denn«, sagte sie und setzte die Brille auf, »lass uns zu den praktischen Dingen kommen.«

»Ich wollte dich zuerst noch fragen …« Eric brach ab, als koste ihn die Frage Überwindung. »Na ja, ich konnte den Namen Ahrenfeld nicht im Telefonbuch finden.«

Sie nahm die Brille ab und putzte sie mit dem Taschentuch, als schmerze das Licht ihre Augen oder ihre Sicht habe sich plötzlich getrübt.

»Ich wollte dir gerade sagen, dass du heute Nachmittag noch Herrn Rudneck treffen musst, den Anwalt deines Vaters.«

»Gütiger Himmel, er lebt noch?«

»Unglaublich, nicht wahr? Oft sind es die Jungen und Starken, die sich der Krieg als Erste holt, die Alten und Kranken überleben. Rudneck ist inzwischen über siebzig, aber er arbeitet unermüdlich. In meiner Einsamkeit war er mir eine große Stütze.« Wieder war ein Vorwurf herauszuhören, den sie vehement zu unterdrücken suchte. »Er wird dir alles sagen – Dinge, die ich jetzt nicht vertiefen kann, sie sind zu entsetzlich. Wenn du bei ihm bist und das Gefühl hast, du könntest die grauenvollen Schilderungen nicht ertragen, dann denk daran, wie viel grauenvoller es war, sie zu durchleben. Nein, es gibt keine Ahrenfelds mehr in Berlin. Sobald du weißt, warum, kannst du vielleicht ...«

Sie brach ab und zuckte gedankenverloren die Achseln.

»Rudneck hat ein paar wichtige Unterlagen für dich aufbewahrt«, fuhr sie fort und fing an, einen komplizierten juristischen Vorgang zu beschreiben: Wie Eric bereits vermutet hatte, hatte Walter Dalburg das Haus offiziell an Rosie verkauft, um es vor der Beschlagnahmung durch die Nazis zu schützen. Sie wiederum hatte Rudneck ein Dokument gegeben, welches besagte, dass sie das Haus für Erich treuhänderisch verwalte. Jetzt musste er sich nur vor einem Gericht ausweisen, ein paar Papiere unterschreiben – er wisse ja, wie versessen die Deutschen auf Papierkram seien –, und schon würde alles wieder ihm gehören.

Aber das wolle er nicht, protestierte Eric.

»Es geht im Leben nicht darum, was man will, sondern was getan werden muss«, erwiderte sie streng. »Ich habe deinem Vater versprochen, den Besitz für dich zu bewahren, und das habe ich erfüllt. Wärst du nicht wieder aufgetaucht, wäre nach meinem Tod alles an Käthe gefallen, doch da du nun einmal hier bist, müssen die Dinge ihren Gang gehen.«

Das Haus sei nur der Anfang. Sie sei überrascht, dass Erich offenbar nicht wisse oder wissen wolle, dass er von der westdeutschen Regierung Entschädigung für sein abgebrochenes Studium verlangen könne. Hinzu komme die Beschlagnahmung und Zerschlagung des Dalburg-Verlages, wofür ihm Schadenersatz zustünde. Erich könne froh sein, dass das Grunewald-Haus und die Verlagsräume in der Potsdamer Straße im Westsektor lägen, andernfalls wäre sein Anspruch gleich null. Allerdings sei sie selbst, was den Osten betreffe, nicht pessimistisch. Sie habe Rudneck sämtliche Unterlagen bezüglich einiger Besitzungen in Ostpreußen gegeben, die mit dem Tod ihres Vaters zu gleichen Teilen an sie und Erichs Mutter übergegangen seien, und sie weigere sich, zu glauben, dass dies alles auf immer verloren sei, wie manche behaupteten. Sie glaube, eines Tages würde Deutschland wieder vereint, weil die Umstände alle Beteiligten zu einer Einigung zwängen. Ein geteiltes Deutschland sei vollkommen sinnlos. Wie dem auch sei, auch in Westdeutschland gebe es für ihn weitere Immobilien und einige Anteile an Firmen, die es geschafft hätten, wieder auf die Beine zu kommen. Sie habe sich abgerackert, um alles für Erich und Käthe zu verwalten, und jetzt sei es an ihm als Familienoberhaupt, die Ärmel hochzukrempeln, damit die beiden Frauen sich nach all den Kriegsentbehrungen ein wenig erholen und zur Ruhe kommen könnten.

»Ich muss dir etwas sagen«, fiel ihr Eric ins Wort. »Heute in einer Woche haben Nora und ich einen Rückflug nach London gebucht.«

Ein Grund mehr, keine Zeit zu verlieren, entgegnete sie gelassen. Sie kritzelte Rudnecks Adresse auf einen Zettel. Sobald Erich bei ihm gewesen sei, müsse er in dieses scheußliche Elendsviertel namens Wedding fahren und Else besuchen, die ehemalige Haushälterin seiner Mutter. Eine wundervolle alte Frau, die von der Hoffnung am Leben gehalten worden sei, ihren »kleinen Erich« noch einmal wiederzusehen. Ja, sie sei munter, völlig klar im Kopf und weigere sich, das elende Obdach zu verlassen, das sie ihr Zuhause nenne, weil sie dort vor fünfzig Jahren mit ihrem Mann gelebt habe. Immer wieder habe sie Else inständig gebeten – nun, wie auch immer, Else sei krank und bettelarm. Erich solle ihr etwas Warmes zum Anziehen kaufen – ein Pullover wäre schön und etwas zu essen, möglichst auch Kaffee, der sei hier unverschämt teuer, und Else könne ihn sich nicht leisten.

»Das dürfte genug sein für heute.« Aufatmend drückte sie Eric die Merkzettel in die Hand. »Jetzt gehen wir nach oben, und ich zeige euch den Rest des Hauses, und dann ist bestimmt das Mittagessen fertig.«

Wie selbstverständlich ging sie davon aus, dass wir zum Essen blieben, schließlich war Eric hier zu Hause und wenn er sich törichterweise ein Hotelzimmer genommen hatte, war das sein Problem.

Sie schilderte Nora, wie sie es geschafft hatten, das

Haus nicht nur vor den Nazis, sondern auch durch die Besatzungszeit zu retten. Sie hatten unglaubliches Glück gehabt. Nach Walters Tod hatte sie die Villa an einen seiner Freunde vermietet, einen kultivierten südamerikanischen Diplomaten und Schriftsteller. Jahrelang schützte das diplomatische Wappen über der Tür das Gebäude samt Einrichtung. Zwar habe es ein paar Bombenschäden im hinteren Flügel und in den oberen Schlafzimmern gegeben, doch vergangenes Jahr konnten sie endlich die notwendigen Reparaturen vornehmen lassen. Genau zur rechten Zeit, wie sich jetzt zeige. Erichs Zimmer sehe fast genauso so aus wie damals, als er fortging.

Weil Eric keine Anstalten machte, uns zu folgen, blieb sie fragend an der Tür stehen.

»Während ihr nach oben geht, könnte ich Käthe anrufen und sie überraschen«, meinte er.

Eine großartige Idee, fand Tante Rosie. Sie griff nach ihrem ledernen Adressbuch, das neben dem Telefon lag, und schlug Käthes Nummer auf. Eric begann zu wählen. Durch die geöffnete Gartentür trat ich auf die flache Steinterrasse und lehnte mich gegen das von üppigen Sträuchern gesäumte Geländer. Weit entfernt vom Lärm der nahe gelegenen Stadt, döste der Garten in der strahlenden Nachmittagssonne, als hätten die menschlichen Kriegsgräuel ihm keinen Zweig gekrümmt.

Ich hörte Schritte hinter mir und drehte mich um. Mit verstörtem Gesicht trat Eric auf die Terrasse. Er fasste nach dem Geländer und blickte in ein feuchtes Beet, in dem winzige blaue Blumen blühten. Er schien etwas sagen zu wollen, zögerte aber.

»Hat Käthe deine Stimme erkannt?«, fragte ich.

»Sofort. Ich habe sie mit einem Spitznamen angeredet, den außer mir niemand kennt.«

Haltsuchend lehnte er sich gegen das von einer Kletterrose umrankte Geländer. »Es ist merkwürdig, aber letzte Nacht war mir die Vorstellung, Tante Rosie wiederzusehen, einfach unerträglich. Und zugleich glaubte ich, Käthe – wäre sie denn noch am Leben –, nun ja, wir gehören zur gleichen Generation.«

Es lag mir auf der Zunge, ihm zu antworten, dass eben das sie mitleidlos machen würde. Tante Rosie konnte Eric nicht verleugnen oder zurückweisen, dazu waren ihre mütterliche Liebe und die Erinnerungen an ihn als Kind zu stark. Doch die leidgeprüfte Käthe hatte ihre eigenen Dämonen, die sehr viel grausamer waren als alles, was Eric erlebt hatte – ein von den Nazis erschossener Ehemann, ein totes Kind.

»Ich hatte geglaubt, dass …«

Was hatte er geglaubt? Er schien es nicht mehr zu wissen. Gequält zupfte er eine Rosenblüte auseinander.

»Was hat Käthe gesagt, das dich so getroffen hat, Eric?«

»Gut möglich, dass auf Deutsch alles schrecklicher klingt … Aber es war die Art, wie sie es gesagt hat, so bitter und unversöhnlich.«

»Was hat sie gesagt, Eric?«

Er schaute weg. »»Ich hätte nicht gedacht, dass du den Mumm hast, hier wieder aufzutauchen, Eric Devon. Du warst schon immer ein Feigling.‹«

VIER

Am späteren Nachmittag saßen Nora und ich an einem Cafétisch auf der Terrasse des Kempinski und warteten auf Eric. Es war drei Uhr gewesen, als wir uns nach einem ausgedehnten Mittagessen, das mit haarsträubenden Geschichten über die ihr bekannten Nazigrößen und deren Neurosen gespickt war, endlich von Tante Rosie verabschiedeten. Eric war direkt zu dem Anwalt gefahren, und Nora und ich hatten die Gelegenheit genutzt, einkaufen zu gehen. Für die alte Haushälterin hatten wir eine Strickjacke und wollene Unterwäsche, mehrere Dosen Pulverkaffee, dänische Dosenbutter, Suppenkonserven, Käse und noch einiges mehr erstanden. Nachdem wir alles im Hotel abgeladen hatten, saßen wir jetzt unter einer leuchtend gestreiften Markise und tranken unseren Tee.

»Ich frage mich, was der Besuch beim Anwalt ergibt.« Nora klang besorgt. Als wolle sie sich vergewissern, dass das Leben um sie herum weiterging wie immer, ließ sie ihren Blick schweifen. Eine amerikanische Reisegruppe verglich Köln mit Berlin. Köln, wo sie gestern noch gewesen seien, wirke »hübscher«, sagte eine dickliche Blonde mittleren Alters, der Dom sei so pittoresk.

137

»Eric durchlebt einen Schock nach dem anderen«, seufzte Nora und träufelte Zitronensaft in ihren Tee. »Ich frage mich, ob er das eine Woche lang aushält. Wenn man zu einem Therapeuten geht, um seine Vergangenheit aufzuarbeiten, gibt es eine bequeme Couch, und man nimmt sich Monate oder Jahre Zeit. Aber wenn ein ganzes begrabenes Leben plötzlich wieder aus der Versenkung auftaucht …«

Sie drehte sich um. Eric kam auf unseren Tisch zu.

»Entschuldigt, dass ich euch habe warten lassen«, sagte er und setzte sich.

»Oh, wir haben es uns gutgehen lassen. Wir waren einkaufen und haben uns ein wenig in der Stadt umgesehen«, antwortete Nora betont heiter. »Nimm dir Tee. Der Kuchen sieht köstlich aus, aber nach Tante Rosies wunderbarem Essen …«

Eric bat den Kellner um einen schwarzen Kaffee ohne Zucker.

»Und wie war Herr Rudneck?« Noras Beiläufigkeit klang aufgesetzt, doch noch seltsamer wäre es gewesen, gar nicht zu fragen.

»Unverändert! Dürr wie ein Streichholz. Ein bisschen gealtert, doch ich hätte ihn überall wiedererkannt, selbst auf der Regent Street.«

Er zündete sich eine Zigarette an und warf das abgebrannte Streichholz in den Aschenbecher. Darüber, was Rudneck gesagt hatte, verlor er kein Wort. Nach außen wirkte er unnatürlich ruhig, so wie Menschen unter Schock, die ihren Schmerz oder ihre Trauer zunächst nicht ausdrücken können. Nora fing an, von den Frauen zu reden, die wir in den Läden gesehen hatten, den im

Vergleich zu England teuren Lebensmitteln, dem hübschen Gürtel, den sie sich gekauft hatte, genau richtig für ihr Strickkostüm, doch Eric hörte nicht zu. Wie er dasaß, den nicht angerührten Kaffee vor sich, wirkte er vollkommen verloren, als könnte nicht einmal seine Frau ihm helfen.

»Lasst uns aufbrechen«, sagte er schließlich. »Meine Cousine wartet in ihrer Buchhandlung auf uns. Es ist nicht weit von hier, wir können zu Fuß hingehen. Aber, Nora, ich muss dich warnen.«

»Wovor denn, Liebling?«

Er musterte ihre mitfühlende, geduldig abwartende Miene. Seine Züge wurden weich.

»Ach, nichts. Ich habe Käthe aus Rudnecks Büro noch einmal angerufen, wegen etwas Geschäftlichem. Sie brennt darauf, dich kennenzulernen. Ich glaube, sie hat nicht damit gerechnet, dass ich jemals heiraten würde.«

»Wieso nicht?«, fragte Nora erstaunt.

»Keine Ahnung. Sie glaubt wohl, ich sei so unerträglich, dass es keine Frau lange mit mir aushält.«

»Käthe klingt wie meine Schwester Cordelia. Die wundert sich auch immer, dass jemand mich erträgt.« Sie lachte angestrengt.

»Nun denn, egal, was passiert – sag nicht, ich hätte dich nicht gewarnt.« Eric machte dem Kellner ein Zeichen, die Rechnung zu bringen.

Die Bücherstube stand in goldenen Lettern über der Tür des unweit vom Bahnhof Zoo gelegenen Ladens, dessen bescheidenes Schaufenster mit bunten Farbdrucken und Kunstbänden dekoriert war. In seinem hell erleuchteten

Inneren luden moderne grüne Ledersessel die Kunden zur Lektüre ein.

Um die beiden Frauen im Laden näher in Augenschein zu nehmen, taten wir so, als wären wir einfache Kunden, die sich umsehen wollten. Keine der beiden schien Käthe zu sein, zumindest nicht die Cousine, die Eric auf dem Weg hierher beschrieben hatte: eine Schönheit sei sie nie gewesen, aber mit ihrem bezaubernden Wesen, den aufgesteckten weizenblonden Zöpfen, dem strahlenden Lächeln und dem sprühenden Witz ganz unwiderstehlich. Fast alle seine Freunde hätten sich früher oder später in sie verliebt.

Selbst wenn das blonde Haar mit der Zeit nachgedunkelt sein mochte, war Käthe weder in der kleinen Brillenträgerin zu erkennen, die einem älteren Herrn soeben das Wechselgeld für eine Zeitschrift herausgab, noch in der Frau mit den sehnigen Beinen und dem formlosen Wollpullover, die Bücher in ein Regal sortierte, in dem überwiegend Übersetzungen standen: Huxley, Hemingway, Steinbeck, Gide, Sartre – ein erstklassiges Angebot. Aber wo waren die zeitgenössischen deutschen Autoren? Und wo steckte Käthe?

Ich blickte zu Eric hinüber, der sich die gleiche Frage zu stellen schien. Eine der beiden Frauen musste seine Cousine sein, doch offenbar hatten ihr Krieg und Leid so zugesetzt, dass sie nichts mehr mit dem Mädchen von einst gemein hatte. Jetzt stellte sie ihn auf die Probe und wartete, dass er nach ihrem heiklen Telefonat den ersten Schritt tat und auf sie zukam.

Eric musterte die Frau an der Kasse, dann die andere, die jetzt im Profil zu sehen war: lange edle Nase, gewölbter Hals, mausbraunes, grau gesträhntes kurzes Haar, nachlässig hinter die Ohren gestrichen. Was entdeckte er an ihr? Einen vertrauten Ausdruck, eine kaum wahrnehmbare Geste, die Erinnerungen in seinem Unbewussten aufwühlten, die tiefer reichten und wahrer waren als jedes gesprochene Wort?

»Käthe«, sagte er, ging auf sie zu und küsste sie sacht auf die Wange.

Überrascht wich sie zurück. »Wie hast du mich erkannt?«

Wie denn nicht, entgegnete er lächelnd. Habe nicht auch sie ihn sofort erkannt? Zwanzig Jahre seien schließlich keine Ewigkeit. Er legte ihr den Arm um die Schultern, führte sie zu uns herüber, um uns einander vorzustellen, und sagte, Käthe sehe zunehmend wie eine Dalburg aus, was ein Kompliment sei angesichts der noblen Erscheinung ihres Vaters.

Auf den ersten Blick wirkte alles an ihr eigenartig leblos: die blassen, nahezu farblosen Lippen, die hohen Wangenknochen, die feine lange Nase, die der strenge Kurzhaarschnitt noch betonte. Doch aus ihren tiefliegenden kornblumenblauen Augen funkelte unbeugsamer Stolz.

Anders als Tante Rosie war Käthe weder gepflegt noch schick; sie schien sich zurückzunehmen – grauer Wollpullover, unlackierte Fingernägel, nur die Lippen zartrosa überhaucht – und hatte vielleicht gerade deshalb etwas zutiefst Berührendes und Tragisches an sich, den imposanten Villenruinen nicht unähnlich, die wir am Vortag gesehen hatten und die allen Bränden und Verwüstungsakten zum Trotz ihre Würde bewahrt hatten.

»Hier drüben können wir miteinander sprechen«, sagte sie in beinahe perfektem Englisch. Sie führte uns in ein kleines, mit heiteren Paris-Aquarellen geschmücktes Hinterzimmer: die Seine im Frühling, der Park neben Notre-Dame, die Pont Alexandre III.

Käthe nahm hinter einem grauen Metallschreibtisch Platz, wir drängten uns auf schmalen Stühlen davor, das Zimmer war eng wie ein Schuhkarton. Sie griff nach einem geschnitzten Holzkästchen und bot uns Zigaretten an.

»Amerikanische«, sagte sie mit einem seltsamen Lächeln, als machte das für uns einen Unterschied.

»Und, was hast du von Berlin gesehen?« Ihre Worte standen wie eine kalte Wand zwischen ihr und Eric.

»Nicht viel. Wir sind erst gestern angekommen. Als Allererstes natürlich die Haberlandstraße.«

Sie schwieg für einen Augenblick. »Ich glaube, die Brachen gefallen mir am besten«, sagte sie schließlich. »Wenigstens kann da nichts die Erinnerung stören.« Über ihr kräuselte sich der Rauch. »In die Hubertusallee solltest du besser nicht fahren. Von Großmutters Villa steht nur noch ein trauriger Rest.«

»Das habe ich auch nicht vor. Hätten wir, als wir damals in ihrem Garten spielten, geahnt, was kommt …« Er verstummte beklommen.

»Den Garten gibt es noch – völlig verwildert. Das Haus hat kein Dach mehr, die Fenster sind kaputt, aber manche Zimmer kann man noch erkennen, auch einen Teil der Treppe, gerade genug, um die Erinnerung wiederaufleben zu lassen.«

Eric griff nach einem schmalen Buch auf dem Tisch

und wog es in der Hand, als brauche er das Gefühl von etwas Materiellem, Greifbarem.

»Leo war mein Lieblingscousin«, sagte er. »Rudneck hat mir erzählt, dass er sich bereits in Zürich in Sicherheit befand, als er beschloss, nach Deutschland zurückzukehren und im Untergrund zu arbeiten. Wieso hat er das getan?«

Ihre blauen Augen begegneten seinen.

»Aber Erich, was für eine Frage! Als die Vichy-Regierung die Auslieferung der geflohenen deutschen Juden an die Nazis anordnete, brachte sich Leos Vater in Grenoble um. Leo hat etwas erreicht, ehe er gefasst und in Bergen-Belsen ermordet wurde. Stets sagte er: Wenn er stirbt, soll sein Tod wenigstens einen Sinn haben. Im Gegensatz zu vielen anderen fand er sich nicht damit ab, im Exil vor sich hin zu vegetieren oder sein Schicksal zu beklagen.«

Kommentarlos nahm er ihre Bemerkung hin.

»Hat Magda dir jemals geschrieben? Bestimmt ist sie ziemlich unglücklich in Israel. Sie war so zart, wahrlich nicht dafür geschaffen, ein neues Land mitaufzubauen. Können wir irgendetwas für sie tun?«

»Sie braucht natürlich Geld. Rudneck hat jahrelang für die Entschädigung der Ahrenfelds gekämpft. Magda und Leos Sohn David sind die Einzigen, die überlebt haben. Den jungen Leuten fällt es leicht, sich in ein neues Land einzuleben. David ist in Israel ganz und gar zu Hause.«

Eric legte das Buch aus der Hand. »Apropos Entschädigung, ich habe die Papiere über das Haus und so weiter unterschrieben, zu deinen und Tante Rosies Gunsten, ich habe Rudneck gesagt, dass ich selbst nichts zurückbekommen will. Mit der deutschen Regierung möchte ich nichts zu tun haben.«

»Da bin ich aber froh, dass du offenbar reich genug bist, dir so eine Gelegenheit entgehen zu lassen«, entgegnete sie mit kühlem Spott.

»Ich habe keinen Cent. Es geht mir ums Prinzip.«

»Dann haben wir augenscheinlich unterschiedliche Prinzipien. Ich hatte bei meiner kleinen Entschädigung schlicht keine andere Wahl. Aber ich kehre ja auch nicht in ein blühendes Berlin zurück wie du jetzt. Wie hübsch sich die Stadt heute ausnimmt. Es macht Spaß, mal kurz auf Besuch einzufliegen und die bunten Lichter und gutbesuchten Restaurants und vom Schutt befreiten Straßen wiederzusehen.« Bei ihrer Heimkehr vor zehn Jahren sei die Stadt eine stinkende, von Verfall, Krankheiten und Hunger starrende Jauchegrube gewesen.

Eric erhob sich nervös und blieb unschlüssig vor ihrem Schreibtisch stehen, doch der enge graugestrichene Raum bot keine Ausflucht. Er setzte sich wieder und zündete sich eine weitere Zigarette an.

»Wie hast du Tante Rosie ausfindig gemacht?«

»Sie hat mich gefunden.« Als Käthe halbtot aus Frankreich nach Berlin zurückgekehrt war, fiel ihr als Rettung einzig die alte Else ein. Eigentlich hatte sie gar nicht zu hoffen gewagt, dass Else noch am Leben sei und noch immer in dieser trostlosen Gegend im Wedding wohne.

»Es war mitten in der Nacht, als ich an ihre Tür klopfte. Als Else mir öffnete und sagte: ›Oh, mein armes kleines Mädchen – du bist zurück‹, fiel ich schlichtweg in Ohnmacht.«

»Wieso hast du Frankreich verlassen?«

Ihr Mund wurde schmal. »Daran … daran will ich lieber nicht denken.«

»Entschuldige«, murmelte Eric hastig. »Und Else ist zu Tante Rosie gegangen und hat ihr die Neuigkeit überbracht?«

»Ja. Am nächsten Morgen, als ich auf der schmalen Pritsche wieder zu mir kam – Else hatte auf dem Fußboden geschlafen –, tauchte plötzlich wie in einem Traum Tante Rosie mit warmen Decken auf, setzte mich in ein altes klappriges Auto, das sie sich von irgendwem geborgt hatte, und brachte mich nach Hause.«

Eric hätte die Grunewald-Villa damals sehen sollen – die wertvollen Möbel versteckt, die nackten Zimmer wie Lazarettsäle voll kranker Kriegswaisen. Irgendwie hatte Tante Rosie es geschafft, sich von den Besatzungstruppen Essen und Medizin für ihre Schützlinge zu beschaffen.

»Wir waren furchtbar ungerecht zu ihr«, fing Eric an, konnte jedoch nicht weiterreden.

»Wir waren jung und ahnungslos. Sie hat uns schon vor langer Zeit vergeben.« Die beiden sahen einander nicht an, all die offenen Fragen und ungesagten Dinge standen im Raum.

»Wieso hat Onkel Friedrich sich erschossen?«, brach Eric das Schweigen. »Alle in seiner Familie waren glühende Nazis. Denk nur an diese beiden blonden Nichten, die ihre Schlafzimmerwände mit Bildern des Führers tapeziert hatten. Wie konnte Tante Rosie so einen Mann heiraten?«

Er wirkte ärgerlich, ganz als nähme er es persönlich, dass Rosie ihre Entscheidung nicht vorher mit ihnen besprochen hatte.

Weil sie ihn liebte, sagte Käthe. Es sei zwar schwer, das zu glauben, doch er sei ihre große Liebe gewesen. Als Kinder hatten sie, Käthe und Erich, den Onkel nur als den unnahbaren Mann mit den makellosen Anzügen, den Gamaschen, dem Spazierstock und den kalt funkelnden Brillengläsern wahrgenommen. Doch wenn Tante Rosie von ihm sprach, entstand das Bild eines anderen Menschen: schüchtern und voller Zweifel, eine romantische Seele, dem als einzigem Sohn keine andere Wahl geblieben war, als die traditionsreiche, international renommierte Familienbank der Familie weiterzuführen. Seine politischen Überzeugungen habe Tante Rosie nie ernst genommen. Er war zuallererst Bankier und glaubte wie all seine Freunde, Hitler werde so sehr mit der Unterdrückung des Kommunismus beschäftigt sein, dass sich am Einfluss der Bankiers auf das deutsche Finanzwesen nichts ändern werde.

Bald sei der Tag gekommen, an dem die Nazis nicht nur Onkel Friedrichs geliebte Bank übernahmen, sondern solchen betrügerischen Schindluder damit trieben, dass er nur mehr die Wahl hatte, entweder dafür geradezustehen und den guten Namen Seidler aufs Spiel zu setzen oder sich zu erschießen. »Irgendwann erzählt dir Tante Rosie vielleicht die ganze Geschichte und was danach kam. Aber frag sie nicht danach.«

Es gebe Dinge, an die man besser nicht rühre, sagte sie traurig.

Eric räusperte sich. »Käthe, was deinen Mann und dein Kind betrifft – es tut mir so leid. Ich weiß, es ist dumm, das zu sagen, aber lass mich wenigstens …«

Ein feiner Schleier legte sich über ihren Blick, doch ihre Stimme blieb fest.

»Michel und dann das Baby – so entsetzlich das alles war, ich konnte es ertragen, wie man Schicksalsschläge erträgt, etwas Unausweichliches. Doch das, was danach kam …«

Sie schauderte. Dann hob sie den Kopf und zwang sich zu einem Lächeln, um die Vergangenheit zu verscheuchen. »Ich habe eine Überraschung für dich, Erich. Franz hat hier oben sein Atelier. Er lädt uns alle zum Abendessen ein. Ich hoffe, du hast nichts dagegen.«

»Nein, ganz und gar nicht.«

Ohne von Erics ratloser Miene Notiz zu nehmen, stand Käthe auf. Welcher Franz?, schien sein Blick zu sagen. Ein Freund, ein Liebhaber, ein Nachbar? Käthe öffnete eine unscheinbare Tür an der Rückseite des Büros, die auf einen dunklen Flur führte. Langsam stiegen wir eine schmale, von bläulich glimmenden Glühbirnen beleuchtete Stiege hinauf. Offenbar war das alte Haus nur notdürftig saniert worden, baufällig bis auf die ausgebesserte Decke und das instand gesetzte Geländer. Oben angekommen, blieb Käthe vor einer leuchtend gelben Tür stehen und klopfte.

»Vielleicht ist Franz kurz einkaufen gegangen«, sagte sie, als niemand öffnete. Sie drückte die Klinke, und wir folgten ihr in ein geräumiges, spärlich möbliertes lichtdurchflutetes Atelier. Die mit Bedacht platzierten Deckenstrahler waren auf zahlreiche imposante Gemälde gerichtet, deren düstere Figuren zornig auf uns zuzustürzen schienen. Wir traten näher. Hier war der gesamte Aberwitz des Krieges mit seiner unverhüllten Brutalität versammelt.

»Mein Gott! Das ist großartig. Wer ist dieser Franz?«,

fragte Eric und blieb vor dem Bild einer einsamen, von Gitterstäben gerahmten menschlichen Figur stehen.

Sprachlos starrte Käthe ihn an. Offenbar stellte der Fauxpas, den er sich jetzt geleistet hatte, alles Bisherige in den Schatten. Ohne Käthes Fassungslosigkeit zu bemerken, umrundete Eric einen mit grünem Tischtuch und weißem Porzellan gedeckten Tisch und blieb vor dem Porträt eines hohlwangigen, ausgehungerten Kindes stehen.

»Schau mal, Nora«, rief er aufgeregt, »ist das nicht unglaublich?« Dieser kleine Junge wäre in London eine Sensation, Nora solle mit ihrer Freundin sprechen, die die West End Gallery leitet. Vielleicht könnten sie Fotos machen und sie ihr zeigen, sobald sie wieder in London wären.

»Dein Freund hätte doch sicher nichts gegen eine Ausstellung in London, oder?«, fragte er Käthe. »Wenn wir ihn nicht entdecken, wird es bald jemand anders tun.«

»Ich dachte, du hättest ihn schon längst entdeckt – vor fünfundzwanzig Jahren.« Käthes Stimme klang wie ein Peitschenhieb. »Aber an solch banale Dinge erinnerst du dich natürlich nicht.«

»Du meinst – ich kannte Franz?« Verunsichert stand er da.

»Ja, aber du musst dich nicht entschuldigen. Rosie hat mich angerufen, kaum wart ihr bei ihr aus dem Haus, und mich vorgewarnt. Sie sagte, du hättest massive Gedächtnislücken, was die wesentlichen Dinge angehe, würdest dich aber an alle Belanglosigkeiten erinnern. Ich hoffe, es wird nicht allzu schmerzhaft sein, wenn es dir wieder einfällt.«

Sie trat an das große Fenster und schob die grüngestreiften Vorhänge beiseite. Die Lichter einer Leuchtreklame auf der anderen Straßenseite bohrten sich in die einsetzende Dämmerung. Eric musterte seine Cousine mit wachsendem Unbehagen.

»Käthe, wieso hast du dich so verändert? Wir waren ein Herz und eine Seele. Aber als ich dich am meisten brauchte, bist du einfach weggelaufen, hast geheiratet und bist verschwunden.«

Es herrschte beklemmende Stille. Käthe sog laut die Luft ein, als könnte sie nicht fassen, dass das alles wirklich stattfand.

»Erich, bist du verrückt?« Sie ging auf ihn zu und starrte ihn an. »Ich und verschwunden? Du bist es, der verschwand! Alle meine Briefe nach London kamen zurück. In Paris habe ich dann schließlich von anderen Flüchtlingen erfahren, dass Erich Dalburg vom Erdboden verschluckt worden war. Seit Jahren hatte ihn niemand mehr gesehen oder von ihm gehört. Weißt du, was wir glaubten – dumm, wie wir waren?«

Er schüttelte den Kopf.

»Dass du zurück nach Deutschland in den Untergrund gegangen warst. Als wir erfuhren, dass Leo nicht mehr in Zürich lebte, dachten wir, ihr wärt zusammen abgetaucht. Wir vermieden es, eure Namen zu nennen, um euch beide zu schützen. Dann sickerte die Nachricht durch, Leo wäre gefasst worden, und wir fürchteten, du wärst ebenfalls verhaftet oder tot. Erst mit dem Frieden kam die Wahrheit ans Licht.« Sie zog die Schultern zurück. »Erich, du Narr, hast du geglaubt, du könntest dich ewig in London verstecken?«

»Ich habe mich nicht versteckt, nicht wirklich. Es ist nur …«

»London. Ausgerechnet London. Wo es von Flüchtlingen, von Deutschen, Franzosen und weiß Gott wem nur so wimmelt.«

»Ich sage dir doch, ich habe mich nicht …«

Aber natürlich habe er sich versteckt, dafür hätte er allerdings lieber in die Arktis gehen sollen, obwohl selbst nach Sibirien verbannte Kriegsgefangene aufgespürt wurden. Wie habe er so naiv sein können, zu glauben, er könnte in London untertauchen und ein anderer werden? Zahlreiche alte Freunde hätten ihn erkannt und ihr erzählt, wie er sie verleugnet und so getan habe, als hätte er seine Muttersprache verlernt. Es sei traurig und beschämend gewesen, das zu hören, umso mehr, als sie ihn heldenhaft im Untergrund gewähnt hatte.

Eric rührte sich nicht.

»Du – du weißt nicht, was ich durchgemacht habe, nachdem meine Mutter starb«, stieß er schmallippig hervor. »Und ich sage das nicht, um mich zu rechtfertigen, verstehst du …«

»Ja, ich verstehe durchaus, und zwar sehr viel besser, als du glaubst. Als ich hörte, Tante Agnes sei gestorben, dachte ich: ›Was wird Erich bloß ohne seine Mutter machen?‹« Sie klang so mitfühlend, als wäre ihre Wut vollkommen verflogen. »Aber dennoch kann ich dir dein Verhalten nicht verzeihen.«

»Du meinst –, dass ich aus Deutschland geflohen bin? Ich hatte keine Wahl. Mein Leben war in Gefahr.«

»Ich meine die Art, wie du gegangen bist. Du hast einzig und allein an dich gedacht.«

»Woher willst du das wissen!«, protestierte er. »Du warst mit Magda Ahrenfeld auf Ferien in Hamburg.«

»Ich erfuhr es, als ich zurückkam. Niemand musste mir etwas erklären. Tante Rosie und deine Mutter haben dich kurzerhand fortgeschafft. ›Erich, unser Liebling. Wir müssen ihn retten.‹ Du warst das Einzige, was zählte. Alle anderen waren egal.«

Er fuhr sich mit der Zunge über die Lippen.

»Was habe ich denn verbrochen? Sag es mir, raus damit. Wieso hast du mich am Telefon einen Feigling geschimpft?«

»Weil —«, sie brach unwirsch ab. »Es ist so verdammt schwer, mit dir zu reden. An was erinnerst du dich? Von der Nacht zum Beispiel, in der du gingst.«

»Kurz vor Tagesanbruch hat mein Vater mich in seinem Auto zum Ahrenfeld'schen Lagerhaus am Spittelmarkt gefahren. Der Wachmann war ein Nazigegner durch und durch, man konnte ihm vertrauen. Er versteckte mich in einer Ladung Teppiche, die per Lkw nach Lübeck ging. Von Lübeck nahm ich eine Fähre nach Kopenhagen.«

Er schien ausgesprochen froh zu sein, dass sein lückenhaftes Gedächtnis ihn nicht ausgerechnet jetzt im Stich ließ.

»Hast du nicht etwas Entscheidendes vergessen, als du dich so Hals über Kopf davonmachtest?«

»Was?«

»An dem Morgen solltest du um sieben in einem kleinen Neuköllner Café einen Freund treffen und von ihm eine geheime Liste wichtiger Leute erhalten, die von den Nazis verhaftet worden waren. Dann solltest du mit deinem hübschen Ariergesicht und deinem geschliffenen

Englisch ins Hotel Adlon gehen und diese Liste vor der Nase der Gestapo einem amerikanischen Zeitungskorrespondenten zuspielen.«

»Ich – ich weiß nicht, wovon du sprichst.« Eric starrte sie an, als habe sie ihm eine Falle gestellt.

»Du bist abgehauen, ohne dem Jungen Bescheid zu geben, dass er nicht in das Café zu gehen braucht. Also ist er hin, und die Gestapo hat ihn mit der Liste geschnappt und ins Konzentrationslager gesteckt. Es ist ein Wunder, das er dort lebend wieder rauskam!«

Niedergeschmettert und fassungslos sank Eric auf einen Hocker.

»Glaub mir«, flüsterte er, »ich kann mich nicht mehr daran erinnern.«

»Das überrascht mich nicht. Wer will schon wahrhaben, dass andere leiden mussten, weil man selbst verantwortungslos gehandelt hat.«

Ihre kleine Untergrundzelle hatte aus vier Leuten bestanden, die aus Misstrauen gegenüber den anderen Gruppen und Vereinigungen autonom agierte. »Du und ich – und wer noch?«, fragte sie.

»Konrad Geisler«, murmelte er hastig.

Schön, dass er ihn nicht auch noch vergessen habe. Konrad sei später nach London gegangen, in der Hoffnung, dort seinen alten Freund, dem er sich tief verbunden fühlte, wiederzufinden, doch stattdessen …

»Aber wer war der vierte?« Fragend musterte er ihr angespanntes Gesicht.

Er sei anders gewesen als sie, sagte Käthe, der einzige Proletarier der Gruppe. Durch ihn hätten sie eine ihnen bis dahin völlig unbekannte Seite Berlins kennengelernt, die Welt der Arbeitslosen und der Elendsviertel, die proletarische Basis des Widerstandes.

»Ich – ich glaube«, begann Eric zögernd, als regte sich etwas in seiner Erinnerung, so schwach, dass er behutsam wie ein Kind, das einen Turm aus Klötzen baut, ein Wort auf das nächste setzen musste. »Ich glaube, wenn ich seinen Namen höre, fällt mir alles wieder ein.«

»Glaubst du«, erwiderte sie müde.

Eric sprang so abrupt auf, dass der Hocker umkippte. Die Bilder an den Wänden – die Ausgehungerten im Kerker, die elenden Kinderaugen, die Galgen – schienen die stickige Luft mit einer vielstimmigen Klage zu erfüllen.

»O Gott!«, rief Eric, als säße er selbst hinter Gittern und könnte nicht fliehen. »Es war Franz, den ich im Café im Stich gelassen habe. Franz Wehn!«

Wir fuhren herum. Die hölzernen Stufen im Treppenhaus knarrten unter schweren, eiligen Schritten. Die Tür schwang auf und ein kräftiger rotgesichtiger Mann mittleren Alters, zwei Weinflaschen im Arm, trat ein.

Sprachlos blickte Eric ihn an.

FÜNF

Ich weiß nicht, wie wir uns den Maler vorgestellt hatten – hager vielleicht und ebenso gequält wie seine Geschöpfe. Doch der Franz, der in einem flatternden beigefarbenen Gabardinemantel hereinspazierte, hatte den vitalen, kompakten Körper eines Arbeiters, eine von struppigem graumeliertem Haar umkränzte Glatze und eine dröhnende Stimme. »Erich! Du hast dich kein bisschen verändert!«

Er stellte die Flaschen auf den Tisch und schloss seinen alten Freund herzlich in die Arme. »Wie bin ich froh, dich zu sehen«, sagte er und schlug Eric kräftig auf die Schulter.

Eric brauchte nichts zu sagen. Eilig stellte uns Käthe vor, und sogleich entschuldigte sich Franz für sein »schlechtes Englisch«. Aber er spreche doch sehr gut, entgegnete Nora, sie sei ohnehin überrascht, wie viele Deutsche Englisch könnten.

»Natürlich!« Franz schien ihre Verwunderung höchst amüsant zu finden. »Das ist die erste Lektion, die die Menschen in einem besetzten Land erteilt wird – es zahlt sich aus, die Sprache der Besatzer zu beherrschen. Man kann bessere Geschäfte machen und kommt leichter an Arbeit und Lebensmittel ran. So ist das nun mal.«

Wie eine warme Brise blies seine Energie die frostige Stimmung fort. Er warf seinen Mantel über eine Stuhllehne und stand breitbeinig da, in ausgebeulten dunkelgrünen Hosen und kariertem Hemd, den Kragen offen, die Ärmel aufgerollt, als wollte er zum Pinsel greifen und weitermalen. Erics Schweigen beachtete er nicht, seine Worte füllten die jahrelange Funkstille, er sprach vom Romanischen Café, wo er Eric seine ersten Skizzen gezeigt hatte, in die Gegenwart und zu seinen Arbeiten an den Wänden. Wie sehr er sich freue, dass sie uns gefielen, wie freundlich von Nora, ihm die Londoner Galerie ihrer Freundin anzubieten, denn tatsächlich scheine er im Ausland sehr viel erfolgreicher zu sein als hier, aber man könne nicht erwarten, dass die Deutschen Bilder kauften, die sie an die unliebsame Vergangenheit erinnerten.

»Du solltest die Villen der Neureichen sehen und die sogenannte Kunst, die sie aufhängen, Erich«, sagte Franz mit angewidertem Kopfschütteln. »Pseudo-Braques für die modernen Möbel, passend zum Sofa auf drei Beinen. Und kitschige Porträts, die waren schon immer beliebt. Aber meine Sachen …«

Er schlug sich die Hand gegen die Stirn. Die Deutschen hielten ihn für verrückt, hielten für verrückt, was er malte. Wer wolle schon einen Erhängten im Wohnzimmer haben?

»Zum Glück habe ich nie damit gerechnet, von meiner Kunst zu leben«, sagte er. Unter Hitler hatte er die Bilder auf dem Dachboden seiner Mutter versteckt. Jetzt konnte er sie an die Wand hängen. Das war der Unterschied.

»Rate mal, wo ich jetzt arbeite, Erich?«

»Keine Ahnung«, erwiderte Eric ein wenig steif.

Franz brach in schallendes Gelächter aus, das so ansteckend war, dass wir ahnungslos mit einfielen. Das Leben sei so absurd, dass man entweder lachen oder sich erschießen müsse, denn sobald man über Bedeutung und Gerechtigkeit und dergleichen nachgrübele, werde man verrückt.

»Ich bin wieder bei Schneider und mache das Gleiche wie vor fünfundzwanzig Jahren, als wir uns kennenlernten. Ein guter Techniker muss nie um sein Auskommen fürchten«, sagte er, ging zum Tisch, entkorkte eine Flasche und schenkte uns ein.

Er musste Eric nicht daran erinnern, dass Schneider zu Hitlers größten Unterstützern gezählt und das Dritte Reich mit kriegswichtiger Elektrotechnik versorgt hatte. Den ganzen Krieg über war die Produktion mit Zwangsarbeitern aus den besetzten Gebieten am Laufen gehalten worden. Dann kamen die Alliierten und die Marshallplanhilfe: Die zerbombte Fabrik wurde wiederaufgebaut und produzierte mehr als je zuvor.

»Ich weiß, wer den Krieg verloren hat«, sagte Franz und drückte den Korken zurück in den Flaschenhals. »Die deutschen Industriellen jedenfalls nicht.«

Wir hoben die kleinen Gläser und stießen auf das Wiedersehen an. Das rötliche Getränk schmeckte entfernt nach Kirsche und hinterließ einen bitteren Nachgeschmack.

Mit einem Mal verstummte Franz. Fragend musterte er Eric, seine hängenden Schultern, den mutlosen Blick. Dann ging er auf ihn zu und tätschelte ihm mit seiner kräftigen Pranke aufmunternd den Rücken.

»Wie geht's dir in Berlin?«

»Elend«, antwortete Eric.

»Das überrascht mich nicht.«

»Was hast du gedacht, als Käthe dir sagte, ich sei zurück?«

»Was ich gedacht habe? Nichts. Ich war immer der Meinung, du würdest früher oder später wieder auftauchen. So lange ist der Krieg nun auch noch nicht vorbei.«

»Elf Jahre.«

»Nun ja, manche erscheinen früher, andere später. Das hängt von so vielen Umständen ab.«

Erics Finger schlossen sich fest um das kleine Glas.

»Franz«, fragte er leise, »wieso hasst du mich nicht?«

»Dich hassen?« Franz, der sich gerade etwas anderem zuwenden wollte, hielt in der Bewegung inne. Sein rundes Gesicht mit der Knollennase, die kleinen schwarzen Augen – alles drückte Erstaunen aus.

»Käthe hat es mir erzählt«, sagte Eric.

»Was hat sie dir erzählt?«

»Dass du im KZ warst«, antwortete Käthe hastig.

»Ihr Frauen! Ständig müsst ihr in der Vergangenheit stochern.«

»Es war meine Schuld – das, was dir passiert ist, Franz. Ganz allein meine Schuld!«

»Du hast dich ziemlich verändert, Erich. Nun, das haben wir wohl alle.«

»Wie meinst du das?«

»Als wir jung waren, bist du vor nichts zurückgeschreckt, du hast so viel riskiert.«

»Käthe meint, ich sei ein Feigling.«

»In Familien gibt's immer Zoff. Meine Schwester sagt auch so einiges über mich. Aber ich weiß noch –«

»Ich hatte Angst, wieso soll ich das abstreiten?«

»Ganz recht, du bist auch nur ein Mensch. Aber du hast dich nie von der Angst …«

»… leiten lassen? Und ob ich das habe! Denk nur an die Nacht, als Tante Rosie mir eröffnete, dass ich am nächsten Tag verhaftet werden sollte. Ich hätte mich sofort auf den Weg zu dir machen und dich warnen sollen. Stattdessen …« Seine Stimme versagte.

»Dann hätte die Gestapo mich nicht im Café, sondern in der Fabrik kassiert. Schon seit Tagen waren sie mir auf den Fersen. Die hatten mich auf dem Kieker, und die Polizei hatte mich bereits als ›verdächtig‹ eingestuft, weil ich nicht die angemessene Begeisterung für unseren Führer an den Tag legte. Mein *Heil* blieb mir allzu oft im Hals stecken.«

»Aber wenn ich dich gewarnt hätte, hätten sie wenigstens die Liste nicht gefunden.«

»Dann hätten sie sich etwas anderes aus den Fingern gesogen. Früher oder später …«

»Hör auf, mich trösten zu wollen, Franz.«

»Na, dann hör du auf, über die Vergangenheit zu jammern.«

»Käthe hat recht. Ich habe mich feige aus dem Staub gemacht«, fuhr Eric fort, mehr an die feuchte Leinwand auf der Staffelei als an Franz gerichtet.

»Führ dich nicht auf wie ein hysterisches Weib!«, blaffte Franz wütend zurück. »Wozu dieses kranke Schuldgefühl?« Seine Miene verdüsterte sich, seine Züge erschlafften, und die Kinnfalten vertieften sich. Er sah alt und verbraucht aus, unfähig, die bis eben gezeigte Kraft noch länger aufrechtzuerhalten. »Wenn ich mich jetzt hinsetze und darüber nachdenke, welche Fehler ich gemacht habe und welche Menschen wegen mir leiden mussten …« Er sah Käthe an. »Hast du Erich von Lise erzählt?«

»Nein. Dazu war noch keine Gelegenheit«, entgegnete sie zögernd.

»Wir haben alle unsere Leichen im Keller, unsere heimlichen Gewissensqualen«, sagte Franz mit einem freudlosen Lächeln. »Kommt, lasst uns essen. Ich habe Heringssalat mitgebracht, extra für dich, Erich. Ich hoffe, du magst ihn noch.«

Irgendwann während des Abendessens, nachdem Franz ein paar Anekdoten aus der Vergangenheit zum Besten gegeben hatte, schob er plötzlich seinen Teller beiseite und fragte Nora, die neben ihm saß: »Woran schreibt Erich eigentlich gerade?«

»Schreiben?«, fragte sie verwirrt.

»Sag mir nicht, dass er damit aufgehört hat. Bei seinem Talent. Diese ersten Geschichten und dieser Roman, dieser großartige Roman. Deshalb musste Erich untertauchen. Aber bestimmt weißt du das alles«, sagte er und hielt ihr den Teller mit dem Brot hin.

Das Licht der Lampe neben dem Tisch ließ Noras glattes braunes Haar weich schimmern und gab ihr den Anschein einer entrückten mittelalterlichen Madonna. Dankend nahm sie eine Scheibe Brot.

»So großartig war das Buch nun auch wieder nicht«, wiegelte Eric hastig ab, als hätte er ein schlechtes Gewissen, weil er es nie erwähnt hatte.

»Ganz im Gegenteil, es war phantastisch. Tante Rosie besitzt bis heute ein Exemplar – falls du sehen willst, was du in deiner Jugend so getrieben hast«, sagte Käthe. Ihre Wut war verebbt, jetzt, da Franz einen Strich unter die Vergangenheit gemacht hatte, konnte auch sie damit abschließen. Gedankenverloren schmierte sie Butter auf ihr Brot.

»Und so ein wunderbarer Titel«, meinte Franz, und in seinem Lächeln glomm wieder die spontane Herzlichkeit, die er beim Betreten des Ateliers versprüht hatte. »*Hans Pichels Lehrjahre* – wie würde man Lehrjahre auf Englisch sagen?«

»*Apprenticeship* vielleicht«, schlug Nora vor.

»Zu schade, dass du kein Deutsch kannst.« Offenbar wollte Franz nicht zulassen, dass Eric sein Licht unter den Scheffel stellte. Der Roman beginne mit diesem netten, arglosen Jungen mit dem komischen Namen, der alles daransetzt, die nationalsozialistische Lehre zu verinnerlichen, erklärte Franz. Natürlich werden dem armen Hans allenthalben Steine von ignoranten Stümpern in den Weg gelegt, die keine Ahnung von der großen heilbringenden Vision des Führers haben. Wochenlang sei das Buch in aller Munde gewesen, habe die Schaufenster der Buchhandlungen gefüllt. Führertreue Lehrer empfahlen es als Schullektüre. Doch als sämtliche Nazigegner in schallendes Gelächter ausbrachen, begriff auch der dümmste Nazi, dass man ihn an der Nase herumgeführt hatte und das Buch keine Lobeshymne war, sondern eine beißende Satire, verfasst unter dem Pseudonym Hugo Krafft. Und sofort wurde alles in Bewegung gesetzt, um herauszufinden, wer dahintersteckte.

»Nur wir drei wussten Bescheid«, sagte Käthe.

Selbst Tante Rosie war ahnungslos, als sie in jener Nacht

hereinstürzte und sagte, man habe ihr soeben vertraulich mitgeteilt, Goebbels verdächtige Erich als den Verfasser und habe seine sofortige Verhaftung angeordnet. Sie glaubte zwar, Goebbels hätte sich geirrt, doch Erich sollte trotzdem fliehen, selbst die unschuldigsten Menschen seien zu jedem Geständnis bereit, sobald sie in die folternden Hände der Gestapo gerieten.

»Mich haben die nicht zum Reden gekriegt«, sagte Franz nüchtern und ohne jede Prahlerei. Das habe er der Familie seiner Mutter zu verdanken. Dickschädeligen bayerischen Bauern. Wenn er wolle, könne er sich wie der begriffsstutzigste aller Dummköpfe anstellen. Tagelang war er in den Kellerverliesen der Gestapo in der Prinz-Albrecht-Straße verhört worden, wo die schwierigen Fälle festgehalten wurden. Was sie ihm angetan hätten? Erics Frage beantwortete er mit einem Achselzucken. Oh, sie hatten ihn windelweich geprügelt und ihn hungern lassen, aber er war bei seiner Geschichte geblieben. Er sagte, die Namensliste sei ihm von einem Mann in die Hand gedrückt worden, der ihm eine ganze Mark geboten hatte, wenn er sie in dem Café einem anderen Mann in einem grauen Regenmantel geben würde. Die Gestapo-Leute seien ihm doch gefolgt und hätten mit eigenen Augen gesehen, dass niemand an seinen Tisch gekommen sei oder versucht habe, ihn anzusprechen. Nein, sie hatten ihn nicht zu Krafft befragt. Aber sie wollten etwas über Erich Dalburg wissen, weil er häufig mit ihm gesehen worden war. Dafür hatte Franz eine einfache Erklärung parat. Er sei ein Arbeiter, der in seiner Freizeit ein wenig male, und Erichs Vater hätte ihm ein paar seiner Zeichnungen von Kindern abgekauft. Das sei alles.

Zwei Jahre Sachsenhausen hatten sie ihm aufgebrummt, um seinem Gedächtnis auf die Sprünge zu helfen.

»Zwei Jahre!«, rief Eric.

Er habe aber nur sechs Monate abgesessen. Das zeige, wie irrwitzig das Leben unter den Nazis gewesen sei, sagte Franz und füllte Erics Weinglas. Eines Tages sei dem Betriebsleiter bei Schneider aufgegangen, dass die Produktion in den Keller sackte, weil so viele Facharbeiter verknackt worden waren. Schneider stellte Präzisionsinstrumente her, unerlässlich für das Tausendjährige Reich. Also wurde eine ganze Reihe »politisch unberechenbarer« Häftlinge wieder an ihren alten Arbeitsplatz geschickt.

»Sei's drum«, schloss Franz, »es ist gut, dass du entwischt bist. Du hättest diese Prügel niemals ausgehalten. Du bist nicht so zäh wie ich.«

Eric griff nach seinem Glas und nahm einen großen Schluck.

»Dein Vater wusste über Krafft Bescheid«, sagte Käthe. »Nachdem du fort warst, hat er mir gestanden, er habe es von Anfang an gewusst – dass wir ihm Papier klauten, dass wir das Buch nachts auf seiner Druckmaschine im Hinterzimmer druckten, wer von seinen Angestellten uns dabei half – einfach alles.«

»Und was hast du seither geschrieben?«, fragte Franz begierig.

»Nichts.« Eric stellte das Glas ab.

»Aber«, Franz stockte. »Aber deine Geschichten, die waren brillant! Dieser Roman, an dem du gearbeitet hast, als du weggingst.«

»Ich konnte im Exil nicht mehr schreiben.« Eric machte ein gequältes Gesicht.

162

»Was ist mit Mann, Feuchtwanger, Brecht – mit all den anderen?«

»Die waren schon vorher berühmt. Ich kam als unbeschriebenes Blatt nach London. Wer hätte mein Geschreibsel veröffentlichen sollen? Und in welcher Sprache?«

»Dein Englisch ist doch perfekt«, sagte Franz zunehmend verständnislos.

»Perfekt, aber blutleer«, entgegnete Eric knapp. Wohl kaum ein Schriftsteller könne in einer Sprache schreiben, die nicht die seine sei, abgesehen vielleicht von ein paar Ausnahmeerscheinungen wie Joseph Conrad. Und seine Sprache sei nun einmal Deutsch. Jawohl, trotz seiner Mutter und der Gouvernantenschar, fuhr er fort und warf Käthe über die fast leeren Weinflaschen hinweg einen trotzigen Blick zu. Was sei die eigene Sprache? Bestimmt nichts, was man aus Büchern lerne. Sie entspringe dem unmittelbaren Austausch mit der Umgebung, den Geräuschen von der Straße, den Gefühlen, die in dem kleinen Kind entstehen, wenn es Tag für Tag mehr von der Welt entdeckt. Die wahre Sprache eines Menschen sei die Summe aller Gefühle und Erfahrungen, die sich von Geburt an im Unbewussten ansammelten.

»Ich war bereits erwachsen, als ich Berlin verließ – zu alt, um heute in einer anderen Sprache zu schreiben«, sagte Eric bitter.

»Ich weiß, was du meinst«, erwiderte Käthe überraschend versöhnlich. Ihr Französisch sei nahezu perfekt, dennoch bereite es ihr Kopfschmerzen, einen Brief in dieser Sprache zu verfassen, und als sie sich während der Pariser Besetzung als Übersetzerin verdingte, habe ihr diese Belastung fast den Rest gegeben. Sie verstehe vollkommen, weshalb Erich mit dem Schreiben von Büchern aufgehört habe.

»Es ist immer das Gleiche in unserer Generation«, seufzte sie. »Wer überlebt hat, sitzt auf den Scherben seines Lebens und seiner Karriere, selbst den Besten und vermeintlich Erfolgreichen ergeht es so.«

Erinnerte sich Erich noch an diesen Freund, Paulus Soundso, der in New York Theater gemacht habe, dann nach Hollywood gegangen sei und auf dem Höhepunkt seiner Karriere einen Zusammenbruch erlitt und sich umbrachte? Überwältigt von einer Vergangenheit, die wieder wirklich und bedeutsam wurde, fielen die drei vom Englischen ins Deutsche. Fasziniert beobachtete ich, wie Eric in seiner Muttersprache zu einem anderen Menschen wurde. Im Vergleich dazu wirkte sein kontrolliertes, zurückhaltendes Englisch wie eine Maske, die seine wahre Natur verbarg. Hier am Tisch schüttelte er eine Persönlichkeit ab, die er sich in jahrelanger schmerzvoller Disziplin anerzogen hatte, und wie bei einer Schlange, die ihre alte, verbrauchte Haut abstreift, kam plötzlich ein Mann zum Vorschein, der zwei Jahrzehnte seines Lebens in einer Art Winterschlaf verbracht hatte.

Ich blickte zu der sonst immer beherrschten Nora hinüber, die ihren Mann so verwirrt und sprachlos beobachtete, als wüchsen ihm vor ihren Augen Flügel. Sie sah ihn mit geröteten Wangen energisch mit der Faust auf den Tisch schlagen (Eric, der nie gestikulierte), hörte, wie seine Stimme tiefer und voller wurde, und auch sein hageres Gesicht schien stärker durchblutet, es wirkte kraftvoll und verlor seinen gejagten Ausdruck.

Käthes einst schlanker Körper war mit den Jahren in

die Breite gegangen, und tiefe Falten durchzogen ihr welkes Gesicht, doch für Eric war sie die verlorene und wiedergefundene Schwester, sein eigen Fleisch und Blut. In ihrer Gegenwart waren die Jahre vergessen, und er konnte wieder laut werden, sich gegen das Leben und das Schicksal empören und Hass, Furcht und Zorn freien Lauf lassen. Es mochte gravierende Folgen für ihre Ehe haben, doch Nora, empfindsam, wie sie war, verstand seine Verwandlung besser als jeder andere.

»So viele aus unserer Mitte sind tot«, flüsterte Käthe und hob resigniert die anmutigen schönen Hände, die nicht zu ihrem schwerfälligen Körper passen wollten. Mit verhaltenen Stimmen begannen die Männer Namen aufzuzählen.

Wusste Erich, was gleich nach seinem Verschwinden mit der kleinen Trudi Schnabel passiert sei? Sie war erst neunzehn gewesen, ständig war ihr das Haar in die Augen gefallen wie einem unfrisierten Pudel. Trudi war geschnappt worden, als sie mitten in der Nacht im Potsdamer Bahnhof antinazistische Karikaturen an die Wände klebte. Drei Tage später habe ihre Familie sie in einem verplombten Metallsarg zurückbekommen. In der ganzen Seestraße seien die Schreie der Mutter zu hören gewesen, doch nicht einmal die nazitreuesten Nachbarn hätten das unterbunden, weil sie selbst Töchter hatten.

Beide Scherff-Brüder waren gestorben, der eine in Polen, der andere in Frankreich, zwangsrekrutiert von einer Armee, die sie verachteten. Anton, der jüngere, hatte zusammen mit fünf Weiteren eine Widerstandszelle innerhalb der Luftwaffe gegründet, die über ein Jahr aktiv war, bevor sie aufflog und alle Mitglieder hingerichtet wurden, zusammen mit drei anderen, gegen die keinerlei Beweise vorlagen. Die Kreutzbergs, die im Grunewald nebenan gewohnt hatten – Selbstmord, alle vier, genau wie ein Junge namens Freiburg, der mit Eric zusammen in die Schule gegangen war. So fuhren sie fort, Namen um Namen.

Draußen war die Augustnacht seltsam still geworden, als hätte sich Berlin mit seinen schmerzvollen Erinnerungen verkrochen und nur hier im Atelier ginge das Leben weiter, losgelöst von allem wie in einem Traum. Nach und nach erwachten die Toten wieder zum Leben; mit gefesselten Händen und blicklosen Gesichtern umkreisten sie unseren Tisch und tanzten eine traurige Pavane. All die ausgelöschten jungen Leben, all die ungeborenen Babys, die ihrer Stimme beraubten Kinder tauchten aus der Vergessenheit auf und sammelten sich wie flackernde, von liebender Erinnerung befeuerte Flammen über unseren Köpfen, bis Käthe rief: »Bitte, hört auf! Ich ertrage es nicht länger.«

Eric legte ihr den Arm um die Schultern, und als wäre ihr letzter Widerstand gebrochen, lehnte sie sich mit dem kindlichen Vertrauen von einst an ihn.

»Weißt du, was das Traurigste ist, Erich?« Franz hatte Brotkrümel neben seinem Teller zu einem Häufchen zusammengeschoben und verteilte sie nun wieder. »Die jungen Leute heute, sie geben uns an allem die Schuld. Sie sagen, wir hätten nichts unternommen. Sie begreifen nicht, dass …«

Er verstummte. Draußen im Treppenhaus war die Stimme eines Jungen zu hören, begleitet von Mädchengekicher.

»Tja, Franz. Dein Sohn kommt nach Hause«, sagte Käthe und erhob sich. »Jetzt kann Erich selbst einen Blick auf die neue Generation werfen.«

»Dein Sohn?«, fragte Eric verblüfft.

Ohne zu antworten, schob Franz seinen Stuhl zurück.

»Gleich nachdem sie mich aus dem KZ entlassen hatten, habe ich Anneliese geheiratet. Du weißt doch …«

»Aber natürlich. Sie wohnte in Zehlendorf.«

Eric ließ den Blick durch den Raum schweifen, als würde ihm plötzlich etwas klar. Ein Name unter den Toten hatte gefehlt, Franz hatte ihn nicht über die Lippen gebracht.

»Vorhin habe ich gesagt, sobald wir zulassen, uns für das schuldig zu fühlen, was wir anderen angetan haben …« Franz stand auf, das Licht spiegelte sich auf seiner Glatze und hüllte seine dunklen Augen in Schatten. »Ich bin schuld an ihrem Tod. Als die Bombenangriffe unerträglich wurden, kam meine Mutter aus Bayern und nahm den kleinen Gerhard mit. Ich war eingezogen worden, doch an dem Wochenende hatte ich Fronturlaub. Meine Mutter wollte auch Lise mitnehmen, aber Lise wollte nicht. Sie hätte es getan, wenn ich darauf bestanden hätte. Das tat ich nicht. Und nur einen Monat später lag das ganze Haus in der Martin-Luther-Straße in Schutt und Asche …«

Er wandte sich ab und rückte energisch das Bild auf der Staffelei gerade.

»Erinnert sich Gerhard an den Krieg?«, fragte Eric.

»Nur sehr vage. Er lebte auf einem Bauernhof in einer Gegend, die mehr oder weniger verschont geblieben ist. Er ist ein Nachkriegskind, ein Kind der Besatzung. Erst voriges Jahr hatte ich genug Geld zusammen, um ihn nach Berlin zu holen und hier zur Schule zu schicken. Ich weiß nicht, ob das richtig oder ein Fehler war. Aber wer weiß das schon.«

Die Tür ging auf und, einen italienischen Schlager pfeifend, kam ein Halbwüchsiger herein. Er hatte ein schmales, aufgewecktes Gesicht, energische dunkle Brauen und die kleinen schwarzen Augen seines Vaters. Doch da hörte die Ähnlichkeit schon auf. Seine im Bombenhagel gestorbene Mutter musste zierlich und anmutig gewesen sein, denn von wem sonst hatte der Junge seine gefälligen Züge zu verdanken, die schmalen Hüften und Beine, die in engen schwarzen Hosen steckten, den feingeformten Kopf und den langen Hals, der durch den V-Ausschnitt seines grauen Pullunders noch betont wurde.

Er sprach ein einfaches, klares Englisch, das er am Polytechnikum gelernt hatte, wo er eine Ausbildung zum Linotype-Setzer absolvierte. Seine Antworten waren ausweichend, als sei ihm die Neugier fremder Erwachsener lästig.

»Stell dir vor, Erich und ich sind seit fünfundzwanzig Jahren befreundet«, rief Franz und legte seinem Sohn liebevoll die Hand auf die Schulter.

Der Junge stöhnte mit der zur Schau getragenen Skepsis eines Kindes, dem man die Sammlung eines prähistorischen Museums zeigt. Eine fünfundzwanzigjährige Freundschaft überstieg seine Vorstellungskraft, und in seinem sommerbraunen Gesicht spiegelten sich Ungeduld und Unbehagen.

»Wo warst du heute Abend?«, fragte Franz, um das Thema zu wechseln.

»Im Kino. Mit Lu.«

»Wenn es nicht Lu ist, dann heißen die Mädchen Tru oder Gee oder Bibi«, sagte Franz. »Die denken sich die seltsamsten Namen aus.«

Gerhard lächelte gelangweilt.

»Oh, erzähl Erich doch mal, was ihr macht, wenn du mit deinen Kumpels im Kino bist und ein alter Film läuft, in dem Hitler auftaucht«, forderte ihn der Vater heraus.

Wir waren im Aufbruch begriffen und schon auf dem Weg zur Tür, blieben aber noch einmal stehen und sahen ihn neugierig an.

»Was sollen wir schon machen?«, wehrte er ab. »Hitler war vollkommen durchgeknallt. Wenn wir ihn sehen, lachen wir uns kaputt.«

Als wir schwiegen, verzog er verunsichert den Mund. Dann blickte er Eric an, zuckte halb verteidigend die Achseln und sagte mit so glasklarer Stimme, dass es kein Ausweichen gab:

»Lachen Sie denn nicht?«

SECHS

Früh am Morgen klopfte es zaghaft an die Tür des Bade-
zimmers, das ich mit den Devons teilte. Frisch geduscht
und in einem langen blauen Morgenmantel kam Nora
herein. Das sonst zu einem straffen Dutt frisierte kupfer-
braune Haar fiel ihr lose über die Schultern, und einen
Moment lang sah man das junge Mädchen, das sie einmal gewesen sein musste, eine in sich ruhende anmutige
Person, bei der ein leuchtender Lippenstift, eine neue Fri-
sur oder ein karminrotes Chiffonkleid genügte, um sie in
eine auffallende Schönheit zu verwandeln. Es schien, als
hätte Nora sich ein Leben lang bemüht, ihre Persönlichkeit unter den Scheffel zu stellen.

»Eric ist erst um vier Uhr schlafen gegangen«, sagte sie,
setzte sich auf die Bettkante und sah zu, wie ich mir vor
dem Spiegel das Haar kämmte.

Zwar waren wir nicht allzu spät aus Franz' Atelier ins
Hotel zurückgekehrt, doch Eric hatte beschlossen, noch
die Gefängnisaufzeichnungen seines Vaters zu lesen. Sie
hatten ihm dermaßen zugesetzt, dass ihm Nora eine
Schlaftablette geben musste – wieder einmal, aber es wäre
schlimmer gewesen, wenn er gar keine Ruhe gefunden
hätte. Zum Glück schlief er jetzt so tief, dass er das Tele-

fon vorhin nicht gehört hatte. Tante Rosie hatte angerufen, um zu berichten, dass Herr Rosen ihn sehen wolle, ein angeheirateter Onkel, der gerade aus Israel zurück sei. Und um halb fünf würden wir von Erichs Cousin Albrecht zum Tee erwartet. Danach stehe der Besuch bei der Haushälterin Else an. Tante Rosie war erfreut gewesen zu hören, dass Nora so viele Sachen für die alte Frau besorgt hatte.

»Das wird bestimmt ein anstrengender Tag. Und es sieht nach Regen aus.« Sie trat ans Fenster. In dem fahlen Morgenlicht wirkte sie ungewohnt zerbrechlich. Der blaue Mantel glitt ihr halb von der schmalen Schulter.

»Was ist los?«, fragte ich.

»Wieso?«

»Du bist doch nicht zu mir herübergekommen, um über den Regen und Tante Rosie zu reden, oder?«

Sie wandte sich wieder dem Zimmer zu.

»Gestern Nacht hat Eric gesagt, er würde seiner Cousine Magda Ahrenfeld schreiben. Sie hat nie geheiratet.«

»Ist Magda diejenige …«

»Genau. Weißt du noch, wie er in London erzählte, er habe sie wahnsinnig geliebt? Sich so auszudrücken ist normalerweise nicht seine Art.«

»Vielleicht hat er auf Deutsch gedacht«, sagte ich, um sie zu trösten. Schließlich sei nichts auf der Welt so tot wie eine seit zwanzig Jahren verflossene, niemals gelebte Liebe.

»Eric redet ständig darüber, wie schön sie war, und bestimmt ist sie es noch. Magda ist jünger als Eric. Sie ist erst vierundvierzig.«

»Du bist erst einundvierzig.«

Sie musste lachen. »Ich weiß, das klingt lächerlich, nicht wahr? Und glaub mir, ich bin nicht eifersüchtig. Schon bevor ich hierherkam, wusste ich, was passieren würde.«

»Was meinst du damit?«

»Dass sich Eric hier in Berlin verändern würde. Er musste sich verändern und ein anderer Mensch werden als der, den ich kenne. Noch bevor Käthe gestern Abend sagte, sie begreife nicht, wie Eric ohne seine Mutter weiterleben konnte, wurde mir klar, wie nahe die beiden einander gewesen waren und wie er mich womöglich unbewusst als Ersatz genommen hat. Jetzt begreife ich, dass ich Eric alles andere als gutgetan habe. Aber das habe ich nie jemandem eingestanden, nicht einmal mir selbst.« Die Worte sprudelten nur so aus ihr heraus.

Sein Zusammenbruch habe sie zwar nicht gefreut (das wäre entsetzlich gewesen), sie aber – ja, so könne man wohl sagen – zutiefst befriedigt, weil der Zusammenbruch ihr gezeigt habe, wie sehr Eric sie brauche und dass er ohne sie nicht leben könne. Nora hatte es Eric leichtgemacht, sich gehen zu lassen. Unermüdlich hatte sie sich um ihn gekümmert, ihn umhegt und ihm beteuert, er solle sich keine Sorgen machen, sondern sich hinlegen und ausruhen und getrost alles ihr überlassen.

»Wenn man jemanden wirklich liebt, sollte man ihm helfen, stark, unabhängig und selbstbewusst zu sein, statt ihm das Leben vorzukauen.« Sie presste sich die Hand gegen die Brust. »Ich habe das Gegenteil getan, und dafür bekomme ich jetzt die Quittung.«

Aus dem Nachbarzimmer drang das gedämpfte Klingeln des Telefons, doch noch ehe Nora sich rühren konnte, hörten wir, wie Eric sich meldete.

»Liebe sollte uns selbstlos machen«, fuhr Nora fort, »stattdessen macht sie uns grausam und egoistisch und verräterisch gegen uns selbst und andere. Wir reden uns ein, alles zum Wohl unseres Geliebten zu tun, und tun es doch nur für uns selbst. Mit den unfairsten Mitteln kämpfen wir darum, den anderen nicht zu verlieren, nutzen seine Ängste aus, schmeicheln uns ein, spielen mit seinen Gefühlen und schüren Unsicherheiten.«

Sie hörte, wie Eric nebenan das Fenster aufriss.

»Vielleicht«, flüsterte sie, »vielleicht braucht Eric mich nicht mehr, wenn er zu seinem alten Selbst zurückfindet. Dieses Risiko bin ich sehenden Auges eingegangen, als ich ihn überredete, nach Berlin zu fahren.«

In ihrer schwarzmalerischen Verzweiflung schien sie all das Gute und Positive zu vergessen, das sie ihm gegeben hatte. Wenn Eric erst einmal seinen Platz gefunden habe, erwiderte ich, würde er sie umso mehr brauchen, sie vielleicht noch mehr lieben, und sie könnten entspannter und glücklicher miteinander leben.

»Das hoffe ich«, sagte sie. »Wenn nur …«

Die angelehnte Badezimmertür flog auf, und Eric blinzelte mit verschlafenen Augen ins Zimmer.

»Sitzt ihr zwei schon in aller Herrgottsfrühe beim Kaffeeklatsch?« Er kam herein und band seinen Morgenmantel zu. »Nora, sei ein Engel und bestell uns zum Auftakt dieses grässlichen Tages das Frühstück aufs Zimmer. Kochend heißen Kaffee für mich. Käthe hat gerade angerufen.«

»Gibt es Neuigkeiten?«

»Sie mag dich.« Er griff sich eine Zeitung vom Vorabend, die noch auf dem Stuhl lag.

»Inwiefern?«

»Du bist ein Ruhepol. Du gibst mir einen Grund zum Leben.«

»Tue ich das?« Sie hatte sich nicht gerührt.

»Menschen haben ein merkwürdiges Gedächtnis. Du glaubst nicht, was Käthe mir gerade über mich als Jungen erzählt hat.« Er unterdrückte ein Gähnen und versuchte sich den vom Telefon jäh unterbrochenen Schlaf aus den Augen zu reiben. Die Zeitung glitt ihm aus der Hand. »Stell dir vor – Käthe behauptet steif und fest, ich hätte einige ihrer Freundinnen richtig schäbig behandelt, hätte sie verführt und dann einfach links liegenlassen. Ist das nicht lächerlich? Ich – ein Frauenheld?«

»Wieso lächerlich?« Plötzlich begann diese Unterhaltung, Nora äußerst zu interessieren.

»Also wirklich, du weißt sehr gut, dass ich wie ein Eremit gelebt habe, als wir uns begegneten.«

»Als wir uns begegneten, hatte das Leben dich schon verletzt«, entgegnete sie mit erhobener Stimme.

Eric hörte nicht hin. Seine Finger spielten mit der Vorhangquaste.

»Käthe spinnt«, sagte er mit Nachdruck, um die Dinge für sich geradezurücken. »Sie meint sogar, die Streitereien mit meinem Cousin Albrecht hätten nie politische Gründe gehabt – wir wären nur ständig hinter denselben Mädchen her gewesen. Aber du weißt ja, Nora …«

»Nein, weiß ich nicht.«

»Was weißt du nicht?« Er starrte sie an wie ein Gespenst.

»Ich weiß weder etwas über dich noch darüber, was du gemacht hast, als du jung warst«, sagte sie leise und zog sich den Morgenmantel fester um die schmale Taille. »In den letzten paar Tagen habe ich erfahren, dass du ein vielversprechender Schriftsteller warst, zum Widerstand gehörtest, von deiner Familie auf Händen getragen wurdest, Geld hattest und obendrein ziemlich gut ausgesehen hast – wieso sollte ich Käthe also nicht glauben, dass du eine beeindruckende Anzahl von Affären hattest?«

Eric fuhr mit den Fingerspitzen über die von einem Regenschauer gesprenkelte Fensterscheibe.

»Was für ein elender Morgen. Du hättest dir keinen schlechteren Moment für deinen britischen Humor aussuchen können. Das ist nicht zum Lachen.«

»Exakt«, erwiderte Nora und griff nach dem Telefonhörer, um das Frühstück zu bestellen. »Ich lache auch nicht.«

Der Regen, der an diesem Morgen auf Berlin niederprasselte, verkroch sich bald hinter einer bleiernen Wolkendecke, die schwer über den Dächern hing. Wir hatten ein Taxi genommen, das uns in ein Viertel mit dem für uns Engländer romantischen Namen Wedding brachte, auch wenn die Realität des Viertels mit Hochzeiten nichts zu tun hatte. Als wir, beladen mit Geschenken für Else, dort ankamen, waren sämtliche Läden geschlossen, die Häuser still, und die vertraute ungute und überall gleiche Sonntagslethargie führte dazu, dass wir flüsterten, als fürchteten wir, die Menschen an ihrem sauer verdienten Ruhetag mit unseren Stimmen aufzustören.

Wie alle Gebäude ringsum war das Mietshaus, das wir betraten, groß, düster und von Bombenschäden sowie Einschusslöchern gezeichnet. In dem langen Durchgang, der in einem Innenhof mündete, herrschte klamme Grabeskälte. Den Hof säumten geschlossene Türen, über denen sich notdürftig verhangene Fenster bis in den Himmel hoch staffelten. Fünf Gebäude teilten sich dieses trostlose Geviert, das in der grauen Anonymität großstädtischen Elends versank. Es hätte in jedem x-beliebigen Land der Welt liegen können. Aus den Aschetonnen quoll der Inhalt auf die verdreckten Stufen, aus Fensterspalten sickerten Familiengeräusche und vielstimmiges Radiogeplärr.

»Die Kehrseite des Aufschwungs«, sagte Eric. »Hier leben die Berliner Arbeiter, sie waren schon immer bettelarm. Hierher verirrt sich kein Tourist.«

Wieso, um alles in der Welt, hing Else so sehr an diesem Ort, wo sie doch in ihr früheres Zimmer in der Grunewald-Villa hätte zurückziehen können, fragte sich Eric und kickte eine alte Zeitung aus dem Weg. Aus irgendeinem Grund betrachtete diese alte Frau den Wedding noch immer als ihr Zuhause, und das nur, weil ihr Mann vor fünfzig Jahren hier gestorben war. Kurz darauf war sie nach Schöneberg gezogen, um für Erics frischverheiratete Eltern zu arbeiten, hatte aber ihre alte Wohnung behalten und war jeden Sonntag nach Hause gefahren, weil dort ihre Schwester mit Elses kleinem Sohn lebte. Fünfzig Jahre! Da war Eric noch nicht einmal geboren. Jetzt wohnte sie immer noch hier, die Überlebende nicht eines, sondern zweier Kriege. Und der Sohn, ein farbloser, aber properer Junge, wäre, falls er noch lebte, ein Mann gesetzten Alters! Diese Vorstellung schien Eric auf unserem Weg die Treppe hinauf die Sprache zu verschlagen.

176

Die Türen, die sich auf dem schummrigen Treppenabsatz im dritten Stock aneinanderreihten, sahen alle gleich aus, doch Eric ging zielstrebig auf die zweite zu und trommelte mit den Fingern sacht und rhythmisch wie nach einem unsichtbaren Notenblatt dagegen. Offenbar wurde der Code sofort erkannt, denn die Tür wurde aufgerissen und eine große, grobknochige Frau mit schwarzem, zu beiden Seiten von flügelartigen weißen Strähnen durchzogenem Haar spähte blinzelnd in die Dunkelheit. Ihre wachsamen, durchdringenden Augen hinter der Metallbrille ließen sie erheblich jünger als achtzig aussehen.

»Erich!«, rief sie vorwurfsvoll. »Ausgerechnet heute kommst du, wo es regnen soll? Du wirst dich noch erkälten.«

Sie sprach in schnellem, abgehacktem, für Fremde schwer verständlichem Berliner Dialekt, doch ihre Begrüßung war genauso, wie Eric es erwartet hatte. Sie öffnete die Tür noch etwas weiter, damit wir in das geräumige, mit grüngestreiftem Rosenmuster tapezierte Zimmer treten konnten, an dessen Rückseite sich hinter giftgrünen Chintzvorhängen ein Alkoven verbarg. Selbst zu dieser frühen Tageszeit drang so wenig Licht vom Hof herein, dass Else die weißbeschirmte Lampe über dem Tisch anknipsen musste. In diesem Jahr habe es nur geregnet. Von Sommer keine Spur. Wie sei es dort, wo Erich herkomme? Den Namen der Stadt schien sie vergessen zu haben, oder er war ihr gleichgültig. Sie behandelte Eric wie ein Kindermädchen, das seinen widerborstigen Schützling, der über die Sommerferien weggefahren war, wieder zurückbekam. Bei ihrem langen Leben mussten ihr zwanzig

Jahre wie ein kurzer Moment vorkommen. Hastig nahm sie uns die Päckchen ab, öffnete das mit der Strickjacke, probierte sie an, befand sie für gut, knöpfte sie zu und forderte uns auf, uns an den runden Tisch in der Mitte des Zimmers zu setzen.

Einen Moment lang machte uns die Förmlichkeit des Besuches befangen. In ihrem abgetragenen, aber blitzsauberen schwarz-weißen Baumwollkleid und der grauen Strickjacke beherrschte Else den Raum. Die Hand ans Kinn gelegt, hörte sie nachdenklich zu, während Eric ihr seinen Besuch in Schöneberg schilderte, seinen Schock angesichts des zerbombten Hauses, seine Erinnerungen an Herrn Krügers Sauerkraut und an Einstein, der unter Erics Fenster vorbei nach Hause ging.

»Was ist eigentlich aus dem Professor geworden?«, fragte Else, als dieser Name aus einer weit zurückliegenden Vergangenheit fiel. War er gestorben?

Ja, im Exil in den Vereinigten Staaten. Else schüttelte bekümmert den Kopf. So ein netter Mann. Und wie klug von ihm, beizeiten fortzugehen. Wenn Erich später noch hier gewesen wäre und mit eigenen Augen gesehen hätte, was sie mit den Juden angestellt hatten …

Eric fuhr sich mit der Zunge über die Lippen.

»Die ganze Nacht habe ich versucht, mich daran zu erinnern, welche Farbe unsere Wohnzimmertapete in Schöneberg hatte«, sagte er, um die Unterhaltung auf sichereres Terrain zu führen. »Ich sehe etwas Blasses vor mir, wolkenfarben …«

»Es war keine Papiertapete, sondern blaue Seide, ein sanftes Graublau mit einem hellschimmernden Muster.« Jetzt erinnerte er sich, wie hatte er das nur vergessen können. Als er klein war, hatte Else ihm auf die schmutzigen Finger gehauen, damit er nicht an die Wände fasste.

Als würde sie ein Kind an die Hand nehmen, schritt sie mit Eric die gesamte elterliche Wohnung ab, den langen, mit chinesischen Stickereien dekorierten Flur, die goldschimmernde, mit Farnwedeln gemusterte Tapete im Elternschlafzimmer, das väterliche Arbeitszimmer in sattem Pflaumenblau, das Esszimmer voller Florentiner Renaissancemöbel; jede Ecke und jeden Winkel suchten sie nach längst versunkenen Schätzen ab.

Eric wandte sich Nora zu und begann alles, was Else ihm erzählt hatte, zu übersetzen und mit seinen eigenen Erinnerungen auszuschmücken.

»Wir besaßen so viele wunderschöne Sachen. Meine Mutter sagte immer, sie wolle sie für meine Frau sammeln, für das Zuhause, das ich eines Tages haben würde.« In seinen jungen Jahren als Bohemien habe er diesen großbürgerlichen Luxus gehasst, doch wenn er jetzt daran denke, wie viel verschwunden sei und dass Nora es niemals auch nur zu Gesicht bekommen, geschweige denn besitzen würde, übermanne ihn eine seltsame Wehmut.

Frau Dalburg war eine der elegantesten Frauen der Stadt, ergänzte Else. Sie hatte eine hinreißende Figur und war so hoch gewachsen wie die Modelle in den Modemagazinen. Keine andere verstand es, ein Ballkleid mit solcher Anmut zu tragen wie sie. Eric erinnerte sich an ein von ihm besonders geliebtes Abendkleid aus duftigem elfenbeinfarbenem Satin mit steifer goldener Borte auf dem Rock. Ein Pariser Modell, fügte Else hinzu, und diese Seide! Jahre später, es war noch wie neu, wurde es für Fräulein Käthe, die nun alt genug war für solche Abendgarderobe, aufgetrennt und angepasst, damit sie es auf einem Ball tragen konnte.

Eric lehnte sich in seinem Stuhl zurück. Für einen Augenblick schwand die Anspannung aus seinem Gesicht, ein zufriedenes Lächeln ließ ihn jünger wirken und erahnen, wie er einmal ausgesehen haben musste. Doch es währte nicht lange. Die grün gemusterten Wände, die Kahlheit des Zimmers, der durchgesessene braune Samtsessel am Fenster – alles wirkte beklemmend und deprimierend. Unsicher suchte er nach Worten.

»Else, ich möchte dich etwas fragen. Vielleicht erinnerst du dich. Es war in dem Frühling, als ich zwölf und Käthe zehn war.«

Sie rückte die Brille zurecht und befreite eine Haarsträhne.

»Ja?«

»Irgendetwas ist da zu Hause vorgefallen.«

»Ach, wirklich?«

»Versuch dich zu erinnern«, drängte er leise. »Du hast meine Sachen gepackt. Tante Rosie holte mich morgens ab und brachte mich zu Großvater auf das Ludowitz'sche Gut. Käthe besuchte ihren Vater und ihre Stiefmutter. Wir waren einen Monat fort.«

Else sagte nichts. Sie blickte Eric so leer und nichtssagend an, dass er nicht weitersprach.

»Das ist so lange her«, sagte sie schließlich.

»Ja. Aber ich hatte gehofft, du würdest dich erinnern – du gehörtest zur Familie. Alles ging durch deine Hände. Du wusstest immer …«

»Natürlich!«, erinnerte sie sich plötzlich, weil es ihm

doch so wichtig war. »Es war die Grippe. So viele sind daran gestorben. Deine Eltern wollten euch Kinder außer Gefahr bringen.«

Eric blickte zu Nora hinüber. »Sie lügt«, murmelte er.

»Worum geht es denn?«

»Um etwas, das vor Jahren passiert ist.«

»Ist es wichtig?«

»Für mich schon. Hätte ich Else nicht wiedergesehen, hätte ich vielleicht nie mehr daran gedacht. Aber jetzt, da ich hier sitze und plaudere, kommt es wieder hoch.« Mit dem Finger fuhr er das grüne Karomuster der Plastiktischdecke nach. »Sie denkt, ich bin noch ein Kind, dem man die Wahrheit nicht zumuten darf.« Er stand auf und ging zum Fenster. Else musterte ihn schweigend. Das Stückchen Himmel über den Dächern schloss die kleine Welt ein wie unter einer Glocke. Im Hof spielten ein paar Kinder, das gleichförmige Geräusch eines gegen die Stufen springenden Balles drang herauf.

»O Gott, wie kann man hier bloß leben«, rief er. »Und wie muss es hier erst während des Krieges und in der Besatzungszeit gewesen sein.« Er wandte sich wieder dem Zimmer und Else zu, die abwesend und still in ihrem Stuhl saß und darauf wartete, dass die fremde Sprache erneut in etwas Vertrautes umschlug. »Was hält sie hier? Wie kann ich sie überreden, zurück zu Tante Rosie zu gehen?«

»Versuch es nicht«, sagte Nora.

»Aber es ist entsetzlich – keine Heizung, kein Bad …«

»Es ist ihr Zuhause«, fuhr Nora fort. »Es ist alles, was sie hat. Alles, was ihr von der Vergangenheit geblieben ist. Von ihrer Vergangenheit, ihrem Mann, ihrem Kind, ihren Erinnerungen.«

Else schien zu verstehen, dass es um sie ging.

»Herr Rudneck hat mir von deinem Sohn erzählt«, wandte sich Eric wieder an sie. »Dass er im Krieg verwundet wurde. Was für ein Wahnsinn muss es für einen Mann wie Fritz und meinen alten Freund Wehn gewesen sein, für Hitler an die Front zu ziehen.«

Sie nickte, als träfe das Wort Wahnsinn es genau.

»Wieso ist Fritz in Ostberlin geblieben? Wieso ist er nicht hierher zu dir gekommen?«, fragte Eric.

Else zuckte nur die Schultern. Glaube Erich denn, es sei so einfach, hierherzukommen? Fritz war mit einer Frau verheiratet, deren alte Eltern jahrelang in einem Haus bei Potsdam gelebt hatten. Als der Krieg vorüber war, stand das Haus noch, und sie alle zogen dorthin zurück. Jetzt seien sie zu alt, vor allem die Eltern, um noch einmal neu anzufangen. Fritz sei ein tüchtiger Junge. Er halte den Mund und tue seine Arbeit. Mit der Regierung einverstanden sei er nicht, aber wann seien deutsche Arbeiter je mit der Regierung einverstanden gewesen. Die meisten Menschen, vor allem wenn sie alt und müde waren und einen Krieg erlebt hatten, waren froh, wenn sie genug zu essen und ein Dach über dem Kopf hatten. Die Jüngeren flohen aus Ostdeutschland in den Westen, aber von den Alten konnte man nicht verlangen, dass sie sich für eine unsichere Zukunft von ihren Wurzeln losrissen.

»Kommt Fritz dich besuchen?«, fragte Eric.

Fast jeden Tag, entgegnete Else. Obwohl er im Ostsektor wohne, arbeite er wie Tausende andere im Westen. Erich solle nur zur Sektorengrenze ein paar Blöcke weitergehen und sich ansehen, wie all die Ostberliner, die im Westen, und all die Westberliner, die im Osten arbeiteten, allabendlich nach Hause strömten. Es gebe nämlich auch Westberliner, vor allem Facharbeiter, die ihren Arbeitsplatz drüben hätten.

Die Menschen von außerhalb hätten ja keine Ahnung, wie verworren die Situation tatsächlich sei. Sie stellten sich vor, die Stadt sei durch Stacheldraht und Maschinengewehre geteilt, dabei könne man problemlos von einer Seite auf die andere wechseln, vorausgesetzt, man schmuggele weder Eier noch Butter. Doch genau damit seien die Leute beschäftigt. Erich sollte ein paar Abende in den kleinen Läden rund um den Bahnhof Zoo verbringen, in denen es von Ostberlinern nur so wimmele, die mit der U-Bahn kämen, um Medikamente oder ein Stück Schinken oder sonst was zu kaufen, das in ihrem Sektor kaum zu kriegen sei. Eine Westmark koste sie vier Ostmark, richtig teuer. Und wenn sie dann auf dem Rückweg von einem ostdeutschen Grenzer geschnappt würden, werde die Ware einbehalten, und sie müssten obendrauf eine saftige Strafe zahlen oder kämen sogar ins Gefängnis. Westberliner, die in den Osten führen, um billige Kameras, Bücher und Ähnliches zu kaufen und gewinnbringend weiterzuverhökern, würden ebenfalls verhaftet, wenn sie erwischt würden.

»Ihr Alliierten habt Berlin in ein schönes Schlamassel gestürzt«, seufzte sie.

Das Chaos sei das unmittelbare Ergebnis dessen, was Hitlers Größenwahn dem Rest der Welt angetan habe, bemerkte Eric. »Sei jetzt nicht ungerecht, Else. Du hast doch sonst immer alles durchschaut. Als Käthe und ich uns aus dem Haus schlichen, um zu politischen Versammlungen zu gehen und Dinge hinter dem Rücken unserer Eltern zu tun, hast du uns geholfen. Du wusstest, dass die Nazis ein Übel waren, ein Übel für Deutschland und …«

»Der Meinung bin ich nach wie vor. Uns Deutschen war klar, dass wir für ihre Verbrechen bestraft würden, sobald der Krieg vorüber ist. Doch war uns nicht klar, dass diese Strafe ewig dauert«, sagte Else resolut, als dulde sie keine Widerworte, genau wie damals, als sie ihm verbot, ihre Küche schmutzig zu machen. »Wenn sämtliche Besatzer morgen aus Deutschland abzögen, würden sich die Deutschen im Handumdrehen einig werden.«

Würden sie nicht, gab Eric zurück. Wann seien sich die Deutschen jemals einig gewesen? Jahrhundertelang hätten Protestanten und Katholiken einander bekriegt; zwischen Arbeiterschaft und Regierung herrsche ein ständiger Kampf. Dass Hitler an die Macht kommen konnte, sei einzig der Tatsache geschuldet, dass nirgends in diesem Land jemals Einigkeit geherrscht habe. Sie solle sich bitte klarmachen …

Ernst und entschlossen stützte er sich auf den Tisch. Es schien die Fortsetzung einer vor Jahren begonnenen und an vielen Küchentischen hitzig geführten Diskussion zu sein.

»Ich bin eine alte Frau und habe meinen Frieden mit Gott gemacht. Ich kann sagen, was ich denke«, sagte Else. Und selbst wenn Erich recht hätte und die Deutschen sich stets untereinander bekriegt hatten, machten die Besatzer alles nur noch schlimmer.

Hatte Erich seit seiner Ankunft einmal Radio gehört? Natürlich nicht. Nun, das sollte er. Unter Hitler hätte das Radio nichts als Hassbotschaften verbreitet, und daran habe sich bis heute nichts geändert. Die Ostsender geiferten gegen die Amerikaner und Imperialisten, und die Westsender versuchten den Hass auf die russischen Kommunisten zu schüren. Unter Hitler hatten die Menschen aufgehört, auch nur noch ein einziges Wort aus dem Radio zu glauben. Jetzt würden sie abermals taub, sie hätten die Nase voll von Gift und Galle. Jetzt hörten sie nur noch Musik.

»Hitler hat die Deutschen hassen gelehrt, und damit war alles möglich. Krieg, der Mord an den Juden, alles. Als die Alliierten in Berlin einmarschierten, wussten wir, dass jeder von uns dafür würde bezahlen müssen, Junge und Alte, Nazis und Nazigegner. Doch wir glaubten, wenn erst einmal Frieden herrschte, dürften wir wenigstens unsere Wunden lecken. Wir haben nicht erwartet, dass sich die Alliierten überwerfen und über unsere Köpfe hinweg einen weiteren Krieg anzetteln. Wir haben nicht erwartet, dass sie ebenfalls Hass predigen, Brüder gegeneinander aufhetzen, uns entzweien und Heime und Familien auseinanderreißen würden. Das kann ich ihnen nicht verzeihen.«

Ihre Stimme zitterte vor Zorn. »Und jetzt reden sie von einem neuen Krieg. Dabei haben wir kaum die Trümmer beseitigt. Noch ein Krieg. Ist das gerecht, Erich?«

Er schüttelte den Kopf. Nichts sei gerecht. Es sei nicht gerecht gewesen, dass er ins Exil und Franz in die Wehrmacht gezwungen wurden. Doch man könne nur versuchen, das Beste daraus zu machen.

»Das habe ich mein ganzes Leben getan«, sagte Else leise. »Aber irgendwann kommt der Punkt, an dem man es leid ist.«

Sie sah zu, wie Eric aufstand und sich zum Gehen anschickte. Das Dotzen des Balls auf dem Hof hallte durch die Stille. Eric beugte sich zu Else und küsste sie auf die Stirn.

»Auf Wiedersehen«, sagte Nora in mühsamem Deutsch und drückte Elses Hand.

Wie traurig, dass Erichs Frau seine Eltern nicht kennengelernt habe, murmelte Else an der Tür in einem letzten Versuch, die Sprachbarriere zu überbrücken. Wenn sie Nora nur sagen könnte, was für gute Menschen die Dalburgs gewesen waren und wie sehr sich Erichs Mutter darüber gefreut hätte, ihren Sohn mit einer Engländerin verheiratet zu sehen.

Er würde es an Nora weitergeben, versprach Eric. Dann schloss sich die Tür, und vor uns lag ein nunmehr alles andere als stiller Flur. In der vergangenen weltfernen Stunde schien das ganze Haus erwacht zu sein. Hinter den Türen plärrten Kinder und zeterten Eltern, ein Hund bellte, ein Stuhl fiel um. Der ballspielende Junge im Hof starrte uns sichtlich verwirrt an, er fragte sich wohl, was wir so weit weg vom Ku'damm verloren hatten.

Die Straße vor dem Haus roch nach dem Brackwasser des Kanals, an dem sie endete. Ein Schlepper zog vorbei auf dem Weg zu einem unbekannten Ziel in der Tiefe der Stadt.

»Else hat kein Wort über sich selbst verloren.« Eric klang müde, als hätte der gerade erst begonnene Tag ihn bereits erschöpft. »Erst die Bombenangriffe, dann die Straßenkämpfe und dann die Besatzung – in der ganzen Zeit hat sie sich nie von hier fortbewegt. Wie ein Fels in der Brandung. Vielleicht hat sie deshalb überlebt. Arme Else.«

»Wenigstens kannst du nicht behaupten, dass sie sich beklagt«, bemerkte Nora, doch Eric hörte ihr nicht zu. Er war stehen geblieben, um ein Taxi heranzurufen.

Auf der Fahrt durch die Stadt nach Schöneberg erklärte Eric, Herr Rosen, der uns jetzt erwarte, sei der beste Freund seines Vaters gewesen, Anwalt von Beruf und ein glänzender Geiger. Eric konnte sich vage daran erinnern, dass Rosen in der Wohnung der Dalburgs einer Ahrenfeld-Cousine begegnet war, Marthe, ebenfalls Musikerin. Zu den Klängen von Mozart hatten sie sich ineinander verliebt und bald geheiratet. Rund vierzig Jahre musste das her sein. Diese Jahreszahlen ließen ihm keine Ruhe mehr, sagte Eric, und von der Anstrengung, die Vergangenheit mit der Gegenwart zu verknüpfen, schwirre ihm der Kopf.

Seine Eltern hatten ihn als Kind dazu angehalten, besonders nett zu Marthes Schwester, Tante Hilde, zu sein, der Armen, die so viel durchgemacht hatte. Kinder können grausam und egoistisch sein, räumte er ein, jetzt schmerze ihn, wie sehr er sich gegen ihre ständigen Küsschen gewehrt hatte, gegen die Süßigkeiten, die sie ihm in die Taschen stopfte, und die Bücher, die sie ihm aufdrängte, weil sie ihrem heißgeliebten Sohn Ludwig gehört hatten.

Er klopfte an die Trennscheibe, um den Fahrer zum Halten zu bewegen, und an einem kleinen Platz, den Eric im Vorbeifahren wiedererkannt hatte, stiegen wir aus, dankbar für das Gras und die Blumen, die den trüben Tag erhellten. Ein paar ältere Herrschaften saßen auf dem Bayerischen Platz, als warteten sie auf die Sonne, die sich hinter den Wolken versteckte.

»Wie klein alles aussieht«, sagte Eric und ging über den Mittelweg voran. »Als ich hier als Kind Rollschuh lief …«

Wieder kam er auf seine Tante Hilde zurück. 1917 hatte sie sowohl ihren Mann als auch ihren kaum erwachsenen Sohn verloren und war vollkommen allein zurückgeblieben. Eric hatte sie als schwächliche, stets in Schwarz gekleidete Frau in Erinnerung, die jahrein, jahraus auf diesem Platz und vielleicht auf ebendiesen Bänken gesessen und die Unbeschwertheit seiner Kinderspiele mit ihrem Unglück überschattet hatte.

»Tante Hilde kam mir steinalt vor«, sagte er und verlangsamte seinen Schritt, um eine Dame mit Pudel zu beobachten, die auf uns zukam. »Aber jetzt ist mir klar, dass sie erst Anfang vierzig war, als sie Witwe wurde – jünger als ich.«

Wir liefen weiter. Inzwischen war uns Schöneberg nicht mehr ganz so fremd. Die Bonbonschachtelhäuser, die Baulücken, die alten, aus der Ferne nahezu unversehrt wirkenden Reihen von Häusern, deren Wunden sich erst beim Näherkommen zeigten. Häufig waren die oberen Stockwerke unter den klaffenden Dächern nicht mehr bewohnbar; die goldenen und geblümten Tapeten, einst der Schmuck der Eingänge, hingen in Fetzen von den Mauern und strahlten Verwahrlosung und Trostlosigkeit aus.

An einer Ecke blieb Eric vor einem Haus stehen, das den Anfang einer Reihe bildete.

»Hier wohnte Tante Hilde.« Er spähte zu den Balkonen hinauf.

Wir traten ein. Eine bröckelige Marmortreppe schimmerte uns entgegen. Die Decke darüber musste einmal himmelblau gewesen sein, mythologische Szenen barocker Heiterkeit hatten die Wände geschmückt, doch nur der Fuß eines Cherubs und das körperlose verzückte Lächeln eines anderen hatten überdauert. Wir stiegen in den zweiten Stock hinauf.

Eric klopfte. Langsam öffnete sich die Tür, und ein bulliger rotgesichtiger Mann blinzelte uns verschlafen an.

»Was woll'n Se?«, bellte er.

»Guten Morgen«, sagte Eric. »Ich suche nach meiner Tante, Frau Hilde Weinstock, sie hat hier einmal gewohnt.«

»Wann?« Der Mann war offensichtlich verärgert, dass hier jemand ausgerechnet an seinem arbeitsfreien Tag nach irgendeiner Tante suchte.

»Vor dreißig Jahren – über beide Kriege hinweg. Ihr Mann fiel im Großen Krieg, ihr Sohn auch. Sie hat für ihren Verlust einen Orden bekommen.«

»Ich bin erst 1946 hier eingezogen, als die Amis mein Haus in Dahlem beschlagnahmt haben. Von einer Weinstock habe ich nie was gehört. Fragen Se weiter oben.« Mit schiefem Gesicht schlug er die Tür zu. Hatte es ihn angewidert, einen jüdischen Namen in den Mund zu nehmen?

Unter dem zerbrochenen Lächeln der Putten stiegen wir weiter nach oben. An der ersten Wohnung antwortete niemand. Die hintere Tür wurde von einer wasserstoffblonden Frau geöffnet, die trotz der Mittagszeit noch ein schwarzes Negligé trug.

»Ich bin erst seit letztem Jahr hier«, antwortete sie und fuhr sich mit der Zunge über die Lippen. »Von Ihrer

Tante habe ich nie gehört, aber ich könnte mich umhören, wenn Sie später wiederkommen wollen.«

Eric bedankte sich, und wir stiegen in den vierten Stock. Auf einem kleinen Schild über der Tür stand *Dressler.* »Das war ihre Wohnung«, sagte Eric und drückte auf die Klingel. Ein Hund begann zu jaulen, doch niemand öffnete. Er ging zu der Wohnung weiter hinten und klingelte abermals.

Ein winziger Spalt öffnete sich, langsam wurde er größer. Das kalte, abweisende Gesicht einer alten Frau kam zum Vorschein. Womöglich hatte sie mit der Polizei oder einem Bettler gerechnet.

»Guten Morgen«, sagte Eric und war bemüht, möglichst unaufgeregt zu klingen. »Bitte entschuldigen Sie die Störung, aber vielleicht können Sie mir eine Auskunft zu meiner Tante geben. Sie hat in der Wohnung nebenan gewohnt.«

Die Frau erstarrte. Wachsamkeit glomm in ihren grauen schmalen Augen auf. Jetzt sprudelten die Worte aus Eric heraus und hallten durch den dunklen Flur. Gewiss erinnere sie sich an seine Tante Hilde, eine zarte alte Dame, ungefähr so groß – er hielt die Hand an seine Schulter –, jeder in der Nachbarschaft habe die einsame Frau Weinstock gekannt, deren Mann und Sohn heldenhaft im Ersten Weltkrieg gefallen waren. Die deutsche Regierung hatte ihr einen Orden für das Opfer verliehen, das sie ihrem Vaterland gebracht habe. Er sei viele Jahre fort gewesen, erklärte Eric, und wolle nun wissen, was aus seiner Tante geworden sei und wie sie so spurlos habe verschwinden können.

Während er redete, schlich sich Angst in die Züge der

190

Alten. Sie rührte sich nicht, zuckte nicht mit den Lidern, doch irgendetwas in ihr schien den Atem anzuhalten. Ihre Wangen wurden fahl.

»Erzählen Sie mir einfach, was an jenem letzten Tag passiert ist«, sagte Eric mit fremder Stimme, freundlich, aber fordernd.

Als hätte man ihr einen Stoß verpasst, wich die Frau zurück und schlug uns die Tür vor der Nase zu. Ein Riegel wurde vorgeschoben, Schritte hasteten den Flur entlang ins Wohnungsinnere – ein Tier, das vor einem Jäger flieht, dem es nicht entrinnen kann.

Wie kalt es sei in Berlin, klagte Nora, als wir wieder auf die Straße traten. Alles ringsum wirkte an diesem Morgen grau und tot. Die Häuser mit den kaputten oder notdürftig reparierten Fenstern, der geschlossene Laden mit dem im Wind schaukelnden Schild *Milch*. Eric starrte es an, als erkenne er es wieder, als erinnere es ihn an seine Tante, an etwas aus ihrem alltäglichen Leben.

»Liebling.« Nora legte ihm tröstend die Hand auf den Arm. »Rudneck und Tante Rosie wissen bestimmt, was mit ihr passiert ist. Wieso quälst du dich damit, Fremde zu fragen?«

Noch immer standen wir auf dem Gehsteig wie unschlüssige Reisende, die nicht wissen, welche Richtung sie einschlagen sollen.

»Rudneck hat mir alles erzählt«, entgegnete er mit einer Stimme, die so farblos war wie die Gebäude ringsum. »1943 wurden die letzten Berliner Juden zusammengetrieben. Nur ein paar Tage zuvor hatte Tante Hilde ihre wenigen Habseligkeiten nach Grunewald gebracht, damit Tante Rosie sie versteckte. Tante Rosie wollte auch Hilde verstecken, doch die weigerte sich. Sie war vollkommen blind für die Wirklichkeit. Sie hatte ihren Orden. Sie konnte nicht glauben, dass man ihr etwas antun würde. Und so wurde sie in einem schwarzen Laster abtransportiert und als Dank für ihr großes Opfer in Auschwitz vergast.«

Noras Lippen zitterten. »Aber wozu dann all das, wenn du es schon wusstest?«

»Als Tante Hilde an jenem letzten Tag zu Tante Rosie kam, gestand sie, sie habe schreckliche Angst vor der Nazifrau, die nebenan wohne und sie ständig beschimpfe.«

Eric blickte zu einem der leeren Fenster hoch.

»Ich wollte sehen, ob diese Frau noch hier lebt und ob sie weiß, was sie getan hat. Sie weiß es. Wenigstens heute Nacht wird sie kein Auge zutun.«

Herr Rosen wohnte in einem der neuen Schachtelhäuser unweit des Schöneberger Rathauses, einem blassrosafarbenen Gebäude mit blauen Balkonen. Das kleine, nüchtern eingerichtete Wohnzimmer war ebenso ordentlich und sauber wie sein drahtiger grauhaariger Bewohner. Glücklicherweise lebe er hier nicht allein, erzählte er Eric. Als er vor drei Monaten aus Israel zurückgekehrt sei, habe er per Zufall seine alten Freunde Dr. Merker und dessen Frau wiedergetroffen, die gerade aus ihrem argentinischen Exil angekommen waren. Sie hätten zusammen diese Wohnung gemietet, das mache es billiger und netter für alle. Bestimmt würde es Erich freuen zu hören, dass Marthe letzten Frühling in Israel friedlich gestorben sei, denn dank Rosie habe sie die Wahrheit über ihre

Schwester Hilde nie erfahren. Kaum sei der Krieg vorbei gewesen, habe Rosie die Ahrenfelds durch das Rote Kreuz in Israel ausfindig gemacht.

»Sie schickte Marthe einen so wunderbaren Brief«, seufzte Herr Rosen. »Über Hilde und wie sie im Schlaf einem Herzinfarkt erlag. Es klang so überzeugend, dass selbst ich ihr auf den Leim ging. Später erfuhr ich dann von Freunden die Wahrheit.«

»Wann haben Sie und Tante Marthe Berlin verlassen?«, fragte Eric.

»Sobald wir konnten, gleich nach der schrecklichen Kristallnacht im November 38«, sagte er in bedächtigem Englisch. Die Synagogen brannten noch, und sämtliche jüdische Männer zwischen achtzehn und sechsundfünfzig wurden verhaftet. Der Pogrom hatte begonnen, doch viele Juden wollten nicht glauben, dass es sie diesmal wirklich ihr Leben kosten könnte. Noch als er seine Sachen gepackt, die Abreise vorbereitet und ein Vermögen für die Ausreisepapiere bezahlt hatte, habe es Menschen wie Hilde gegeben, die benommen zu Hause saßen, nicht dazu bereit, ihr Hab und Gut oder ihre Vergangenheit aufzugeben. »Bloß stillhalten«, versicherten sie einander wie in Trance. »Nicht einmal Hitler kann es wagen, alle Juden umzubringen.« Als sie endlich aufwachten, war es für die meisten von ihnen zu spät. Millionen erkannten die Wahrheit erst, als sich die Türen der Gaskammern hinter ihnen schlossen.

»Denken Sie an meinen Vater«, sagte Eric tief verbittert. An den Streit in jener letzten Nacht in Grunewald, seine weinende Mutter im Schlafzimmer. Sie hatten Herrn Rosen aus dem Bett geklingelt, damit er ihnen in ihrer Verwirrung beistand. »Mein Vater nannte mich einen verantwortungslosen Idioten!«, stieß Eric hervor, als bereiteten ihm die Worte Übelkeit. Wieso sei sein Sohn nicht vorsichtiger und weniger halsstarrig, hatte sein Vater gewettert. Wieso musste er losziehen und die Nazis bekämpfen, sie gegen sich aufbringen, ihnen einen Grund liefern, ihn zu verhaften? »Mein Vater kehrte sich von mir ab, als er mich im Lagerhaus der Ahrenfelds zurückließ. Er weigerte sich, auf Wiedersehen zu sagen. Er verleugnete mich, verstieß mich, schickte mich ohne ein freundliches Wort oder eine zärtliche Geste ins Exil, als wäre ich nie sein Sohn gewesen. Niemals werde ich sein Gesicht vergessen – als wäre ich der Verbrecher, nicht die Nazis.«

Der Schmerz, der seine Züge verzerrte wie ein eisiger Windstoß, ließ das Kind erkennen, das sich bis heute verletzt fühlte.

Behutsam nahm Herr Rosen seine Brille ab und legte sie in ein schwarzes Etui. Seine blassblauen Augen wirkten unschuldig und ohne Arg.

»Dein Vater hat diese Worte für den Rest seiner Tage bereut«, sagte er.

»Ich weiß. Ich habe sein Gefängnistagebuch gelesen. Am Ende wurde ihm alles klar, doch da war es zu spät. Jahrelang habe ich mit dieser entsetzlichen Erinnerung an unseren Abschied leben müssen.«

»Versuche deinen Vater zu verstehen«, fuhr Herr Rosen beharrlich fort, als wollte er dem unglücklichen Sohn seines besten Freundes einen Pfad durch das Dickicht bahnen. Walter habe als ein typischer Vertreter des gebildeten deutschen Großbürgertums gehandelt, der meinte, Politik sei unter seiner Würde. Er hatte geglaubt – wie rührend und so menschlich –, wenn er weiterhin seine Kunstbücher verlege, würde niemand ihn angreifen, vor allem nicht die vulgären Schreihälse, die im Reichstag ihre Reden schwangen. Erich sei viel zu jung gewesen, um zu würdigen, dass sich in seinem Elternhaus die Crème de la Crème der Berliner Kultur traf, die bedeutendsten Köpfe aus Kunst, Musik und Literatur. Und die meisten von Walters Freunden empfanden wie er. Es drohe keine wirkliche Gefahr. Wenn sie die Nazis nicht provozierten, würden diese sie in Ruhe lassen. Wie betörend einfach, nicht wahr?

»Hätte er auf mich gehört, als ich floh«, klagte Eric, »könnte er heute noch am Leben sein. Er hatte Geld in der Schweiz, beste Beziehungen ins Ausland, alles, um ein neues Leben anzufangen, doch er fühlte sich in Berlin sicher. Sicher – ist das zu fassen!«

Herr Rosen zupfte unbeholfen an den Ärmeln seines Jacketts. Erics Verzweiflung schien ihm sehr nahezugehen, doch suchte er noch nach den richtigen Worten, um die Jahre zu überbücken, die seit der letzten Begegnung vergangen waren.

»Wenn Menschen für ihre Blindheit mit dem Leben bezahlten, müssen wir, die Überlebenden, ihrer mit, was ist das rechte Wort … – voller Mitleid gedenken.«

»Mitleid«, murmelte Eric versöhnlicher. Er blickte Rosen unverwandt an, als versuche er, den Mann vor der bonbonfarbenen Wand schärfer zu stellen. Eine große Begonie blühte in einem hellgrünen Topf zwischen den gestreiften Vorhängen.

»Wieso sind Sie nach Deutschland zurückgekehrt, Herr Rosen?«

»Na, um hier zu sterben natürlich.« Die Frage schien ihn zu überraschen. Hatte Erich noch nicht gehört, wie hart das Leben in Israel war? Das Land gehöre der Jugend, den Starken und Unbesiegbaren. Welches Recht hatten alte Menschen, der heranwachsenden Generation Wohnraum und Essen wegzunehmen? So viele Alte würden Israel verlassen, wenn sie könnten, und kehrten hierher zurück, wo sie bei ihrer Ankunft sechstausend Mark Entschädigung bekämen und vielleicht noch mehr, wenn sie beweisen konnten, was sie alles verloren hatten. »Natürlich haben die Toten keinen Preis. Niemand kann uns für unsere ermordeten Angehörigen entschädigen, allenfalls für gestohlenen Besitz. Doch die Deutschen sind nun einmal ein sehr pragmatisches Volk.«

Er verstummte, als taste er sich mit seinem Englisch durch längst vergessenes Gelände, von vertrackten Verben und tückischen Halbsätzen vermint, die nicht genau das ausdrückten, was er mit ihnen sagen wollte.

»Wie – wie geht es all jenen, die Sie zurückgelassen haben?«, fragte Eric nun ebenfalls stockend. »In Israel, meine ich.«

»Von unserer Familie gibt es nur noch Magda Ahrenfeld und ihren Neffen David, Leos Sohn. Du weißt vermutlich von Leo.«

»Dass er in Bergen-Belsen gestorben ist?«

»So viele sind tot. Von den Rosens bin ich der einzige Überlebende«, sagte er, als erzählte er von einer weit zurückliegenden Tragödie, deren Protagonisten nur mehr als schemenhafte Schatten über eine Leinwand huschten. »Einzig die Jugend kann nach vorn schauen. David ist durch und durch ein Bürger Israels – ein kräftiger Kerl, sportlich, klug. Er hat vergessen, dass er in Deutschland geboren wurde.«

»Und Magda?«

»Die Ärmste – gefangen zwischen zwei Generationen. Weder kann sie sich zur Rückkehr nach Deutschland entschließen noch in Israel heimisch werden.«

Unvermittelt stand er auf, verschwand in einem Nebenzimmer und kam mit einem Foto zurück. Eine Gruppe ausgelassener junger Leute am Strand, hinter ihnen das Meer. Ein wenig abseits stand wie eine Anstandsdame, die ihre jungen Schützlinge begleitete, eine rundliche kleine Dame mittleren Alters mit verschwommenen Zügen.

»Das ist David – der Junge am Rand. Siehst du, wie groß er im Vergleich zu den anderen ist?« Herr Rosen klang stolz.

»Und die Frau?«

Herr Rosen warf ihm einen flüchtigen Blick zu. »Aber Erich …«

»Nein! Magda?«

»Sie hat sich natürlich verändert.«

»Aber sie sieht – alt aus. Viel älter, als sie ist. Mindestens zehn Jahre. Und ihr Haar ist fast weiß.«

In seiner Stimme lag Empörung über die Ungerechtigkeit des Lebens, das die einen verschonte und die anderen zerstörte.

»Vergiss nicht, dass Magda allein geblieben ist. Ihr Vater hat sich umgebracht, ihr Bruder ging zurück nach Deutschland in den Widerstand –, Davids Mutter starb an einem Herzinfarkt, kaum dass sie in Israel angekommen waren, und so musste Magda den Jungen allein großziehen und für sie beide verdienen. Magda, die Tuberkulose hatte und noch nie ihren Lebensunterhalt hatte bestreiten müssen. Glücklicherweise ist sie eine gute Musiklehrerin, sonst …«

Langsam, sehr langsam blickte Eric von dem Foto auf und reichte es Herrn Rosen, der es mit der Bildseite nach unten auf den Tisch legte.

Erinnerte sich Eric noch an einen Ahrenfeld namens Gustav? Als Herr Rosen Deutschland verließ, war dieser Gustav nach Chicago gegangen, heute war er mit einer Amerikanerin verheiratet und hatte zwei Kinder, die nur Englisch sprachen. Er nannte sich jetzt George Arnold.

»Verstehst du«, sagte Herr Rosen und setzte sich wieder. »Die neue Generation deutscher Juden ist für Deutschland unwiederbringlich verloren. Wenn wir Alten sterben, wird nur noch eine Handvoll Juden in Deutschland leben. Die Regierung stellt Gelder zur Verfügung, um die Synagogen wieder aufzubauen – manchmal in Gemeinden, in denen kein einziger Jude mehr wohnt. Die Nazis waren wahrlich gründlich. Jetzt fließen die Tränen und man hört in einem fort: ›Es tut uns so leid, Juden, kommt zurück, und alles ist vergeben‹, aber wie soll man sechs Millionen Tote wieder lebendig machen? In den deutschen Zeitungen ist zu lesen: ›Es gibt in Deutschland keinen Antisemitismus mehr.‹ Nun, es gibt ja auch keine Juden mehr, die man hassen könnte.«

In seiner Stimme lagen weder Traurigkeit noch Wut, nur die Nüchternheit eines Menschen, der jede menschliche Regung unterdrückt hatte, um zu überleben. Mit der gelassenen Sachlichkeit eines Psychiaters, der einen neuen Patienten beobachtet, sah er zu, wie Eric aufstand, nach Magdas Foto griff, es ratlos anstarrte und wieder hinlegte, als könnte er nicht glauben, was er sah.

»Es tat mir leid, als ich von deiner Mutter hörte«, sagte Herr Rosen. Hatte sie zum Schluss sehr gelitten?

»Nein. Die Ärzte konnten ihr das ersparen. Sie starb, ohne zu wissen, dass sie Krebs hatte, und ohne zu wissen, dass mein Vater bereits tot war.«

Mitleid, hatte Herr Rosen gesagt; Eric nickte stumm, die Lebenden mussten sich zusammentun, um jene, die vor ihnen starben, zu schützen.

Eric blickte auf den kleinen Mann in dem etwas zu großen Anzug und mit den sorgsam übereinandergeschlagenen Beinen, den schwarzen Schuhen.

»Herr Rosen – es gibt da etwas, was ich Sie fragen muss. Eine Kleinigkeit, vielleicht erinnern Sie sich auch nicht daran.«

»Oh, ich habe ein ausgezeichnetes Gedächtnis für Kleinigkeiten. Es sind die großen und schrecklichen Dinge, die ich zu vergessen suche«, sagte er mit einem Lächeln, das ebenso klein und aufgeräumt war wie das Zimmer, in dem wir saßen.

»Als ich zwölf war, schickten meine Eltern mich und Käthe für einen Monat fort. Irgendetwas muss zu Hause vorgefallen sein. Sie haben mir nie gesagt, was. Aber Sie – der beste Freund meines Vaters …«

»Als du zwölf warst?« Er taxierte den blonden, an den Schläfen leicht ergrauten Mann, der vor ihm stand, und schien sein Gedächtnis nach Zahlen zu durchsuchen.

»Ja …, 1922.«

»Da werden Ferien gewesen sein.«

Er versuchte gelassen zu klingen, doch der besorgte Unterton entginge Eric nicht.

»Ich hatte meine Mutter in der Nacht weinen hören. Dann, am nächsten Morgen …«

»1922, aber ja doch, mein Junge. Dein Vater hatte durch die Inflation viel Geld verloren. Er steckte in ernsthaften Schwierigkeiten, wie jedermann. Vielleicht war es ein Fehler, euch Kindern nichts davon zu sagen. Manchmal denke ich, es ist am besten …«

Eric stand auf, und Herr Rosen verstummte.

»Musst du schon gehen?«, fragte er mit besorgtem Blick.

»Wir müssen noch so viele Leute besuchen und haben nur ein paar Tage zur Verfügung. Ich war gerade bei Else, unserer alten Haushälterin.«

»Eine beeindruckende Frau. Bestimmt weißt du, dass sie und deine Tante Rosie während des Krieges jüdische Kinder versteckt haben?«

»Nein … nein, das wusste ich nicht. Aber es überrascht mich nicht.«

Eric legte eine Hand auf die Klinke und drückte sie sacht, als befühlte er das glatte Metall.

»Herr Rosen, hassen Sie die Deutschen nicht für das, was sie den Juden angetan haben?«

Herr Rosens verhärmtes Gesicht zeigte keinerlei Regung.

»Fünf Generationen lang hat meine Familie in Berlin gelebt. Wenn ich mir erlaube, die Deutschen zu hassen, hasse ich mich selbst. Wenn ich verkündete: ›Ich bin kein Deutscher, sondern Jude‹, könnte ich der Welt ebenso gut sagen: ›Hitler hatte recht.‹«

Er legte Eric seine schmale weiße Hand auf die Schulter.

»Du verstehst das bestimmt, mein Junge, schließlich hast du gegen Hitler gekämpft.«

SIEBEN

Als wir zur Mittagszeit unter der gestreiften Markise eines Restaurants am Ku'damm Paprikahuhn aßen, bat Eric Nora um einen Gefallen. Ob sie ihn an diesem Nachmittag notfalls mit Gewalt aus Albrechts Haus befördern würde, sobald sie merkte, dass er kurz davor sei, zu explodieren. Andernfalls könne er für nichts garantieren. Er mache diesen Teebesuch nur, weil Tante Rosie aus unerfindlichen Gründen – womöglich Familiensentimentalität – darauf bestehe. Aber er habe Albrecht schon als Kind gehasst, lange bevor sie sich für das weibliche Geschlecht interessierten, und Käthe liege völlig falsch oder nur teilweise richtig, je nachdem, wie man es betrachtete. Albrechts Bruder Rupert, der nettere der beiden, sei an der Ostfront gefallen, doch Albrecht habe überlebt, auch wenn er später schwer verwundet worden sei, und Eric würde wetten, dass er noch genauso verstockt und borniert sei wie damals.

Was könne man auch von einer Familie erwarten, die das Preußentum mit der Muttermilch eingesogen habe, sagte er und griff nach dem Salz. Eric hatte gehört, sein Großvater Ludowitz sei fast vor Scham gestorben, als ihm seine Frau zwei Töchter, Agnes und Rosie, und nur einen

202

Sohn, Wilhelm, schenkte, der die rühmliche militärische Tradition der Familie fortführen sollte. Onkel Wilhelm war gar nicht so übel gewesen – seine Schwestern hätten ihn vergöttert –, aber das Schicksal meinte es von Anfang an nicht gut mit ihm. Wilhelms Söhne Rupert und Albrecht waren ebenfalls, kaum dass sie laufen konnten, mit Ordnung und Disziplin gemästet worden.

»Ein Wunder, dass dein Großvater dich in Ruhe gelassen hat«, sagte Nora.

Nur weil Eric in den Augen der Ludowitz als Sohn eines Kunstverlegers, der obendrein halber Jude war, sowieso aus der Art geschlagen war. »Wenn Albrecht mich nicht provoziert, ist alles gut.«

»Wieso sollte er dich provozieren?«

»Weil er das immer getan hat – als wir jung waren.«

»Dann lass uns einen Code vereinbaren«, entgegnete Nora fröhlich. »Sobald ich bei dir diesen ganz bestimmten, mir nur allzu bekannten Gesichtsausdruck sehe, sage ich: ›Eric, wir müssen los, hast du vergessen, der holländische Konsul wartet in der Hotelbar auf uns. Er ist ein Freund meines Vaters.‹«

»Gut. Und dann beförderst du mich raus.«

»Soll ich mein schwarzes Kleid anziehen, wenn wir wieder im Hotel sind?«

»Wozu denn? Mir gefällt dein Tweedkostüm.«

»Aber Albrecht ist bestimmt ziemlich formell und legt Wert auf Äußerlichkeiten.«

»Inzwischen nicht mehr. Er sieht nicht, was du anhast.«

»Er sieht es nicht?« Sie wirkte konsterniert.

»Er wurde verwundet«, sagte Eric leicht ungeduldig, »und ist blind.«

»Oh, wie schrecklich.« Nora lehnte sich zurück und Eric winkte nach der Rechnung.

Auf die Blindheit war Nora vorbereitet, doch mit etwas anderem, das Eric zu erwähnen versäumt oder womöglich gar nicht wahrgenommen hatte, überraschte die Begegnung sie. Der schlanke, höfliche, gepflegte Herr, der ihr in dem erlesen möblierten Charlottenburger Wohnzimmer entgegentrat, sah Eric so verblüffend ähnlich, dass sie Brüder und nicht nur Cousins hätten sein können. Gewandt kam Albrecht auf uns zu, wobei er die Möbelstücke, an denen er sich orientierte, kaum mit den Fingerspitzen berührte.

»Wie schön, dass du vorbeischaust, alter Junge, ich weiß doch, wie beschäftigt du bist«, sagte er in lupenreinem, leicht affektiertem Englisch.

Offenbar hegte Albrecht keinen Unmut gegen seinen Cousin oder wusste die feindschaftlichen Gefühle aus Kindertagen sehr viel besser zu verbergen als Eric. Er entschuldigte sich, dass seine Frau und seine beiden Töchter in den Sommerferien am Bodensee weilten – nicht um der Hitze zu entkommen, sondern um sie zu finden, denn das Berliner Wetter sei in diesem Jahr scheußlich gewesen. In London sicherlich auch.

Als wir auf den roten Damaststühlen Platz nahmen, plauderte er unbeschwert weiter wie ein Gutsherr, der fremde Gäste unterhält. Mit der Zeit begann seine auf den ersten Blick so erstaunliche Ähnlichkeit mit Eric nachzulassen und auf ein paar Gemeinsamkeiten zu schrumpfen – der schmale Knochenbau, das hagere Profil, das aschblonde Haar –, die irgendein Ludowitz-Vorfahr den beiden vererbt haben musste. Charakterlich hätten sie unterschiedlicher nicht sein können. Albrecht wirkte nicht im Geringsten befangen oder beklommen. Offensichtlich hatte das Leben es gut mit ihm gemeint. Charmant, selbstsicher, vollkommen gleichgültig gegenüber allem, was nicht seinen Überzeugungen entsprach, schien er sein göttliches Recht, auf dieser Erde zu weilen, nicht im mindesten anzuzweifeln.

Inzwischen sprach er über Musik und seine riesige Plattensammlung. Er erhob sich und legte eine Platte auf. Die müssten wir einfach hören – Schubert, hinreißend aufgenommen in Moskau. Als Westdeutscher dürfe er natürlich nichts in Ostberlin kaufen – Bücher, Tonträger und Fotoapparate seien dort unwahrscheinlich billig –, doch wenn man überall Freunde habe, finde sich immer ein Weg. Er drückte den Startknopf, und ein von russischen Musikern zart und klangvoll vorgetragener Schubert erfüllte das Wohnzimmer dieses preußischen Offiziers.

Der unsinnige Flugzeugabsturz habe ihn zwar das Augenlicht gekostet (noch dazu, als der Krieg schon so gut wie verloren war), doch erfreue er sich nach wie vor eines ausgezeichneten Gehörs. Am meisten bedauere er, nie mehr auf dem Pont des Arts stehen und zusehen zu können, wie sich die Seine in der Dämmerung blauviolett verfärbe.

»*Et maintenant que c'est la pluie et le grand vent de janvier*«, zitierte er in exzellentem Französisch. »Alain-Fournier«, ergänzte er seufzend. »Ein außergewöhnliches Talent.«

»Zu schade, dass ihn die Deutschen im Ersten Weltkrieg umgebracht haben«, knurrte Eric.

»Ach, Erich, du hast dich nicht verändert.« Albrecht

lächelte nachsichtig. »Stets das *enfant terrible* – ein gutes Herz, aber so wenig *finesse*.«

Nora runzelte irritiert die Brauen. All das war so seltsam vertraut. Wo war uns dieser Nazioffizier – oder sein Zwillingsbruder – vor kurzem schon einmal begegnet, dieser vollendete Gentleman, der perfekt Englisch und Französisch sprach und sich während des Krieges »durch und durch untadelig« verhalten hatte? Bei Miss Leeds natürlich, die dem skeptischen Monsieur Nollet mit zittriger Stimme von einem solchen Mann erzählt hatte.

Offenbar hatte Eric den gleichen verstörenden Gedanken, denn er musterte Albrecht, der mit zurückgelegtem Kopf der Musik lauschte, versonnen rauchte und fragte: »Warst du während des Krieges in Paris?«

»Ja. Mein Französisch, weißt du. Sehr nützlich.« Er machte ein Gesicht, als wäre eine lästige Fliege aufgetaucht. »Wieso fragst du? Hat Käthe dir nichts erzählt?«

»Von ihren Kriegserlebnissen hat sie nicht gesprochen.«

»Ach je. Das bedeutet, dass sie mir nicht verziehen hat.«

Erics Züge erstarrten. Er wollte etwas sagen, doch Albrechts Aufmerksamkeit hatte sich bereits dem Dienstmädchen zugewandt, das auf einem prächtigen, mit Sandwiches und kleinen Kuchen bestückten Silbertablett den Tee servierte. Als sie eingeschenkt hatte, verließ sie das Zimmer, und einen Augenblick herrschte Schweigen. Dann brachte Albrecht die Unterhaltung erneut in Gang und lenkte sie so geschmeidig vom Schmerzvollen und Persönlichen aufs Allgemeine, dass man ihn dafür nur bewundern konnte. Zweifellos hatte er den Nazis treu gedient, war aber nicht bereit, die geringste Frage nach seiner Vergangenheit zuzulassen. Jedes auch nur ansatzweise daran rührende Wort wurde mit einem höflichen, wohlformulierten Satz, einem strahlenden Lächeln und einem schlagfertigen Scherz beiseitegewischt.

Dann endlich äußerte Eric die eine Frage, der Albrecht nicht ausweichen konnte, so sehr berührte sie ihn noch immer.

»Was hältst du von der Verschwörung der Wehrmachtsoffiziere, die Hitler stürzen wollten? Ich würde gern deine Meinung dazu hören, denn im Ausland kursieren so viele verschiedene Versionen.«

Albrecht ließ seine Teetasse über dem kleinen Unterteller schweben.

»Diesen Eindruck habe ich auch. Manche Schreiber wollen die Welt glauben machen, das seien Helden gewesen. Ich bezweifle, dass viele Deutsche diese Meinung teilen. Persönlich halte ich sie für Verräter.«

»Du meinst, sie hatten Hitler den Treueeid geschworen ...«

»Ich meine, dass eine Armee absolute Loyalität und Disziplin fordern muss, sonst ist sie keine Armee.«

»Selbst wenn der Untergang droht?«

»Es gibt immer militärstrategische Alternativen. Aber diese Verschwörung war so schlecht und stümperhaft geplant und ausgeführt, dass ich mich für einige meiner alten Freunde geschämt habe, die sich törichterweise in die Sache hineinziehen ließen.«

»Und was sollte eine Armee tun, wenn die Niederlage unausweichlich ist?«, fragte Eric.

»Selbstverständlich ihre Reserven sichern – für die Zukunft.« Er lächelte entwaffnend. »Du musst zugeben, das haben wir nicht allzu schlecht hinbekommen.«

»Spielst du auf die neuen deutschen Streitkräfte an?«

»Schlampiger Haufen, findest du nicht?« Er lachte wie über einen vertraulichen Witz. »Ich habe gehört, die Uniformen, die sich Bonn für die sogenannte Bundeswehr ausgedacht hat, seien eine Lachnummer – wie für eine Pfadfindertruppe. Aber das wird sich bald alles einrenken. Die Umstände werden die westdeutsche Regierung dazu zwingen, den Aufbau ihrer Armee wieder in die richtigen Hände zu legen und mit diesem Unsinn der reduzierten, einzig der Verteidigung dienenden Streitkräfte aufzuhören.«

»Wie ich sehe, ist die alte preußische Militärgarde nach wie vor in Habachtstellung«, sagte Eric in gelassenem Ton, während die Musik in ein langsames, eindringliches Movimento überging. »Wenn man an die Friedensbedingungen vor wenigen Jahren denkt ...«

»Selbstverständlich absolut impraktikabel. Die Zerschlagung des gesamten Militärs, Deutschland deklassiert und manövrierunfähig gemacht. Völlig idiotisch von den Alliierten.« Albrecht schien sehr zufrieden, dass er und Eric sich in dieser Sache offenbar einig waren. »Eines muss man den Amerikanern lassen, sie sind die Einzigen unter den Alliierten, die etwas beizusteuern haben: Wenn sie einen Fehler erkennen, korrigieren sie ihn. Ich habe während der letzten Jahre eng mit ihnen zusammengearbeitet und sie dabei wirklich schätzen gelernt. Sie sind von einer geradezu rührenden kindlichen Schlichtheit, das komplette Gegenteil unserer europäischen Verfeinerung, und sie führen sich nicht so hochnäsig auf wie die Briten – oh, Verzeihung!«

Er wandte den Kopf dorthin, wo er Nora vermutete,

die jedoch vom Sofa zu einem kleineren Stuhl am Teetisch gewechselt war, und reagierte verwirrt, als er ihre
Stimme von dort hörte.

»Machen Sie sich um mich keine Gedanken. Was die
Briten und ihre Eigenheiten angeht, bin ich ziemlich lei-
denschaftslos.«

»Ich verstehe. Sie sollten mich mal hören, wenn ich
über die Deutschen vom Leder ziehe. Ihr vollkommener
Mangel an Mitmenschlichkeit, ihr grauenvoller Ge-
schmack, ihre übertriebene Gefühlsduselei, die als echtes
Empfinden durchgeht. Gäbe es die schmale gebildete
Oberschicht nicht, wäre Deutschland völlig kulturlos, ein
Land der Barbaren. Nun, wo war ich stehengeblieben?«

Bei den Amerikanern, erinnerte ihn Eric.

Zunächst seien sie gnadenlos gewesen, fuhr Albrecht
fort, sie hätten alles entnazifiziert und die ehrbarsten
deutschen Offiziere gedemütigt, die das Pech hatten, in
Gefangenschaft zu geraten. Gleich nach dem Krieg hatte
Albrecht einige höchst unschöne Erfahrungen mit der
amerikanischen Armee gemacht. Doch dann blockierten
die Russen Berlin, Gott sei Dank. Das habe die Amis
schnell zur Vernunft gebracht. Wie sie die Luftbrücke organisiert hätten, sei wahrlich meisterhaft gewesen.

»Wenn ich mich nicht irre, waren die Briten daran
nicht ganz unbeteiligt«, murmelte Eric.

Albrecht wischte die Bemerkung beiseite. In der heißen
Phase hätte ihn einer der obersten US-Militärs auf einen
Drink besucht, dort auf dem Sofa habe er gesessen und
gesagt: »Al, alter Junge, hätten wir die Russen 1941 so gut
gekannt wie jetzt, hätten wir auf eurer Seite gekämpft statt
gegen euch.«

»Und was hast du geantwortet?«

»Nicht mehr als: ›Gus, alter Knacker, mach dir keine Sorgen, im nächsten Krieg bekommst du die Gelegenheit, dich auf die richtige Seite zu schlagen.‹« Allerdings, habe er ihm feierlich angekündigt, müsse er bedenken, dass die Deutschen die Sowjetunion nunmehr zur Genüge kannten, bis nach Stalingrad hätten sie sich durch den Matsch gekämpft. Sein Bruder Rupert sei irgendwo bei Rostow am Don verscharrt. Im nächsten Krieg, habe er gesagt, würden Gus und seinesgleichen mit ihren netten amerikanischen Jungs in dieser Eiswüste stehen, während sie, die Deutschen, hübsch daheimblieben und ihnen die Nachhut sicherten.

»War er einverstanden?« Eric beugte sich vor.

Nein, gelacht habe er. Das sei tatsächlich das Einzige, was ihm an den Amerikanern missfalle: ihr primitiver Humor.

»Offensichtlich hast du hier in Berlin ganz andere Amerikaner getroffen als jene, mit denen ich während des Krieges in England zusammenarbeitete«, sagte Eric und musterte Albrechts in Rauch gehülltes Profil. »Sie zweifelten keine Sekunde daran, auf wessen Seite sie kämpften und wofür. Ich glaube nicht, dass sie ihre Meinung geändert haben. Zwar war Hitler bis Stalingrad der erfolgreichste Antikommunist aller Zeiten, aber glaubst du, die Alliierten würden ihm alles verzeihen und ihn an die Brust drücken, wenn er heute noch am Leben wäre?«

»Wer weiß? Realpolitik! Wenn sie ihn brauchten …« Er drückte seine Zigarette im Aschenbecher aus. »Wozu die Toten beschwören? Lassen wir Hitler Hitler sein und übergeben die Führung Deutschlands wieder den richtigen Leuten.«

»Dem Militär?«

»Warum sagst du ›Militär‹ in diesem gequälten Ton«, tadelte ihn Albrecht sanft. Sämtliche Staaten, die heute in der Welt das Sagen hätten, würden von Militärs geführt. Er solle sich nur die USA ansehen. Und wenn das britische Parlament glaube, seine Politik würde von irgendwelchen langhaarigen, humanistisch motivierten Intellektuellen gemacht ...« Albrecht gähnte leicht.

»*Wir werden weitermarschieren!*«, zitierte Eric leise. »Ich fürchte, ich habe die Melodie vergessen, Albrecht.«

»Eric, es ist entsetzlich spät. Wie müssen gehen.« Nora sprang auf und zog ihren Mann am Arm. »Du weißt doch ...«

»Jetzt schon?«, sagte Albrecht. »Aber ihr habt natürlich unendlich viel vor. Berlin macht wieder was her, nicht wahr? Die schmucken Plätze, die neuen Gebäude.« Er klang, als wäre er noch ein junger, unverletzter Mann, der eben von einem Bummel über den Kurfürstendamm zurückkam. »Ach, übrigens, Erich, wen hast du sonst noch besucht?«

»Sehr wenige«, entgegnete Eric im Aufstehen. »Der Ahrenfeld'sche Teil meiner Familie väterlicherseits ist fast vollkommen ausgelöscht. Von den rund zwanzig direkten Verwandten, die noch hier waren, als ich fortging, sind siebzehn in Auschwitz und Bergen-Belsen umgekommen, haben Selbstmord begangen oder sind im Exil an Erschöpfung und Verzweiflung gestorben. Du musst zugeben, die Nazis waren wirklich gründlich.«

Er wartete. Die Musik verklang, der kleine Tonarm hob

sich, die Platte wechselte und ein Stück Rameau erklang, zart und entrückt schwebte es durch den Nachmittag.

»Schrecklich«, sagte Albrecht schließlich. Wie er in seinem blauen Anzug dastand, groß, aufrecht und ungezwungen, sah man ihn förmlich im vollen Putz des Wehrmachtsoffiziers mit gewichsten Stiefeln, tadelloser Uniform und Rangabzeichen, die man, nachdem man einen Widerstandskämpfer wie Monsieur Nollet denunziert hatte, in den Straßen des besetzten Paris stolz zur Schau tragen konnte, die Seine entlangspazieren, wo man das zarte Blauviolett der nahenden Dämmerung und seine Spiegelung im Wasser bewunderte.

»Deine Großmutter Lotte war eine wirklich außergewöhnliche Frau«, sagte er, als halte er Eric eine tröstende Blume hin. »Und Magda mit siebzehn, was für ein Traum. Wärst du nicht schneller gewesen, hätte ich mich Hals über Kopf in sie verliebt. Aber was die Nazis angeht, die meisten von denen sind am Ende doch vollkommen aus dem Ruder gelaufen, Himmler und all die anderen Vollidioten. Es ist unverzeihlich, dass sie keinen Unterschied zwischen den distinguierten, kultivierten Juden wie der Familie deiner Großmutter und diesem dreckigen osteuropäischen Pack gemacht haben, das …«

»… es verdiente, vergast zu werden?«

»Eric!« Nora zog ihn zur Tür. »Wir müssen uns beeilen. Wir sind spät dran. Der holländische Konsul wartet.«

»Oh, der wird sich bestimmt einen Augenblick gedulden«, sagte Albrecht und überquerte sicheren Schritts den Perserteppich. »Ein reizender Mann. Grüßt ihn von mir. Ich mag die Holländer. Ein bisschen farblos, aber couragiert. Und darauf kommt es im Leben schließlich an, nicht wahr?«

»Erich, du regst dich nun schon seit Stunden auf«, sagte Tante Rosie scharf. »Es reicht!«

Wir hatten unten gegessen und uns zum Kaffee in das obere, in zartem Blau gehaltene Zimmer begeben, das einmal das Reich von Erics Mutter gewesen war. Es war ein eher herbstlich feuchter denn sommerlicher Abend, und um die Kühle zu vertreiben, hatte Käthe ein paar Scheite in den Kamin gelegt. Jetzt saß sie auf einer kleinen Fußbank, folgte stumm dem Gespräch und wärmte ihre ausgestreckten Hände an den knisternden Flammen.

»Ich hatte einen guten Grund, dich heute Nachmittag zu Albrecht zu schicken. Mit familiärer Sentimentalität hatte das nichts zu tun«, sagte Tante Rosie.

»Mir war schlecht, als wir gingen. Er strotzt vor Zufriedenheit«, entrüstete sich Eric. »Eine wiedererstandene Wehrmacht, das ist alles, wovon er träumt – der Glanz des alten Preußen, der wieder durch Deutschlands Straßen marschiert. Zum Glück war Noras Vater nicht dabei. Er ist Offizier a. D., und der wiedererstarkende deutsche Militarismus bereitet ihm Alpträume.«

Dann solle er etwas gegen seine Regierung unternehmen, die Deutschland bei der Wiederbewaffnung behilflich sei, bemerkte Rosie trocken. Als Generalstochter wusste sie, dass Waffen unweigerlich Krieg bedeuteten, und sie hasste Krieg und war froh gewesen, als der Frieden kam und aus den Radios diese wunderbaren feierlichen Erklärungen an die Ohren der Besiegten drangen. Die deutsche Militärmaschine sollte für immer zerstört werden. Als Christin – mit wachsender Sympathie für die Quäker – war Tante Rosie davon überzeugt, dass es für die Menschheit keine Rettung gebe, solange Militärs das Ruder in der Hand hielten, denn sie verstanden sich auf nichts, als zu kämpfen und sich Feinde zu machen.

»Käthe«, unterbrach sie sich, »du wirst dir noch das Kleid ankokeln.«

Hastig raffte Käthe ihren schwarzen Seidenfaltenrock zusammen.

»Natürlich ist Albrecht beglückt«, sagte sie und warf verächtlich eine Handvoll Reisig in die Flammen. »Alle rutschen vor den deutschen Generälen auf den Knien. ›Bitte rüsten Sie auf, bitte übernehmen Sie unsere Atomwaffen, bitte führen Sie die Wehrpflicht ein, um Europa und die Welt vor dem Kommunismus zu schützen.‹ Das hören Albrecht und seine Freunde den lieben langen Tag, und weißt du, was sie tun?«

Natürlich wusste Eric das. Sie pokerten, so hoch sie konnten, spielten eine Macht gegen die andere aus und klopften Angebote daraufhin ab, wie viel sich zu einem möglichst geringen Preis herausschlagen ließ. Durchtrieben waren sie, das musste man ihnen lassen.

»Und die anderen sind so unglaublich dämlich«, wütete Nora und zog ihren Stuhl ans Feuer.

Eric brauche aber nicht zu glauben, es sei nur hier in Westdeutschland so, sagte Käthe. Wäre Erich nur lang genug bei Albrecht geblieben, hätte er alles von dessen lieben alten Waffenbrüdern gehört, General Soundso und Oberst Soundso, die nun vermeintlich volksdemokratisch in Ostdeutschland herumstolzierten und von den Russen ebenso benutzt wurden wie Albrecht von den

214

Amerikanern. Es sei irrwitzig und vollkommen logisch zugleich. Wenn die einzige Antwort auf Krieg laute »Noch mehr Krieg«, dann seien Generäle eben ständig gefragt. Doch wenn irgendjemand außerhalb Deutschlands – oder die Alliierten in Deutschland – so dumm sei, zu glauben, Albrecht oder sonst irgendein deutscher Militär würde gegen seine eigenen Brüder und Kameraden kämpfen, nur weil sie geographisch auf der anderen Seite stünden …

»Albrecht glaubt, das nächste Mal ohne Kampf zu bekommen, was er will«, sagte Eric. »Aber was mich viel mehr interessiert: Was ist in Paris passiert?« Er wandte sich an Käthe. »Was hat Albrecht dir angetan? Er sagte, er fürchte, du hättest ihm nicht vergeben. Warum?«

Ihre Finger fuhren mechanisch über ihren Rock, strichen ihn glatt und falteten ihn wieder.

»Ich will nicht über die Vergangenheit sprechen. Außerdem war es nicht Albrechts Schuld. Er wollte nur helfen. Er war ein ziemlich hohes Tier im Pariser Nazi-Hauptquartier, und ich, die Witwe eines führenden Widerständlers, musste mich verstecken. Albrecht machte einen entsetzlichen Fehler, für den ich büßen musste.«

»Es ist nichts damit gewonnen, Käthe zum Reden zu bringen. Erst seit einem knappen Jahr geht es ihr besser, und ich will nicht, dass sich ihr Zustand wieder verschlechtert«, unterbrach Tante Rosie die Unterhaltung. Bald würde Erich wieder in London sein, fuhr sie in milderem Ton fort, und sie hoffe, dann würde sich alles, was er gesehen und gehört habe, zusammenfügen und einen Sinn ergeben. Hierherzukommen und nur eine Seite der Medaille zu sehen sei vollkommener Unsinn. Man dürfe nicht nur mit denen sprechen, die mit einem einer Meinung seien und einen nicht mehr verletzen könnten, dafür hätte er auch in Chelsea bleiben können. Man müsse zuhören, ohne zu urteilen, und zwar jedem – nicht nur Albrecht, sondern auch der alten Else und Herrn Rosen und dem Manager seines Hotels. Sie alle seien Teil des deutschen Tableaus, egal, wie verschieden sie seien oder wofür sie stünden.

»Zuhören ist das mindeste, was du tun kannst. Wenn man bedenkt, was andere durchgemacht haben ...«, sagte Käthe vorwurfsvoll.

»Ich weiß. Mir ist nichts wirklich Schlimmes widerfahren«, sagte er, als fürchte er, sie würde ihm nicht glauben. »Ich floh gerade noch rechtzeitig nach England. Freiwillig wollte ich mich der britischen Armee anschließen, aber ich hatte ein Magengeschwür und wurde zum Schreibtischdienst verdonnert. Ich habe eine Frau geheiratet, die ich liebe, und auch wenn die Luftangriffe uns schwere Momente bereitet haben, war mein Leben – friedlich. Ich weiß das. Ich weiß das sehr wohl.«

»Mein lieber Junge, du musst kein schlechtes Gewissen haben. Wir sind heilfroh, dass dir das Schlimmste erspart blieb. Wusstest du, was für mich das Entsetzlichste war?« Tante Rosie stellte ihre leere Kaffeetasse ab.

»Die Luftangriffe?«

Weit gefehlt, sagte sie nachdrücklich. Entweder man starb unter dem Bombenhagel oder nicht. Nein, was sie nie vergessen werde, war die Art, wie sich die Menschen durch die Schrecken veränderten. Darin habe das wirkliche Grauen des Naziregimes bestanden – Menschen, die man gekannt, geliebt und geschätzt habe, hätten sich un-

216

vermittelt in speichelleckerische, duckmäuserische Verräter verwandelt, um ihre Haut zu retten.

Als sie noch klein war, erinnerte sie sich, hatte sie die Menschen geliebt, obwohl ihr Vater ein hartherziger Mann war, der sie alles Militärische fürchten und hassen gelehrt hatte. Doch nachdem sie gesehen hatte, wie die Menschen durch die Nazis verrohten und in Roboter verwandelt wurden …

»Und wie bereitwillig Millionen von Menschen zu Robotern wurden«, warf Eric ein.

»Ja. Wir, die Generation der Älteren, hatten wenigstens Erinnerungen, die uns halfen, zu überleben, Erinnerungen an die Klassiker, an die Kunst, an die Tage, als Berlin eine Kulturmetropole von Weltrang war. Doch die Jüngeren, diese armen fehlgeleiteten Kinder, die in die Hitlerjugend gepresst und mit den krudesten Ideen über die Reinheit arischen Blutes und den Heldentod fürs Vaterland gefüttert wurden …«

Ihre Stimme klang traurig durch das Zimmer mit dem behaglichen saphirblauen Teppich, dem indischen Bettüberwurf und den Stichen an der Wand, die sie seit ihrer Kindheit kannte. Hier waren sie nun versammelt, die zarten, noch von Wärme glühenden Überreste der Vergangenheit, die sie vor dem Ansturm trauriger Erinnerungen schützen sollten.

»Tante Rosie, ich habe die ganze letzte Nacht kein Auge zugetan, weil mich die Frage umtrieb, wie du all das durchgestanden hast – so allein«, sagte Eric.

»Manchmal gebiert furchtbares Leid Rettung. So war es für mich. Aber selbst wenn ich versuchen würde, es dir zu erklären, könntest du es nicht verstehen. Du gehörst wie Käthe zu einer Generation, die allen Glauben verloren hat.«

»Aber ich verstehe es, Tante Rosie«, widersprach Käthe, als fühlte sie sich plötzlich ausgeschlossen. »Dass Erich und ich nicht gläubig sind, schließt nicht aus, dass wir gläubige Menschen verstehen. Wenn es dir hilft ...«

»Mein liebes Kind, ebenso könntest du behaupten, dass du Haferflocken zum Frühstück magst. Eigentlich isst du viel lieber Toast, aber wenn mir etwas Nahrhafteres lieber ist ...« Tante Rosie tätschelte ihr die Wange.

»Es passierte an dem Tag von Friedrichs Beerdigung«, sagte sie und blickte Eric so eindringlich an, als wollte sie ihm ein derart tief in der Vergangenheit verborgenes Ereignis schildern, dass er unmöglich etwas damit anfangen könne. »Ich hatte beschlossen, mich ebenfalls umzubringen. O nein, nicht so, wie du denkst«, wehrte sie ab, obwohl er gar nichts gesagt hatte, »nicht aus Verzweiflung oder Angst, sondern aus dem einfachen Grund, dass ich nichts mehr hatte, wofür zu leben sich lohnte. Meine Schwester war in London gestorben, meine Berliner Bekannten starben oder flohen oder durchlitten entsetzliche Zeiten. Du warst verschwunden, Käthe ebenso. Und was meine Freunde betraf, nun, ich wusste nicht, wem ich noch trauen konnte, wir waren von Spitzeln umzingelt.«

Auf Friedrichs Beisetzung hatten sie sich wie hungrige Geier um sie geschart: seine Nazikollegen aus der Bank, Gestapo-Leute, die sich als Geschäftsfreunde ausgaben. Tags zuvor waren sie zu ihr gekommen, um ihr mitzuteilen, dass Friedrich tot in seinem Büro aufgefunden worden war, zweifellos Selbstmord, nachdem ihm ein Arzt, dessen Namen sie noch nie gehört hatte, mitgeteilt hätte, er sei unheilbar an Krebs erkrankt. Sogar einen Abschiedsbrief hatte man ihr gezeigt, eine derartig eklatante Fälschung, dass jedes Kind darüber gelacht hätte. Jetzt drängten sie sich auf dem Friedhof und lauerten darauf, dass sie aufbegehren, zusammenbrechen, die Wahrheit preisgeben würde. Doch was war die Wahrheit? Friedrich hatte sich erschossen, nicht wegen einer Geschwulst in seinem Körper, sondern in seiner Seele. Aber das konnte sie nicht sagen, nicht einmal den wenigen alten Freunden, die sie begleiteten, Menschen, die die Nazis hassten, aber auch ihr nicht mehr trauten, weil Friedrich einen so wichtigen Posten bekleidet hatte.

»Es gibt nichts Schlimmeres im Leben, als von allen des Verrats verdächtigt zu werden.« Sie verstummte und schob mit der Spitze ihres Wildlederschuhs ein glimmendes Stück Holz in den Kamin zurück.

Am Friedhofstor hatte sie jedes Angebot, nach Hause begleitet zu werden, abgelehnt und war allein und zum letzten Mal zu der Charlottenburger Villa gegangen, in der sie geboren wurde, diesem wunderbaren alten Haus, das Albrecht inzwischen für seine Familie wiederaufgebaut habe. Einen letzten Blick wollte sie darauf werfen und ein paar flüchtige Glücksmomente aus ihrer vom Schmerz der Erwachsenen überschatteten Kindheit, von ihrer Schwester und ihrem Bruder, die beide tot waren, mit in die Ewigkeit nehmen. Ihre vergötterte Mutter, ihr verhasster Vater, alle waren dahin.

Als sie das mächtige Eisentor erreichte, stand das Haus dunkel und verschlossen da, denn beide Söhne kämpften an der Front. Trockenes Laub raschelte über den ungepflegten Rasen. Doch es war ihr Zuhause, und sie hatte dort gestanden und sich an unzählige Kleinigkeiten und zugleich an nichts erinnert, als hätte sich ihr Geist von ihrem Körper gelöst, ein seltsames Gefühl, wenn sie jetzt daran zurückdenke, etwa so, als würde man sich gesund an Fieber erinnern.

Ich werde es nachts in irgendeinem kleinen, menschenleeren Park tun, dann werden sie mich am Morgen finden und sagen, sie hat die Trauer nicht ertragen, hatte sie sich schließlich vorgenommen, als die Dämmerung schwand und die Stadt in Dunkelheit versank. In ihrer Handtasche trug sie die Pistole, mit der Friedrich sich erschossen hatte. Man hatte sie ihr mit seinen Fingerabdrücken darauf ausgehändigt aus Angst, sie könnte Zweifel hegen. Zweifel! Als hätte sie nicht gewusst, dass Friedrich in den vergangenen Wochen mehrfach kurz vor dem Selbstmord gestanden hatte, als hätte sie nicht seit längerem entsetzt mitansehen müssen, wie der Mann, den sie einst geliebt hatte, sich vor ihren Augen in ein winselndes, verängstigtes Etwas verwandelte, das seinen letzten Rest Würde zusammenkratzte, um sich aus den Fängen jener Männer zu befreien, die er jetzt nicht mehr für die Retter seines Landes hielt, sondern als Verbrecher durchschaute.

Es war dunkel und sehr kalt, als sie weiterging, um einen Park zu suchen. Schon bald hatte sie sich verlaufen, die Straßen wirkten fremd und schienen ins Nichts zu führen. Matt vor Erschöpfung, habe sie eine einfache Kirche vor sich gesehen, deren Tür offen stand. Sie ging hinein, um sich einen Moment lang auszuruhen, dabei hatte sie seit ihrer Hochzeit keine Kirche mehr betreten. Während sie in einer der hinteren Bänke saß und nur ihr

Atem in der von einem winzigen Lämpchen über dem Altar erhellten Dunkelheit zu hören war, ging ihr auf, dass es die lutherische Backsteinkirche sein musste, in der sie getauft worden war und die nur einen Block von ihrem Charlottenburger Haus entfernt lag. Offenbar hatte sie stundenlang den Ort umkreist, und irgendetwas hatte sie schließlich hierhergeführt. Sie saß einfach da und vergaß die Zeit, die Stadt, den Grund, warum sie durch die Nacht geirrt war.

»Und während ich dort saß, passierte es«, sagte Rosie leise. »Mein Leben war zu Ende. Ich war tot. Doch im nächsten Moment blickte ich auf, und mit einem leuchtenden Blitz kehrte das Leben in mich zurück und dazu die Gewissheit, dass ich nicht allein war, dass etwas, was stärker war als ich und jedes andere sterbliche Wesen, mir die Hand reichte und mir aufhalf.«

Der feste Glaube, den sie als kleines Mädchen empfunden hatte, wurde wieder lebendig, jedoch reiner und tiefer, so als wäre sie ein anderer Mensch geworden, eine Fremde im eigenen Körper. In diesem erhellenden Augenblick vollkommener Klarheit habe sie erkannt, dass der Krieg für Deutschland verloren war und Grauen und Hunger folgen würden, doch sie habe auch gewusst, dass sie weiterleben musste, da Gott noch etwas mit ihr vorhatte und sie ihm nur vertrauen musste, um weiterhin Gutes zu tun und sich selbst und andere zu retten. Als sie schließlich nach Hause zurückging, fürchtete sie, das innere Glühen würde vergehen und am nächsten Morgen wäre alles wieder so grau und bedeutungslos wie zuvor.

»Doch es ist bis heute geblieben«, sagte sie leise. »Es hat mich vor allem bewahrt. Es brachte Käthe zurück. Und es ist kein Zufall, dass du, obwohl du niemals zurückkehren wolltest, ebenfalls wieder hier bist. Ich wusste, dass du kommen würdest.«

»Ich wünschte nur, Deutschland hätte ein paar mehr Christen wie dich gehabt«, sagte Eric nach einer Weile, »dann hätte die Kirche Hitler vielleicht gleich zu Beginn noch in die Schranken weisen können. Stattdessen …«

»Die Kirche hat vollkommen versagt, auf ganzer Linie, mein Junge. Ich weiß. Wenn Pastor Schaffmann zu mir zum Kaffeetrinken kommt, sitzen wir manchmal da und reden über nichts anderes. Seit dem Krieg strömen die Leute wieder in den Gottesdienst und wählen die Christdemokraten, um den Schmerz in ihren Herzen zu lindern. Doch ihr Glaube ist nichts als ein Lippenbekenntnis. Sie wissen, wie sehr die Kirchen in Deutschlands schlimmster Krise versagt haben.«

Hätten die Deutschen ein festes moralisches Gewissen, Güte und Mitgefühl besessen, wären sie dann einem Führer hinterhergelaufen, der nichts als Hass predigte?, fragte sie zornig. Hätte Deutschland sich von christlichen Prinzipien leiten lassen, wäre niemand bereit gewesen, in KZs zu arbeiten, sich an den Massenmorden zu beteiligen, fast ganz Europa und sich selbst zu zerstören.

»Wir sind verantwortlich für das, was geschehen ist, wir Christen. Das Naziregime bedeutet das größte Versagen, das es für die Christenheit je gegeben hat.« Sie wurde laut. »Wenn die Kirchenführer sich von Anfang an entschlossen der Bedrohung entgegengestellt hätten, wenn die katholische Kirche, in die Hitler hineingeboren worden war, ihn exkommuniziert und seinem Regime vom ersten Tag an die Stirn geboten hätte, dann hätten

222

die Seelen der Deutschen vielleicht gerettet werden können. Jetzt ist es zu spät. Jeder erwachsene Deutsche trägt etwas von dieser Schuld. Nur die ganz Jungen können aufrecht und ohne Scham durch die Welt gehen.«

Ob die Deutschen wahre Schuldgefühle empfänden, fragte Eric. Es sei so schwer zu beurteilen.

»Mein lieber Junge, die Menschen, die sich schuldig fühlen, sind Menschen wie du und ich – anständige, rechtschaffene Leute, die weinen, weil sie all das, was geschehen ist, nicht verhindern konnten – nicht, weil sie es getan haben.«

Und wem sollten die Schuldgefühle und Tränen der Deutschen nutzen, wenn die Wahrheit noch entsetzlicher aussah? Wollte Erich sie hören? Dann müsse er sich auf das Schlimmste gefasst machen. Es hatte Tausende – manche sagen, Hunderttausende – gebraucht, um die SS und die SA zu erschaffen, die KZs zu betreiben und die besetzten Gebiete zu unterjochen. Dabei rede sie nur von den überzeugten Nazis, nicht von den Mitläufern.

»Wohin, glaubt die Welt, sind all diese Fanatiker verschwunden?«, fragte sie. »Die haben sich nicht in Luft aufgelöst. Überall in Deutschland leben sie – in Ost wie West – und nehmen friedlich ihren Alltag wieder auf, ohne sich für das, was sie getan haben, auch nur im mindesten schuldig zu fühlen. Wenn du sie fragst, sagen sie, sie hätten doch nur Befehle ausgeführt. Diese Leute haben nicht die Spur eines Gewissens oder einer Seele, sie können das Gas aufdrehen, das Millionen in den Tod schickt, und sagen: ›Das sind nicht meine Hände, ich bin nur ein Werkzeug. Ein Nichts‹, und ein Nichts kann nun einmal keine Schuld empfinden.«

Eric schüttelte matt den Kopf. »Aber wir sind alle schuldig – diejenigen, die diese Dinge getan haben, und der Rest der Welt, der die Verbrechen zuließ. Sieh uns doch jetzt an. Alles redet von den ›ehemaligen‹ Nazis, als hätte man Angst, jemanden zu beleidigen.«

»Ehemalig – und wie!«, rief Käthe. »Sie haben zwar keine eigene Partei mehr. Aber die brauchen sie auch gar nicht. Es ist sowieso viel praktischer, ein ungebrochen strammer Nazi zu sein und das in anderen Parteien auszuleben. Genauso haben sie ja auch angefangen. Wer im Ausland behauptet, der Faschismus in Deutschland sei tot, ist schlichtweg verblendet. Wer hier lebt, wird ständig und auf grausame Weise daran erinnert, dass die Vergangenheit nicht vergangen ist. Sie ist Gegenwart.«

»Ich weiß. Ich kann es spüren«, entgegnete Eric.

»Ich will dir erzählen, was mir vor kurzem passiert ist, als ich mit meiner Mitarbeiterin, Frau Weber, in einem Bus Richtung Nollendorfplatz saß.«

Sie unterbrach sich und sah Nora an. »Es ist keine schöne Geschichte, aber sie wird euch einen Eindruck davon vermitteln, womit wir deutschen Antifaschisten es heutzutage zu tun haben. Plötzlich erlitt Annie einen Schwächeanfall, und ich konnte sie eben noch aus dem Bus in ein Café bugsieren. Dort fragte sie mich, ob ich den dicken Mann gesehen hätte, der Uhlandstraße eingestiegen sei und sich an der Schlaufe direkt über ihrem Kopf festgehalten habe.«

Nun, sagte Käthe, als die Nazis die wehrlose kleine Annie Weber ihrer Arbeit für den internationalen Christlichen Verein Junger Menschen wegen ins KZ steckten, war dort ebendieser Mann einer der sadistischsten Aufseher, dem es besonderes Vergnügen bereitete, nackte Frauen zu schlagen, um sie schreien zu hören. Frau Weber war für ihn stets eine große Enttäuschung, weil sie es jedes Mal schaffte, keinen Laut von sich zu geben, bevor sie ohnmächtig wurde. Als Käthe und einige von Franz' Freunden daraufhin nachforschten, fanden sie heraus, dass dieser Mann in Berlin ein äußerst angenehmes Leben führte. Er arbeitete für eine Exportfirma, reiste in seinen Ferien kreuz und quer durch Europa und die Vereinigten Staaten und war bei seinen Freunden und Kollegen sehr beliebt. Ein oder zwei gaben zu, ihnen sei »etwas Unschönes« über seine Vergangenheit zu Ohren gekommen, aber was spiele das jetzt noch für eine Rolle. Und so lebe dieser feiste Kerl unbehelligt in Berlin, und die arme kleine Annie Weber habe so große Angst davor, ihm wieder im Bus oder auf der Straße zu begegnen, dass sie sich wie eine Einsiedlerin verkrieche und Käthe sich ihrer ständigen Depressionsschübe wegen ernstliche Sorgen um sie mache.

Deutschlands Vergangenheit lasse sich nicht vergessen. Hier sei sie, vor jedermanns Nase, und die Menschen müssten damit umgehen.

»Mich brauchst du nicht zu überzeugen«, sagte Eric kühl. »Ich bin der Allererste, der aller Welt erzählt, Deutschland wimmle noch von Nazis. Der Name ist tot – das Etikett. Niemand wäre so dumm, die Nationalsozialisten als Partei oder politische Kraft wiederaufleben zu lassen. Aber es gibt Millionen Deutsche, für die das Dritte Reich die schönste Zeit ihres Lebens bleibt, auch wenn sie das niemals öffentlich zugeben würden. Sie bedauern, den Krieg verloren zu haben, aber nicht, ihn angefangen zu haben.«

Käthe musterte das Flackern von Licht und Schatten auf seinen blassen Zügen. »Also liegen die Dinge schlimmer, als du erwartet hast«, fasste sie für ihn zusammen.

»Nein«, entgegnete er. Wenn es einen Trost gebe – und dieser Tage müsse man aus den seltsamsten Dingen Trost ziehen –, dann den, dass er gewusst habe, was ihn in Berlin erwarte. Ihn schmerze nur, dass er keinen Ausweg, keine Lösung, keine Hoffnung für eine Menschheit sehe, die Generation für Generation dieselben Fehler mache. »Wofür haben wir als junge Menschen unser Leben riskiert?«, rief er. »Was hat es uns gebracht? München! Was hat es meinem Vater gebracht, so heldenhaft im Gefängnis zu sterben?«

»Mein lieber Junge, du bist viel zu alt für derart sinnlose Fragen«, klang Tante Rosies Stimme resolut durch das Halbdunkel. »In diesem Leben muss jeder so handeln, wie es sein Gewissen verlangt. Dein Vater hat den Freitod gewählt. Er ist geistig daran gewachsen. Das ist nicht geringzuschätzen.«

Eric griff in seine Tasche und zog den langen Umschlag heraus, den sie ihm tags zuvor gegeben hatte.

»Ich konnte nicht schlafen, nachdem ich es gelesen hatte.« Er faltete die Seiten auseinander. »Und es gibt einiges, was ich nicht verstehe.«

»Hast du es Nora vorgelesen?«

»Noch nicht.«

»Wieso übersetzt du es ihr nicht, und ich ergänze die Hintergründe.«

»Das ist überhaupt nicht Vaters gewohnter Stil. Seine Briefe waren immer so trocken und geschraubt.«

»Im Gefängnis schreibt man anders.«

Er wechselte in einen schmalen Stuhl unter der Lampe, strich die dünnen Seiten auf den Knien glatt und fing an vorzulesen.

14. Januar 1936. Heute ist der Geburtstag meiner Mutter. Als sie noch bei uns war, kam die Familie aus ganz Deutschland oder wo immer man gerade lebte, angereist, und wir feierten mit Musik und Champagner. Sie fehlt mir so sehr. Doch heute bin ich froh, dass sie vor vier Jahren starb – bevor all das passierte. Meine Gedanken gehen viele Jahre zurück zu einem Geburtstag, an dem es keine Feier gab, weil mein Vater gerade von uns gegangen war und meine Mutter trauerte.

A. und ich fuhren mit ihr nach München, das sie so liebte, weil sie dort aufgewachsen war. In den Bergen schneite es leicht, und die Kinder spielten so glücklich, dass Mutter wieder lächeln konnte. E. stürzte und schlug sich eine Zahnecke aus ...

Eric machte eine Pause und fuhr sich mit der Zunge tastend durch den Mund.

Als wir durch die Straßen spazierten, wurden Plakate geklebt, die eine Großversammlung für Sonntag, den 14. Januar 1923, auf dem Königsplatz ankündigten. »Nationalsozialisten. Antisemiten«, stand darauf. Ein Mann namens Hitler würde sprechen. Doch was ging uns das an? Ich weiß noch, dass ich, als ich am folgenden Morgen in der Zeitung las, Tausende Menschen hätten sich dort eingefunden, zu meiner Mutter sagte, die Bayern seien nun einmal strohdumm. In Berlin hätte man diesen Hitler ausgelacht. Dreizehn Jahre ist das her. Nun sitze ich mit drei anderen Staatsfeinden in einer Gefängniszelle – einem jüdischen Maßschneider, einem SS-Mann, den man kommunistischer Machenschaften be-

schuldigt (das zumindest erzählt er uns), und einem Lehrer, Herrn L., der keine Ahnung hat, weshalb er aus seinem Klassenraum heraus verhaftet wurde. Königsplatz, München, 1923. Diese Zelle, Berlin, 1936. Wie konnte es so weit kommen?

Eric blätterte zur nächsten Seite, die kleiner war als die anderen, und erzählte Nora, sein Vater hätte aus dem Gedächtnis ein Heine-Gedicht niedergeschrieben, das offenbar seinen Gemütszustand spiegelte, ein wunderschönes Gedicht, das mit den Worten *Anfangs wollt ich fast verzagen* beginnt und von der Verzweiflung handelt, die es zu ertragen gelte.

Diese spärlichen Seiten waren alles, was von dem Mann geblieben war, der nun, zwischen den blauen Schatten des Zimmers seiner Frau in seinen letzten Worten wiederauferstand.

18. Januar. Der SS-Mann ist verschwunden, angeblich rehabilitiert. Ein schlauer, gewitzter Kerl, aber nicht böse, zumindest noch nicht. Tönte laut, sie würden ihn nicht lange festhalten, dafür wisse er zu viel. Außerdem brauche das Reich junge starke Soldaten für den Weltkrieg, der bald losbrechen und Deutschland zur Weltherrschaft führen würde. Die Kommunistenanschuldigung sei Quatsch, jemand habe ihn einschüchtern wollen aus Angst, er würde alles verraten. Weiß der Himmel, was er zu verraten gehabt hätte. Ich fand es faszinierend, ihm zuzuhören. Welche Selbstsicherheit. Den Verfechtern des Regimes wurde die Welt versprochen. All diese Nazis tragen eine unglaubliche Gewissheit vor sich her, die jedes Recht, ausgenommen das des Stärkeren, mit Füßen tritt. Doch eigentlich sind sie verwirrt, vulgär, innerlich zerrissen.

Aber hat nicht über Jahrzehnte, wenn nicht Jahrhunderte das die Geschichte dieses Landes bestimmt? Der endlose Kampf der schwachen, liberalen, humanistischen Elemente gegen erbarmungslose Unterdrückung? Dieser Junge glaubt einer neuen Ordnung anzugehören, etwas Einzigartigem. Doch wer unter dem Kaiser gelebt, wer deutsche Geschichte studiert hat, sieht die Rohheit unseres preußischen Erbes neu erblühen, allerdings in ein Ungeheuer ungekannten Ausmaßes verwandelt.

Eben unterbrach mich der Lehrer, um zu fragen, was ich schreibe. Gedichte, antwortete ich. Es ist verboten, hier zu schreiben, sagte er. Ich weiß, erwiderte ich und machte weiter. Das ist ein Schlüssel zum deutschen Volk. Er ist ein Gefangener, dem man einen schweren Vorwurf macht, und zwar welchen? Zumindest doch den, dass er dem Regime feindlich gegenübersteht. Und was tut er? Macht sich Sorgen, weil ich unerlaubterweise schreibe, und verlangt, dass ich mich an die Vorschriften halte. Verboten. *Mit diesem Wort kann man der ganzen deutschen Nation das Maul stopfen. Das kommt dabei heraus, wenn man die Freiheit eines Volkes jahrelang niederknüppelt. Wenigstens muss man ihnen nicht drohen. Die verinnerlichte Angst hält sie verlässlich klein und macht sie folgsam und zahm.*

Eric rückte die Lampe zurecht, als würde ihm das Lesen der kleinen, engen Handschrift auf dem hauchdünnen Papier zunehmend schwerfallen.

19. Januar. Ich habe die ganze Nacht nicht geschlafen. Diese Kälte – wer stets in einem bequemen Bett geruht hat, kann sich die Kälte einer Gefängniszelle nicht vorstellen. Ich lag wach und dachte über Angst nach. Und was sie mit den Menschen macht. Da war meine geliebte Frau. Als ich sie kennenlernte, wachte dieses Ungeheuer von einem Vater über sie, ein hackenschlagender General, der seine Familie herumkommandierte, als habe er es mit Schwachsinnigen zu tun, die ohne seine Kontrolle nicht zurechtkämen. A. liebte mich, doch mich zu heiraten erschien ihr unvorstellbar, weil sie wusste, ihr Vater würde es nicht gutheißen. In seinen Augen war ich indiskutabel. Mein Vater war ein renommierter Chirurg, die Familie meiner Mutter verfügte über ein großes Vermögen. Doch sie waren Juden, und kein Geld der Welt konnte ihnen die Gunst eines Generals der alten Schule gewinnen. Nein, sagte er, dieser junge Mann kommt mir nicht ins Haus.

Schließlich brannten wir mit Hilfe meiner Eltern und von A.s Schwester durch. Der General verstieß seine Tochter umgehend. Wie herzzerreißend A. weinte und wie leid sie mir tat, als ihr Bruder ihr mitteilte, für ihren Vater sei sie entehrt und gestorben. Stärke begegnet man mit Stärke, sagte meine Mutter zu A. Es dauerte eine Weile, doch am Ende trug Mutter den Sieg davon. Dank der Vermittlung einflussreicher Freunde ließ sich der General überreden, zu einem Fest zu kommen, das meine Eltern zu Ehren von E.s Geburt gaben, dem ersten Enkelkind. Es fand in der Villa meiner Eltern statt. Mit aller Absicht hatten sie die Crème de la Crème Berlins eingeladen. Das Essen war phantastisch, die Musik erstklassig. Unsere gesamte Verwandtschaft fand sich ein, die Frauen in Pariser Couture und juwelengeschmückt. Meine Eltern waren alles andere als großtuerisch, doch diesmal ging es darum, einem verängstigten jungen Mädchen zu zeigen, dass ihre neue Familie über Macht und Einfluss verfügte und es zu beschützen vermochte. Als der General an diesem Abend das Haus verließ, küsste er A.

zum ersten Mal in seinem Leben auf die Wange und nannte sie wieder »meine Tochter«. Wir hatten ihn zwar nicht für uns eingenommen, aber als guter Militär erkannte und akzeptierte er eine Niederlage. Er behelligte uns nie wieder. Dennoch wurde A. die Angst ihr Leben lang nicht los, sie war ein Teil von ihr. Sie war bereits vierzig, als er starb, und erst da konnte sie endlich sagen: »Er war ein verbitterter, einsamer Mann, für den ich nun keinen Hass mehr sondern Mitleid empfinde.«

Eric blickte zu Tante Rosie hinüber.

Sie hüstelte in ihr spitzengesäumtes Taschentuch, das sie zerknüllt in der Hand hielt.

»Agnes hat es aber auch übertrieben. Man musste Vater zu nehmen wissen. Sie wusste es nicht.«

»Mutter war wahnsinnig empfindlich«, sagte er.

»Und wie«, stimmte sie zu und lächelte ein sanftes, leicht spöttisches Lächeln. »Lies weiter. Es klingt so anders auf Englisch.«

Eric nahm die Seiten wieder auf.

26. Januar. Herr X., der Schneider, ist ebenfalls entlassen worden. Er geht nach Amerika, um mit sechzig ein neues Leben zu beginnen. Gestern noch war er Millionär. Jetzt hat er alles den Nazis überlassen, im Tausch gegen seine Freiheit. Unglücklicherweise ist Herr X. ein raffgieriges Ekel, und ich kann mich über seine Entlassung nicht freuen, da so viele wundervolle Menschen sterben werden, die kein Geld für ihre Ausreisepapiere haben.

27. Januar. Ein neuer Zellengenosse. Er redet nicht, sitzt nur mit hängendem Kopf in der Ecke. Heute ist etwas Furchtbares passiert. Der Lehrer sagte plötzlich zu mir: »Ich bin froh, dass der scheußliche Jude nach Amerika geht«, und ehe ich mich versah, hatte ich schon geantwortet, mir gehe es ebenso. Wie vor den Kopf geschlagen, wandte ich mich ab. Wieso hatte ich das gesagt? Ich, ein von diesem Regime Geächteter, ein Mischling, halb Christ, halb Jude – ein Nichts. Er war ein übler Kerl – Jude hin oder her. Doch wo hatte ich gelernt, »jüdische« Menschen und Dinge zu verabscheuen? Von meinem Vater, einem protestantischen Arzt, der alle Menschen gleich behandelte, gewiss nicht. Die Familie meiner Mutter indes – so unglaublich das klingen mag – war zweifellos antisemitisch. Das erkenne ich jetzt. Sie waren äußerst gebildete, liberale Freigeister, die alles verabscheuten, was mit Rabbis und Synagogen und einer Religion zu tun hatte, von der sie sich losgesagt hatten. Mir wurde nicht das Geringste über jüdische Riten beigebracht, nichts über die Feiertage. Ich erinnere mich noch an die Diskussionen in der Familie, als meine Cousine Hilde einen praktizierenden Juden heiratete und die Speisegesetze lernen musste, und wie wir sie bedauerten, als bedeute das für sie einen gesellschaftlichen und kulturellen Abstieg.

Nie war jemand deutscher als meine jüdischen Verwandten. Was für eine Tragödie erwartet jetzt die, die noch am Leben sind. Die Verfolgung hat wieder begonnen, doch diesmal wird sie schlimmer sein denn je, und die deutschen Juden werden wie schon vor Jahrhunderten ins Exil oder in den Tod getrieben. Viele werden gar nicht begreifen, weshalb sie verfolgt werden, ist doch ihr Name das einzig »Jüdische« an ihnen und oft hat selbst der sich geändert.

28. Januar. Bisher bin ich nicht verhört worden. Mein Fall wird untersucht, heißt es. Ich gehöre noch immer zu den Privilegierten. Angeblich hat selbst die ausländische Presse Anstoß an meiner Verhaftung genommen. Man fragt nach mir, kennt mich in den Künstlerkreisen außerhalb Deutschlands, in New York, Paris und Rom. Der Lehrer hingegen hat niemanden, der sich um ihn Sorgen macht oder nach ihm fragt. Heute Morgen wurde er verhört. Jetzt kann er nur noch nuscheln. Ich fürchte, sie haben ihm den Kiefer gebrochen.

30. Januar. Vor drei Jahren wurde Hitler zum Kanzler ernannt. Selbst hier in der Zelle hört man die Jubelschreie von den Feierlichkeiten. Millionen Deutsche sind heute glücklich und davon überzeugt, dass für ihr Land eine neue Ära des Triumphs angebrochen ist. Doch wie lange wird diese Freude anhalten?

Eric blickte abermals auf. Woher wusste sein Vater so viel von der Außenwelt? Wie hatte er diese Seiten aus dem Gefängnis schmuggeln können? Bestechung natürlich, entgegnete Tante Rosie. Die Wachen seien durch und durch korrupt gewesen. »Außerdem waren sie anfangs tief beeindruckt von deinem Vater, genau wie er sagt.«

Eric las weiter.

2. Februar. Hier in der bitteren Kälte habe ich mein Gewissen befragt. Der Neuzugang hat inzwischen endlich den Kopf gehoben und zu reden angefangen. Er ist ein jüdischer Arzt, den man aus einem der größten Krankenhäuser entfernt hat, um Platz für einen NS-Chirurgen zu schaffen, der in seiner Stümperhaftigkeit gleich am ersten Tag zwei Patienten umgebracht hat. Ich sehe diesen Mann an und blicke tief in mein eigenes Selbst. Sein schmales, ausdrucksvolles dunkles Gesicht mit der etwas zu großen Nase. Ist es das, was man »jüdisches Aussehen« nennt? In Italien würde man ihn für einen Sizilianer halten. In Frankreich wäre er aus dem Midi. Kein Wissenschaftler wäre so dumm, zu behaupten, es gebe

eine »jüdische« Rasse. Es ist nur eine Religion. Ja, ich weiß, dass manche Juden behaupten, ein auserwähltes Volk zu sein, doch darin sind sie genauso unwissenschaftlich wie ihre Feinde. Wenn man also eine Religion nicht ausübt, gehört man dieser Gruppe dann immer noch an? Wie gern würde ich mit dem Arzt, einem offensichtlich klugen, kultivierten jungen Mann, über all das reden. Doch ich kann nicht, weil der Lehrer zuhört. Für diesen Lehrer bin ich ein waschechter Preuße. Für die Wachen auch. Ich bin größer als sie, kräftig, blond, mit gestutztem Schnurrbart. Sie nennen mich Herr Doktor und würden sich fragen, was ich hier zu suchen habe, wären die Gefängnisse dieser Tage nicht voller Überraschungen. Walter, sei ehrlich, ehrlich mit dir selbst, schreie ich nachts auf. War ich nicht immer stolz auf mein Aussehen, meine gänzlich »unjüdische« Erscheinung? War nicht meine eigene, in anderen Dingen so überaus kluge Mutter so unklug, mir als Kind zu sagen, wie glücklich sie sei, dass ich die helle Haut und die blauen Augen der Dalburgs geerbt habe? Und das blonde Haar obendrein, mein Junge! Waren wir Deutschen – egal ob katholisch, evangelisch oder jüdisch – tief in unserem Inneren nicht allesamt Antisemiten? Die Wahrheit ... die Wahrheit ...

3. Februar. Über Nacht hat sich für mich alles verändert. Ich habe den Wunsch geäußert, Mein Kampf zu lesen, und der Wachmann hat es mir gebracht. Ich kann so viel Papier und Stifte haben, wie ich brauche, um mir Notizen zu machen. Das ist das Buch, das mein Land verändert hat. Ich hatte nie einen Blick hineingeworfen. Der Lehrer meint, ich sei verrückt geworden oder das Regime hätte mich korrumpiert. Der Arzt versteht mich. Er hat es gelesen und weiß, wie viele andere es nicht getan haben. Deutschland ist ver-

loren, raunt er mir zu. Uns steht das größte Blutbad bevor,
das die Welt je gesehen hat. Und wenn danach noch irgend-
jemand am Leben ist, wird die Menschheit gezwungen sein,
eine bessere Welt zu erschaffen, wenn sie überleben und nicht
zum Untergang verdammt sein will.

4. Februar. Der Arzt ist wegen Widerstand gegen das Re-
gime zu zwei Jahren KZ verurteilt. Zwei Jahre. Das über-
lebt kaum einer. Sein Vater, ein kleiner Ladenbesitzer, hat
Tag und Nacht geschuftet, um seinem Sohn das Medizin-
studium zu finanzieren. Der Junge machte seinen Abschluss
mit Auszeichnung. Er bekam ein Stipendium für Neurochi-
rurgie in Zürich und wurde so gut auf seinem Gebiet, dass
ihm die Schweiz eine Stelle anbot, um ihn zu halten. Ein
Cousin schrieb ihm aus Amerika, er solle zu ihm kommen
und nicht nach Deutschland zurückkehren. »Ich muss zu-
rück«, hatte er geantwortet. »Mein Land braucht mich.«
Das war 1932. Als ich heute zusehen musste, wie sie ihn ab-
holten, kamen mir die Tränen.

8. Februar. In diesem Buch steht alles – alles, was passiert
ist und Deutschland und der Welt noch widerfahren wird.
Klipp und klar, schwarz auf weiß und für jedermann lesbar
enthält es den Plan zur Welteroberung. Nur die Nazis ha-
ben es verstanden. Und die Jugend, die scharfsichtigen jun-
gen Leute, zu denen mein Sohn zählt. Sie konnten die Bot-
schaft und ihre Bedeutung erkennen. Alte Augen wie meine
weigerten sich, all das zu sehen. Und nun werden wir alle,
ob alt oder jung, Nazi oder Nazigegner, dafür bezahlen.

10. Februar. Die Außenwelt hat mich nicht vergessen.
Heute erfahre ich, dass die ersten Seiten dieses Tagebuchs ihr
Ziel erreicht haben. Pläne werden geschmiedet. Etwas wird
passieren. Ich muss bereit sein.

12. Februar. Heute wurde ich endlich verhört. Der Mann war kein normaler Polizeibeamter, sondern offenkundig ein hohes Tier aus der sogenannten Reichskulturkammer, einer, der etwas von Kunst versteht. Womöglich haben die Telegramme aus dem Ausland Wirkung gezeigt. Er kannte alle meine Bücher. Er sprach vom Glanz des deutschen Kulturerbes. Und wusste, dass ich Mein Kampf *lese. Er fragte mich, was ich davon halte. Ich antwortete aufrichtig, es sei ein außergewöhnliches Dokument und ich bedaure, es nicht früher gelesen zu haben.*

13. Februar. Jetzt ist mir alles klar. Alles, was ich tun muss, ist einen Sinneswandel vortäuschen, ein jähes Erwachen, und ich werde auf der Stelle freigelassen. Ganz offensichtlich wollen sie nicht, dass es in meinem Fall zu einer Gerichtsverhandlung kommt, ich sollte gar nicht im Gefängnis landen. Außerdem kann man mich nicht einfach verschwinden lassen, dazu bin ich zu bekannt. Was muss ich für Probleme bereiten. Sobald sie mich laufenlassen, kann ich meine Arbeit wieder aufnehmen, vorausgesetzt, ich akzeptiere, wie so viele andere es tagtäglich tun, dass mein Verlag unter der Kontrolle der Nazis steht. Man gibt vor, man sei »überzeugt« oder zumindest »kooperativ«. Irgendwann kommt dann der Moment, dass man irgendwohin reisen darf. Man darf ins Exil fliehen – und ist wenigstens noch am Leben.

14. Februar. Ich weiß, welches Leid ich den Menschen bereite, die draußen Pläne für mich gemacht haben. Doch heute habe ich auf einer öffentlichen Gerichtsverhandlung bestanden. Ich will, dass Anklage gegen mich erhoben wird, damit ich mich vor Gericht verteidigen kann. Sofort hat sich alles gewandelt. Sogar das Bettlaken haben sie mir weggenommen. Zum Abendessen gab es nur wässrige Brühe.

15. Februar. Ich sehe die Zukunft vor mir. Ich mache mir keine Illusionen. Aber ich habe einen Entschluss gefasst, von dem ich mich nicht mehr abbringen lasse. Irgendjemand muss sich dieser verlogenen Nazijustiz entgegenstellen. Ich bin ein einflussreicher Mann. Mein Name hat im Ausland Gewicht. Irgendwie wird die Wahrheit rechtzeitig ans Licht kommen. Egal, wie sehr die Nazis sie zu verbergen versuchen.

20. Februar. Ich bin krank, sehr krank. Jetzt steht eine Mauer zwischen mir und der Außenwelt. Womöglich werden diese Zeilen niemals in die richtigen Hände gelangen. Dennoch muss ich sie schreiben. Ich bereue meine Entscheidung nicht. Ich hätte nicht anders handeln können. Diese Verräter müssen lernen, dass der wahre deutsche Geist, nicht ihre entstellte Version davon, stark genug ist, jahrhundertelange Unterdrückung zu überdauern und wieder zu erblühen. Der Widerstand lebt. Und dieses brutale Regime wird sich wie jede Brutalität mit der Zeit selbst zerstören.

21. Februar. Der Lehrer sagt, ich hätte die ganze Nacht deliriert. Das Fieber ist sehr hoch. Kein Arzt darf zu mir. Sie wollen, dass ich sterbe. Und ich werde sterben. Doch wird mein Tod Früchte tragen – wird er einem sinnlosen Leben Sinn geben? Wie sonst könnte mein Sohn mir meine Blindheit in der Nacht unserer Trennung vergeben – mein stummes Lebewohl? Wie sonst könnte ich mir selbst vergeben?

Eric ließ die Seiten sinken. Niemand sagte etwas. Das Feuer im Kamin war erloschen, nur die rosige Asche bewegte sich leise in der Zugluft des Schornsteins.

»Wo ist er begraben?«, fragte Eric. »Aus irgendeinem Grund habe ich mich bislang nicht getraut zu fragen – ich hatte Angst, dass …«

»O nein, deine Angst ist unbegründet. Sein Leichnam wurde uns völlig korrekt überführt«, entgegnete Tante Rosie. »Wir erhielten sogar ein medizinisches Gutachten, in dem stand, er sei an einer Lungenentzündung gestorben, und zu seiner Beisetzung kamen sämtliche Verlagsangestellte, um ihm die letzte Ehre zu erweisen, selbstverständlich auch die NSDAP-Mitglieder, die so taten, als wäre Walter sanft in seinem eigenen Bett entschlafen. Er liegt neben deiner Großmutter Lotte und deinem Großvater. Diese letzten Seiten fanden Friedrich und ich versteckt in seiner Stiefelspitze. Vielleicht schrieb er noch mehr, aber das ist alles, was uns von ihm geblieben ist.«

Sie stand auf. Ihre zarte Silhouette hob sich gegen die Dunkelheit ab, das schwarze Seidenkleid raschelte leise. Sie kam zu Eric herüber, der das Gesicht in die Hände vergraben hatte, und sagte: »Zerbrich dir heute Abend nicht weiter den Kopf. Fahr ins Hotel zurück und geh schlafen. Nichts und niemand kann etwas an der Vergangenheit ändern. Hast du das erst einmal begriffen und deinen Frieden damit gemacht, ist das Leben leichter zu ertragen. Glaub mir, ich weiß es.«

ACHT

Das ist das Ende – wirklich das Ende«, sagte Nora, als sie am nächsten Morgen übernächtigt und mit Augenringen in meinem Zimmer stand. Eric hatte ebenfalls nicht geschlafen, und sie hatten sich sehr zeitig Frühstück aufs Zimmer bestellt. Ob ich mitessen wolle?

Ohne weiter zu fragen, folgte ich Nora in ihr Zimmer, wo Eric mit dem Kellner sprach, der den Frühstückswagen hereingeschoben hatte. Eric schien es eilig zu haben, als müsse er zu dieser frühen Stunde einen Zug erreichen oder hätte einen dringenden Termin. Der rotlederne Reisewecker auf dem Tisch zeigte 7:30 Uhr.

Hastig goss uns Eric Kaffee ein, machte eine Bemerkung zum Wetter – ausnahmsweise schien die Sonne –, schwieg einen Moment und sagte dann mit flacher, tonloser, vollkommen nüchterner Stimme: »Ich nehme an, Nora hat es dir erzählt …«

»Nein, habe ich nicht. Es ist dein Problem«, entgegnete sie hastig.

»Zum ersten Mal in unserer Ehe lässt mich Nora im Stich. Jetzt, wo ich sie mehr als sonst brauche«, fuhr er fort, als würde er eine Schlagzeile kommentieren, die ihn persönlich nichts anging.

Nora wurde rot.

»Ich fahre zurück nach London«, verkündete er.

»Heute?«, fragte ich.

»Wenn ich einen Flug bekomme.«

Das »ich« klang wie ein Peitschenhieb, es schloss jeden anderen aus und legte sich als dichtgewobenes Netz um ihn.

»Alle werden natürlich erfahren, dass ich weggerannt bin wie ein elender Feigling.«

»Warum sollten sie das? Kannst du dir nicht telegraphieren lassen, dass du dringend im Verlag benötigt wirst? Vielleicht ist jemand krank geworden?«, schlug ich vor.

Doch sofort bedauerte ich meinen Vorschlag, den er begierig aufgriff.

»Genau das habe ich Nora wieder und wieder gesagt. Es ist ganz einfach. Ein Notfall im Büro. Nora muss nur Tante Rosie anrufen und so tun, als würde sie ihr das Telegramm vorlesen. Tante Rosie wird nicht vermuten, dass Nora lügt. Aber Nora weigert sich, weigert sich schlichtweg.«

»Ich kann das nicht tun, Eric«, sagte sie. »Ich habe dir erklärt, warum.«

»Ja, es ist *mein* Problem.« Mit bitterer Verachtung ahmte er ihre Stimme nach. »Du kannst dich nicht länger in mein Leben mischen. Ich muss meine eigenen Entscheidungen treffen. Wenn ich nach Hause will, muss ich es Tante Rosie selbst sagen. Nun«, er machte eine Pause, »es war deine Idee, nach Berlin zu fahren, nicht meine. Ich wollte nicht hierher. In der Nacht vor unserer Abreise habe ich solche Panik bekommen, dass du mich mit Beruhigungsmitteln vollstopfen musstest, um mich ins Flugzeug zu kriegen.«

Sie stand da, ohne zu antworten.

»Wenn ich heute nicht von hier wegkomme …«, sagte er und griff mit zitternder Hand nach seiner Tasse. »Ach, wozu noch darüber reden. Es versteht mich sowieso niemand – niemand! In der letzten Nacht hat etwas in mir klick gemacht. Schon in meiner Jugend war ich selbstmordgefährdet. Wie alle Deutschen. Glaubt nicht, Tante Rosie hätte unrecht. Sie musste es mir nicht erst sagen. Es ist etwas in der deutschen Seele – ich hasse das Wort, aber wie soll man es sonst ausdrücken? –, nun, es gibt da einen tiefen masochistischen, nihilistischen Hang zur Selbstzerstörung. Deshalb sind sie Hitler zu Millionen nachgerannt in Krieg und Tod. Deshalb haben die Deutschen eine solche Schwäche für Nietzsche. Er spricht ihnen aus dem Herzen. In England habe ich mich vor mir selbst geschützt gefühlt. Hier bin ich nackt. Noch einen Tag länger und ich springe aus dem Fenster oder befördere mich mit dem Rest meiner Pillen in den ewigen Schlaf. Eigentlich wollte ich nie leben. Du weißt das, Nora. Jahrelang hast du mich mitgeschleppt und gezwungen, normal zu sein. Aber das ist sinnlos. Das ist vorbei.«

Er verstummte, nur sein heftiger Atem klang in den Worten nach wie ein erlahmendes Grammophon, ein Seufzer folgte, dann war es einen Moment vollkommen still.

»Nora.« Seine Stimme klang jetzt leise, klar und fest. »Rufst du Tante Rosie an und sagst ihr, dass wir beide abreisen?«

Starr blickte sie ihn an und fuhr sich nervös mit der Zungenspitze über die noch ungeschminkten Lippen.

»Nein.«

Ein Luftzug wehte durch das halbgehöffnete Fenster, ein Umschlag schwebte zu Boden. Schneeweiß und eckig blieb er auf dem geblümten Teppich liegen.

»Na schön.« Eric lehnte sich zurück, abgrundtiefe Verzweiflung im Blick. »Ich werde dich nie mehr um etwas bitten – nie mehr.«

Noras Augen füllten sich mit Tränen, sie wandte sich ab. Das Telefon begann zu klingeln und klingelte weiter; tristes Schweigen erfüllte das Zimmer; das Klingeln brach ab und begann von neuem. Niemand rührte sich. Beim dritten Mal stand Eric auf und hob ab.

»Hallo! ... Ja, Franz.« Beim Zuhören wandelten sich seine Züge. Ja, natürlich könne er rüberkommen. Vielleicht würde es nichts bringen, aber bei jungen Leuten wisse man nie. Sein Deutsch wurde schneller und umgangssprachlicher, es flatterte auf wie ein Vogel, und ich hatte Schwierigkeiten, ihm zu folgen. Nora, die Franz' Namen verstanden hatte, wartete mit bangem Gesicht.

Endlich legte Eric auf und kehrte an den Tisch zu seinem halbausgetrunkenen Kaffee zurück, der inzwischen kalt geworden war. Leicht angewidert verzog er den Mund.

»Gerhard«, sagte er. »Er war die ganze Nacht weg und ist verprügelt nach Hause gekommen. Franz meint, er hätte sich etwas gebrochen. Er wartet auf den Arzt. Ich habe ihm versprochen, dass wir kommen.«

Prüfend legte Eric die Hände an die bauchige Porzellankanne und goss sich heißen Kaffee nach.

»Ich habe Franz von dem Telegramm erzählt. Er muss Käthe sowieso anrufen wegen Gerhard, da habe ich ihn gebeten, ihr zu sagen, dass wir abreisen und warum. Du musst also nicht für mich lügen und dein hübsches kleines britisches Gewissen damit belasten«, sagte er und ging zum Schrank, um seinen Koffer hervorzuholen.

Als wir in Franz' Atelier eintrafen, war der Arzt bereits da gewesen, hatte Gerhards Handgelenk wieder eingerenkt und einen üblen Schnitt am Kinn versorgt. Mit blassem Gesicht, das braune Haar zerzaust, die enge blaue Hose verdreckt, saß der Junge am Tisch und versuchte einhändig zu frühstücken. Während sein Vater redete, blinzelte er verstohlen zu Eric hinüber. Dann wandte er sich dem gekochten Ei zu, das bereits geschält in einem Eierbecher stand und sich dem Löffel widersetzte.

»Gerhard glaubt, ich wüsste nicht, was er treibt«, sagte Franz und öffnete das große Fenster, das auf die Straße mit den unermüdlich vorbeiratternden Straßenbahnen hinausging. »Er hält mich für so dämlich, dass ich nicht einmal ahne, weshalb er in den letzten Wochen so merkwürdig war, warum er jede Nacht verschwindet und morgens grün und blau geschlagen wieder auftaucht. Natürlich sagt er mir kein Sterbenswörtchen. Ich bin sein Vater und damit sein Feind.«

Eric zündete sich eine Zigarette an und setzte sich in seinem Stuhl zurecht, wie um den Jungen besser zu sehen.

»Diese Kinder halten sich für Helden«, sagte Franz bitter und schob die Staffelei in eine Ecke, um für seine erregten Schritte mehr Platz zu schaffen. »Woanders würde er studieren, sich um seine Klamotten, sein Aussehen, seine Liebschaften kümmern. Aber hier in Berlin – Berlins Kinder gehen ins Kino. Sie sehen sich Western und

Agentenfilme an, Schurken gegen Helden. Danach rennen sie los und wollen den Kalten Krieg bekämpfen, ein Haufen Kindsköpfe, die keine Ahnung haben, wie die Welt funktioniert. Als wir gegen Hitler kämpften, wussten wir immerhin, worum es geht, oder nicht?«

»Damals war die Sache viel klarer als heute«, sagte Eric nach einem kurzen Moment. »Gerhard glaubt womöglich auch, dass er weiß, was er tut und warum.«

Eric stand auf und ging zum Tisch. Er setzte sich neben Gerhard, nahm ihm den Löffel aus der Hand und zerteilte das Ei.

»Am Übelsten dabei ist, dass diese Kinder von Leuten ausgenutzt werden, die ihren eigenen Hals nicht riskieren wollen und sie die Drecksarbeit machen lassen. Das ist das Allerletzte«, empörte sich Franz.

Offenbar hätten sich die Zeiten nicht sonderlich geändert, meinte Eric. Hatten Franz und er nicht ihre eigene kleine Widerstandszelle gegründet, weil sie es unerträglich fanden, wie die organisierten Gruppen ihre Mitglieder zu den haarsträubendsten Dingen nötigten und junge Leute ins Verderben schickten wie etwa Trudi, die man zu Tode gefoltert hatte, weil ihr jemand aufgetragen hatte, eine Karikatur an die Bahnhofsmauer zu kleben? Eric wandte sich erneut dem Jungen zu.

»Gerhard, ich glaube, was dein Vater dir sagen will, ist Folgendes. Wenn du dein Leben wegwerfen willst, dann tu das, schließlich ist es dein Leben, aber du musst davon überzeugt sein, dass dein Opfer die Sache wert ist. Lass dich nicht blind zu irgendwelchen Dingen überreden.«

Eric wartete ab. Gerhard sah nicht von seinem Ei auf. Das Kauen schien ihm Schmerzen zu bereiten, denn er zuckte zusammen und griff sich an sein verbundenes Kinn.

»Ich werde dich nicht fragen, was du tust, das will ich gar nicht wissen. Mit neunzehn steht es dir zu, deine eigenen Entscheidungen zu treffen.«

»Das sage ich Franz auch immer«, entgegnete der Junge so beiläufig, als spreche er von einem Nachbarn. »Das Berlin von heute hat nichts mehr mit dem zu tun, was zu seiner Zeit hier los war – das ist doch eine Ewigkeit her.«

Er unterdrückte ein Gähnen, jetzt, an dem sonnigen Morgen, machte sich die schlaflose Nacht bemerkbar.

»Die Worte kannst du dir sparen«, sagte Franz. »Er glaubt, wir seien damals alle nur feige gewesen. Hätten den Nazis nicht wirklich Widerstand geleistet. Diese jungen Helden hier hätten alles anders gemacht. Sie leben in einer anderen Welt. Wissen über alles Bescheid. Man kann nicht mit ihnen reden.«

Gerhard stieß den Eierbecher von sich, sein Gesicht war rot vor Zorn.

»Bist du fertig mit deiner Standpauke, kann ich gehen?«

»Gehen? Bist du verrückt? Du gehst schlafen. Du hast gehört, was der Arzt gesagt hat.«

Franz deutete auf eine kleine Couch in der Ecke neben dem Sofa. »Los, leg dich hin.«

Gerhard rührte sich nicht. Er griff sich eine Banane von dem Obstteller und drückte sie, bis das Fruchtfleisch aus der Schale quoll.

»Es ist meine Schuld, ich weiß, aber was hätte ich tun sollen?« Resigniert ließ Franz den Blick auf den Tisch sinken. »Als ich eingezogen wurde, war der Junge so klein, dass er mich bald vergessen hatte. Dann brachte meine Mutter ihn nach Bayern, wo er bei einem Haufen dickschädliger Verwandter aufwuchs. Seine Mutter starb, und er vergaß sie ebenfalls. Ich kam in amerikanische Kriegsgefangenschaft, und als ich endlich entlassen wurde und nach Berlin zurückkehrte, war ich halb verhungert. Erst letzten Winter, zehn Jahre nach Kriegsende, habe ich dieses Atelier angemietet und verfügte endlich über genug Geld, um ihn zu mir zu holen. Gerhard ist alles, was mir geblieben ist. Aber ich bin ein Fremder für ihn. So ist es nun mal. Und deswegen kann ich ihm nicht helfen.«

Eric starrte auf das, was der Junge mit der wehrlosen Banane veranstaltete. Die kräftigen Finger seiner unverletzten Hand pressten das Fruchtfleisch zu braungelbem Schleim.

»Gerhard«, sagte er, »würdest du gern in London zur Schule gehen?«

Der Junge blickte misstrauisch auf, als rechnete er mit einem weiteren Hinterhalt, den sich die Erwachsenen für ihn ausgedacht hatten.

»Wie das?«, fragte er.

Eric sah zu Nora hinüber, die in dem kleinen Sessel saß. Sie erwiderte seinen Blick.

»Wie wäre es mit deinem Arbeitszimmer«, schlug sie vor. »Das wäre doch ein schönes Zimmer für ihn – der Blick über den Fluss, die eingebauten Bücherregale.«

»Der Flugschein ist kein Problem. Den können wir in London kaufen, wenn wir wieder dort sind, und es ihm schicken. Mal sehen. Jetzt haben wir August. Die Schule fängt erst im Oktober wieder an. Wir haben also reichlich Zeit.«

246

»Aber er wird Geld brauchen für Kleidung und Extraausgaben. Das kannst du nicht alles übernehmen«, protestierte Franz. »Wenn ich ein paar Bilder in England verkaufen könnte …«

»Gerhard, bitte geh und wasch dir die Finger«, sagte Eric, der den Anblick nicht länger ertrug. Der Junge ließ die Banane fallen und verschwand in dem kleinen Badezimmer. Das Plätschern des Wassers war zu hören, dann tauchte er wieder auf, auch das Gesicht hatte er sich gewaschen, und sein Haar über der Stirn war nass.

»Franz – meine Entschädigung!«, rief Eric. »Die hatte ich ganz vergessen. Das Geld, das mir laut Rudneck für meine abgebrochene Ausbildung zusteht. Wieso sollte ich es der Regierung schenken, wenn ich Gerhard damit etwas Gutes tun kann?«

Erleichterung machte sich auf Franz' erschöpftem Gesicht breit.

»Wenn ich in England etwas verkaufe, zahle ich es dir zurück«, sagte er.

Eric zündete ein Streichholz an und sah zu, wie es schwarz und brüchig wurde.

»Du hast etwas vergessen. Ich bin derjenige, der dir etwas zurückzahlen muss. Auch wenn du sagst, es sei nicht meine Schuld gewesen.«

»Hast du einen guten Job in London? Etwas, was dir Spaß macht?«, wechselte Franz plötzlich das Thema.

»Es ist nicht schlecht. Ich bin bei Weaver und Lothrup, einem Verlag – einem alten, recht konservativen Haus, aber mit hohen literarischen Ansprüchen.«

»Und was machst du da?«

»Ein bisschen von allem. Mein Fachgebiet ist – ob du

es glaubst oder nicht – französische Literatur. Sämtliche Übersetzungen gehen über meinen Tisch.«

»Kein Deutsch?«

Eric zündete ein weiteres Streichholz an der kleinen roten Schachtel an. »Es klingt vielleicht komisch, aber Lothrup weiß nicht, dass ich Deutscher bin. Wir haben nie über meine Vergangenheit gesprochen. Das mag ich an den Briten – sie sind diskret und unpersönlich.«

Franz rückte das halbfertige Bild auf der Staffelei gerade.

»Wenigstens hast du was aus deinem Leben gemacht.«

»Findest du? Tja, ich bin am Leben. Und du auch. Millionen andere sind tot. Lässt sich das jemals begreifen?«

»Käthe und ich streiten uns dauernd über die deutschen Exilanten«, sagte Franz, ließ sich auf ein Sitzkissen nieder und stemmte seine kurzen, kräftigen Füße haltsuchend gegen ein Tischbein.

»Sie meint, sie sollten zurückkommen. Es sei ihre Pflicht. Ich sage, wieso sollten sie? Wieso sollten Menschen, die aus diesem Land gejagt wurden, denen es mit Mühe und Not gelang, ihre Haut zu retten und sich woanders ein neues Leben aufzubauen, wieso sollten sie zurückkommen?«

»Ja, wieso?«, pflichtete Eric ihm bei.

»Wenn mir jemand auf meine alten Tage Arbeit und ein bisschen Frieden anbieten würde, und wäre es am anderen Ende der Welt, ich sagte sofort zu. Deutschland ist verloren.«

»Und was ist mit dem Aufschwung?«

»Unser großartiges Wirtschaftswunder, das den Amerikanern so imponiert?« Franz ließ ein kleines bitteres Lachen hören. »Toll, nicht wahr?« Ein Paradies für Unternehmer, das sei Westdeutschland heute, und wenn man Kunststoffe oder Autos oder Waffen herstelle wie Krupp, scheffele man mehr Geld denn je. Doch als Arbeiter, der Inflation und Zusammenbruch durchgemacht hatte, sehe er, Franz, die Sache mit Furcht, das Ganze sei doch so verdammt künstlich, eine Blase, die platzen müsste. Die kleinste Veränderung der Weltlage oder ein paar Streiks mehr würden genügen, und schon sähe nichts mehr so rosig aus. Doch wenn er sage, Deutschland sei verloren, meine er damit das Kulturleben.

»Welche Kultur?«, fragte Eric.

Das genau sei die Frage, entgegnete Franz laut. Kultur lasse sich nicht produzieren wie ein VW nach dem anderen. Deutschland habe es den Nazis zu verdanken, dass das Land heute eine geistige und kulturelle Wüste sei, was sich nicht dadurch kaschieren lasse, dass man die Welt mit Waren »Made in Germany« überschwemme und laut hinausbrülle: Schaut her, Deutschland ist wieder mächtig, wir sind so reich, dass wir ehemaligen Feinden wie dem armen kleinen Frankreich Kredit geben können. »Stimmt, wir haben Geld, wir sind reich. Aber wo sind die neuen deutschen Schriftsteller, die den Platz von Mann, Brecht und Benn einnehmen könnten? Wo sind die Schauspieler, die neuen Dramatiker? Die Menschen würden lieber sterben, als es zuzugeben, aber es waren Juden, die Schwung in die Sache brachten und …« Er rieb die Finger aneinander auf der Suche nach einem passenden Wort. »Na, du weißt, was ich meine. Die Juden trugen wesentlich dazu bei, Deutschland kulturelles Gewicht zu verleihen, aber sie wurden ermordet oder ins

Exil getrieben, und was übriggeblieben ist, ist ein trauriger Rest.«

»Das hat jetzt die nächste Generation in der Hand«, sagte Eric und sah zu Gerhard hinüber, der am Tisch stand und mit einem Finger auf die Platte trommelte.

»Gerhard, bist du sicher, dass du nach London kommen willst? Nora und ich fahren morgen, du musst dich schnell entscheiden.«

Wieder trat ein trotziger Ausdruck in die dunklen, von feinen Fältchen umspielten Augen des Jungen – Franz' Augen von einst.

»Jeder Ort soll mir recht sein, solang es nur weit weg von meinem Vater ist«, erwiderte er trotzig. »Er versteht mich und meine Freunde nicht, und daran wird sich auch nichts ändern.«

Als Nora und ich ins Hotel zurückkehrten, um zu packen, war es bereits später Nachmittag. Nachdem wir Franz' Atelier verlassen hatten, hatte Eric kurz bei Käthe in der Buchhandlung vorbeigeschaut, und sie hatte ihn gebeten, den Rückflug nach London wenn möglich über Köln zu buchen, da sich Herr Kreymer, Walter Dalburgs ehemaliger Geschäftspartner, dort niedergelassen habe und nun auf eigene Faust versuche, Kunstbücher zu machen. Kreymer sei ein großartiger, stets treuer Freund der Familie gewesen, Erich solle sich die Mühe machen, dem alten Herrn einen Besuch abzustatten, und sei es nur für eine Stunde. Es wäre ihm eine Freude, Kreymer wiederzusehen, sagte Eric, jetzt, da die Abreise beschlossene Sache sei.

Während er sich auf den Weg zu Rudnecks Büro machte,

fuhren Nora und ich zu einem Reisebüro auf dem Kurfürstendamm und buchten unsere Rückreise um. Man teilte uns mit, dass der Flug nach Köln/Bonn sehr früh startete, wodurch wir in Köln einen Tag und eine Nacht gewannen, bis jeder von uns weiterreisen würde. Nora buchte eine Zugfahrt nach London, ich reservierte ein Schlafwagenabteil nach Strasbourg, um von dort aus nach Südfrankreich zu fahren, wo ich den Rest des Sommers bei Freunden verbringen wollte.

Um vier Uhr waren wir in Noras Zimmer zurück und tranken Tee. In letzter Eile hatten wir noch einige Berlin-Andenken gekauft, und nun saßen wir da und waren uns einig, dass ein paar friedliche Stunden in Köln uns guttun würden. Eric konnte Herrn Kreymer besuchen, und Nora und ich –

»Köln.« Ich setzte mich auf. »Da lebt doch Grubach.«

»Aber ja! Wie konnten wir das vergessen.«

»Ich suche seine Adresse heraus«, sagte ich, einem jähen Impuls folgend.

»Sehr gut. Ich bin gespannt, wie er in seinem eigenen Land ist.«

»Eric wird toben.«

»Er tobt sowieso schon, was soll's? Du hast ihn doch heute Morgen gehört. Außerdem muss er es ja gar nicht erfahren.«

»Wir können sagen, wir waren in Bonn.« Ich suchte den zerknitterten Zettel, den mir Grubach auf dem Schiff gegeben hatte. Er steckte in meinem schwarzen Adressbuch, und ich stellte fest, dass er in weiser Voraussicht nicht nur seine private Adresse, sondern auch die geschäftliche und beide Telefonnummern aufgeschrieben hatte.

»Ruf ihn an«, schlug Nora vor. »Weißt du noch, was Käthe sagte, als sie heute Morgen Herrn Kreymer anrief: Das geht in einer Sekunde.«

»O Gott, wenn Eric wüsste«, sagte ich und ging zum Telefon.

Wir kicherten wie aufgeregte Schulmädchen, die hinter dem Rücken der strengen Schulleiterin einen heimlichen Ausflug planen. Ich fragte mich, ob Nora Eric sein verletzendes Benehmen am Morgen heimzahlen wollte.

Ich nannte dem Concierge beide Nummern und sagte, ich vermutete Herrn Grubach eher im Geschäft. Nur eine Minute, nachdem ich aufgelegt hatte, klingelte das Telefon und die altbekannte überschwängliche Stimme drang durch eine Telefonleitung, die Hunderte von Meilen durch russisch besetztes Gebiet verlief, in unser Zimmer.

Er traue seinen Ohren kaum, sagte Herr Grubach, ob das wirklich ich sei? Und auch noch aus Berlin.

Morgen landete ich in Köln, antwortete ich, und wenn er nicht allzu beschäftigt sei … Beschäftigt!, rief er aus – und wenn schon? Kämen gute Freunde, könne alles andere warten. Ach, wenn ich erst den wunderschönen Dom und die wiederaufgebaute Stadt sehen würde! Er sei so aufgeregt, gerate regelrecht ins Stottern. Aber bis morgen habe er alles arrangiert, und ich müsste keine Minute meiner wertvollen Zeit auf Lästigkeiten verschwenden. Er sei der perfekte Reiseführer, er werde sich meiner annehmen. Ich versprach, mich sofort nach meiner Ankunft im Hotel zu melden, und legte auf. Dass die Devons mich begleiteten, hatte ich nicht erwähnt.

»Besser so«, befand Nora. »Wenn Eric früh aufbricht,

können du und ich zu Grubachs Laden gehen. Der wird Augen machen, wenn er dann auch noch mich sieht!«

Ohne zu wissen, warum, brachen wir in hysterisches Gelächter aus. Vielleicht hatte die Anspannung der letzten Tage, in denen es so wenig zum Lachen gegeben hatte, unsere Nerven derart strapaziert, dass alles auch nur ansatzweise Komische doppelt lustig erschien.

In dem Moment klopfte es an der Tür. Aus Angst, es könnte Eric sein, verstummten wir schuldbewusst. Nora, die ihre schwarzen Pumps abgestreift hatte, schlüpfte wieder hinein und öffnete.

»Hallo, ist Erich noch nicht zurück?« Käthe kam herein und schwenkte eine braune Mappe.

»Bestimmt ist er noch bei seinem Anwalt«, sagte Nora. »Wir trinken gerade Tee. Willst du auch eine Tasse?«

»Nein, danke. Habt ihr vielleicht etwas anderes?«

»Eric hat eine Flasche Whiskey im Schrank. Ich kann Soda bestellen, wenn du willst.«

»Nicht nötig. Leitungswasser tut's.«

Während Nora die Flasche öffnete, zündete sich Käthe eine Zigarette an.

»Ich habe die Fotos von Franz' Bildern dabei, einige der besten. Willst du sie wirklich deiner Freundin zeigen?«

»Aber natürlich. Sie ist sehr umtriebig, und wenn sie ihr gefallen, ist es mehr als wahrscheinlich, dass sie sich ins Flugzeug hierher setzt und für Franz eine Ausstellung organisiert.«

»Franz hat die kleine Bleistiftzeichnung von dem Kinderkopf beigelegt, die dir so gut gefällt. Sie ist für dich. Er hat dir etwas auf die Rückseite geschrieben.«

Sie nahm Nora das Glas ab.

»Oh, wie nett von ihm.« Gespannt sah Nora zu, wie Käthe das Glas abstellte, den Reißverschluss der Mappe aufzog und einen braunen Umschlag hervorholte.

»Du kannst ihn flach auf den Boden deines Koffers legen«, sagte Käthe.

»Richte ihm aus, wie dankbar ich ihm bin.«

»Franz ist derjenige, der dankbar ist.« Käthes tiefblaue Augen musterten Nora nachdenklich. »Ich hoffe, ihr wisst, worauf ihr euch da einlasst. Ich meine, mit Gerhard.«

»Ich mag Gerhard – zumindest das, was ich bisher von ihm gesehen habe.«

»Er ist … schwierig.«

»Wenn meine Mutter im Bombenhagel ums Leben gekommen und mein Vater jahrelang verschwunden gewesen wäre, wäre ich auch schwierig. Ich bin schwierig. Eric auch. Die meisten Leute sind schwierig«, nahm Nora den Jungen in Schutz.

Käthe setzte sich auf die Bettkante und musterte die Putten und Girlanden, die das Kopfteil des Doppelbettes schmückten.

»Käthe – was war Erics Mutter für eine Frau?«, fragte Nora. Sie war wieder aus ihren Schuhen geschlüpft und stand in Strümpfen auf dem Blumenteppich.

»Was hat Erich denn erzählt?«

»Nichts.«

»Nichts?«

»Nicht ein Wort«, sagte sie beklommen. Nora wusste nicht, ob sie dunkelhaarig gewesen war wie Tante Rosie oder blond oder groß oder was auch immer. Eric hatte seinen Vater, seine Onkel, seine Cousine Magda, seine Tante Hilde beschrieben, aber nicht seine Mutter.

Das wundere sie nicht, entgegnete Käthe. Sie trank aus und griff nach der Flasche, um sich ein zweites Glas einzuschenken.

»Meine Tante Agnes war so hinreißend, dass ich es kaum wagte, sie anzusehen«, gestand Käthe. »Sie brachte jeden dazu, nach ihrer Pfeife zu tanzen, aber nicht durch Zwang, sondern einzig durch ihren unwiderstehlichen Charme. Sie überschüttete einen mit Liebe, vorausgesetzt, man gab sich ihr vollständig hin. Ich weigerte mich. Aber Erich war der perfekte Sohn.«

»In Walter Dalburgs Tagebuch erschien sie ganz anders«, sagte Nora. »Ich habe sie mir als empfindliche, wehrlose Frau vorgestellt, die ihren Vater fürchtete …«

»Vielleicht fürchtete sie ihn. Ich weiß es nicht. Aber sonst hatte sie vor niemandem Angst. Agnes war eine geborene Schauspielerin. Sie liebte die Rolle des verängstigten Mädchens.«

Nora dachte nach. Skepsis und Verunsicherung lagen in ihrem Blick.

»Und was ist passiert, als Eric zwölf war?«

»Was meinst du damit – was ist passiert?«

»Er hat versucht, es herauszufinden. Er hat Else und Herrn Rosen gefragt.«

»Er hat sie was gefragt?«

»Wieso ihr beide für einen Monat von zu Hause fortmusstet.«

Käthes Hand mit dem Glas verharrte in der Luft. »Oh, das. Aber das weiß Erich doch.«

»Nein, eben nicht. Er hat bei der Frage nicht lockergelassen. Er sagte mir sogar, Else habe gelogen. Für sie sei er immer noch der kleine Junge, vor dem man die Wahrheit verberge.«

»Aber Erich kennt die Wahrheit. Er fragt, weil er angelogen werden will – er will hören, dass das, woran er sich erinnert, nicht wirklich stattgefunden hat.«

»Was ist denn passiert? Oder geht mich das nichts an?«

»Es war der Frühling, in dem Tante Agnes beschloss, die Anna Karenina zu geben«, sagte Käthe und strich sich die Jacke ihres grau-weiß gestreiften Kostüms glatt.

»Hoffentlich nicht mit einem Kavallerieoffizier«, entgegnete Nora.

»So etwas in der Art. Ich weiß, dass der Mann ein Freund ihres Bruders war. Bekannte Familie. Es wäre ein ziemlicher Skandal geworden.«

»Und Eric wusste davon?«

»Wir fanden es zusammen heraus. Es war spätnachts. Ich bin aufgewacht, weil ich laute Stimmen hörte. Erich stand, vor Kälte zitternd, im Flur und weinte.«

Sie waren unmöglich zu überhören, die Schlafzimmertür stand halb offen, und Tante Agnes befand sich auf dem Höhepunkt ihrer dramatischsten Szene. Sie weinte ebenfalls, wunderschön natürlich, gehüllt in ein Pariser Negligé. Sie flehte ihren Mann an, in die Scheidung einzuwilligen, damit sie mit ihrer großen Liebe auf und davon könne, und Onkel Walter sagte großmütig, er wolle ihr nicht im Weg stehen, aber was würde aus den Kindern?

»Ich war nur die Nichte, aber der vergötterte, gehätschelte Erich, was muss er gefühlt haben, als er hörte, dass

256

seine Mutter ohne weiteres dazu bereit war, auch ihn zu verlassen. Bei seinem Vater werde er es besser haben, der werde sich seiner annehmen. Oder vielleicht ein Schweizer Internat ...« Käthe versagte vor Empörung die Stimme.

»Der arme Eric«, flüsterte Nora. »Und was hat sie zur Vernunft kommen lassen?«

»Ausnahmsweise taten sich die Familien Ahrenfeld und von Ludowitz zusammen. Wir Kinder wurden fortgebracht, der hübsche Offizier in den Fernen Osten versetzt, und Großmutter Lotte fuhr mit Agnes nach Italien, wo sie eine Menge interessanter Menschen kennenlernte, bis sie erholt zurückkehrte – diesmal in der neuen Rolle der sich aufopfernden jungen Mutter, die aus Pflichtgefühl auf ihr Glück verzichtet hatte. Nach außen hin war alles wieder beim Alten, doch ich hasste Tante Agnes, oder besser gesagt, ich traute ihr nicht mehr über den Weg.«

Eric hatte noch Monate danach Magenprobleme.

»Während des Krieges litt er an einem Magengeschwür«, sagte Nora.

Die Tür ging auf. Wir fuhren herum, und Eric stand auf der Schwelle.

»Wer hatte ein Magengeschwür?«, fragte er im Hereinkommen.

»Wir reden über deine Gesundheit«, entgegnete Nora.

Er ging zu Käthe, küsste sie auf die Stirn und griff nach der Flasche.

»Hervorragende Idee. Ich bin erledigt«, sagte er und ließ sich neben Käthe auf die Bettkante fallen.

»Wovon?«, fragte sie.

»Vom Papiere-Unterzeichnen und dem ganzen Kram. Mein Gott, die Deutschen sind wirklich bürokratiebesessen. Und so wahnsinnig korrekt.« Er goss sich einen Whiskey ein. »Nun, es wird dich freuen, zu hören, dass ich alles unterschrieben habe.«

»Was heißt alles?«, fragte Käthe.

»Das Haus – das Eigentum – meine Entschädigung. Sobald das Haus wieder mir gehört, geht es sofort an dich.«

»Danke«, erwiderte sie trocken.

»Stell dir vor, ich musste sogar ins Rathaus Schöneberg, um eine Kopie meiner Geburtsurkunde zu besorgen. Alles ist so unglaublich gut organisiert. In null Komma nichts gab es den Beleg, dass ich geboren wurde. Aber dann fiel mir noch etwas ein …«

Käthes Blick war von Zigarettenrauch verhüllt.

»Ich fragte, wo ich die Unterlagen über Tante Hilde finden könnte, den Beweis, dass sie nach Auschwitz deportiert wurde. Du kannst dir vorstellen, wie die Antwort lautete.«

»Alles ist den Flammen zum Opfer gefallen.«

»Ja, ein wirklich wählerisches Feuer. Es hat nur die verfänglichen Dokumente zerstört und sämtliche Geburtsurkunden verschont. Wenn morgen ein Historiker nach Berlin kommt und versucht, etwas über die Vergangenheit zu schreiben, wird er wahnsinnig.«

»Er kann über Menschen schreiben«, sagte sie beschwichtigend. »Es sind noch einige am Leben, die ein gutes Gedächtnis haben. Ich lese viel lieber über Menschen als über Papierkram.«

Eric schenkte sich nach.

»Eric, dein Magen«, warnte Nora.

Er starrte grüblerisch ins Leere, ohne auf ihre Bemerkung zu reagieren.

»Wieso schreibst du nicht darüber, wenn du wieder zu Hause bist?«, schlug Käthe vor.

»Ich?«

»Berlin, zwanzig Jahre später. Etwas in der Art.«

»Ich hab dir doch gesagt, dass ich vor Jahren aufgehört habe zu schreiben. Ich kann noch nicht einmal einen vernünftigen Brief diktieren.« Seine Hände schlossen sich um das Glas, als wäre es eine Kristallkugel, in der er seine Zukunft lesen könnte. »Außerdem – worüber sollte ich schon schreiben?«

»Über die Berliner«, entgegnete sie. »Darüber, wie undankbar wir sind.«

»Undankbar?«

»Ja. Wir hocken hier auf dem Rand eines Vulkans. Er wird eines Tages ausbrechen, das weißt du genauso gut wie ich. Irgendjemand sollte der Welt sagen, wie es ist, in ständiger Furcht zu leben, nie zu wissen, wann die Falle zuschnappt. Zum Trost hören wir uns die Radionachrichten aus dem Ausland an, die versuchen uns aufzumuntern: ›Berliner, seid mutig, wenn es sein muss, werden wir kämpfen, um euch zu retten.‹ Tja«, sagte sie mit einem gezwungenen kurzen Lachen, »wenn es zu einem Krieg kommt, um Berlin zu retten, wird es kein Berlin mehr geben, das zu retten wäre. Die erste hübsche große Bombe wird die Berlinkrise beenden, für den Osten genauso wie für den Westen. Danach sind wir für niemanden mehr ein Problem.«

Sie fing an zu husten, es war das einzige Geräusch im Raum.

»Ich möchte, dass du und Tante Rosie nach London fliegt, um Weihnachten mit uns zu feiern. Dann können wir über die Zukunft reden, Pläne schmieden«, sagte Eric nach einer Weile.

Mit feuchten Augen stand Käthe auf, doch sie lächelte, als hätte er einen Witz gemacht.

»Du vergisst, dass du Brite bist. Was willst du mit deutschen Verwandten?«

Eric erhob sich langsam vom Bett, ging zum Fenster, zog die gestärkte Spitze zur Seite und blickte auf die Straße. Dann drehte er sich zu seiner Cousine um.

»Das ist das einzig Gute, das diese Reise mir gebracht hat. Es ist, als hätte man Zahnschmerzen. Und dann wacht man auf, und der Schmerz ist fort. Plötzlich weiß ich, dass ich Deutsch sprechen und den Leuten ohne Überwindung erzählen kann, dass ich in Deutschland geboren bin.«

»Wirklich?«, fragte Käthe skeptisch.

»O ja«, entgegnete er voller Gewissheit. »Die Briten sind so diskret und zivilisiert. Übermorgen werde ich ins Büro gehen – Lothrup wird aufblicken, seine Brille abnehmen und sagen: ›Und, Devon, wie war Ihre Reise nach Berlin?‹ Und ich werde antworten: ›Es hat sich sehr verändert, seit ich dort zur Welt kam‹, oder etwas in der Art. Er wird verstehen, ohne dass ich etwas erklären muss, und die anderen ebenso. Die Briten sind taktvoll. Sie stellen keine persönlichen Fragen. Immerhin«, er machte eine Pause, »habe ich nie behauptet, ich sei *nicht* Deutscher. Ich habe gar nichts gesagt. Und jetzt werden sie die Wahrheit erfahren.«

Käthe stand auf, das Lächeln verschwand von ihren Lippen. Sie blickte nicht Eric, sondern Nora an.

»Du bist Engländerin. Was meinst du, wird es so einfach sein?«

Eine Sekunde blieb Nora stumm. Dann brachte sie nur ein Flüstern zustande.

»Nein. Das wird es nicht. Es wird alles andere als einfach sein.«

»Ich fürchte, ich stimme deiner Frau zu, Erich«, sagte Käthe. Sie blickte auf die geöffnete Mappe und zog einen langen Umschlag hervor. »Übrigens, hier ist mein Briefwechsel mit Herrn Kreymer. Lies ihn im Flugzeug, dann kannst du dir ein Bild von seinen Schwierigkeiten machen.«

Eric nahm den Umschlag und steckte ihn in die Tasche.

»Wohin gehst du jetzt, nach Hause?«

»Ja«, antwortete sie.

»Ich bring dich mit dem Taxi hin. Ich will mich von Tante Rosie verabschieden.« Er sah Nora an. »Willst du mitkommen?«

»Ich muss packen«, sagte sie, obwohl ihr Koffer schon fertig war. »Und außerdem hättest du dann keinen Moment allein mit ihr. Grüß sie von mir und sag ihr, ich freue mich schon auf Weihnachten.«

Käthe ging zu Nora und küsste sie auf die Wange. »Auf Wiedersehen, meine Liebe. Ich bin sehr froh, dass du Erichs Frau bist.«

»Ich bin ja so gut für ihn. Wie Haferbrei«, sagte Nora und lächelte so angestrengt, dass ihr Gesicht umso müder erschien.

»Erich, ich muss dir etwas gestehen.« Käthe griff nach der Mappe.

»Etwas Unerfreuliches, nehme ich an.«

»Als Franz heute Morgen anrief, um zu sagen, du würdest abreisen, dachte ich natürlich …«

»Ich würde wie immer vor meinen Problemen davonrennen.«

»Genau.« Sie war vor dem Spiegel stehen geblieben und fuhr sich nervös mit der Hand durchs Haar.

»Und was hat deine Meinung geändert?«

»Gerhard.«

»Wieso Gerhard?« Er starrte sie an.

»Oh«, sagte sie, und ihre breiten Schultern in der gutgeschnittenen Jacke zuckten, »wenn du vor Berlin und all deinen Problemen wegrennen wolltest, würdest du bestimmt nicht Gerhard mitnehmen, um ständig an sie erinnert zu werden.«

Eric hielt ihr die Tür auf.

»Nun, ich renne aber weg. Und ich nehme Gerhard mit. Aber versuch gar nicht erst, das zu verstehen. Ich verstehe es selber nicht.«

NEUN

Kurz nach Sonnenaufgang flogen wir am nächsten Morgen in dichtem Nebel, der sich bald darauf in heftigen Regen verwandelte, von Berlin ab. Eine geschlossene Wolkendecke versperrte die Sicht auf das Land unter uns, und das Brummen der Motoren vibrierte wie ein fernes Echo durch unsere müden Körper. Nur wenige Fluggäste befanden sich auf dem Weg nach Köln/Bonn, die meisten davon deutsche Geschäftsleute, die ihre Zeitungen lasen und sich von den Stewardessen heißen Kaffee servieren ließen.

Rund eine Stunde nach unserem Abflug sackten wir so plötzlich in ein Luftloch, dass Erics Kaffee über den Ärmel seines Hemdes schwappte. Grimmig wischte er daran herum und blickte aus dem Fenster.

»Im Rheinland regnet es immer«, sagte er. »Jedes Mal, wenn ich als Junge hier in den Ferien war, goss es in Strömen. Ich weiß gar nicht, weshalb sich die Leute in England so übers Wetter aufregen. Immerhin machen wir dort notfalls auch im August den Kamin an.« Er faltete seine Zeitung zusammen. »Vor dreißig Jahren war ich zuletzt in Köln.« Er gähnte. »Eine langweilige Stadt, wenn ich ehrlich bin.«

Während des Sinkfluges hörte es erfreulicherweise auf zu regnen, und das Flugzeug landete auf einem nassen, fast verlassenen Feld irgendwo zwischen Bonn und Köln, das beiden Städten als Flugplatz diente. Die flachen Gebäude auf der einen Seite waren offensichtlich neu, und wie alles andere, das nach dem Krieg hastig aus dem Boden gestampft worden war, wirkte die gesamte Anlage höchst provisorisch. Der Wind pfiff durch unsere Regenmäntel, wir froren bis auf die Knochen. Wo war das liebliche Rheinland, wo Heine und die Loreley, die mit sonnensatten Blumen übersäten Wiesen?

Ein kleiner, dicklicher Mann in einem beigefarbenen Trenchcoat ruderte mit den Armen in der Luft, als wäre er in Seenot. Er stand am anderen Ende des Feldes neben einem ebenfalls nicht großen beigefarbenen VW.

Abrupt blieb ich stehen und brachte kein Wort heraus.

»Erzählt mir nicht, dass das Grubach ist!«, sagte Eric.

Ich stammelte, dass ich ihn eigentlich vom Hotel aus hätte anrufen wollen und keine Ahnung hatte, dass er zum Flughafen kommen würde.

»Da kennst du Grubach schlecht. Das lässt einer wie der sich auf keinen Fall entgehen«, sagte Eric und wechselte den Koffer in die andere Hand.

»Grubach weiß nicht, dass ich mit dir und Nora unterwegs bin. Ihr geht zur Wartehalle und nehmt ein Taxi oder einen Bus in die Stadt, und wir treffen uns im Hotel.«

Doch Eric marschierte unbeirrrt weiter, seine Schritte schmatzten durch den Schlamm.

»Nach allem, was ich in Berlin durchgemacht habe, bezweifle ich, dass Grubach mich noch aus der Fassung bringen kann.«

Wie gelähmt vor Verzückung, strahlte Grubach über das ganze rote Mondgesicht. Offenbar hielt er die beiden Menschen neben mir für Sitznachbarn aus dem Flugzeug. Jetzt, da wir ihn fast erreicht hatten, veränderte sich sein Ausdruck schlagartig. Das Lächeln erstarb, er drängte sich gegen sein Auto und schien dabei regelrecht zu schrumpfen. Erics Blick wich er aus, ja, er wusste nicht mehr, wohin er überhaupt noch blicken sollte. Seine Verlegenheit war so spürbar wie die feuchte Luft, die uns umschloss.

»Guten Tag, Herr Grubach, wie geht's?« Lässig, als begrüße er einen von Tante Rosies Nachbarn, streckte Eric die Hand aus.

Als wäre eine Lampe angeknipst, glomm das freudige Lächeln wieder auf.

»Willkommen in Köln«, sagte Grubach und schüttelte uns reihum die Hand wie ein Bürgermeister, der seine Ehrengäste begrüßt.

»Es regnete, da dachte ich, ich hole Sie am Flughafen ab und helfe Ihnen mit dem Gepäck«, sagte er zu Eric und tat so, als hätte er Bescheid gewusst. »Als ich heute Morgen den Regen sah, sagte ich zu meiner Frau: ›Was für ein Jammer – dabei hatten wir dieses Jahr so herrliches Wetter.‹«

Eine erstaunliche Behauptung, wo doch ganz Deutschland über das schlechte Wetter klagte, doch inzwischen wussten wir, dass Herr Grubachs Phantasie alles, was mit seinem Heimatland zu tun hatte, in honiggoldenes Licht tauchte. Mit Erics Hilfe stapelte er unser leichtes Fluggepäck auf das Dach seines Kleinwagens, der kaum Platz für vier Erwachsene bot, in den aber, so versicherte er uns, noch mehr Leute hineinpassten, er sei just in Heidelberg gewesen mit der ganzen Familie einschließlich einem zehn Monate alten Enkelkind, und »es war, als schwebte man auf Wolken«. Was Effizienz und Komfort angehe, sei VW einsame Spitze.

»Und jetzt«, sagte er, als wir uns alle hineingequetscht hatten, »bringen wir Sie zuerst zum Hotel, dann geht's am Rhein entlang nach Bonn, und danach erwartet uns meine Frau zum Tee.«

Das »wir« war offenbar rhetorisch, denn zu viert nahmen wir jeden verfügbaren Zentimeter des Wageninneren ein, und nicht einmal ein zehn Monate altes Baby hätte noch Platz gehabt. Grubach fragte nicht, was wir vorhatten. Da ich ihn angerufen hatte, war es für ihn selbstverständlich, dass ich die Tagesplanung ganz ihm überließ. Es war erst kurz nach neun Uhr, als wir den Flughafen verließen und unter Grubachs fröhlichem Geplauder über seine Erlebnisse in London und Paris auf einer reizenden gewundenen Straße nach Köln fuhren. Die *Caribe* ließ er tunlichst unerwähnt.

»Wenn Sie erst die Boote sehen, die wieder den Rhein befahren. Tag und Nacht, ohne Pause«, bekräftigte er, als hätten wir Zweifel geäußert. »Ein so großartiger Fluss.« Er sah Eric an, der vorn neben ihm saß.

Grubach schien vergessen zu haben, dass Eric den Rhein und Deutschland kannte. Im Rückspiegel war sein Gesicht zu sehen, der fast kahle Schädel mit den spärlichen Strähnen, die schweren Lider, das speckige runde Doppelkinn, die leutseligen, aber schwammigen Züge. Er redete überlaut und übertrieben lebhaft, und als sein flüchtiges Bild aus dem Spiegel wieder verschwand, wurde mir klar, dass Grubach, eben weil er nichts vergessen hatte, sich nunmehr gezwungen sah, so zu tun, als wäre Eric ein beliebiger Tourist, als hätte es die letzte Begegnung an Bord nicht gegeben, nicht seine endgültige Niederlage und keinen der entsetzlichen Schatten aus der Vergangenheit, die ihm auflauerten. Er tat mir leid.

Mit einem Mal erschien mir dieser Ausflug, dieses sorgfältig geplante und freudig erwartete »Willkommen in Köln« wie eine Farce. Etwas in mir ahnte, dass all unsere Bemühungen zum Scheitern verurteilt wären und wir auf ein Desaster zusteuerten, das unseren guten Willen auf eine harte Probe stellen und diesen Tag traurig enden lassen würde.

Der Auftakt jedoch verlief heiter. Im Hotel lag eine Nachricht für Eric. Herr Kreymer hatte unerwartet nach Frankfurt fahren müssen, würde aber zum Abendessen zurück sein und hoffte, Eric und seine Frau würden ihn in seinem Haus am Stadtrand besuchen. Nora meinte, Eric sollte allein fahren – schließlich ging es um Geschäftliches –, und so rief er bei den Kreymers an und ließ ausrichten, er würde um sieben Uhr eintreffen. Auf diese Weise hatte auch Eric einen freien Tag, und überraschenderweise schien er nichts dagegen zu haben, ihn mit Grubach zu verbringen.

Grubach hatte unweit des Hotels geparkt, und wir schlenderten über den Hauptplatz und bewunderten den herrlichen Dom, dessen gotische Türme sich hoch in den Himmel reckten. Wie sei es zu erklären, fragte uns Grubach, als wir auf den Kirchenstufen standen, dass dieser Dom unversehrt geblieben sei, während die Bomben alles ringsum dem Erdboden gleichgemacht hätten? Göttliche

Gnade, dessen sei er sich sicher. Wir könnten uns nicht vorstellen, fuhr er fort, wie es hier ausgesehen habe, als der Krieg vorüber war, die Familien aus den Kellern krochen und dort, wo einst Straßen verliefen und ihre Häuser gestanden hatten, nichts als Ruinen, Schutt und Asche vorgefunden hätten.

Alles, was wir jetzt sähen – die Hotels, die neuen Geschäfte, die Terrasse vor dem Dom, auf der man unter fröhlich bunten Sonnenschirmen sitzen und speisen konnte, das wimmelnde Geschäftsviertel rund um die Hohe Straße und den Neumarkt –, sei der Verdienst hart arbeitender Bürger, die entschlossen seien, der Stadt nicht nur zu alter Schönheit, sondern zu nie da gewesener Blüte zu verhelfen. »Sehen Sie! Sehen Sie!«, rief er mit kehliger Stimme.

Köln schien Grubachs persönlicher Triumph über die Widrigkeiten des Schicksals zu sein, sein Baby, das nun, als kraftstrotzender Erwachsener, vor uns glänzen konnte, ein lebender Beweis für den Fleiß und die Umsicht seiner Familie.

In einer kleinen Seitenstraße unweit der Haupteinkaufsmeile blieb Grubach schließlich in stolzem Schweigen vor einem brandneuen, bestens ausgestatteten Laden mit Elektrowaren stehen, in dessen Schaufenster die modernsten Lampen, Bügeleisen, Toaster, Radios und Heizkörper prangten.

»Vieles davon habe ich aus Amerika mitgebracht«, sagte er und stieß die Tür für uns auf. »Aber bald wird das nicht mehr nötig sein. Dann wird alles, was wir brauchen, hier in Deutschland gefertigt.«

Ein junger Mann, der einen Toaster reparierte, sah uns

eintreten und verschwand in ein Hinterzimmer. Kurz darauf erschien ein großer blässlicher Mann um die dreißig und kam leicht hinkend auf uns zu.

»Das ist mein Sohn Joachim. Er spricht kein Englisch«, sagte Grubach.

An Bord hatte Grubach erzählt, dass sein Sohn verletzt worden war, als ihr Haus von einer Bombe getroffen wurde. Wie er nun vor uns stand, war zu spüren, dass die Verletzung nicht nur physische Wunden gerissen hatte. Grubachs Sohn verhielt sich ganz anders als sein überfreundlicher, jovialer Vater. Dunkeläugig und missmutig erwiderte er unsere Begrüßung mit einem knappen *Guten Morgen*. Dann erzählte er seinem Vater von einem Brief, in dem es um einen Kostenvoranschlag für die Elektroausstattung eines Sanatoriums ging. Joachims Ton wurde immer unerbittlicher, er blaffte den jungen Gehilfen an und redete dann wieder auf seinen Vater ein, er müsse schnell handeln, um das Geschäft zum Abschluss zu bringen und die Konkurrenz aus dem Feld zu schlagen.

»Wir haben mehr zu tun, als wir bewältigen können«, erklärte Grubach, als hätte Eric nichts von der Unterhaltung verstanden. »Mein Sohn ist für Installationen zuständig. Jeder weiß, dass wir ehrlich sind. Wir verkaufen nichts ohne Garantie. Wir installieren nichts, das nicht erster Klasse wäre. Wir wollen zufriedene Kunden. Auch darin sind wir wie die Amerikaner.«

Joachim verzog unwirsch das Gesicht. Hatte sein Vater nicht gerade laut und nachdrücklich behauptet, sein Sohn spreche kein Englisch?

»Wir müssen weiter«, sagte Grubach ein wenig atemlos

und schob uns auf die Straße, zurück zu dem Platz und dem kleinen VW, in dem uns ahnungslosen Touristen eine Sightseeingtour den Rhein entlang geboten werden sollte.

»Wird ein schöner Tag«, sagte unser Gastgeber und blinzelte in den bleigrauen Himmel, der wie Qualm über dem Dom hing.

»Ihr London ist wunderschön, Herr Devon«, fuhr er versonnen fort, »aber verzeihen Sie, wenn ich sage, dass Ihre Themse mit unserem Rhein nicht mithalten kann.«

»Das«, entgegnete Eric feierlich und schien ein Lachen zu unterdrücken, »ist Geschmackssache. Ich persönlich finde die Themse kleiner und – anheimelnder. Aber vielleicht erinnere ich mich nicht mehr richtig an den Rhein.«

Zum Mittagessen kehrten wir in einem hoch auf einem Felsen gelegenen Gasthof ein. Mit zunächst unbegründet scheinendem Optimismus bestand Grubach darauf, dass wir auf der Außenterrasse unter einer von leuchtenden Weintrauben behängten Laube aßen. Doch die lange verstecke Sonne warf, als wolle sie ihm recht geben, ihre schwere Wolkendecke ab, und kaum dass die Knödelsuppe vor uns stand, blickten wir auf ein so atemberaubend schönes Panorama, dass man am liebsten applaudiert hätte. Die Nebelschleier hoben sich langsam, lösten sich in der Ferne auf und gaben weit unter uns das Band des Flusses frei, das sich leuchtend blau von den schroff aufragenden laubgrüngesprenkelten Felswänden abhob. Sonnenstreifen umspielten die winzigen, mit fröhlichen Wimpeln geschmückten Ausflugsboote auf dem Weg zu den kleinen Ortschaften, die sich am Ufer drängten. Das blendende Smaragdgrün regennasser Weiden, die roten Dächer der Gehöfte, die helle Maserung der von sporadischen Wandergruppen bevölkerten Waldwege ließen diese Szenerie so vollkommen friedlich erschienen, als hätte das Rheinland seit Jahrhunderten keinen Krieg mehr erlebt.

»Hinreißend«, sagte Grubach und atmete genüsslich aus. Das, was wir von hier oben sähen, sei nur ein winziger Teil. Wieso nur müssten wir so bald wieder fahren? Blieben wir länger, könnten wir den Schwarzwald, die bayerischen Alpen, die sanften westfälischen Hügel erkunden, denn wenn man Deutschland bereise, ändere sich die Landschaft von Kilometer zu Kilometer, und jeder Ausblick sei wie ein Gemälde. Für jeden Geschmack finde sich etwas: Berge, Seen, Meer, Städte, und erst die Heilbäder, die weltweit bekannten Kurorte. Bad Dies und Bad Das – Nieren, Leber, Herzprobleme, jedes Leiden könne dort behandelt werden.

Die folgenden Gänge – Schweinebraten, Rotkohl, Salat und Kuchen – wurden von einer quälenden Aufzählung von Krankheiten begleitet, an denen Menschen litten, ohne es zu ahnen. Doch was es auch sei, in Deutschland erwarte sie eine Heilquelle, und hätten sie erst die richtige gefunden, würde das Leben wieder die reine Wonne, verdrehte Eingeweide rutschten an ihren Platz, schlaffe Herzklappen pumpten wie geölte Maschinen, und Mägen, so zart, dass sie nicht einmal mehr Milch vertrugen, verdauten erneut riesige, mit Litern von Bier hinuntergespülte Braten. Herr Grubachs Lieblingsheilquelle, die ihn mit seinen siebenundfünfzig Jahren noch vor Jugend strotzen lasse, trug einen Namen, der wie ein Niesanfall klang: Bad Salzuflen. Eine Woche dort, und wir würden uns wie neugeboren fühlen. Er blickte uns hoffnungsvoll an, doch wir enttäuschten ihn und antworteten nicht.

Grubach fiel ein, dass es höchste Zeit sei, in seinem Laden anzurufen, um zu hören, was sich dort während seiner Abwesenheit getan habe. Nachdem er uns unter den schaukelnden Trauben und den um das weiße Spalier gewundenen Weinranken allein gelassen hatte, lehnte sich Nora gegen die niedrige Ziegelmauer neben unserem Tisch und blickte in ihre Teetasse.

»Dieser Mann drückt mir die Luft ab«, sagte sie. »Er meint es so gut, und dennoch hat alles, was er sagt, etwas Bedrohliches.«

Eric schob den Teller mit dem halbgegessenen Kuchen zur Seite. »Wieso?« Er klang neugierig.

»Ich kann es nicht genau erklären. Jedes Land versucht so schnell wie möglich wieder auf die Beine zu kommen. In England haben wir die Trümmer ohne viel Aufhebens beseitigt. Rotterdam sieht aus wie eine neue Stadt. Wenn Grubach zugeben würde, dass die Menschen überall bemerkenswert sind und sich auch nach schwersten Schicksalsschlägen wieder aufrappeln ...«

»Ja?«

»Aber wenn er glaubt, dass das, was in Deutschland passiert, als weiterer Beweis für die Überlegenheit der Deutschen taugt, wenn das alles ein bedrohliches Wiederaufkeimen von Nationalismus ist ...«

Sie verzog widerwillig das Gesicht. Eric sah wortlos weg. Er riss ein Weinblatt ab und schob ein paar Krümel damit zusammen.

»Doch was kann schon Grubach dafür?«, entgegnete er.

272

Nora öffnete erstaunt den Mund. »Was willst du damit sagen? Verteidigst du ihn?«

»Bestimmt nicht.« Er wischte die Krümel in seine Hand und warf sie über die Mauer. »Grubach spricht Englisch. Er hat all die englischen Geschichten über das Wirtschaftswunder in Westdeutschland gelesen und wie großartig und fleißig die Deutschen sind. Was also kann Grubach dafür, dass er glaubt, was er liest?«

Er verstummte. Grubach schlängelte sich mit glückstrahlendem Gesicht zwischen den Terrassentischen hindurch auf uns zu.

»Wir haben den Auftrag für das Krankenhaus«, sagte er und setzte sich. »Ein schwedischer Betrieb hatte sich ebenfalls beworben, aber der Zuschlag ging an meinen Sohn. Joachim ist der geborene Geschäftsmann. Er denkt an alles. Er hat das Krankenhaus angerufen und gesagt: ›Es ist Ihre Pflicht, ein deutsches Unternehmen mit der Installation Ihrer Geräte zu betrauen und nicht Ausländer an uns verdienen zu lassen.‹ Kommen Sie. Jetzt fahren wir nach Bonn. Beethoven wurde dort geboren«, erzählte er uns, als wüssten wir es nicht.

Auf dem Rückweg von Bonn nach Köln wurde Herrn Grubachs sorgsame Planung von der ersten Misslichkeit durchkreuzt. Das Wetter war freundlich geblieben, und wir hatten Beethovens Haus, die von Grünflächen und Blumenbeeten umgebene Universität und die gewundenen Gassen dieses beschaulichen Städtchens besichtigt, das unvermittelt zur vorläufigen Hauptstadt der Bundesrepublik ernannt worden war. Ausländische Botschaften, Regierungsgebäude und die Villen der Neureichen wucherten über die Stadtgrenzen die Ufer des Rheins entlang.

Auf halbem Weg nach Köln blockierten Straßenarbeiten den Verkehr, und der kleine VW kroch zu einer Kurve, die zurück auf die Autobahn zu führen schien. Plötzlich stieg Grubach auf die Bremse. Erschrocken blickten die Devons und ich aus dem Fenster, konnten jedoch nur einen Polizisten sehen, der von der anderen Straßenseite auf uns zukam. Seine ausgebeulte Uniform und das hagere Gesicht mit den Glubschaugen und dem schmalen, strichgeraden Mund hatten zunächst nichts Einschüchterndes. Dennoch rutschte Grubach mit versteinerter Miene tief in seinen Sitz, als wisse er nur zu genau, was ihn erwartete.

Der Polizist blieb auf Erics Seite neben dem Auto stehen und stierte durch das heruntergekurbelte Fenster, als hätte er in dem verängstigten Grubach einen flüchtigen Verbrecher erkannt. Dann fing er an, nicht nur auf den Fahrer, sondern auf uns alle einzubrüllen und dabei auf verstörende Weise den rechten Arm hochzureißen. Puterrot trommelte er mit der Faust gegen die Wagentür und stapfte mit den Füßen auf. Grubach war wie erstarrt, und im Spiegel konnte ich einen jäh gealterten Mann mit schlaffen Wangen und angstfeuchter Stirn sehen.

Unversehens griff Eric durch das Fenster und packte den wutschäumenden Polizisten wie ein trotziges Kind am Arm.

»Hören Sie auf! Ich verbiete Ihnen, uns anzuschreien!« Er hatte sich in seinen Cousin Albrecht verwandelt, das gleiche arrogante Profil, der scharfe militärische Ton voller Verachtung für einen dummen Untergebenen. Der

Mann schnappte nach Luft wie ein Fisch auf dem Trockenen. Dann begann er in gemäßigterem Ton die Umleitung zu erläutern.

»Nun, sollte dort ein Schild gewesen sein, dann haben wir es übersehen, und das ist Ihre Schuld, weil Sie es nicht gut sichtbar aufgestellt haben. Das werde ich melden«, sagte Eric, zog einen Stift und einen Notizblock heraus und kritzelte einen Vermerk. »Fahren Sie weiter!«, wies er Grubach ebenfalls herrisch an.

Der Polizist trat konsterniert zurück und ließ uns fahren. Sein marionettenhaft wippender Kopf kippte nach vorn, als wäre ein Faden gerissen. Im Davonfahren sahen wir, wie er an den Straßenrand zurückkehrte, sich nach einem kleinen Schild bückte und es auf die Straße stellte.

Wieder bedrängten schwere Wolken das flüchtige Sonnenlicht, und die Luft roch nach Regen. Grubach fuhr wie benommen, die Angst steckte ihm noch in den Knochen. »Es war meine Schuld. Ich habe das Schild nicht gesehen. Ich habe einen Fehler gemacht«, murmelte er plötzlich durch das gedämpfte Knattern des Motors.

»Wir alle machen Fehler. Aber das ist kein Grund, sich anbrüllen zu lassen als wäre man ein Tier«, sagte Eric.

Zwei große Benzinlaster versperrten die Straße, und Grubach bremste ab.

»Er hat nur seine Pflicht getan«, sagte er jetzt etwas vernehmlicher.

»Die Männer, die meine Tante Hilde in Auschwitz vergast haben, haben auch nur ihre Pflicht getan«, gab Eric zurück.

Das Wort Auschwitz erfüllte das Wageninnere wie ein

275

gellender Schrei, den nicht einmal das Dröhnen der Laster übertönte.

»Ich weiß nicht, woran es liegt«, fuhr Eric fort, »aber jedes Mal, wenn man einen Deutschen in eine Uniform steckt, glaubt der, alle um sich herum tyrannisieren zu müssen, um seine Macht zu beweisen.«

Grubach schien der Sache nachzugrübeln. Wir hatten Köln fast erreicht. Die von gottesfürchtigen Gläubigen geschaffenen Türme des Doms reckten sich wie Vögel in den trüben, farblosen Himmel.

»Gewisse Dinge sind Teil unserer Erziehung, Herr Devon. Respekt vor Autoritäten zählt dazu. Und das ist etwas Gutes. Zumindest war es das für unsere Generation. Die Jugend von heute, die hat vor nichts mehr Respekt. Ein großer Fehler.«

»Respekt vor Autoritäten sollte mit Selbstachtung einhergehen«, sagte Eric. »Ich habe das ungute Gefühl, wenn ich noch ein paar Tage länger in Deutschland bliebe, würde ich feststellen, wie wenig sich geändert hat, Herr Grubach. Oder vielleicht sind es tatsächlich nur die Jungen, die sich zum Besseren gewandelt haben?«

Grubach schüttelte den Kopf. Die Jugend von heute sei aufmüpfig und ungeraten. Kein wirklicher Familiensinn mehr. Hartherzige Kriegskinder. »Nicht einmal mein Sohn ...« Er biss sich auf die Zunge, blickte aus dem Fenster und holte den versehentlich genannten Sohn in das schützende Schweigen eines unglücklichen, aber innig liebenden Vaters zurück.

Unser Ausflug endete mit einem »Kaffeeklatsch« bei Herrn Grubach zu Hause, damit wir seine Frau kennenlernten, die von unserer abenteuerlichen Schiffsreise über den Atlantik wusste und neugierig auf unsere Bekanntschaft war. Grubach wohnte in einem wiederaufgebauten vierstöckigen Sandsteinhaus am Hansaring, das er vor Jahren gekauft hatte. Die oberen Stockwerke hatte er vermietet, um den Kredit abzubezahlen, doch kaum hatte das Haus ihm gehört, waren der Krieg und die Bomben gekommen. Bis vor zwei Jahren waren die oberen Etagen unbewohnbar gewesen, doch jetzt hatte man alle Schäden beseitigt, und das Haus war in Ordnung und fast wieder schuldenfrei, wie er uns beim Eintreten stolz erzählte.

Frau Grubach, eine vollbusige, dunkelhaarige stattliche Frau Mitte fünfzig, die für den speziellen Anlass ein schwarzes Seidenkleid mit eckigem, von handgeklöppelter weißer Spitze eingefasstem Ausschnitt trug, saß dem runden Tisch vor, der das rot tapezierte Esszimmer fast ganz ausfüllte. Bunte Stillleben mit Obst und tropischen Blumen hingen an den Wänden, die übrige Einrichtung bestand aus einem Büfett voller Porzellantassen und -teller und klobigen dunklen Möbeln, die an unser Berliner Hotel erinnerten und aussahen, als hätten sie sämtliche Luftangriffe und Katastrophen ohne den geringsten Kratzer überstanden. Der Tisch mit der handgehäkelten altweißen Spitzendecke war mit dem besten Meißner Porzellan eingedeckt. Frau Grubach, die selbst in ihrer Muttersprache eher wortkarg zu sein schien, blieb in unserer Gesellschaft stumm und beschränkte sich darauf, die Teller mit einer Auswahl von Schnittchen, Keksen, Kuchen, Nüssen und Trockenfrüchten vollzuladen. Sie war geschmeichelt, als ich ihren Schokoladenkuchen lobte, und Nora und ich uns nach dem Rezept erkundigten.

Während wir uns die Mengen von Mehl, Zucker, Eiern und Butter notierten – was alles andere als einfach war, da Frau Grubach kein Englisch sprach –, konnten wir Grubach auf der anderen Seite des Tisches eifrig mit Eric plaudern hören. Eric fragte ihn nach Gehältern und Lebenskosten in Deutschland – als würde ihn die Meinung des kleinen Mannes ernsthaft interessieren. Grubach, der bei Statistiken regelrecht aufzublühen schien, schwatzte begeistert vom Aufschwung und dass er die Christdemokraten gewählt habe, weil sie versprochen hatten, mehr Arbeit für alle zu schaffen, was für Grubach einen erhöhten Absatz an Heizgeräten, Bügeleisen und Elektroapparaten bedeutete. Doch Eric solle ihn in politischer Hinsicht nicht für kindisch halten, sagte er in feierlichem Ton, natürlich wisse jeder, dass eine Inflation den Fortschritt der letzten Jahre mir nichts, dir nichts zunichtemachen könne, und er sei mit Eric ganz einer Meinung, dass auch eine Wirtschaftsrezession im kauffreudigen Amerika in Deutschland zu einem Einbruch führen würde. Überhaupt ritten zu viele Neureiche auf der westdeutschen Wohlstandswelle, aber weil er ein einfacher Mann sei und immer auf der Seite der Bürger gestanden habe, würde er sich wünschen, dass es mehr für alle gebe.

Die Unterhaltung schien ihn restlos zu beglücken. Man konnte ihn förmlich in sich hineinflüstern hören: »Jetzt sind wir Freunde. Genau wie ich es mir auf dem Schiff gewünscht habe. Jetzt werden sie fortgehen und die Grubachs als nette Leute in Erinnerung behalten.«

Doch wie alle Illusionen währte auch diese nicht lange. Jedes Mal, wenn Grubach sich entspannte, tauchte, dem

Geist von Hamlets Vater gleich, ein Gespenst aus der deutschen Vergangenheit auf, um ihn zu quälen.

Die Esszimmertür öffnete sich, und Grubachs Lächeln gefror. Joachim trat ein, mürrisch und streitlustig humpelte er an den Tisch. Sein Auftauchen schien eine Kampfansage an den Vater zu sein. Wieso er den Laden ausgerechnet jetzt alleingelassen habe, wo dort am meisten los sei, wollte der Vater wissen. Sein Bein schmerze, erwiderte Joachim ärgerlich, Herr Schmidt würde sich um alles kümmern. Sogleich verfiel seine Mutter in Hektik, drängte ihn in einen Stuhl, brachte ihm eine kleine rosa Pille und schnitt ihm ein riesiges Stück Schokoladenkuchen ab.

»Mein Sohn spricht kein Englisch«, wiederholte Grubach überaus beflissen, offensichtlich aus Angst, wir könnten mit Joachim reden wollen. Jetzt, da er unseren fröhlichen Kaffeeklatsch gesprengt hatte, sollten wir anscheinend so tun, als wäre er nicht da oder als stünde die fremde Sprache wie Isolierglas zwischen uns. Joachim musterte seinen Vater, schluckte die Tablette und fing an, in seinem Kuchen herumzustochern, um die Nüsse aus der Glasur zu lösen und sie sich bis zum Schluss aufzuheben.

Doch immerhin hielt er den Mund. Erleichtert versuchte sein Vater, die entspannte Plauderstimmung wiederherzustellen und überhäufte Eric mit weiteren Statistiken, diesmal zur deutschen Ausfuhr. Ja, Deutschland exportiere wieder in die ganze Welt, und das nur elf Jahre, nachdem das Land am Boden gelegen und das Volk geglaubt hatte, »unsere« Industrie sei für immer ruiniert. War es da so erstaunlich, dass die Welt von einem Wunder sprach?

»Verzeihen Sie, aber mein Vater hat uns einander nicht vorgestellt. Wie war Ihr Name doch gleich?« Joachim hatte sich über den Tisch gebeugt und Eric auf Deutsch angesprochen, als hätte er von dieser Touristenfarce die Nase voll.

»Devon.«

»Sie haben sich auf dem Schiff kennengelernt. Mein Vater hat mir von Ihnen erzählt.« Joachim leckte die Glasur von der Gabel. »Ich bin überrascht, Sie hier in Deutschland zu sehen.«

»Warum?«

»Ich dachte …«

»Was?«

Eric hatte sich wieder in Albrecht verwandelt, sein Deutsch klang scharf und herrisch. Joachims herausfordernder Blick wurde unsicher.

»Devon«, wiederholte er und betonte die letzte Silbe. »Und wie war Ihr deutscher Name?«

Joachims Frage hallte wie eine Maschinengewehrsalve von den rot tapezierten Wänden wieder. Grubach fuhr hoch, und der letzte Rest Freude schwand aus seinen kleinen traurigen Augen. Vater und Sohn taxierten einander kurz, dann fügte sich der Alte in seine Niederlage. In seinem Gesicht stand die Verzweiflung eines Menschen, der von weitem ohnmächtig zusehen muss, wie ein Bus über die Klippe stürzt. Er streckte die Hand nach einer großen grauen Katze aus, die die ganze Zeit um unsere Beine gestrichen war, und setzte sie sich resigniert auf den Schoß, als wollte er mit dem, was nun kam, nichts mehr zu tun haben.

»Ich heiße Erich Dalburg.«

»Und Ihre Mutter?«

Es klang wie ein Polizeiverhör.

»Agnes von Ludowitz.«

»Aber wieso«, etwas Boshaftes schlich sich in seine Stimme, »wieso haben Sie meinem Vater auf dem Schiff erzählt, Sie seien Jude?«

»So haben die Nazis es mir gesagt. Mein Vater war ein *Mischling*, und das machte mich nach den Nürnberger Rassengesetzen zu einem …«

»Alte Kamellen.« Joachim winkte ab.

»So scheint es. Ein jüdischer Verwandter in Berlin hat mir erklärt, wieso es in Deutschland heutzutage so wenig offenen Antisemitismus gibt. Selbst den alten Nazis fällt es schwer, angesichts der in Massengräbern verscharrten Leichen Hass zu schüren.«

Joachim blickte ihn über den Tisch hinweg an, als würde eine Wüste oder ein undurchdringlicher Sumpf sie trennen, durch den er, ein Jäger mit dem Gewehr im Anschlag, in der Dämmerung eines unfreundlichen Morgens robbte.

»Ich persönlich fand es falsch, die Juden zu … misshandeln«, sagte er plötzlich. Vielleicht kamen ihm die Worte »liquidieren« oder »vergasen« schwer über die Lippen, oder er glaubte nicht daran. »Wir Deutschen wussten nicht …«

»Und wieso nicht? Es steht alles in *Mein Kampf* – in jeder Rede, die der Führer gehalten hat, ging es um nichts anderes: Die Juden sind verabscheuungswürdige Untermenschen. Was haben die Deutschen denn geglaubt, was die Nazis mit den Juden machen würden – sie an ihr Herz drücken?«

Offenbar wusste Joachim nicht, was er sagen sollte. Er blickte von seiner Mutter, die noch mehr Kuchen abschnitt, zu Nora hinüber, die kein Wort verstand und die Katze in Grubachs Schoß bewunderte.

»Wir glaubten, man würde sie nach Palästina bringen, nicht wahr, Papa?«

Grubach sah erstaunt auf. Plötzlich wollte ihn sein Sohn an seiner Seite haben.

»Jaja! Das hat man uns gesagt«, bestätigte er. »Wir glaubten, sie würden dort glücklicher sein, in ihrem eigenen Land.«

»Als Berlin befreit wurde – oder besiegt, je nachdem«, sagte Eric und lehnte sich in seinem Stuhl zurück, »kamen über zweitausend Juden aus ihren Verstecken. Sie hatten nur überlebt, weil deutsche Christen sie unter Einsatz ihres eigenen Lebens gerettet hatten, Deutsche, die wussten, dass die Juden ebenfalls Deutsche waren und in dieses Land gehörten – und nicht nach Palästina.«

Er hatte mit seinen schmalen, nervösen Händen nach einem Silberlöffel gegriffen, den er jetzt auf einem Finger balancierte.

»Ein höchst interessantes Problem – die Juden in Deutschland. Menschen sind dazu in der Lage, alles Mögliche abzustreiten, aber das lässt sich nicht vertuschen. Hier kommt die Wahrheit ans Licht.«

»Die Wahrheit?« Joachim klang verunsichert.

»Man kann *ehemalige* Nazis immer daran erkennen, wie sie über Juden sprechen.«

Der Löffel schwankte und fiel klirrend auf die Spitzentischdecke.

»Natürlich werde ich niemanden in Deutschland treffen, der zugibt, ein Nazi gewesen zu sein. Und das macht mich sehr traurig«, fuhr Eric fort und griff wieder nach dem Löffel.

»Traurig?« Joachims Aggression war Verblüffung gewichen, als beobachte er ein nach neuen Regeln ausgetragenes Spiel, das seinen Verstand überstieg.

Traurig, wiederholte Eric, er halte sich schließlich nicht gern für verrückt, aber was sollte er sonst glauben? Sein Leben lang würde er nicht vergessen, wie Deutschland gewesen war, als er es verließ, für immer würde er sie hören, die vor Glück kreischenden Frauen, den Jubel bei den Massenaufmärschen, die Heil-Hitler-Rufe.

»Und da komme ich zurück und stelle fest, dass es das alles nicht gegeben hat.« Heutzutage scheine jeder Deutsche gegen und nicht für Hitler gewesen zu sein. Habe man damals geweint, dann aus Angst, nicht aus Freude. Alle ehemaligen Nazigrößen, die in Deutschland wieder in Amt und Würden stünden, hätten Hitler aufrichtig gehasst und seiner Regierung nur gedient, um Deutschland vor dem Schlimmsten zu bewahren.

»Herr Grubach«, wandte sich Eric von dem verdatterten Sohn an den Vater. »Ich habe Mut stets bewundert, selbst bei meinen Feinden. Meine Feinde kann ich respektieren. Verräter nicht. Ich frage mich, ob die Deutschen allesamt kastriert worden sind. Werde ich tatsächlich abreisen müssen, ohne jemanden getroffen zu haben, der den Mumm hat, zuzugeben: ›Ich habe an meinen Führer geglaubt, und jetzt, da er tot ist, werde ich nicht auf sein Grab spucken, nur weil er versagt hat‹?«

Frau Grubach wandte die Augen ab. Immer diese Männer, stand in ihrem Gesicht zu lesen, ständig reden sie über Krieg und Politik, und uns lassen sie das Schlamassel dann aufräumen.

»Herr Devon!« Joachim hatte seinen triumphierenden Ton wiedergefunden. Aus seinem Mund klang Erics Name lächerlich, wie eine Karikatur. »Hier sind Sie an der richtigen Adresse. Ich bin kein Feigling. Mein Vater …«

»Halt den Mund!« Grubach schlug mit der Faust auf den Tisch und zeigte zum ersten Mal väterliche Autorität. »Lassen Sie mich reden«, sagte er, an Eric gewandt. »Mein Sohn fürchtet, ich könnte nicht die Wahrheit sagen. Er ist jung. Die unterschiedlichen Generationen in Deutschland haben unterschiedliche Ansichten. Sie sagten, Sie wollen Helden. Nun, in meinem Sohn haben sie einen vor sich, und ich werde Ihnen sagen, was passiert ist. Nicht, dass Sie es verstehen werden. Diejenigen, die Deutschland verlassen haben, werden niemals begreifen, was sich hier zugetragen hat.« Er machte eine Pause. Tante Rosie hatte den gleichen Gedanken geäußert, wenn auch mit anderen Worten.

Als Nächstes sagte Grubach, er gehe davon aus, dass Erics Familie vermögend sei. Ja, gab Eric zu, wenn auch nicht sehr, zumindest sein Vater nicht, doch sie seien gut über die Runden gekommen. Und die Inflation habe sie nicht in den Hunger gestürzt, sagte Grubach. Nein, erwiderte Eric, alles, woran er sich in Bezug auf die Inflation erinnere, sei ein nachmittäglicher Besuch in einer Konditorei Unter den Linden, wo der Kuchen, als sie ankamen, einen anderen Preis hatte als beim Aufbruch, weil der Wert der Mark minütlich verfiel.

»Oh, Ihre Frau«, sagte Grubach plötzlich auf Englisch.

Er entschuldigte sich bei Nora für diese lange, für sie unverständliche Unterhaltung. Er erkläre ihrem Mann gerade, was ihm und Millionen anderen Deutschen widerfahren sei. Nora nickte freundlich und nahm die Katze auf den Schoß.

»Mein Vater fiel im Ersten Krieg«, sagte Grubach in zögerlichem Englisch. Er schien Wert darauf zu legen, dass Nora ihn verstand. Das Volk, die einfachen Leute, hätten noch nie Krieg gewollt, und er würde nicht vergessen, was er durchgemacht habe. Er war noch keine zwanzig, als er eingezogen wurde, bei seiner Rückkehr nach Köln herrschten Hunger und Zerstörung. Seine Mutter besaß einen kleinen Laden, doch die Inflation zwang sie in die Knie. Als er heiratete, war er so arm, dass er sich keine Hochzeitsreise leisten konnte, Gretes Familie war ebenfalls arm, also machte es ihnen nichts aus. Er bedachte seine Frau mit einem warmen Lächeln.

Ach! Wie sollte er diese grässlichen Jahre beschreiben. Als Joachim geboren wurde, hatten sie noch immer kein Geld, dann kam eine Tochter – die im vergangenen Krieg an Typhus starb. Herr Devon müsse sich klarmachen, dass sich hungernde, ängstliche, verzweifelte Menschen …

»… an Parteien wie die Nationalsozialisten klammern, die ihnen alles versprechen«, beendete Eric den Satz.

»Heute glaubt die Welt, die Nazis seien Ungeheuer gewesen«, sagte Grubach und riss seine Äuglein auf. Nur weil ein paar Mitglieder die ursprünglichen Ideale verraten hätten, mussten sämtliche Anhänger leiden. Doch kein Außenstehender könne sich vorstellen, wie glücklich und von Idealen durchdrungen sich die ersten Mitglieder gefühlt hätten. Es sei gewesen, als gehöre man …

»… einem Kreuzzug an«, sagte Eric.

Hitler wollte keinen Krieg, betonte Grubach. In jeder Ansprache, mit jedem Wort habe er für Frieden plädiert, nichts als Frieden. Und wie hatte der Krieg begonnen? Das wisse heute doch jeder. Die russischen Kommunisten hätten die Polen gegen die Deutschen aufgehetzt, und Deutschland habe sich verteidigen müssen.

Eric warf ein, dass man das in England ganz anders sehe, doch Grubach redete unbeirrt weiter. Eric ließ ihn gewähren.

Nun, die Deutschen wollten keinen Krieg, und die ganze Sache wäre schnell und glimpflich vorüber gewesen, wenn …

Grubach sah Nora an, in deren sonst so ruhigem Gesicht irritierte Verblüffung stand. Sie wollte etwas sagen, er ließ sie jedoch nicht zu Wort kommen.

Der Krieg hatte das Land vollkommen ruiniert, eine bittere Niederlage, ein zweites 1918, doch in weit größerem und entsetzlicherem Ausmaß. Nach der Niederlage 1918 hatte man die Deutschen wenigstens sich selbst überlassen. Doch 1945 kamen die Besatzungsmächte und blieben.

»Das war, als mein Sohn und ich – nun, er wird mir niemals verzeihen. Niemals. Genau wie Sie, Herr Devon, wollte er, dass die Deutschen selbst im Scheitern noch Helden seien.«

Wenn man den Hunger nicht kenne, könne man nicht ermessen, wozu Menschen fähig seien, um an etwas Essbares heranzukommen, und Herr Devon habe nie gehungert. Da krochen also die Deutschen aus ihren Kellern, umgeben von Ruinen – seine plumpen Hände deuteten hilflos auf den Tisch, die Spitzendecke, das Meißner Porzellan und versuchten vergeblich, einen Eindruck des einstigen Hungers heraufzubeschwören.

»Wenn man in der Alliiertenzone Arbeit wollte, musste man schwören, dass man Demokrat war. In der russischen Zone behauptete man, immer schon mit den Kommunisten sympathisiert zu haben.« Wie alle anderen hatte sich auch Grubach der sogenannten Entnazifizierung unterziehen müssen. Er habe die Wahrheit gesagt – aber nicht die ganze. Briefe von seinen Verwandten aus Philadelphia habe er gezeigt – jenen, die er neulich besucht habe –, um zu beweisen, dass er sich bereits 1926 mit dem Gedanken getragen habe, in die Vereinigten Staaten auszuwandern. Er hatte dem Komitee erzählt, wie sehr er die Amerikaner schätze und bewundere, was keine Lüge war. Er mochte sie. Als Menschen, nicht als Besatzer, denn wer mochte schon seine Besatzer? Doch Grubach hatte gelogen, als er gesagt hatte, er sei der Partei erst 1938 und unter Zwang beigetreten.

»Die Amerikaner waren sehr freundlich zu mir. Damals sprach ich nur ein paar Brocken Englisch, die ich in der Abendschule gelernt hatte. Nicht so gut wie jetzt nach meinen Besuchen in den Vereinigten Staaten. Ich bin gebürtiger Katholik, wie die meisten hier im Rheinland. Und so erhielt ich bald die Genehmigung, einen kleinen Laden zu eröffnen, wir hatten etwas zu essen, das Geschäft florierte, und jetzt habe ich Erfolg. Doch mein Sohn hasst mich.«

Joachim, der kein Englisch verstand, kaute stumm die Nüsse, die er sich für den Schluss aufgehoben hatte, dann hielt er seiner Mutter den Teller hin, die ihn mit einem frisch abgeschnittenen Kuchenstück belud.

1945 war Joachim nicht hier in Köln gewesen, sondern bei Verwandten in Westfalen, erklärte der Vater widerstrebend, als wäre dieses Kapitel zu schmerzlich, um in Worte gefasst zu werden. Nachdem er bei der Bombardierung ihres Hauses verwundet worden war, hatten sie ihn aufs Land geschickt, wo er genesen sollte. Sie hatten ihn dort in diesen entsetzlichen letzten Kriegstagen in Sicherheit gewähnt. Joachim war ein mutiger Junge, den keinerlei Erinnerung an Hungerzeiten zügelte. Als die im Dorf stationierten Besatzer ihn zu sich zitierten, humpelte er mit seinen einundzwanzig Jahren auf Krücken vor sie und sagte die Wahrheit.

»Genau wie Sie eben meinten, Herr Devon. Man kann einen Feind respektieren, wenn er die Wahrheit spricht.«

Doch diese Offiziere hatten nichts respektiert. Als sie aus Joachims Mund hörten, dass er nicht nur bei der Hitlerjugend gewesen war, sondern als Jungzugführer gedient und an seinen Führer geglaubt hatte, was er noch immer tue, obwohl Hitler tot sei, war einer der Soldaten aufgestanden und hatte ihm die Faust ins Gesicht geschlagen.

»Er wurde dafür bestraft, dass er die Wahrheit sagte, Herr Devon. Sie verdonnerten in zu Schwerstarbeit, obwohl er ein Krüppel war, und behandelten ihn wie Abschaum. Andere Jungen in seinem Alter, die gelogen hatten, wurden mit Schokolade und Freundlichkeit belohnt.«

Doch damit sei die Geschichte nicht zu Ende, fügte Grubach rasch hinzu, um Eric an einer Bemerkung zu hindern. Er solle ihm bitte zuhören, denn es sei noch schlimmer gekommen, und da Herr Devon Engländer sei, könne er ihm vielleicht erklären, was geschehen war, die Deutschen seien da völlig ratlos.

Sein Sohn heiratete und kehrte nach Köln zurück, doch anfangs versteckte er sich, weil er seinem Vater, der mit den Besatzern gute Geschäfte machte, nicht in die Quere kommen wollte. Damals sei es noch eine Schande gewesen, eine Nazivergangenheit zu haben.

»Doch mit einem Mal änderte sich das«, erklärte Grubach. Plötzlich stellte keiner mehr Fragen. Niemanden scherte es, ob man ein Nazi gewesen war. Führenden Köpfen der NSDAP wurden Posten in Bonn zugeschanzt, die Sozialdemokraten waren außer sich und protestierten in ihren Zeitungen, doch da sie nichts zu entscheiden hatten, kümmerte es niemanden. Es sei ein seltsames Gefühl gewesen, all diese altbekannten Figuren wieder in der Öffentlichkeit zu sehen. Sie seien plötzlich nie Nazis gewesen, bloß gezwungen gewesen, mit den Nazis zu kollaborieren, exakt wie Herr Devon es gesagt habe. Nein, Grubach halte sie nicht für Heuchler. Heuchler seien die, die einem nach dem Mund redeten, um satt zu werden. Wenn ein prominenter Nazi die Alliierten überzeugen konnte, er sei stets Demokrat gewesen, dann hielt Grubach ihn für äußerst gerissen, bewunderte ihn und wünschte ihm alles Gute. Anders als sein Sohn und Herr Devon erwarte er von normalen Menschen keine Heldentaten.

Das Einzige, was er wissen wolle, sei Folgendes, und vielleicht könnte Herr Devon als Engländer ihm weiterhelfen: »Was wollen die Alliierten von uns? Was hat dazu geführt, dass sie ihre Meinung derart geändert haben?«

»Zuerst wurden die Deutschen entnazifiziert und entmilitarisiert und dann …«

»Genau.« Grubach klang erleichtert, da er offenbar verstanden worden war. »Plötzlich begannen die Alliierten damit, uns Deutschen zu erzählen, unsere eigentlichen Feinde seien die Kommunisten. Aber das haben die Nazis doch als Allererste gewusst. Jetzt sagen uns die Alliierten: ›Deutsche, rüstet euch für den Kampf gegen die Russen.‹ Aber wir haben bereits gegen die Russen gekämpft! Wieso halfen uns die Alliierten damals nicht? Wieso schickten sie uns nicht Waffen und Truppen, statt Deutschland in Schutt und Asche zu legen? Wieso zwangen sie uns in die Knie und verlangen nun von uns, erneut zu kämpfen?«

»Frag das doch nicht diesen Herrn Devon. Er ist Brite – einer von ihnen«, brauste Joachim auf Englisch auf.

Dieser junge Mann, der nach Auskunft seines Vaters kein Wort Englisch sprach, hatte, wie sich nun zeigte, sogar einen amerikanischen Akzent. Ich musste an Franz' Bemerkung denken: »Es zahlt sich aus, die Sprache der Besatzer zu lernen.« Offensichtlich hatte Joachim sie sich angeeignet, um sie als Waffe zu benutzen.

»Dass ich britischer Staatsbürger bin, macht mich nicht blind«, gab Eric hitzig zurück. »Ich bin zuallererst ein Mensch und kann die Fehler sehen, die allenthalben gemacht werden.«

»Aber Ihre Landsleute waren so dumm«, sagte Herr Grubach mit bedauerndem Kopfschütteln.

»Unglaublich dumm, ja. Allerdings hat ihre Dummheit nie die verbrecherischen Ausmaße der Nazis erreicht. Die Besatzer bauten kein einziges KZ und vergasten auch nicht Millionen ihrer Feinde.«

»Entschuldigung, Herr Devon – aber diese Propagandageschichten können Sie doch nicht ernstlich glauben.«

Herr Grubach lächelte mitleidig: Ein so gebildeter Mann wie Herr Devon, schien es zu besagen, und so ahnungslos.

»Mein Vater stellt Fragen, aber ich beantworte sie, weil ich die Antworten kenne«, sagte Joachim und ließ von seinem Kuchen ab. »Ich werde Ihnen sagen, weshalb wir besiegt wurden. Weshalb unsere Armee und unsere Industrie zerstört wurden. Die Alliierten wollen gegen Russland kämpfen, aber das nächste Mal wollen sie Deutschland dabei unter ihrer Kontrolle haben, das heißt Westdeutschland. Und die Russen wollen im nächsten Krieg die Ostdeutschen beherrschen. Beide Seiten glauben, die Deutschen seien eine Herde dummer Schafe, die aufeinander schießen und sich von Fremden herumkommandieren lassen wie erbärmliche Sklaven, ohne militärisch ein Wörtchen mitzureden und ohne jeglichen eigenen Willen.«

Nun, sagte Joachim mit zufriedenem Lächeln, das werde nicht passieren. Die Deutschen vollbrächten Wunder, das sage inzwischen die ganze Welt, die keine Ahnung habe, welches Wunder sie noch erwarte.

»Schon bald werden wir diejenigen sein, die Befehle erteilen. Und wenn wir kämpfen, dann nur, weil wir wollen. Aber ich glaube nicht, dass es so weit kommt. Ein starkes, mächtiges Deutschland kriegt auch ohne Kampf, was es will. Das nächste Mal wird alles anders. Was sagen Sie dazu, Herr Devon?«

Langsam schob Eric seinen Stuhl zurück, stand auf und verharrte neben dem Tisch, das sanfte Licht des schwindenden Nachmittags auf dem Gesicht. Über die Ödnis der Spitzendecke hinweg, auf der die Goldrandteller wie riesige Eheringe glänzten, blickte er Joachim neugierig an.

»Als ich meinen Cousin Albrecht in Berlin so reden hörte, dachte ich, er spreche für eine kleine Gruppe Gleichgesinnter. Offenbar habe ich mich geirrt.« Er streckte die Hand aus und half Nora aus dem Stuhl. »Schon möglich, dass Sie für das neue Deutschland sprechen und Erfolg haben werden.«

Seine Stimme verebbte und klang, als sie zurückkehrte, erschöpft wie die eines Kindes, das eine Nacht lang weinend in die Dunkelheit gerufen hat, ohne eine Antwort zu bekommen. »Ich hoffe nur, dass ich den Tag Ihres Triumphes nicht mehr erleben werde.«

Mein Zug am folgenden Tag ging früher als der der Devons. Der Bahnhof erwies sich als riesige Baustelle. Die Luft hallte von Hammerschlägen wider, und neue Trägerkonstruktionen spannten sich nackt und roh über unsere Köpfe. Bauarbeiter wuselten hin und her und drängten sich zwischen die Reisenden, überall herrschten Hektik und Verwirrung, Züge fuhren auf provisorischen Gleisen, niemand schien zu wissen, wo und wann sie abgingen. Mein Zug hatte bereits zehn Minuten Verspätung, doch war ich darüber fast erleichtert, weil mir das ein paar letzte wertvolle Minuten mit Nora gewährte. Eric war schon frühmorgens zu dem einstigen Geschäftspartner seines Vaters in die Druckerei gefahren und offenbar aufgehalten worden, und auch am Abend zuvor, als er von seinem Abendessen mit Herrn Kreymer ins Hotel zurückgekehrt war, hatte ich ihn nicht mehr gesehen.

»Wenn Eric nicht mehr rechtzeitig kommt, grüß ihn

von mir«, sagte ich auf dem Bahnsteig, als der Zug leise zu vibrieren begann. Mein Koffer war bereits im Gepäcknetz verstaut. »Wie ging es Eric heute Morgen?«

»Er kann es kaum erwarten, wieder in London zu sein. Das macht mir Angst«, entgegnete Nora und hielt ärgerlich ihre Handtasche fest, die ihr eine zum Zug hastende Matrone fast vom Arm gerissen hatte.

» Er verkehrt alles, was er bislang glaubte, ins Gegenteil. Weißt du noch, was er Käthe über die Engländer gesagt hat? Er idealisiert sie und baut die größten Luftschlösser. Wenn er nicht aufpasst, wird das ein böses Erwachen für ihn geben«, sagte Nora.

Das Gehämmer rundum zwang uns zu schreien, und Nora verzog gereizt das Gesicht.

»All dieser Unsinn über die Engländer, die keine Fragen stellen und so diskret sind und dass er einfach ins Büro spazieren und sagen kann: ›Tja, Berlin hat sich ziemlich verändert, seit ich dort auf die Welt kam‹, ohne dass jemand auch nur mit der Wimper zuckt. Völliger Irrsinn. Ich bin Engländerin, ich muss es wissen.«

Ja, sie wusste nur allzu gut, auf welch grausame Weise die Engländer einen Außenseiter in seine Schranken weisen konnten. Nicht durch Unhöflichkeiten oder offene Feindseligkeit, was in ihren Augen zu gewöhnlich wäre. Nora holte die kleine beigefarbene Strickmütze hervor, die sie in einem Kölner Laden gekauft hatte, und strich sie glatt. »Stattdessen legen wir milde Herablassung und wohlerzogenes Bedauern an den Tag, als wollten wir sagen: ›Nun, was ist von so einem auch zu erwarten. Er ist schließlich keiner von uns.‹ Das kann ungleich verletzender sein als offene Aggression.«

Ich pflichtete ihr bei und hörte auf das Stampfen der Lokomotive, das die verbleibenden Sekunden zu zählen schien. Fünfzehn Minuten Verspätung, so war es nach wie vor möglich, dass Eric doch noch rechtzeitig eintraf.

In den vergangenen Tagen war Nora der Gedanke gekommen, Erics verzweifelter Wunsch, um jeden Preis Brite zu werden, müsse mit dem Tod seiner Mutter zu tun gehabt haben. Er hatte sich damals gewiss extrem einsam gefühlt und hatte doch irgendwo dazugehören wollen, ohne ständig, und sei es auf noch so wohlerzogene Weise, zurückgewiesen zu werden.

»Und deshalb«, sagte sie und fasste meinen Arm, während wir ein paar Schritte gingen, »fürchte ich, dass er bei unserer Rückkehr all diese kleinen Schutzmaßnahmen auf einmal niederreißt und das bisschen Sicherheit, das er hatte oder zu haben glaubte, zerstört. Man muss sehr stark und selbstsicher sein, um eine falsche Identität, die jahrelang das Leben bestimmt hat, einfach abzulegen. Und Eric ist nicht stark. Im Gegenteil, er ist so entsetzlich, fürchterlich ...«

Sie stockte und blickte den Bahnsteig hinunter. Eric eilte uns mit wehendem Regenmantel entgegen.

»Da seid ihr ja!« Triumphierend kam er auf uns zu und drückte mir Zeitschriften, Pralinen und eine Kölner Zeitung in den Arm. »Es tut mir leid, aber wir waren weit außerhalb der Stadt – ich habe Herrn Kreymer immer wieder gesagt, ich müsse jetzt los. Ein wirklich außergewöhnlicher alter Herr. Ich konnte mich nur noch vage an ihn erinnern. Er steckt voller Pläne. Ich habe versprochen, ihm zu helfen. Das ist das mindeste nach dem, was er für meinen Vater getan hat. Ich schreibe dir die Einzelheiten.«

Beklommen blickte ich die beiden an. Wir waren einander so nahe gewesen, und nun würde es bis zu meiner Rückkehr im nächsten Sommer nur kurze, unverbindliche Luftpostbriefe geben, die unsere vertraulichen Unterhaltungen in keiner Weise ersetzen konnten.

»Kreymer und ich haben über Berlin geredet«, sagte Eric, und etwas, was er bisher zurückgehalten hatte, leuchtete in seinen Augen. »Er will zurückziehen. Er hat die Nase voll von der aufgeblasenen Kölner Stimmung. Er vermisst die ›Berliner Luft‹. Weißt du, was das ist?«

»Ja. Die einzigartige Atmosphäre der Stadt, dieses gewisse Etwas, das Berlinern fehlt, wenn sie weggehen.«

»Wenn ich als Junge aus den Ferien nach Berlin zurückkam, hieß diese Berliner Luft mich willkommen, etwas Knisterndes und Lebendiges, das mich froh machte, in dieser Stadt und nirgendwo sonst in Deutschland geboren zu sein. Meine Freunde und ich haben nie gesagt: ›Ich bin Deutscher‹, sondern immer nur: ›Ich bin Berliner.‹«

Ein Signal ertönte, der Zug ruckte an. Ich setzte einen Fuß auf die unterste Stufe.

»Hast du sie auch diesmal verspürt, Eric? Die Berliner Luft?«

»Alle einsteigen!«, erklang es.

»Ja«, sagte er und sah mich wehmütig an. »Es ist wie eine Liebesgeschichte, von der man glaubte, sie sei für immer vorbei, und dann plötzlich, Jahre später, ist da noch etwas, das schmerzt und dich berührt und wieder wachrüttelt.«

Der Zug ruckte abermals und setzte sich in Bewegung, so dass ich fast das Gleichgewicht verlor und mich an den Haltegriff klammerte.

»Auf Wiedersehen, auf Wiedersehen!« Unsere Stimmen verhallten im Lärm der Bauarbeiten, der Zug pfiff, und die ratternden Räder riefen ebenfalls auf Wiedersehen. Hilflos starrte ich die Devons über die wachsende Entfernung hinweg an. Tausende von Meilen würden uns bald trennen. Nachgedanken, Ungesagtes und die Frage, was das nächste Jahr wohl bringen mochte, schwirrten jedem von uns durch den Kopf. Und was, wenn wir uns, nachdem wir einander so nahegekommen waren, doch nicht wiedersehen würden?

Ich wollte noch etwas rufen, doch schon war die Entfernung unüberbrückbar. Sie hatten die Arme sinken lassen und drehten sich um, als wollten sie nicht mitansehen müssen, wie der Zug ihrem Blickfeld entschwand. Ich hielt mich an der Waggontür fest und wandte mich ebenfalls ab. Erst einige Zeit später hob ich den Blick. Der Bahnhof lag längst hinter uns, der Zug fuhr am Rheinufer entlang. Es hatte wieder heftig zu regnen begonnen, ein kalter, grauer Regen über den Uferfelsen der Loreley, genau wie Eric es aus seiner Kindheit in Erinnerung hatte. Diese Kindheit war mit unserer Reise endgültig vergangen und hatte ihn in eine Zeit entlassen, die bislang weder Frieden noch die Hoffnung auf eine ruhige Zukunft versprach.

TEIL DREI
DURCH DEUTSCHLAND
NACH BERLIN

EINS

Die Briefe, die in den folgenden Monaten zwischen Nora und mir per Luftpost hin und her gingen, hatten den unbeschwerten Plauderton, in den man verfällt, wenn man merkt, dass sich Herzensdinge über große Entfernungen schlecht erörtern lassen. »Wenn wir uns wiedersehen, musst Du mich daran erinnern, Dir zu erzählen, dass …«, setzte Nora in ausschweifenden PS unter ihre Briefe. Im Gegensatz zum vergangenen Winter, als Eric zu krank für das Gesellschaftsleben war, seien sie in diesem Jahr viel unterwegs. Offenbar gingen sie wieder aus – literarische Tees, bei denen junge Autoren lasen, Ausstellungen, Ballett und Theater, »sagenhaft gut zurzeit. Flieg her!« Ihre Freunde seien »ganz wild« auf Franz' Bilder, und es musste dringend etwas passieren, obwohl es natürlich Monate dauerte, eine anständige Ausstellung auf die Beine zu stellen.

Zu Neujahr kam eine Schilderung der Weihnachtsparty, die sie gegeben hatten, um ihren Freunden Tante Rosie vorzustellen. Käthe habe die Buchhandlung zu dieser Zeit nicht verlassen können – es war die Hauptsaison –, aber Noras Eltern seien aus Cornwall gekommen, und alles wurde »ein Wahnsinnserfolg«. Leute seien der

Einladung gefolgt, die sie seit Ewigkeiten nicht mehr gesehen hätten, auch der geheimnisumwitterte Konrad Geisler, mit dem Eric vor Jahren zur Schule gegangen war, ein stiller, kleiner Mann mit dicker Brille und einer netten blassblonden Frau aus einem dieser Balkanländer, die Nora ständig miteinander verwechselte. Selbst Erics Chef sei gekommen – ein Goldstück. Ganz wie Eric vorausgesagt hatte, habe er kein Wort über die Berliner Herkunft seines Angestellten verloren. Was ihre Eltern betreffe, hätte ich übrigens vollkommen recht gehabt: Sie hätten es längst gewusst. Über einen Cousin, der in irgendeiner Militärabteilung arbeitete, habe ihr Vater alles über Erics Herkunft erfahren.

Noras Mutter und Tante Rosie hatten einander »auf den ersten Blick ins Herz geschlossen«. Die beiden seien sich merkwürdig ähnlich, schrieb sie, nicht äußerlich, denn ihre rundliche, in Tweed gehüllte Mutter sei weit von Rosies Pariser Eleganz entfernt. Doch habe zwischen den beiden moralisch standfesten Frauen ein tiefes Einverständnis geherrscht.

In jedem Brief ließ Eric Grüße ausrichten, er war stark beschäftigt, litt an einer Erkältung (der fürchterliche Smog), übersetzte die packende Kriegserzählung eines jungen deutschen Autors und hatte ein gebrauchtes, aber sehr zuverlässiges Auto gekauft, um im kommenden Sommer zu reisen, er denke an die Schweiz und die italienischen Seen.

Mit der Zeit beschäftigten sich Noras Briefe immer öfter mit Gerhard, der allmählich in den Mittelpunkt ihres Lebens zu rücken schien. Bei seiner Ankunft war er so dünn gewesen, dass man die Rippen hatte zählen kön-

300

nen. Also war Nora mit ihm zu ihrem Hausarzt gegangen, der befand, Gerhard litte an Anämie und Unterernährung, was allerdings nicht Franz' mangelnder Fürsorge, sondern allein dem Jungen zuzuschreiben war, der sich geweigert hatte, zu Hause zu essen, und stattdessen, wie Teenager es heutzutage machten, durch die Straßen gezogen war und sich von Hotdogs ernährt hatte. Der Arzt hatte außerdem ein leichtes Herzgeräusch festgestellt, vier Backenzähne waren in einem beklagenswerten Zustand, und das linke Auge wies eine starke Hornhautverkrümmung auf. So waren Gerhards erste Wochen zwischen Labortests, Zahn- und Augenarztbesuchen nicht gerade rosig verlaufen, doch jetzt »sieht er aus wie ein anderer Mensch, und wir sind stolz auf ihn«.

Kurz darauf bekam ich einen Brief von Tante Rosie, der ein Musterbeispiel an diplomatischem Feingefühl war. Sie sei so froh, zu hören, dass wir eine Europareise planten, und sie habe es Erich gegenüber nicht erwähnt, da sie sich nicht aufdrängen wolle (mit Nora hatte sie zu Weihnachten in London bereits darüber gesprochen, aber Frauen seien nun einmal flexibler). Wie dem auch sei, wenn Berlin noch irgendwie in unsere Reisepläne passen würde – Nora hielt das für möglich –, dann sollten wir bei ihr wohnen. Das dänische Paar sei nach Hause zurückgekehrt, und das nette kanadische Mädchen würde nach einer »stürmischen Romanze«, wie Rosie es nannte, einen amerikanischen Geschäftsmann heiraten. Wir hätten also das Haus ganz für uns.

Von Nora höre sie jede Woche, doch Eric schreibe nur sporadisch. Er leide immer noch, aber was solle man da machen? »Essen, Geld, ein Dach über dem Kopf, dabei können einem andere unter die Arme greifen, doch wenn die Seele leidet, muss die Zeit das ihre tun. Ich setze auf Erics Aufrichtigkeit. Früher oder später wird sie ihm helfen, zu sich selbst zu finden.«

Bald darauf erwähnte Nora in einem kurzen Brief die für Mitte Juni geplante Reise: Es bleibe nach wie vor bei Italien, wenn auch mit einigen kleinen Abstechern – wie wäre es mit ein paar Tagen an der Côte d'Azur? Dann endlich, als ich gerade in Kanada war und überlegte, ob ich einen Flug nach Frankreich oder England oder direkt nach Rom buchen und sie dort treffen sollte, ließ Eric von sich hören.

Ob es mir etwas ausmachte, bis September zu warten? Der August sei ein so entsetzlich überlaufener Reisemonat. Außerdem habe es eine kleine Änderung der Pläne gegeben. Wenn wir nach Frankreich, in die Schweiz oder nach Italien führen, könnten wir doch leicht über Deutschland reisen, weil – nun, um die Wahrheit zu sagen, »ich bin von einer Idee besessen«, schrieb er. Nachdem er jahrelang versucht hatte, die Vergangenheit zu verdrängen, hatte ihn eine besonders quälende Form des Erinnerns befallen: Menschen, Ereignisse, Kindheitsbilder stürzten mit solcher Klarheit auf ihn ein, dass er die Räume, in denen sich alles abgespielt hatte, bis ins kleinste Detail vor sich sah, »bis zur letzten traurigen Rose auf der Tapete«.

»Immer wieder habe ich nachts mit aufgerissenen Augen und offenen Ohren in der Dunkelheit gelegen, um mir keines der vor mir aufflackernden Bilder entgehen zu lassen. Morgens bin ich an den Schreibtisch gestürzt und habe haufenweise Briefe geschrieben, in denen ich mich bei Menschen, die ich seit Jahren nicht gesehen habe, nach Freunden und Verwandten erkundigte. Mit Hilfe von Tante Rosie, Käthe, Franz und Magda in Israel – ob sie mich wohl für verrückt halten? – habe ich alte Freunde ausfindig gemacht, die inzwischen in Südafrika, Südamerika, den Vereinigten Staaten oder gar Honkong leben. Mir war nicht bewusst, wie sehr die aus Nazideutschland Emigrierten in aller Herren Länder verstreut sind. Manchmal ist dieses Herumstochern in der Vergangenheit unerträglich. Ich frage mich, ob wir wirklich Überlebende oder doch nur Gespenster sind, die sich noch nicht von ihrem Körper lösen können.«

Als ich in der ersten Septemberwoche mit dem Zug von Southampton, wo mein Schiff angelegt hatte, nach London fuhr, musste ich wieder an Erics Worte denken. Ich hatte Noras letzten Brief in der Tasche, der mich einen Tag vor meiner Abfahrt aus Quebec erreicht hatte.

Wir würden nach Berlin reisen. Wie sich dieses Wunder vollzogen hatte, erklärte sie nicht; Tante Rosie »freut sich schon schrecklich auf uns«. Eric meine, von London nach Berlin brauchten wir drei oder vier Tage, da er sich unterwegs einiges anschauen wolle. Wie es aussehe, würde der Herbst nach diesem abermals verregneten Sommer ganz freundlich werden.

In den englischen Gärten, die am Zugfenster vorbeirauschten, leuchteten die spätsommerlichen Blumen im Sonnenlicht. Genau das richtige Wetter, um nach Berlin zurückzukehren, die Stadt, die Eric vor einem Jahr in Panik verlassen hatte.

Die Devons hatten darauf bestanden, dass ich bei ihnen in Chelsea wohnte, und ich hatte zurückgeschrieben, sie sollten nicht zum Bahnhof kommen, auf Schiffe abgestimmte Züge seien grundsätzlich unpünktlich. Als wir London erreichten, nahm ich mein Gepäck und begab mich zum Ausgang, als jemand meinen Namen rief. Überrascht drehte ich mich um.

»Nora!«, rief ich. »Aber ... du hast dir ja die Haare abgeschnitten! Dein schöner Dutt!«

Lachend küsste sie mich auf die Wange.

»Bitte sag, dass es mir wahnsinnig gut steht. Es fühlt sich noch immer so ungewohnt an.«

Ich musterte ihr feingeschnittenes blasses Gesicht, das mit dem zurückgebundenen Haar noch schmaler gewirkt hatte. Jetzt trug sie eine kurze Pagenfrisur, die weich ihre Ohren umspielte.

»Ich hatte im April Geburtstag«, sagte sie, während wir dem Gepäckträger folgten. »Du weißt, wie es Frauen in den Vierzigern geht. Jahrelang leben wir mit unseren Gesichtern, und mit einem Mal blicken wir in den Spiegel und sagen: ›Wenn ich nicht sofort etwas ändere, drehe ich durch.‹«

»Mir gefällt's – jetzt, da der erste Schock vorüber ist.«

»Ich wollte gar nicht anders aussehen – nur jünger. Als mir der Friseur die Haare abschnitt, sagte er: ›Madame, Sie sind gerade um zehn Jahre jünger geworden.‹ Das war natürlich gelogen, aber es hat mir trotzdem gutgetan.«

»Was meint Eric dazu?«

»Er hat es kaum gemerkt. Er war zu sehr mit anderen Dingen beschäftigt.«

Vor dem Bahnhof empfing uns der hektische Londoner Verkehr. Auf der anderen Straßenseite stand das kleine dunkelblaue Auto, das Eric einem Freund für die lang-erwartete Reise abgekauft hatte.

Wir stiegen ein. Es war bequem und geräumiger als Grubachs VW.

»Hast du je wieder etwas von Grubach gehört?«, fragte ich.

»Aber sicher. Letzten Winter kam eine Weihnachts-karte voller Engel und guter Wünsche auf Deutsch. Allerdings keine persönliche, sondern eine, wie man sie an Kunden und Geschäftspartner verschickt. Eric war völlig aus dem Häuschen, als er all das Gold und den Bilderbuchschnee sah, er meinte, so eine Karte habe er seit seiner Kindheit nicht mehr zu Gesicht bekommen, als die Schöneberger Ladenbesitzer seiner Mutter ihre Weih-nachtsgrüße schickten.«

Umsichtig manövrierte sie uns aus dem Hauptverkehr in die vom Sonnenlicht dieses windigen Nachmittags durchfluteten Seitenstraßen. Wir fuhren Richtung Fluss. Sie müsse mir so vieles erzählen, sagte sie, sie wisse gar nicht, wo anfangen. Von Gerhards Gesundheit habe sie mir ja schon geschrieben. Jetzt fügte sie noch ein paar Details hinzu. Zu allem leide er auch noch an einer seltsa-men Dermatitis, die die Ärzte für psychosomatisch hiel-ten, denn jedes Mal, wenn ihn etwas aufrege, bekomme er Ausschlag, glücklicherweise nur an den Beinen, so sehe es wenigstens niemand, doch der arme Junge kratze sich unablässig. Hatte sie mir erzählt – nein, hatte sie nicht –, dass Gerhard eine Lehre oder eine Ausbildung oder wie das heiße in der Druckerei mache, in der Erics Verlag seine Bücher herstellen ließ? Das Theoretische liege Ger-hard nicht so, daher sei eine Universität nicht der geeignete Ort, sagte sie, und ihre Stimme wurde weich. Möglicherweise sei diese Einschätzung ihrer Schwäche für den Jungen zuzuschreiben, aber sie finde, das spreche in keiner Weise gegen ihn. Ganz im Gegenteil, als fähiger, gut ausgebildeter Drucker könne er ordentlich verdienen und für sich und die Gesellschaft von größerem Nutzen sein als ein Pseudointellektueller, nicht wahr? Wie schön, dass ich ihre Meinung teile, angesichts dieser neuen Generation müsse man realistisch sein. Die hätte es schon schwer genug, wo doch alle nur von Krieg redeten. »Oh, und habe ich dir von Eric und meinem Vater geschrieben?«

»Nicht dass ich wüsste.«

Nun, sie seien jetzt dicke Freunde. Endlich hatten sie ein gemeinsames Interesse: das drohende Wiedererstarken des deutschen Militarismus. Jedes Mal, wenn sich ihr Vater in Rage redete, gähnten seine Regierungsfreunde und murmelten: »Ganz ruhig, Major Shadlock. Alles halb so schlimm.« Doch seit Erics Rückkehr hatte ihr Vater einen Verbündeten, der aus erster Hand zu berichten wusste, und so zogen die beiden los, trafen sich auf ein Bier mit hohen Beamten oder Kabinettsmitgliedern und redeten stundenlang. Nun war es nicht mehr nur der gute alte Major Shadlock, der Bescheid wusste, sondern auch noch sein aus Berlin stammender Schwiegersohn.

»Und wann hat Eric beschlossen, seine Ferien in Deutschland zu verbringen? Ich dachte, er wollte nie mehr dorthin zurück.«

Wir fuhren am Embankment entlang, die Gebäude auf der anderen Uferseite hoben sich dunkelrot und braun von dem vergissmeinnichtblauen, überraschend wolkenlosen Himmel ab. Nora runzelte nachdenklich die Stirn.

»Als Tante Rosie zu Weihnachten hier war, schien sie selbstverständlich davon auszugehen, dass wir das nächste Mal länger bleiben würden, um wirklich etwas von Deutschland zu sehen. Allerdings vermied sie es tunlichst, Berlin zu erwähnen.«

Dann, im Frühling, hatte Eric so viele Briefe von alten Freunden bekommen, die nach Deutschland zurückgekehrt waren, dass er vielen von ihnen versprach, er würde versuchen, München, Hamburg und mindestens ein Dutzend anderer Orte in seinem nächsten Sommerurlaub unterzubringen. Eines Abends sagte er plötzlich: »Wir sollten endlich Tante Rosie schreiben und ihr sagen, wann genau wir in Berlin eintreffen, damit sie uns einplanen kann.«

»Gut«, meinte ich und spürte einen Windstoß von der Themse auf meinem Gesicht. »Eric klingt glücklicher.«

»Es geht ihm hundeelend. Letztes Jahr hat er still gelitten, aber jetzt ist er reizbar und misstrauisch und mit der ganzen Welt entzweit. Seine Wut über seine deutschen Wurzeln ist ins andere Extrem umgeschlagen.«

»Wie kommt das?«

»Jahrelang glaubte er, niemand ahne etwas davon. Jetzt meint er, die ganze Welt wisse Bescheid, was ebenso albern ist. Wenn wir auf eine Party gehen und jemand von den Deutschen oder der Krise in Berlin redet, denkt er sofort, es richte sich gegen ihn, und beginnt sich zu verteidigen.«

Wir näherten uns der Chelseaer Wohnung. Die Bäume am Embankment winkten uns blassgrün entgegen. Das Auto kam zum Halt, und Nora zog die Handbremse.

»Es ist alles so kompliziert. Übrigens, erinnere mich

daran, dass ich dir von Magda erzähle, wenn wir uns bei einer Tasse Tee ausruhen.«

Ihr Ton verriet nicht, ob es gute oder schlechte Neuigkeiten waren.

Nora nahm mir eine meiner beiden Taschen ab, und so gingen wir nach oben.

»Eric und Gerhard werden erst später nach Hause kommen. Zur Feier des Tages essen wir heute Abend auswärts.«

Das Gästezimmer lag am anderen Ende des Flurs neben dem Raum, den Gerhard bewohnte, der jetzt zur Familie zählte. Als ich es betrat, meinte ich, die warme Gegenwart von Noras Eltern zu spüren, der in Tweed gehüllten Mutter und des vielleicht schnurrbärtigen Vaters, die an kühlen Abenden vor dem Kamin saßen. Rötlich gelbe Narzissen glänzten auf dem weißen Chintz, Tüllgardinen rahmten das große Fenster, das auf die Themse hinausging.

»Gemütlich, nicht wahr?«, entgegnete Nora auf meine Komplimente. »Mutter liebt Farben. An einem Wochenende müssen wir nach St. Ives fahren und uns ihren Garten ansehen.« Sie öffnete den großen Schrank. »Du kannst deine Sachen hier hineinhängen, und ich setze den Tee auf. Dann plaudern wir im Wohnzimmer, bis die Männer wiederkommen. Genau wie letztes Jahr.«

Doch schon bald wurde mir klar, dass nichts war wie im letzten Jahr. Das Leben der Devons hatte sich grundlegend verändert. Ich saß in demselben Sessel wie im Sommer zuvor, doch als Nora mir mehr von ihren Schwierigkeiten mit Eric erzählt hatte, begriff ich, dass eine andere Frau vor mir stand. Der neue Haarschnitt, der kräftige Lippenstift, das cremefarbene Wollkleid anstelle der praktischen Kostüme, die sie sonst immer getragen hatte, gaben mir das merkwürdige Gefühl, dass Nora sich, zumindest was ihr Äußeres betraf, hatte verändern müssen, um mit der Wandlung ihres Mannes mitzuhalten. Letztes Jahr waren die beiden allein und ihre Probleme auf den kleinen, unveränderlichen Kreis ihrer Zweisamkeit begrenzt gewesen, doch seit Gerhards Ankunft handelte es sich mit einem Mal bei allem stets um drei Personen. Der enge Horizont ihres Alltags war durchlässiger geworden und hatte sich für Unerwartetes und Unvorhersehbares geöffnet. Fast alles, wovon Nora erzählte, drehte sich stärker um den Jungen als um ihren Mann.

Als Eric die Wohnung betrat, fragte er gleich nach unserer Begrüßung: »Ist Gerhard noch nicht zu Hause?«

Er habe auf dem Heimweg von der Druckerei noch in der Bibliothek vorbeischauen wollen, murmelte Nora. Der blaue Anzug, den Eric ihm zu Weihnachten geschenkt habe, sei von der Reinigung zurück, Gerhard könne ihn heute Abend anziehen, seinen Lieblingsanzug.

»Du wirst den Jungen nicht wiedererkennen«, sagte Eric. Er wirke größer und gesünder und sehe dank Nora, die ihn mit allen erdenklichen Vitaminen füttere, blendend aus.

»Gefällt es ihm in England?«, fragte ich.

Es sei keine Frage des Gefallens oder Nichtgefallens, sagte Eric, es gehe um eine Erfahrung, die der Junge, so schmerzlich sie in manchem auch sei, machen musste, um sich weiterzuentwickeln. Wäre er nicht in ganz so desolatem Zustand aus Berlin gekommen, wäre alles natürlich einfacher gewesen. Ob ich davon gehört hätte?

Es sei zu kompliziert gewesen, alles per Brief zu erklären, sagte Nora, deshalb habe sie damit gewartet.

»Als ich davon erfuhr, hat es mich fast genauso mitgenommen wie Franz«, sagte Eric. »Wenn ich einen Spleen habe – und ich habe einige –, dann den, dass ich es nicht ertrage, wenn junge Leute betrogen werden.«

Was Erwachsene anderen Erwachsenen antun – in vertretbarem Rahmen, meine er –, sei ihm vollkommen gleichgültig, aber junge Menschen müssten lieben und vertrauen können, sonst verkämen sie zu seelischen Krüppeln.

»Den Kerl hätte man erschießen sollen«, sagte er.

»Du solltest erklären, von wem du redest«, entgegnete Nora angesichts meiner wachsenden Ratlosigkeit.

Nun, sicherlich würde ich mich noch erinnern, wie Gerhard in Berlin zusammengeschlagen worden war. Franz hatte die Wahrheit geahnt. Für gewöhnlich wüssten Väter mehr, als ihre Söhne glaubten, das wisse er aus eigener Erfahrung.

»Wenn wir jung sind, leben wir alle im Mittelalter«, lenkte er kurz von dem ominösen Unbekannten ab. »Wir sehen die Welt als Schlachtfeld zwischen Gut und Böse, wobei wir für alles Reine und Erhabene einstehen, während der Feind ein Bundesgenosse des Teufels ist.«

Da also war Gerhard Wehn, neunzehn Jahre alt, ein junger Ritter im geteilten Berlin, der danach lechzte, für Gerechtigkeit zu kämpfen und der Welt und sich selbst zu beweisen, was für ein Held er war. Eines Tages traf er einen Mann, einen Herrn Josef, der ebenfalls die Welt retten wollte und Gerhard einer streng geheimen Gruppe ebensolcher Möchtegernhelden vorstellte. Unter großer

Gefahr trafen sie sich heimlich in Ostberlin mit anderen Studenten, um Informationen in den Westsektor zu schmuggeln. Dabei liefen sie manchmal FDJ-Brigaden in die Arme, die alles andere als erfreut waren, sie zu sehen, und los ging die Prügelei. Sie hatten noch Glück gehabt, dass sie keinmal von der ostdeutschen Polizei geschnappt wurden, denn dann wären sie als Spione in den Knast gewandert. Und streng genommen waren sie das – arglose kleine Spione, die ihren Kopf riskierten, um an Neuigkeiten zu gelangen, die bereits so überholt waren, dass sie schon im *Neuen Deutschland* gestanden hatten oder zumindest in aller Munde waren. Doch Franz war bei Gerhard auf taube Ohren gestoßen. Er musste das Leben auf die harte Tour kennenlernen, genau wie jeder andere.

Zum Glück für die Betroffenen wurde Herr Josef von den Westberliner Behörden verhaftet und als ehemaliger Gestapo-Agent enttarnt, der Informationen an jeden verhökerte, der sie haben wollte – Westdeutsche, Ostdeutsche, Kommunisten, Katholiken, Amerikaner, Briten –, Herr Josef machte da keinen Unterschied. Seine Kundenliste war so brisant, dass die Polizei sich scheute, sie zu veröffentlichen. Der umtriebige Herr hatte eine ganze Armada von Jungs wie Gerhard um sich geschart, die in dem Glauben, für die Freiheit zu kämpfen, einem durchtriebenen Nazi den Unterhalt sicherten, so dass er ebenso ausschweifend leben konnte wie zu Hitlers Zeiten.

»In Berlin ist Spionage in diesen Zeiten ein ganz großes Thema«, schloss Eric. »Unlängst berichtete ein Londoner Korrespondent von achtzig privaten Organisationen, die einem Informationen über alles und jeden verkaufen. Da sollte sich niemand wundern. Doch als Gerhard die

Wahrheit erfuhr, erlitt er fast einen Zusammenbruch. Die ersten Wochen hier waren eine harte Zeit, nicht wahr, Nora?«

Es sei furchtbar gewesen. Gerhard hatte offenbar an Herrn Josef geglaubt wie Sektenanhänger an ihren Guru. Und da er nicht sonderlich wortgewandt war, sei es ihm auch noch schwergefallen, über seine Verblendung zu reden. Das sei das Schlimmste gewesen, sagte Nora.

»Kommt Gerhard mit nach Berlin?«, fragte ich.

»Ja. Er muss. Er ist jetzt seit einem Jahr in England, lange genug, um das Leben mit anderen Augen zu sehen, aber wenn er länger bliebe, könnte sich das als fatal erweisen und ihn zu einem weiteren dieser überangepassten Exilanten machen«, sagte Eric.

Er hatte für Gerhard Arbeit in Berlin gefunden. Der drohenden Krise zum Trotz würde Herr Kreymer mit seinem Verlag von Köln nach Berlin ziehen, und Gerhard könnte in seiner Druckerei arbeiten.

»Und, was glaubst du, ist mit Herrn Josef passiert?«

Eric zuckte mit den Schultern. Den hatte man vermutlich laufenlassen. Angesichts dessen, was ehemalige Gestapomänner über so viele jetzige Regierungsmitglieder wüssten, fiele es denen kaum schwer, noch aus jedem Gefängnis freizukommen. Er wäre nicht überrascht, wenn Franz ihnen in Berlin erzählen würde, Herr Josef träfe sich wieder in denselben Cafés mit naiven Jugendlichen und versorge dieselben alten Kunden mit wertlosen Informationen. Doch wer solche Informationen kaufe, glaube sowieso alles, was man ihm erzähle, und verdiene es nachgerade, übers Ohr gehauen zu werden.

»Zur Abwechslung werden wir diesmal auch etwas von

Deutschland sehen.« Eric stand auf und reckte sich. Er hatte eine umfangreiche Reiseroute ausgetüftelt.

»Wir fahren sogar nach Belsen.« Als er sah, dass ich erschrak, fügte er hinzu: »Es ist eine Gedenkstätte, von den Grauen des Konzentrationslagers ist nichts als der Name geblieben. Gerhard möchte dorthin. Er hat *Das Tagebuch der Anne Frank* gelesen. Außerdem ist mein Cousin Leo Ahrenfeld dort gestorben ...«

»Wo wir gerade von den Ahrenfelds sprechen«, sagte ich und musste an Noras Bemerkung im Auto denken, »was ist aus Magda geworden?«

»Magda?« Er blickte unschlüssig drein. »Sie und Nora sind Brieffreundinnen. Sie schreiben sich ständig.« Eric schaute zu Nora.

Ihre Finger spielten mit den weißen Fransen des Chintzsofas. Dann sah sie mit einem sanften Lächeln auf. »Ja, wir sind Freundinnen geworden. Eine der erfreulichen Entwicklungen, die es gegeben hat.«

ZWEI

Der Weg von Hannover nach Bergen-Belsen führt durch einige der ruhigsten Waldgebiete ganz Deutschlands. Wir fuhren an gemächlich grasenden Kühen vorbei, und die sanft gewellten saftigen Weiden wechselten mit dichten, herbstgelb leuchtenden Wäldern. Bauersfrauen standen in schwarzen Röcken und Kopftüchern auf den Feldern und halfen ihren Männern bei der Kartoffelernte. Mit dem weiß getünchten Fachwerk, den grünen Holztoren und den rotbraunen Ziegeln muteten die Gehöfte fast bayerisch an.

Es war der dritte Tag unserer Reise. Wir waren über die Niederlande nach Deutschland gekommen, und der dichte Güterverkehr des Ruhrgebietes sowie die Sehenswürdigkeiten entlang des Rheins lagen weit hinter uns. An diesem Morgen hatten nur einige britische Militärfahrzeuge und ein paar Familien, die in ihren VWs in die Herbstferien fuhren, unsere Route gekreuzt.

Dass wir uns auf dem Weg nach Bergen-Belsen befanden und bereits kurz nach Sonnenaufgang unser Hotel in Hannover verlassen hatten, trug zu der Stille im Wagen bei. Gerhard saß auf dem Beifahrersitz neben Eric, ein völlig anderer Gerhard als der Junge, der vor einem

Jahr in das Atelier seines Vaters geplatzt war. Die neue schwarze Brille verlieh ihm eine große Ernsthaftigkeit. Seine trotzige Haltung war respektvoller Zurückhaltung gewichen. Der Londoner Winter hatte ihn um Jahre reifen lassen.

Als schließlich ein Schild Richtung Bergen-Belsen auftauchte, fuhr Eric dennoch weiter geradeaus, um den Ort zu besichtigen, den er noch aus Kindertagen kannte, ein Märchendorf mit gewundenen Kopfsteinpflasterstraßen und hohen Gartenmauern, hinter denen schräge Hausdächer hervorlugten.

In ganz Deutschland gebe es Dörfer wie Bergen, und niemand, bemerkte Eric, hätte je von diesem gehört, wenn ihm die Nazis nicht durch eines der grausamsten KZs in den angrenzenden Wäldern zu unsterblicher schändlicher Berühmtheit verholfen hätten. Als die britische Armee das Lager befreite, hatte niemand im Dorf zugegeben, davon gewusst zu haben. Noras Cousin …

»Harold. Er gehörte der Sanitätstruppe an«, warf Nora ein.

»Noch heute schäumt Harold vor Wut, wenn er davon spricht.« Eric drehte unwirsch am Lenkrad, und das Auto fing an zu schlingern. Die Soldaten der britischen Armee, hartgesottene Kerle, hatten beim Anblick der Leichenberge und der nackten, sich kaum mehr bewegenden menschlichen Skelette geweint. Die Filmaufnahmen, die von den Nachrichten verbreitet wurden, um der Welt das Grauen der KZs zu zeigen, stammten auch von hier.

Und die wohlgenährten Dörfler? Die Briten hatten sie unverzüglich ins Lager geführt, damit sie das Werk der Nationalsozialisten mit eigenen Augen sahen. Und mit welchem Ergebnis? Laut Harold reagierten die Bergener mit Hass – nicht gegen die Nazis, sondern gegen die Briten. Abordnungen aufrechter Bürger hatten die Militärdienststellen überrannt, um sich darüber zu beschweren, dass man die wenigen Lagerhäftlinge, die sich noch auf den Beinen halten konnten, laufenließ.

»Sperrt sie weg. Die klauen uns Essen und Kleidung«, hatten die Bergener getobt. Von Anteilnahme und Mitleid keine Spur. Die wenigen, die vielleicht so etwas wie Schuld empfanden, hatten geschwiegen.

»Harold will wissen, wie es heute hier aussieht und ob die Leute im Dorf sich noch erinnern. Aber wenn wir nur durchfahren …«

Eric hielt an und blickte die Straße hinunter. Häuser mit blumenüberwucherten Gartenmauern reihten sich auf einer Seite aneinander, eine verträumte Postkartenidylle, genau wie er sie beschrieben hatte.

»Gerhard, frag doch bitte einmal, wo es nach Bergen-Belsen geht«, sagte er.

»Aber wir wissen doch, wo es langgeht«, protestierte er. »Wir sind an dem Schild vorbeigekommen.«

»Frag – nur um zu sehen, was sie antworten.«

Er fuhr an einen kleinen Karren heran, in dem zwei Männer saßen. Der Ältere, ein kräftiger, breitschultriger Kerl mit rotem Gesicht, blickte mürrisch auf, als wollte er nicht gestört werden.

»Bergen-Belsen?«, entgegnete er dümmlich auf Gerhards höfliche Frage. »Das alles hier ist Bergen-Belsen.«

Nein, erwiderte Gerhard unbeirrt, er wolle zu dem Konzentrationslager im Wald.

»Hier, ein KZ?«, sagte der Mann verächtlich.

»Onkel«, schaltete sich der Jüngere ein und wischte sich mit dem Ärmel über die Stirn. »Die meinen den Judenpark die Straße rauf, wo das komische Denkmal steht.«

Eric startete den Wagen, und im Windschatten eines Lkw setzten wir uns wieder in Bewegung.

»Gerhard«, sagte er nach einer Weile, »lass dir niemals weismachen, der Antisemitismus in Deutschland sei tot.«

Bergen-Belsen – das Schildchen war so dicht über dem Erdboden angebracht, dass man es fast übersah. Ein Pfeil deutete in Richtung Wald. Wir bogen von der Hauptstraße ab und fuhren mehrere Kilometer durch menschenleeres, von vereinzelten Bäumen unterbrochenes Brachland. Der Himmel hatte die Farbe von eisigem Grau angenommen, einer Mischung aus Ruß und Schnee. Der ferne wolkenschwere Horizont sah nach Regen aus. Wieder sagte niemand ein Wort. Schon der Gedanke an unser Ziel machte uns befangen. Auf dieser jetzt menschenleeren Straße hatten Gefangene, Wagenladung um Wagenladung, zum letzten Mal auf ein freies Feld geblickt. Der Wald vor uns hatte das riesige Konzentrationslager versteckt, so dass die Dorfleute, die auf der Hauptstraße entlanggingen, tatsächlich behaupten konnten, sie hätten von nichts gewusst, denn was man nicht mit eigenen Augen sah, war ein Gerücht.

Plötzlich tauchte vor uns ein großes, schmiedeeisernes Tor auf. Auf dem Platz davor parkten drei Autos, eines mit norwegischem Nummernschild, eines mit ostdeutschem Kennzeichen und ein britisches Militärfahrzeug. Wir stiegen aus und blieben einen Moment lang vor dem Schild stehen, das Bergen-Belsen als Gedenkstätte auswies in Erinnerung an all jene, die hier ums Leben gekommen waren. Es gab weder Baracken, die die Szenerie störten, noch Krematorien, wie sie in Buchenwald oder Auschwitz zu sehen waren.

Hinter dem Tor schaukelten die letzten zerzausten Blüten eines Rosenstrauches. »Ihr, die ihr eintretet, lasset alle Hoffnung fahren« (Dante, *Göttliche Komödie*, Inferno III.9). Entlang des Weges öffnete sich der Blick auf lange, schmale Rasenflächen, welke Blumenbeete und goldgelb belaubte Bäume. Ein paar Vögel schickten einen letzten sommerlichen Gruß in die herbstliche Stille. Der Weg schlängelte sich durch den Park.

Auf den ersten Blick hatte dieser Park nichts Bedrohliches, nichts, was an die fürchterliche Vergangenheit erinnerte. Nur hier und da erhoben sich gras- und blumenbewachsene flache Hügel. Erst die Inschriften auf den kleinen Gedenktafeln – *Zehntausend Menschen sind hier begraben – In diesem Massengrab liegen fünftausend Menschen* – machten das Geschehene auf erschreckende Weise lebendig. Die Gegenwart schwindet, die Blumen werden fahl, und mit einem Entsetzen, das einen schaudern lässt, malt uns die Vorstellungskraft aus, wie es war, als jene Tausende noch lebten. Wo heute nur mehr Bäume stehen, hatten die Insassen von Bergen-Belsen die hohen Mauern und den Stacheldraht gesehen, die sie wie wilde Tiere gefangen hielten. Wo Rosen im Wind schaukelten und Büsche sich aneinanderdrängten, waren die Truppen der Befreier über Berge von Leibern gestiegen, für die jede Befreiung zu spät kam.

Unbekannte Hände hatten zwischen den Sträuchern kleine Grabsteine gesetzt: *Zum Gedenken an meine ge-*

liebte Mutter – oder meinen Vater oder meine Schwester, Namen und Zahlen, die der alles verschlingenden Vergangenheit das Bild eines geliebten Menschen entrissen. Das Grauen von Bergen-Belsen war ohnegleichen. Wo sonst auf der Welt gab es einen Friedhof mit den Überresten Tausender Menschen, die von überall hergebracht worden waren, um auf unfassbar grausame Weise ermordet zu werden.

Hatte man Bergen-Belsen gesehen, konnte nichts mehr sein, wie es gewesen war. Der Tag dort veränderte jeden von uns, erst später waren wir imstande, darüber zu sprechen. Hier konnten wir nicht weinen, und mit trockenen Kehlen bewegten wir uns wie ferngesteuert zwischen den Blumen und Gräbern, als wären wir ebenfalls tot. Allmählich näherten wir uns dem Zentrum des Parks. Wo die Hauptbaracken gestanden hatten, führten mehrere weite Stufen auf ein Podest, dessen Rückseite eine Wand mit Inschriften begrenzte. In verschiedenen Sprachen wurde der hier ermordeten heldenhaften Widerständler gedacht – Franzosen, Polen, Holländer, Russen, Skandinavier, alle hatten das gleiche Schicksal erlitten, geeint im Kampf für die gemeinsame Sache.

In der Mitte der Anlage erhob sich, vom gesamten Park aus sichtbar, ein riesiger steinerner Obelisk mit einem Davidstern auf dem Sockel, zum Gedenken speziell an die jüdischen Opfer. Seine Spitze schien den Himmel zu berühren und damit über das Böse zu triumphieren. Nur wenige Meter entfernt flatterte ein kleiner brauner Vogel von Strauch zu Strauch.

»Was gibt es Schöneres auf der Welt, als aus einem offenen Fenster hinaus in die Natur zu schauen« – Anne

Franks Worte tauchten vor meinem inneren Auge auf, erwartungsvoll in das Tagebuch gekritzelt, das sie führte, als sie sich in einem Amsterdamer Hinterhaus vor den Nazis versteckte. Weniger als ein Jahr später wurde sie hier in Bergen-Belsen ermordet. Ob Anne Frank vor ihrem Tod noch immer die Natur liebte und an das Gute im Menschen glaubte?

Ich drehte mich zu Nora, wir standen allein vor dem Denkmal. Eric und Gerhard waren am Fuß der Stufen stehen geblieben und redeten mit zwei Jungen, die sich auf ihre Fahrräder lehnten. Bisher hatten wir noch niemanden aus den anderen Autos getroffen, doch in diesem Moment tauchte ein Paar mittleren Alters unter den Bäumen auf. Die Frau trug ein rot-weißes Kopftuch, der Mann eine hellbraune Lederjacke. Überlebende vielleicht oder Besucher wie Eric, die hier waren, um eines geliebten Menschen zu gedenken. Die Frau bückte sich, pflückte eine kleine rote Blume von einem Strauch, kam herüber zu dem Obelisken und legte sie wortlos auf den Davidstern.

Wir gesellten uns zu Eric und den Jungen. Lebhaft redeten sie aufeinander ein, als hätten sie ein gemeinsames Thema gefunden. Der größere Junge hatte ein einfältiges, aber gutmütiges Gesicht. Das sei Karl, sagte uns Eric, der Sohn eines Bäckers aus Hannover, der ein treuer Nazi gewesen war. Bis vor wenigen Monaten hatte Karl geglaubt, was sein Vater über die KZs erzählt hatte – es seien lächerliche Propagandamärchen, die sich die Alliierten ausgedacht hätten. Doch eines Tages hatte Karl den anderen Jungen, Wilhelm, getroffen, dessen Großcousin, der gegen die Nazis aufbegehrt hatte, in Bergen-Belsen gestorben war. Anfang des Frühjahrs waren die beiden zum ersten Mal hierhergeradelt und hatten sich die Massengräber und Inschriften angesehen. Danach hatten sie die Theaterfassung des *Tagebuchs der Anne Frank* besucht – ihre Eltern wähnten sie auf einer Fahrradtour am Rhein. Wilhelm, ein nervöser dunkelhaariger Junge mit nasaler Stimme, erzählte Eric gerade, das Stück habe in Deutschland einen Riesenerfolg.

»Die Zuschauer sind vor allem junge Leute, soweit ich weiß«, sagte Eric.

»Ja. Und keiner klatscht oder wagt zu husten. Am Schluss, wenn alle wissen, dass die Nazis Anne holen kommen, wird die Anspannung fast unerträglich. Als wir das Stück sahen, musste eine Frau rausgehen, stimmt's, Karl?«

Sie sei fast in Ohnmacht gefallen, bestätigte sein Freund und fragte Eric, ob man im Ausland wisse, dass sich junge Leute in ganz Deutschland zu Anne-Frank-Gruppen zusammenschlössen. Es sei darüber berichtet worden, sagte Eric, aber leider nur am Rande. Doch sei es großartig, dass sich ausgerechnet zu der Zeit, da man Menschen glauben machen wolle, Orte wie Bergen-Belsen seien Alliiertenpropaganda, die laute, mutige Stimme dieses Mädchens erhebe und die Lüge bloßstelle. Wer schließlich könne das Leiden von sechs Millionen Juden fassen, die ausgelöscht wurden, um der Herrenrasse Platz zu machen, doch wenn diese Millionen in einem einzigen Mädchen und die zahllosen Geheimverstecke im besetzten Europa in diesem Hinterhaus in Amsterdam Gestalt annähmen, werde auch ein gefrorenes Herz weich und öffne sich in der Dunkelheit eines deutschen Theaters der Trauer.

321

»Was passiert, wenn die junge Generation herausfindet, dass ihre Eltern sie angelogen haben?«, fragte er.

»Ach, Eltern lügen doch immer«, erwiderte Karl. »Tief im Inneren weiß ich, dass meine Eltern glauben, die Nazis seien gut für Deutschland gewesen. Mein Vater meint, damals konnte ein Deutscher sich wirklich deutsch fühlen. Keine Ahnung, was er damit meint, aber ich halte den Mund.«

»Nazi zu sein hieß erst einmal gar nichts. Es gab die unterschiedlichsten Typen«, fiel ihm Wilhelm ins Wort, und seine dunklen Augen blitzten. »Meine Eltern hatten gar keine Meinung. Denen war Politik schon immer egal, zumindest behaupten sie das jetzt. Viele junge Leute, die ich kenne, machen ihren Eltern vor allem dann Vorwürfe, wenn sie die Nazis ablehnten und trotzdem nichts gegen sie unternahmen. Dann heißt es: ›Ihr jungen Leute versteht nicht, wie unmöglich es war, sich den Nazis zu widersetzen.‹ Ich frage mich nur, warum es so unmöglich gewesen sein soll.«

»Mein Vater war im KZ«, warf Gerhard ein. »Er hat sich widersetzt. Er hat eine Widerstandszelle in seiner Fabrik organisiert.«

Die Jungen schwiegen und musterten ihn mit nachdenklichem Respekt.

»Was lernt ihr in der Schule über die Nazizeit?«, fragte Eric.

»Hängt vom Lehrer ab«, antwortete Wilhelm. »Ich hatte einen Geschichtslehrer, der erzählte, die Nazis wollten die Welt erobern, aber die Deutschen und alle anderen Völker wollten Frieden. Er meinte, niemand kann einen Krieg gewinnen, und deshalb müsse man einen friedlichen Weg finden, um die Konflikte in der Welt zu lösen, sonst gingen wir beim nächsten Mal alle drauf. Eine Lehrerin aber war ganz schrecklich. Sie sagte, die Nazis hätten nur ein starkes, geeintes Deutschland gewollt und jetzt beschuldigten die Alliierten sie der Dinge, die sie selbst täten – wie die Amis mit den Negern umgingen sei um keinen Deut besser als das, was die Nazis mit den Juden getan hätten.«

Kein Vogel sang mehr, kein Blatt regte sich, selbst der Wind schien erschöpft.

»Mit dem Unterschied, Jungs, dass man einen amerikanischen Politiker, der den Vorschlag gemacht hätte, Konzentrationslager für Schwarze zu bauen und sie dort zu vergasen, sofort ins Irrenhaus gesteckt hätte«, sagte Eric auf dem Weg zum Auto.

Außer den über den Schotter knirschenden Fahrradreifen war kein Laut zu hören. Die beiden Jungen schoben ihre Räder, Gerhard ging neben ihnen her.

»Abgesehen von Anne Frank habe ich von niemand anders gehört, der hier ums Leben gekommen ist«, sagte Karl plötzlich, und ein ungläubiger Ausdruck trat in seine sanften Augen, als wir die Massengräber erreichten.

»Mein Cousin Leo Ahrenfeld wurde hier ermordet«, sagte Eric. Leo hatte sich ins Exil gerettet, doch er wollte gegen die Nazis kämpfen. Also sei er mit gefälschten Papieren zurückgekehrt. Noch als er geschnappt und umgebracht wurde, hätten die Nazis geglaubt, er sei ein Münchner Lehrer namens Richard Detz. Erst Jahre später, als der echte Richard Detz Leos Schwester ausfindig gemacht und ihr die ganze Geschichte geschrieben habe, sei die Wahrheit ans Licht gekommen.

»Und noch etwas solltet ihr wissen. Bevor die Nazis damit anfingen, auch Ausländer in Konzentrationslager zu stecken, haben sie über Jahre die deutschen Widerständler in den KZs ermordet. Deshalb fällt es Deutschland heute so schwer, fähige Köpfe für die Staatsführung zu finden. Die meisten wurden ermordet, oder sie emigrierten zu Tausenden und sind für das Land für immer verloren.«

Die anderen Autos vor dem Tor waren verschwunden. Ein Gefühl tiefer Verlassenheit ergriff uns. Mit schwerem Herzen kehrten Nora, Eric und ich zu unserem Wagen zurück. Gerhard war zurückgeblieben, um mit Karl und Wilhelm Adressen zu tauschen.

»Eric, wir hätten Blumen mitbringen sollen«, sagte Nora. »Die Jungs hatten welche dabei.«

Eric blickte zurück zum Tor und dem stillen Park.

»Leo hätte sich nichts aus Blumen gemacht«, gab er langsam zurück. »Aber es hätte ihm etwas bedeutet, zu wissen, dass wir hier waren und alles mit eigenen Augen gesehen haben.«

Es war fast Mittag, als wir uns im Zickzackkurs auf den Weg Richtung Berlin machten. Hätten wir die direkte Route nehmen können, wären wir in drei Stunden dort gewesen, meinte Eric, als er anhielt, um zum fünften Mal die Karte zu studieren. Doch vor uns lag die ostdeutsche Grenze und nur eine einzige Autobahn, sie begann in einer Stadt namens Helmstedt und war für den westlichen Transitverkehr geöffnet. So folgten wir über kilometerlange Schleichwege dem gewundenen Grenzverlauf, bis wir endlich bei einem späten Mittagessen in einem Gasthof landeten, um uns für den Grenzübertritt zu stärken.

In der kleinen holzgetäfelten Gaststube saßen ein paar deutsche Geschäftsreisende über ihrem Kaffee. Der Wirt, ein dicker Kerl mit mürrisch zerknautschtem Gesicht, hatte das britische Auto gesehen und wollte wissen, ob wir auf dem Weg nach Berlin seien. Als Eric bejahte, gab er eine halbe Stunde lang eine Horrorgeschichte nach der anderen zum Besten, die von einigen Gästen an den Nachbartischen eifrig kommentiert wurden: Spurlos verschwänden Leute auf der Reise durch die Ostzone, die Grenzer trautem keinem Ausländer über den Weg. »Da drüben« könne man im Knast landen, nur weil man unterwegs niese. Um des internationalen Friedens willen lege er uns nahe, nach Hannover umzukehren, unser Auto in einem Parkhaus abzustellen und wie alle vernünftigen Leute nach Berlin zu fliegen.

Eric bedankte sich, zahlte, und wir verließen das Lokal. »Und jetzt?«, fragte Nora, als wir wieder im Auto saßen.

Eric startete den Wagen.

»Diese Autobahn ist für Tausende Westdeutsche der einzige Weg von und nach Berlin. Wenn sie das jeden Tag riskieren, können wir das auch. Wir sollten es zumindest versuchen.«

Als wir auf die Grenze zufuhren, kündigten die blauweißen Straßenschilder Helmstedt an, als näherten wir uns einem vollkommen anderen Land. Wie sich bald herausstellte, bestand der Übergang wie so viele andere Grenzorte aus ein paar mit Fahnen bestückten Holzbaracken, die verloren in der flachen Landschaft standen.

Da die rot-weißen Schlagbäume heruntergelassen waren, hielten wir an. Vor uns in der Schlange standen ein paar riesige Interzonenbusse sowie Lkws und vereinzelte Personenwagen. Auf unserer Seite der Schranke befanden wir uns noch in der Bundesrepublik Deutschland. Vor uns lag ein Streifen Niemandsland, dahinter erwarteten uns die Schlagbäume der DDR.

Der Nachmittag war noch kälter als der Morgen. Die Fahrgäste in den Bussen lehnten mit geschlossenen Augen in ihren Sitzen, als machten sie sich auf eine lange Wartezeit gefasst.

Eric verschwand mit den Fahrzeugpapieren und unseren Pässen, um sie von den westdeutschen Behörden kontrollieren zu lassen. Gerhard ging los, er wollte sich in einem Kiosk Bonbons kaufen. Nora und ich legten uns eine Decke über die Knie, um es auf der Rückbank warm zu haben. Eric war rasch zurück.

»Der Mann in der Amtsstube meinte, was man uns erzählt hat, sei Quatsch. Ab und zu würden die ›da drüben‹ nervös und legten stundenlang den Verkehr lahm, weil sie nach Spionen oder Schmuggelware suchten. Aber derzeit bekomme man weit und breit keinen russischen Soldaten zu Gesicht, und die ostdeutschen Behörden seien zu besonderer Höflichkeit angehalten.«

Genau eine Stunde und zwanzig Minuten später durften wir passieren, und Busse, Lkws und Autos schoben sich durch das Niemandsland, um vor der ostdeutschen Grenzanlage abermals zu stoppen.

»Diese Grenzer hier sehen kein bisschen älter aus als Gerhard«, sagte Nora, als wir ausstiegen.

»Du hast recht. Angeblich wurde das gesamte Personal

erst vor kurzem komplett ausgewechselt.« Eric zeigte unsere Pässe vor, und ein Grenzer winkte uns zu einer Baracke.

»Wahrscheinlich soll die alte Beamtenriege aus der Hitlerzeit durch Leute ersetzt werden, die bereits unter dem neuen Regime groß geworden sind«, meinte Eric.

Wir wurden in einen Transitraum geführt, in dem wir unsere Visa erhalten sollten. Ein mondgesichtiger Junge mit akkurat gestutztem Haar, der seine Wichtigkeit und Verantwortung vor sich hertrug, nahm uns in Empfang. Mit straffen Schultern ließ er seine Macht walten und entschied, wer die Autobahn befahren durfte. Beflissen nahm er jeden Pass in die Hand und blätterte ihn aufmerksam durch. Der blitzsaubere Raum glich dem Empfangszimmer eines erfolgreichen Handwerksbetriebs. Vor den Fenstern hingen Nylongardinen, ein bunter Teppich lag auf dem Boden, und Fotos des Präsidenten und anderer hoher DDR-Funktionäre schmückten die Wände. Aus einem kleinen Radioapparat, der neben dem Schreibtisch stand, erklang eine Haydn-Sinfonie, die den trostlosen Nachmittag etwas aufhellte.

Der junge Mann besah sich Erics Pass, las den Geburtsort und erkundigte sich nach dem Grund seiner Reise. Er wolle eine Tante besuchen, entgegnete Eric. Ob wir ein Transitvisa oder eine Aufenthaltsgenehmigung wollten und ob wir gedächten, über diese Autobahn zurückzureisen, da es auch noch andere Möglichkeiten gebe, über Drewitz zum Beispiel. Er hätte gerne beides, antwortete Eric, da wir noch nicht wüssten, welchen Rückweg wir nehmen würden. Er beantragte zwei Wochen. Der Junge genehmigte uns drei. Keine weiteren Fragen. Er klebte die

Marken in unsere Pässe, schon hatten wir ein *Durchreise-visum* für die *Deutsche Demokratische Republik*, das uns gestattete, vom hiesigen Marienborn »ohne Halt« nach Berlin und wieder zurück zu fahren.

Jetzt war Gerhards Berliner Reisepass an der Reihe. Der Junge beäugte das Foto und dann Gerhard. Als Gerhard einfiel, dass er auf dem Foto keine Brille trug, nahm er sie ab. Niemand sagte ein Wort. Worüber hätten diese beiden Jungen wohl geredet, wenn sie sich in Bergen-Belsen getroffen hätten? Würden sie sich, an einem anderen Ort, unter anderen Umständen, durch ihr gemeinsames Erbe und die gemeinsame Muttersprache miteinander verbunden fühlen? Oder verhinderte ihre unterschiedliche ideologische Prägung, einander neutral gegenüberzutreten? Die Zukunft mochte es zeigen, doch in diesem Augenblick wirkte der Schreibtisch zwischen den jungen Männern so weit und unüberwindbar wie eine Wüste.

»Draußen müssen Sie Ihre mitgeführten Devisen angeben«, wurde uns mitgeteilt. Man verwies uns an einen Schalter, um die Visagebühren zu entrichten. Eric hatte vorausschauend ein paar Westmark zum Wechselkurs 4:1 in Ostmark umgetauscht, und ich überschlug, dass jedes Visum rund fünfzig amerikanische Cent gekostet hatte. Dann ging es zur Zollbehörde, wo wir unsere mitgeführte Fremdwährung deklarierten, obwohl völlig unklar war, wie wir auf der strikt bewachten Autobahn auch nur einen Penny hätten ausgeben sollen.

Versehen mit allen notwendigen Stempeln und Genehmigungen, kehrten wir zu unserem Auto zurück und setzten die Reise fort. Vor uns lag eine trostlose waldige Landschaft. Hitler hatte seine vielgerühmte Autobahn absichtlich durch menschenleere Gebiete gebaut, damit seine Truppen unbemerkt passieren konnten.

»Else hatte recht«, sagte Eric plötzlich, während wir zügig vor einem Interzonenbus herfuhren. »Selbst unter Zwang und Reglementierung schaffen sich Menschen etwas wie einen erträglichen Alltag.« Während sich die Staatsmänner an ihren Konferenztischen die Köpfe einschlügen, bleibe den Ost- und Westdeutschen hier an der Grenze nichts anderes übrig, als ihre Leben einigermaßen friedlich einzurichten – es sei für alle erträglicher, miteinander statt gegeneinander zu arbeiten.

Der Verkehr floss stetig dahin, es gab keine Abfahrten oder Nebenstraßen, und allmählich dämmerte uns, dass uns diese Reise keine Sehenswürdigkeiten, keine erhellenden Einblicke in ostdeutsches Leben, keine Pause über einem Glas Bier und keinen Schwatz mit einem redseligen Wirt bieten würde. War man erst einmal auf dieser Autobahn, war jeglicher Halt abgesehen von Notfällen strengstens untersagt. Zwanzig Minuten hinter der Grenze überholten wir ein kleines Westberliner Auto, das sich bei einem Zusammenstoß mit einem Lkw überschlagen hatte. Ein ostdeutscher Krankenwagen war bereits vor Ort, und zwei Sanitäter versorgten die Verletzten. Dann folgten wieder Bäume und Felder, auf denen Bauern ihren Arbeiten nachgingen. In der Ferne zeigten sich ein paar Schornsteine und Kirchtürme, dann die Silhouette einer Stadt, Magdeburg, abermals gefolgt von Feldern und dem einen oder andere Plakat gegen den Einsatz atomarer Waffen, dessen grelle Farben gegen die fahle Herbstlandschaft abstachen.

Mir fiel auf, dass Gerhard sich erneut verändert hatte.

In den vergangenen drei Tagen hatte er kaum gesprochen und wenn, dann nur, um Eric Dinge zu erzählen, die für ihn neu, für uns jedoch altbekannt waren, englische Witze, Gedanken zu Büchern, die er gelesen hatte, Fragen über die Welt und was uns auf der Reise begegnete. Alles in allem hatte er ausgeglichen und heiter gewirkt. Seit Bergen-Belsen war das anders. Nervös und unbehaglich rutschte er auf seinem Sitz hin und her, starrte ständig auf seine Armbanduhr und redete in einem fort auf uns ein. Über Bergen-Belsen verlor er kein Wort. Stattdessen kam er immer wieder auf seine Begegnung mit Karl und Wilhelm zu sprechen. Offensichtlich war die Nazizeit, die ihm so fern wie die Antike erschienen war, in Bergen-Belsen mit aller Wucht lebendig geworden. Dieser Ort ließ sich weder verleugnen noch ignorieren. Gerhard hatte vor den Massengräbern gestanden und die Inschriften gelesen. Er war in England gewesen und wusste, dass es einzig in den vormals von den Faschisten besetzten Gebieten Europas Orte wie Bergen-Belsen gab, nirgends sonst auf der Welt. In England war ihm zum ersten Mal klargeworden, dass man die Deutschen hasste. Nicht als Individuen – zu ihm war man nett und freundlich gewesen –, sondern als Erben einer schrecklichen Vergangenheit. Aber erst in Bergen-Belsen hatte er den Grund dafür verstanden. Und nun gelang es ihm nicht, seine Verwirrung in Worte zu fassen. Er redete und redete, und Eric ließ den Wortstrom geduldig über sich ergehen.

Karl hätte gesagt, er würde sich dieser neuen Armee verweigern, wenn sie ihn einberief. Interessanterweise hätten auch die Eltern beider Jungs gesagt, sie wollten nicht, dass ihre Söhne zur Bundeswehr gingen, nicht einmal Karls Eltern, obwohl sie Nazis waren. Gerhard wollte ebenfalls nichts mit der Armee zu tun haben. »Wenn mein Vater es im Krieg geschafft hat, sich bis zum Schluss davor zu drücken, dann schaffe ich das im Frieden erst recht, oder?«

Wortlos stimmte Eric zu.

»Was, glaubst du, hat mein Vater gemacht, als sie ihn einberiefen?«, fragte Gerhard und redete weiter, ohne die Antwort abzuwarten. »Er hat sich freiwillig als Mechaniker gemeldet, um niemanden erschießen zu müssen. Dann hat er die Panzer so repariert, dass sie beim ersten Kampfeinsatz kaputtgingen. Er gehörte einer geheimen Gruppe von fünfzig Nazigegnern an, die innerhalb der Armee operierten und sich allesamt als Nazis ausgaben. Gegen Kriegsende wusste selbst der Truppenführer Bescheid, aber der wollte nur seine eigene Haut retten. Dann wurden sie alle von den Amis geschnappt, und mein Vater meint, Nazis und Nazigegner kamen zusammen in ein Gefangenenlager, weil keiner wusste, wer wer war, und es spielten sich schreckliche Prügeleien ab. Er sagt, selbst dort hätten die Nazis vom nächsten Krieg schwadroniert und dass sie bald wieder an der Macht wären, weil die Alliierten so dumm seien, dass sie alles glaubten, was man ihnen erzähle.«

»Gerhard«, sagte Eric plötzlich, »stell dir vor, du wärst unterwegs und hättest ein Umleitungsschild übersehen und ein Polizist würde dich anbrüllen, regelrecht zusammenstauchen, was würdest du tun?«

Gerhard schien die Frage nicht zu verstehen. »Wieso sollte er mich wegen so einer Lappalie zusammenstauchen? Da müsste der ja verrückt sein.«

»Vielleicht würde er es für seine Pflicht halten.«

»Seltsame Pflicht.« Gerhard riss ein Kaugummipäckchen auf. »Ich weiß, was mein Vater tun würde. Er würde zurückbrüllen. Und wenn der Typ sagen würde: ›Ich stecke dich in den Knast‹, würde mein Vater antworten: ›Bitte sehr! Wäre für mich nicht das erste Mal. Ich hatte keine Angst vor den Nazis. Und vor Ihnen habe ich erst recht keine.‹«

Aufgebracht schleuderte er das Kaugummipapier aus dem Fenster.

Nur wer einmal über die Transitautobahn nach Westberlin gefahren ist, kann die hilflose Verlorenheit der Bewohner dieser »Insel« nachempfinden, die durch nichts als eine einzige, zuckende Arterie mit dem »Festland« verbunden ist. Eine diplomatische Krise, ein Wanken im weltpolitischen Gleichgewicht, und der Blutstrom kommt zum Erliegen. Solange er fließt, kann die Stadt beruhigt atmen, doch eine Wolke am Himmel, ein Grenzzwischenfall, ein diplomatisches Scharmützel genügen, und der Puls beginnt zu rasen wie der eines Genesenden, der zu großen Belastungen ausgesetzt wird.

Auf dieser Autobahn zeigte sich, wie irreal internationale Diplomatie sein konnte. Staatsmänner weigerten sich, Ostdeutschland »anzuerkennen«, doch da lag es, ein ausgedehntes Gebiet mit effizienten jungen Grenzbeamten, mit Städten, Häusern und Menschen, auf die wir im flüchtigen Vorbeifahren den ein oder anderen Blick warfen.

Es wurde eben dunkel, als wir Westberlin erreichten; in den Häusern gingen die ersten Lichter an. Eric nahm den Autobahnring Richtung Grunewald, und das einzig Bekannte, was wir von der Stadt sahen, war der Funkturm.

»Und, spürst du die Berliner Luft, Eric?«, fragte Nora fröhlich, als wäre sie erleichtert, dass Bergen-Belsen und die Transitautobahn hinter uns lagen.

Statt zu antworten, fing er an, vor sich hin zu summen.

»Rate mal, was ich Tante Rosie mitbringe«, fragte Nora mich. »Einen schwarzen Kaschmirmantel. In London hätte sie sich so gern einen gekauft, doch sie hatte nicht genug Geld dabei.«

»Nora hat ihn mit dem Honorar für die Illustrationen eines neuen Kinderbuches bezahlt«, sagte Eric und warf uns einen Blick im Rückspiegel zu.

Ich hatte ein elektrisches Rührgerät für Rosie im Gepäck, das sie im vergangenen Jahr in einer amerikanischen Zeitschrift bestaunt hatte. Jetzt fragte ich mich, mit wie viel Volt der Strom durch Berlins Leitungen floss und ob das Gerät hier überhaupt funktionierte.

»Für Käthe habe ich einen wunderschönen blauen Wollpullover, und Gerhard bringt Franz was zum Anziehen mit. Außerdem bekommt er das Geld für zwei verkaufte Skizzen. Franz weiß noch nichts von seiner Ausstellung nächsten November. Eric wollte es ihm persönlich sagen. Dann wird es wieder wie Weihnachten, nicht wahr?«, rief Nora.

»Vielleicht schneit es sogar.« Eric blinzelte in den dunklen Wolkenhimmel.

Wir waren erschöpft. Als wir in Grunewald ankamen, steckte uns die Anstrengung der vergangenen vier Tage wie Blei in den Knochen. Schweigend hielten wir vor dem Tor, vor dem wir vor nicht allzu langer Zeit gestanden und uns gefragt hatten, wer wohl öffnen würde.

»Was ist los? Bis auf das Licht im Erdgeschoss ist alles dunkel.« Grummelnd half Eric uns aus dem Wagen.

»Du kannst nicht erwarten, dass Tante Rosie den teuren Strom für Festbeleuchtung verplempert, wenn sie nicht weiß, wann wir ankommen. In meinem letzten Brief konnte ich ihr nicht einmal den genauen Tag nennen«, sagte Nora, als wir auf das Tor zugingen.

Eric bat Gerhard, sich nicht mit dem Gepäck zu quälen, er werde es später holen, wenn er das Auto in die Garage gefahren habe. Er öffnete das Tor, und wir schritten auf das Haus zu. Als hätte jemand unsere Stimmen gehört, ging das Licht in der Eingangshalle an. Helligkeit fiel auf die Stufen und riss uns aus der Dunkelheit. Die Tür flog auf, Gerhard sah Franz als Erster und fiel ihm in stummer, linkischer Freude um den Hals.

»Ich hatte schon befürchtet, ihr würdet es heute Abend nicht mehr schaffen. Ich wusste nicht, ob ihr Schwierigkeiten bekommen würdet«, sagte Franz, als wir ihm ins Wohnzimmer folgten. Er knipste eine Lampe an, und die Drachen auf dem chinesischen Seidenschal, der über dem Flügel lag, leuchteten auf. Nichts hatte sich verändert.

»Wo sind die anderen?«, fragte Eric.

Franz schwieg einen Moment. Er sah alt aus, als wäre viel mehr Zeit als nur ein Jahr vergangen. Sein sonst so lebhaftes Gesicht wirkte fahl, und seine kleinen Augen waren rot und geschwollen.

»Ich habe versucht, dich vor ein paar Tagen anzurufen, Erich.«

»In London? Wir sind früh los.« Eric griff haltsuchend an den Flügel. »Was ist passiert? Raus mit der Sprache.«

»Käthe hatte gehofft, du würdest es vielleicht noch rechtzeitig schaffen, aber …«

»Tante Rosie?«

»Ja. Ein Infarkt.«

»Ist sie tot?«

»Ja, Erich, wir haben sie gestern beerdigt.«

DREI

Am nächsten Nachmittag fuhren Eric, Nora und ich mit Blumen zum Friedhof. Tante Rosie lag unter schützenden Bäumen und Blumen, weitab von der Hektik der Großstadt. Eine unverhoffte frühlingshafte Wärme zwang den Herbst zu einer Atempause, und die Blüten der großen gelben Chrysanthemen, die wir auf das schmale Grab legten, leuchteten in dem goldenen Sonnenlicht.

»Wir müssen einen schlichten Grabstein setzen. Tante Rosie würde nichts Ausgefallenes wollen«, sagte Eric nach einer Weile stummer Trauer. »Nur ihren Namen und das Datum, vielleicht eine Gedichtzeile. Sie liebte Heine.«

Vor allem hatte sie die Menschen geliebt, dachten wir stumm und konnten auch jetzt noch nicht fassen, dass wir ihre Stimme nie mehr hören würden. So lebhaft hatten wir sie in Erinnerung mit ihrem sanft gewellten, bläulich weißen Haar, ihren taillierten Röcken und elegant geschnittenen Blusen. Wir sprachen über sie, als könnte sie uns hören, und während ein Windhauch ein Blatt über ihr Grab wehte, wurde uns klar, wie wichtig Tante Rosie für jeden war, der sie gekannt hatte. Diese kinderlose, auf sich allein gestellte Frau, die die Kranken und Verzagten um sich geschart, sie getröstet, gepflegt und ihnen neuen

Lebensmut gegeben hat, stand für alle Frauen in der Welt, die ihre Familien in Not und Leid zusammenhalten.

»Eine außergewöhnliche Frau«, sagte Eric. Er nahm eine Blüte von einem der Blumensträuße und steckte sie sich ans Revers.

Langsam gingen wir zurück, nur das Knirschen des Kieses unter unseren Schuhen war zu hören.

»Arme Käthe«, sagte er, als wir einen Moment am Tor stehen blieben und auf das weite, von weißem Marmor gesprenkelte Grün zurückblickten. »Ich habe Nora, aber sie hat niemanden mehr. Wenn sie wenigstens weinen oder trauern könnte, aber sie liegt einfach da, in dieser trostlosen Verzweiflung.«

»Wir müssen jetzt besonders auf sie achtgeben«, sagte Nora und erinnerte ihn daran, wie Tante Rosie nach der Beerdigung ihres Mannes geglaubt hatte, die Einsamkeit nicht ertragen zu können.

»Ich weiß. Gott sei Dank ist Else heute Morgen zurückgekommen. Ich habe gewusst, dass sie da sein würde, wenn man sie braucht, trotz ihres Alters. Aber dass sie allen Ernstes ihre Wohnung aufgeben und mit ihren wenigen Habseligkeiten einziehen würde, um zu bleiben – ich kann's noch gar nicht fassen.«

Eric hatte vergessen zu erwähnen, dass Franz am Nachmittag eine neue Haushaltshilfe mitbringen würde, ein Flüchtlingsmädchen aus Danzig. Angeblich konnte es ein paar Brocken Englisch, Nora würde es einarbeiten, und Else wäre bald entlastet.

Wir stiegen ins Auto, ich kletterte nach hinten, während sich Nora neben Eric setzte. Er schlug vor, noch eine kleine Runde durch die Stadt zu drehen, um zu sehen, was sich in dem einen Jahr alles getan habe. Franz hätte ihm erzählt, die Stadt verändere sich so rasant, dass selbst die Berliner sich die Augen rieben. Nora meinte, solange Käthe schliefe und Else bei ihr sei, könnten wir uns eine Spritztour erlauben.

Auch dieser Sommer war verregnet gewesen, doch nun hatte die Septemberkühle das Laub der Bäume entlang der stillen, von roten Ziegelhäusern, Vorgärten und Rasenflächen gesäumten Straßen in leuchtendes Gold verwandelt. Wir folgten den Schienen einer Straßenbahn, die ins Zentrum führte. Plötzlich tauchte in der Ferne der verstümmelte Turm der Gedächtniskirche auf, der Kurfürstendamm war nicht mehr weit.

Mindestens ebenso sprachlos wie die Berliner kurvten wir durch die Stadt. Es war unglaublich, was sich alles verändert hatte. Am Ku'damm standen noch mehr Hochhäuser und Banken, und hinter der zerstörten Kirche war ein riesiger Häuserblock mitsamt Kino errichtet worden. Der so stark in Mitleidenschaft gezogene Tiergarten, in dem Eric als Kind spazieren gegangen war, war erfüllt von Blumen und knorrigen Bäumen, die aussahen, als stünden sie bereits seit Jahrhunderten hier. Das Brandenburger Tor wurde von beiden Seiten restauriert, denn endlich hatten sich die Besatzer auf einen gemeinsamen Plan geeinigt. Unter den Linden fotografierte eine Touristengruppe den wiedereröffneten Teil des Adlon, in dem nur Ostberlinbesucher mit spezieller Erlaubnis logieren durften.

Auch im Ostteil der Stadt wurden die Trümmer beseitigt. Ein Großteil der imposanten Ruinen, die wir bei unserem ersten Besuch gesehen hatten, war abgetragen worden, man hatte Grünanlagen mit leuchtenden Blumenrabatten angelegt, um die Tristesse der Freiflächen zu mildern. Auf dem Thälmannplatz prangte ein sichelförmiges Blumenarrangement, und der schlaffe Stacheldraht, der das Gelände um die Bunkerruinen abgesperrt hatte, war einem stabilen Holzzaun gewichen. Auch auf der prächtigen Stalinallee, dem Vorzeigeboulevard Ostberlins, blühten die Blumen, doch nur ein paar Ecken weiter lag, öde und brach, der Spittelmarkt, an dem einst das Lagerhaus der Ahrenfelds gestanden hatte. Selbst innerhalb der Sektoren waren die Kontraste noch immer erschreckend.

Wieder zurück im Westen, stellten wir fest, dass im einst eleganten Tiergartenviertel, in dem Tante Rosie mit Onkel Friedrich gelebt hatte, ein Stadtteil im Stil des Neuen Bauens entstand. In Zusammenarbeit mit der westdeutschen Regierung versuchten Architekten aus aller Welt, die ideale Wohnsiedlung zu entwickeln. Soeben fand die Interbau statt, eine riesige internationale Architekturausstellung. Die Pavillons verschiedenster Nationen befanden sich mitten im Gewirr aus neuen Straßen und experimentellen Bauten, von denen einige bereits mit leuchtenden Mosaikfassaden prunkten und andere über das Fundament noch nicht hinausgekommen waren.

»Ich wünschte, Tante Rosie hätte ein oder zwei Jahre länger gelebt, um all das hier in fertigem Zustand zu sehen. Sie liebte das Neue und Gewagte – sie war ein wahrhaft fortschrittlicher, ewig junger Geist.«

Eric redete in einem fort von ihr, und plötzlich ging mir auf, dass er seine Mutter nie erwähnte, nicht einmal jetzt, wo auch ihre Schwester tot war.

Es dämmerte bereits, als wir nach Grunewald zurückkehrten. Dennoch war die beeindruckende schwarze Limousine, die samt Chauffeur vor dem Haus wartete, nicht zu übersehen.

»O je, anscheinend ist einer von Tante Rosies alten Freunden gekommen, um die arme Käthe zu trösten, die eigentlich niemanden sehen will«, sagte Eric und parkte sein kleines Auto direkt hinter der chromglänzenden Karosse. Kaum hatte er die Haustür aufgeschlossen, kam uns Else aus der Küche entgegen. Ihre dunklen Augen blinzelten nervös.

»Gott sei Dank, dass du da bist«, flüsterte sie. »Dein Cousin und Käthe sind dort drin und streiten sich.«

»Albrecht?«, fragte Eric, als hoffte er, es könnte jemand anders sein.

»Ja. Deine Tante und deine Eltern konnten ihn nie leiden.«

»Das musst du mir nicht sagen, Else.«

»Sollen wir oben warten?«, fragte Nora rücksichtsvoll.

»Auf keinen Fall. Kommt, wir gehen rein und retten Käthe.«

Im Wohnzimmer herrschte angespannte theatralische Stille, als hätten zwei Schauspieler ihren Schlagabtausch unterbrochen, um einen neuen Akteur auf die Bühne zu lassen. Albrecht saß aufrecht in einem hohen Sessel und rauchte eine Zigarette, die in einer langen schwarzen Spitze steckte. Er trug einen dunkelgrauen Nadelstreifenanzug mit einem dem Trauerfall entsprechenden schwarzen Schlips. Käthe kauerte in einem langen Wollbademantel in einer Ecke des roten Sofas, als hätte sie jemand dorthin geschleudert. Erleichtert blickte sie Eric entgegen.

»Albrecht, was führt dich in mein Haus?«, fragte Eric, ging zum Sofa und strich Käthe über die Stirn.

Albrecht zögerte einen Moment, unsicher, wem er diese neue, wenn auch vertraute Stimme zuordnen sollte.

»Erich?« Er klang überrascht. »Käthe hat mir nicht gesagt, dass du zurück bist.«

»Käthe sollte gar nicht hier unten sein, um dir irgendetwas zu sagen. Der Arzt hat ihr Bettruhe verordnet.«

Albrecht ging nicht darauf ein. Die eine Hand an der Rückenlehne, verbeugte er sich vollendet höflich und erkundigte sich, wie uns Berlin in diesem Jahr mit all den Neubauten gefalle und ob wir die Interbau gesehen hätten, sei das nicht eine famose Sache? Er sei mit seinen beiden Töchtern dort gewesen, die inzwischen ziemlich gut verstünden, ihm Dinge en détail zu beschreiben – »ich nenne sie meine Ersatzaugen«, schloss er mit charmantem Lächeln.

Er setzte sich wieder und schnippte gekonnt die Zigarettenasche in einen für ihn unsichtbaren Aschenbecher, der neben ihm stand.

»Es tut mir leid, dass Käthe krank ist«, wobei seine Stimme nicht wirklich bedauernd wirkte, »aber ich musste sie sehen. Manche Dinge im Leben lassen sich nicht aufschieben, so unangenehm sie auch sein mögen.«

Eric bedeutete uns, neben Käthe Platz zu nehmen, während er selbst stehen blieb.

Albrecht fuhr sich nervös durch sein schütteres blondes Haar. Alles an ihm war schlank und elegant, die langen Finger, die Ohren, die geschwungenen Brauen über den kühlen graublauen Augen, die unablässig durch den Raum wanderten, als könnten sie noch sehen.

»Wann bist du angekommen?«, fragte Albrecht.

»Gestern Abend.«

»Wusstest du, dass Tante Rosie tot ist?«

»Ich erfuhr es erst, als ich hier war.«

Albrecht schien die Antwort zu beunruhigen.

»Käthe hätte mich unverzüglich in Kenntnis setzen müssen. Stattdessen hat sie Rosies Tod für sich behalten. Sie hat sie ohne ihren einzigen noch lebenden Verwandten beerdigt – denn das bin ich, wenn du nicht hier bist –, und ihrer Niedertracht ist es zuzuschreiben, dass Rosie von Ludowitz ihre letzte Ruhe begleitet von Fremden und unbedeutenden Bekanntschaften wie Herrn Rudneck, eurem alten Hausmädchen und einem verschrobenen Maler namens Wehn finden musste. Käthe hat das einfach so verfügt.«

»Das ist eine Lüge«, rief Käthe. »Ich habe lediglich Tante Rosies Willen befolgt. Frag den Pfarrer. Er kann es bezeugen.«

»Hör auf, sie *Tante* Rosie zu nennen«, sagte Albrecht, und sein eben noch milder Blick gefror. »Sie war nicht deine Tante. Nur weil ihre Schwester deinen Onkel geheiratet hat, bist du noch lange nicht mit ihr verwandt. Du hast gehandelt, als hätte sie keine richtige Familie.«

»Wenn du mit richtiger Familie dich meinst«, sagte Eric, »dann hatte sie auch keine, aus ihrer Sicht. Letzten Winter in London vertraute Tante Rosie mir glückstrahlend an, in Käthe eine echte Tochter gefunden zu haben.«

Albrecht ließ sich nicht beirren.

»Ich werde meinen Anwalt anweisen, morgen Herrn Rudneck aufzusuchen, um über das Testament zu sprechen.« Albrecht schnippte die Asche in den Aschenbecher.

»Tu das«, sagte Eric. »Das Testament ist eindeutig. Natürlich hatte sie nicht viel zu vererben ...«

»Soweit ich weiß«, Albrecht machte eine Pause, »gehörte dieses Haus ihr.«

»Mein Vater hatte es ihr vorübergehend überschrieben. Vergangenes Jahr hat sie es mir rückübertragen. Jetzt weiß ich, warum.«

»Darüber hinaus«, Albrecht runzelte die Stirn, »sind da die Familienbesitzungen in Ostpreußen, die, als Großvater starb, unter den drei Kindern aufgeteilt wurden.«

»Meine Mutter hat mir ihren Anteil hinterlassen, und Tante Rosies geht nun ebenfalls an mich – ganz legal. Allerdings ist das nur ein Stück Papier, wie die Spielkarten in *Alice im Wunderland*. Wirklich, Albrecht«, Eric klang fast mitleidig, »glaubst du ernsthaft, Deutschland wird jemals Besitzansprüche in Ostpreußen geltend machen können?«

»Ja, das tue ich. Und vielleicht schneller, als irgendjemand ahnt.«

Erics Lachen mischte sich mit dem leisen Klimpern des Kronleuchters, dessen Prismen sich in der vom Garten hereinwehenden Brise sacht bewegten.

»Der Grund, weshalb ich die Dinge möglichst schnell klären möchte,« fuhr Albrecht fort, »ist, dass ich zu einer äußerst wichtigen Auslandsreise aufbreche.«

»Geschäftlich?«, fragte Eric.

»Etwas in der Art.«

»Scheint lukrativ zu sein.« Eric warf einen Blick aus dem Fenster. »Beeindruckender Wagen, den du da fährst.«

»Eigentlich gehört er meiner Frau Klara. Sie ist Wedimans Tochter, weißt du ...«

»Nein. Welcher Wediman?«

»Erich«, sagte Käthe vorwurfsvoll. »Das habe ich dir doch letztes Jahr erzählt. Der Kohlenmagnat.«

»Ah, einer der Ruhrbarone, die wieder im Sattel sitzen.«

»Ganz genau.« Ihre Stimme klang jetzt weniger angespannt. »Die Alliierten hatten ihn ins Gefängnis gesteckt, aber dann brauchten sie ihn und ließen ihn frei. Inzwischen ist er reicher denn je, und Klara hat Albrecht gerade dieses hübsche neue Auto gekauft.«

»In deinen Worten klingt das geradezu abstoßend«, entrüstete sich Albrecht.

»Es ist abstoßend, egal, wie man es ausdrückt«, entgegnete Eric. Er musterte seinen Cousin mit der skeptischen Aufmerksamkeit eines Kunstexperten, der eine Fälschung wittert. »Sag mir nicht, du willst Kohle an die Alliierten verkaufen. Die haben schon mehr als genug.«

»Zu meiner Reise kann ich dir keinerlei Auskunft geben. Du weißt schon – vertraulich und so weiter.« Albrecht schlug die schlanken Beine übereinander. Er trug elegante, schwarze Wildlederhalbschuhe.

»Ich würde mich nicht wundern, wenn du gerade dabei bist, die Verteidigung der freien Welt zu organisieren.«

»Mag sein«, gab Albrecht leicht genervt zurück. »Und wenn schon?«

»Nichts, gar nichts.« Eric ließ den Blick nachdenklich über die Ahnenporträts an den hellen Wänden und hinunter auf die Wildlederschuhe wandern. »Es wäre nur so entsetzlich traurig, wenn die freie Welt dich zu ihrer Verteidigung brauchte.«

344

Albrecht drückte seine Zigarette aus, klappte sein silbernes Etui auf und steckte sich die nächste Zigarette in die schwarze Spitze.

»Also wirklich, Erich, du kannst nicht von mir verlangen, mit einem Ausländer über deutsche Politik zu diskutieren. Du bist jetzt Engländer. Du gehörst nicht mehr zu uns.« Der Rauch stieg sich kräuselnd in die Luft. »Du ahnst ja nicht, wie wenig wir Deutschen für euch *déracinés* übrighaben, die zu Besuch kommen, mit ihren ausländischen Pässen wedeln und meinen, uns, die wir hier gelitten und den Wiederaufbau mit unserem Blut bezahlt haben, Ratschläge erteilen zu müssen.«

»Dass wir ausländische Pässe haben, ist Hitlers Schuld, nicht unsere«, entgegnete Eric gleichmütig. »Aber was ist schon ein Pass? Ein Stück Papier, mehr nicht. Wenn ich statt nach England nach China gegangen wäre und die chinesische Staatsbürgerschaft hätte, würde mich das noch lange nicht zu einem Chinesen machen.«

Er schob Albrecht den Aschenbecher hin.

»Es tut mir schrecklich leid, mein lieber Cousin, aber immer, wenn ich dich sehe, habe ich das dringende Bedürfnis, meine Meinung über Deutschland zu sagen, und ebendas werde ich tun, mit der Autorität und dem Recht dessen, der versucht hat, sein Vaterland von Anfang an vor dem Untergang zu retten.«

Albrechts schmaler Mund entspannte sich. Wie ein Kapellmeister, der ein gefühlvolles Andante dirigiert, fuhr er mit der Zigarettenspitze durch die Luft.

»Ich möchte mich entschuldigen für das, was ich gerade gesagt habe«, murmelte er. »Du hast recht, Erich. Ich habe mich gehenlassen. Ein Deutscher wird immer ein Deutscher bleiben, egal, wie viele Pässe er besitzt. Es ist dumm von uns beiden, dass wir streiten, schließlich sind wir nicht nur von gleicher Rasse, sondern auch von gleichem Blut.«

»Blut scheint eines deiner Lieblingsworte zu sein. Ganz schön angestaubt, alter Knabe. *Mein Kampf* strotzt davon.«

Albrecht reagierte nicht, als hätte er sich für einen kurzen Moment in die Dunkelheit hinter seinen Augen geflüchtet.

»Wir sollten allen Groll, der uns in der Vergangenheit entzweit hat, vergessen. Jetzt müssen wir zusammenstehen in Liebe und Demut und uns einem einzigen Gedanken widmen: Wie können wir unserem geliebten Vaterland zu neuer Stärke verhelfen?«

»Klingt hübsch«, sagte Eric. »Die Sache hat nur einen Haken: Ich bin Humanist, und ich will, dass sich alle Länder und alle Menschen stark und sicher fühlen, nicht nur ein oder zwei. Jedes Mal, wenn Deutschland in der Vergangenheit stark geworden ist, musste der Rest der Welt dafür bezahlen.«

Gedankenversunken saß Albrecht da, das Kinn zwischen Daumen und Zeigefinger geklemmt.

»Soweit ich weiß, bist du in London erstklassig vernetzt – durch die Verlagsarbeit und so weiter.«

»Wie man eben vernetzt ist, wenn man jahrelang in einem Land lebt.«

»Du könntest uns von großem Nutzen sein.«

»Wer ist uns?«

»Deutschland – das neue Deutschland.«

»Albrecht«, hob Eric geduldig an. »Wir beide werden

uns nie darüber einigen können, wie ein neues Deutschland aussehen soll. Du und deine Freunde wollen uns alle zurück in die Kaiserzeit katapultieren: die fügsame, hörige Masse, geführt von einer adligen Militärelite, die mit den Industriebaronen gemeinsame Sache macht. Ich hingegen wünsche mir ein wirklich neues Deutschland, ein Land, in dem ein redlicher Kölner Kleinunternehmer nicht zu schlottern anfängt, sobald ein Uniformierter auftaucht. Aber ich fürchte, weder du noch ich noch sonst jemand jenseits der vierzig hat in dieser Angelegenheit viel zu sagen. Deutschlands Zukunft liegt in den Händen der ost- und westdeutschen Jugend.«

»Hör auf, wie ein Pennäler zu reden, der gerade Schiller entdeckt hat«, sagte Albrecht gereizt. »Offenbar ist dir nicht klar, wie es um die Welt steht. Wenn wir Deutschen nicht schnell und umsichtig handeln, wird es weder für eine alte noch eine neue Generation eine Zukunft geben. Und jetzt lass uns diese Dummheiten vergessen und zum Geschäftlichen kommen. Am fünfundzwanzigsten werde ich in Washington sein, am dreißigsten in Madrid und am sechsten kommenden Monats in London. Ich brauche dich dort. Ein britischer Cousin könnte …«

»Nein, Albrecht, ohne mich.«

»Und weshalb nicht?«

»Weil mein Vater nicht in einem Gefängnis der Nazis und Leo Ahrenfeld nicht in Bergen-Belsen gestorben ist, damit deine ehemaligen Nazioffiziere um die Welt jetten und als Retter der Demokratie posieren.«

»Wären dir die Kommunisten etwa lieber«, fuhr Albrecht auf.

»Als Hitler mich vor die Wahl stellte, entschied ich

mich weder für die einen noch für die anderen«, bellte Eric zurück.

»Gott, was bist du doch für ein Esel, Erich. Heute gibt es keinen Mittelweg mehr. Entweder du bist für uns oder gegen uns. Und glaub nicht, deine sogenannte Alliiertendemokratie lasse sich wie Cornflakes nach Deutschland importieren. Die Deutschen können sich nicht selbst regieren. Sie brauchen eine starke Hand.«

»Wann hat man ihnen je die Chance gegeben, sich selbst zu regieren?«, entgegnete Eric.

Albrecht richtete sich in seinem Stuhl auf. Gelassen und ohne sich die Schlappe anmerken zu lassen, blies er den Rauch aus seinen schmalen Nasenlöchern.

»Ich will dir nur eines sagen: Die Russen sind Realisten. Dafür respektiere ich sie. Wenn sie morgen in Westberlin einmarschieren, wirst du der Erste sein, der hinter Gittern landet, denn wenn Realisten eines hassen, dann einen frustrierten Intellektuellen, der nie etwas zustande bringt, weil er an nichts anderes denkt als an die Reinheit seines Gewissens. Und wenn sie dich nicht erschießen, dann tun wir es. Weil du niemandem mehr etwas nützt, nicht einmal dir selbst.«

Seine Feindseligkeit schlug in Herablassung um. »Lass dir einen Rat geben – steig mit deinem netten britischen Frauchen und deiner missratenen Cousine Käthe in das nächstbeste Flugzeug, flieg zurück nach England und werkele in deinem Garten, pflanz Rosen oder Petunien oder was immer bei den englischen Gutsherren gerade en vogue ist.«

»Den Teufel werde ich tun«, sagte Eric. »Ich bleibe hier.«

Albrecht schien diese neue Wendung zu prüfen, als lese er eine militärische Karte.

»Um Himmels willen, was willst denn du in Berlin anfangen?«

»Verlagsarbeit vielleicht. Außerdem wollte ich früher immer Schriftsteller werden.«

Albrecht grinste spöttisch. »Mein lieber Erich, erzähl mir nicht, du willst den armen kleinen Hugo Krafft wiederauferstehen lassen.«

»Er wäre nicht das Schlimmste, was in Deutschland gerade wiederaufersteht.«

Bedächtig stemmte sich Albrecht aus dem Sessel.

»Du hast vollkommen recht«, sagte er ebenso abwesend wie zu Beginn der Unterhaltung. »Wir werden uns nie in irgendetwas einig sein. Solltest du wirklich in Berlin bleiben, komm mir nicht in die Quere. Komm niemandem in die Quere. Denn das, was hier jetzt passiert, ist viel zu bedeutend, als dass du Amateur mithalten könntest.«

»Ein guter Militär unterschätzt seinen Feind niemals, Albrecht.«

»Du meinst …«

»Hör auf, mich wie ein minderbemitteltes Kind zu behandeln. Ich bin geistig völlig gesund und weiß, wie ich mich und die Menschen, die ich liebe, verteidige.«

»Nun, da bin ich aber froh. Wie dem auch sei, jetzt, da Tante Rosie tot ist …«

»… müssen wir uns nie mehr über den Weg laufen. Dein Anwalt soll sich mit Herrn Rudneck in Verbindung setzen, falls es wider Erwarten irgendwann etwas zu klären geben sollte.«

Albrecht griff nach seinem Stock mit dem silbernen

Knauf. »Du musst mich nicht hinausbegleiten. Ich finde den Weg.« Er zog ein Paar farngrüne Wildlederhandschuhe aus der Tasche. »Übrigens, Erich, Hugos Buch – wie hieß es doch gleich? – *Hans Pichels Lehrjahre*, wenn ich mich recht erinnere. Nun, ich muss gestehen, ich fand es ausgesprochen amüsant. Doch für solche Romane ist es inzwischen viel zu spät.«

Eric trat zur Seite, um Albrecht vorbeizulassen. »Als ich aus Berlin wegging, war Satire die einzige Waffe, die man gegen die Diktatur hatte. Zu meiner Freude habe ich festgestellt, dass die Deutschen wieder lesen, und ich glaube, sie sind bereit für ein paar Bücher, die die bittere Wahrheit erzählen.«

»Gott, wie langweilig das klingt«, sagte Albrecht im Hinausgehen. »Wir Deutsche sind schon schwerfällig genug – keine Finesse, kein Esprit. Falls du also vorhast, uns deine bittere Wahrheit unter die Nase zu reiben, bleibe ich lieber bei Camus; seine Verzweiflung über die Dummheit des Menschen hat wenigstens literarisches Niveau. *Nous ne pouvons agir que dans le moment qui est le nôtre parmi les hommes qui nous entourent*«, zitierte er.

»Das ist mal wieder typisch für dich, Albrecht«, sagte Eric und brachte seinen Cousin zur Tür. »Die Worte kennst du auswendig und hast doch keine Ahnung von ihrer wirklichen Bedeutung.«

Vom Fenster aus konnten wir sehen, wie der Chauffeur Albrecht entgegenging. Ein Mann in schwarzer Livree mit polierten schwarzen Stiefeln, die im Licht der Haustürlampe glänzten. Schwarz, wie passend für eine Familie, die ihre Millionen mit Kohle scheffelte.

VIER

Käthe, du musst ins Bett. Deine Hände sind ja eiskalt«, sagte Eric, als er zu uns ins Wohnzimmer zurückkehrte.

»Sie ist vollkommen erschöpft«, rief Nora und rieb ihr die Hände. »Kein Wunder, Albrecht würde noch jeden den letzten Nerv kosten.«

Käthe knöpfte ihren Morgenmantel bis obenhin zu. »Ich will jetzt nicht ins Bett. Lasst mich eine Weile hier sitzen.«

»Gibt es nicht irgendwo ein Glas Sherry, Eric?«, fragte Nora.

»Im Schrank hinter dem Flügel steht Cognac, dort hat deine Mutter ihn immer aufbewahrt«, sagte Käthe.

Nora schob Käthe ein großes Kissen in den Rücken, und Eric holte eine bernsteinfarbene Flasche und ein paar Kristallgläser aus dem Schrank.

»Hier, Käthe.« Er schenkte ihr ein. »Trink, und dann erzählst du mir, was dir Albrecht in Paris angetan hat. Ich muss es wissen.«

»Aber ich habe dir doch schon letztes Jahr gesagt, es war nicht Albrechts Schuld, nicht wirklich. Ich habe einen Fehler gemacht. Ich dachte, ich wäre Französin.«

Eric blickte sie verständnislos an, während sie an der bernsteinfarbenen Flüssigkeit nippte.

»Was meinst du mit diesem ›Ich dachte es‹? Du warst doch Französin durch deine Heirat und die Einbürgerung, so wie ich Engländer bin.«

»Das zählte nicht, als die Lage sich zuspitzte.«

Gequält verzog sie den Mund. Es sei so schade, dass Erich Michel nie kennengelernt habe, sie hatten drei wunderschöne Jahre zusammen, ehe der Krieg ausbrach und ihr Leben wie das Millionen anderer zerstörte. Eines Abends erfuhr sie, dass Michel von den Deutschen verhaftet und erschossen worden sei – er hatte unweit von Marseille im Widerstand gearbeitet. Am nächsten Morgen sei sie aufgestanden und zur Arbeit gegangen, wie immer. Was hatte das eigene Unglück schon für eine Bedeutung, wenn alle anderen ebenfalls litten?

»Warum bist du in Paris geblieben? Hättest du nicht in den unbesetzten Teil Frankreichs gehen können?«, fragte Eric.

»Nein. Da war doch noch die Kleine, Christine. Sie war erst zwei. Wir hatten sie bei Michels Tante in Rambouillet versteckt. Gute Menschen, aber sie fürchteten sich – erst recht, nachdem Michel erschossen worden war. Sie wollten keine Deutsche in ihrem Haus. Ich durfte Christine nur heimlich sehen – einen Abend die Woche. Wäre ich fortgegangen, wäre nicht einmal das möglich gewesen.«

Dank Michels Freunden konnte sie als Übersetzerin ihren Lebensunterhalt verdienen. Ein schreckliches Leben im Untergrund, versteckt vor den Nazis und der französischen Polizei. Dann, kurz vor der Befreiung …

»Christine starb an Typhus. Michels Familie hat für sie getan, was sie konnte. Doch sie ließen mich nicht zur Beerdigung kommen. Also ging ich in den Jardin du Luxembourg. Stundenlang saß ich dort ganz allein und beerdigte sie in Gedanken.«

Die abendliche Schwärze drängte ins Zimmer und nahm Käthe die Luft zum Atmen. Eric legte ihr die Hand auf die Stirn.

»Und wie kam Albrecht ins Spiel?«, fragte er.

Durch Zufall. Eines Abends auf dem Heimweg hatte Käthe bemerkt, dass ein deutscher Offizier ihr folgte, allerdings schlenderte er so gemächlich dahin, dass sie glaubte, er mache einen Spaziergang, um sich ein Mädchen zu angeln. Käthe dachte nicht mehr daran und erzählte auch Paule, der Frau, mit der sie das Zimmer teilte, nichts davon. In der Nacht klopfte es plötzlich an der Tür, und als Paule öffnete, stand der Offizier vor der Tür und sagte in perfektem Französisch, sie müsse keine Angst haben, er glaube, seine Cousine Käthe wohne hier, er würde ihr gern mitteilen, dass sein Bruder Rupert tot sei.

»Paule war zwar alt, aber extrem gewitzt. Dennoch hatte Albrecht sie im Handumdrehen überzeugt, dass er die Wahrheit sagte, so dass sie ihn einließ.«

»Und dann hat er euch beide verraten«, sagte Eric.

»Ganz und gar nicht! Ein Nazi hätte das getan, aber Albrecht rühmt sich, ein Mann von Adel zu sein. Er besuchte mich mehrmals und tat nichts weiter, als im Sessel zu sitzen und über Rupert zu reden.«

»Wieso über Rupert? Und wieso mit dir?«

Er machte ein ratloses Gesicht, doch dann lächelte er.

»Ach natürlich, als wir jung waren, war Rupert in dich verliebt.«

»Er tat mir so leid. Er war so viel netter als Albrecht. Er hatte es niemals auf eine Karriere beim Militär angelegt und war der Erste, der sterben musste. Das schien Albrecht nachzugehen.«

»War Albrecht klar, dass der Krieg verloren war?«

»Vollkommen. Doch er hat es nie ausgesprochen. Er saß einfach da, redete in seinem geschliffenen Französisch, damit jeder es hören konnte, und gab nichts als Kindheitserinnerungen zum Besten. Jedes Mal brachte er mir ein Päckchen Proviant mit, das ich an Paule weitergab, damit es in den Untergrund geschafft wurde.«

»Was kam dann?«

»Die Befreiung kam.« Käthes Stimme stockte. »Die Leute drehten durch. Irgendjemand schwärzte mich an.«

»Dich?«

»Sie meinten, ich sei eine Gestapo-Spionin, die mit Albrecht zusammenarbeitete, und wir hätten Paules Wohnung für konspirative Treffen genutzt. Ich hatte geglaubt, meine französische Staatsbürgerschaft würde mich schützen. Im Gegenteil. Die Franzosen waren es, die mich ins Gefängnis brachten.«

»O Gott!«, rief Eric und starrte in Käthes blasses, ausdrucksloses Gesicht. Sie fuhr sich mit der Hand an den Hals, als schmerze sie dort etwas.

»Im Gefängnis habe ich vieles gelernt«, fuhr sie fort. Wie bereitwillig Menschen Gerüchte für bare Münze nehmen; wie schnell sie das Schlimmste glauben. Nur ein Mensch habe sie verteidigt – Paule, eine Frau wie Tante Rosie, doch Paule habe allein gegen alle Freunde von Michel gestanden. Menschen, die Käthe vermeintlich vertraut und sie geliebt hatten, wandten sich über Nacht gegen sie. Sie meinten, es überrasche sie nicht, dass sie eine Spionin sei, schon immer hätten sie so etwas geahnt und sie habe den armen Michel verraten.

»Und dann?«, fragte Eric.

»Wenn man Menschen ins Gefängnis steckt, muss man ihnen etwas nachweisen.« Als es ein wenig ruhiger geworden sei, habe sich gezeigt, dass all die »Beweise« gegen sie von der denunziatorischen Concièrge stammten, die irgendwann widerwillig zugab, nicht gewusst zu haben, dass der Offizier ein Verwandter von Käthe war. Die Anschuldigungen seien möglicherweise ein Irrtum. Also wurde Käthe eines Tages freigelassen, und Michels alte Freunde versuchten ihr schäbiges Verhalten wiedergutzumachen. Doch es war zu spät.

»Ich hatte geglaubt, ich sei Französin«, wiederholte Käthe schleppend wie ein schläfriges Kind. »Kein Mensch hat sich je französischer gefühlt als ich. Mein Mann, mein Pass, mein Kind, meine Freunde – alles war französisch. Doch als es hart auf hart kam, war ich für die Franzosen nur noch die Deutsche.«

Damals war ihr grausam bewusst geworden, was Einbürgerung bedeutet, egal in welchem Land. Man glaube, man gehöre dazu, ist jahrelang mit Herz und Seele Teil der neuen Heimat, und doch wenden sich die Menschen plötzlich gegen einen und sagen: »Du bist nicht von hier. Du wirst uns nie verstehen«, und man stehe vor einer Wand aus Hass, Argwohn und Einsamkeit.

»Ich bin Deutsche«, hatte sich Käthe nach ihrer Freilassung gesagt. »Also gehe ich wieder nach Hause, auch wenn dort alles in Trümmern liegt.« Da ihr Leben ebenfalls in Trümmern lag, erschien die Rückkehr nur folgerichtig.

»Ich verstehe nicht, wie du das geschafft hast. 1946 herrschte überall das reinste Chaos, die Straßen wimmelten von Flüchtlingen, es gab nichts zu essen, und Züge fuhren auch keine«, sagte Eric und starrte betroffen auf den Teppich.

»Ich brauchte zwei Wochen, um von Paris nach Berlin zu gelangen«, sagte sie. Ohne Geld, mit nur einem Koffer, körperlich geschwächt. Doch sie beherrschte drei Sprachen, das rettete sie. Zunächst wurde sie von einem amerikanischen Militärfahrzeug mitgenommen, das nach Aachen fuhr. Die Offiziere brauchten einen Übersetzer. In Aachen setzte man sie dann in ein Auto Richtung Berlin.

»Diese jungen Amis waren wahnsinnig nett zu mir«, sagte sie, und ihre Stimme wurde weich in Erinnerung an diesen winzigen Lichtblick inmitten eines Alptraums. Sie wussten nicht mehr von ihr als das, was sie ihnen erzählte – dass sie eine flüchtige Widerständlerin auf dem Weg nach Hause war. Sie hätte eine Spionin oder dergleichen sein können, doch sie glaubten ihren Worten, gaben ihr zu essen und einen Schlafplatz und zeigten ihr Fotos von ihren Kindern.

»Trink deinen Cognac, Liebes«, sagte Nora und hielt ihr das Glas an die Lippen. Käthe schob es beiseite.

»Wieso habe ich all das auf mich genommen? Wieso habe ich weitergelebt?«, rief sie. »Wir werden nirgends Ruhe und Frieden finden. Du hast Albrecht eben gehört. Als es ihm schlechtging, wurde er geradezu menschlich.

Ich war seine Cousine. Jetzt sitzt er wieder obenauf, er und seine Freunde. Ich weiß nicht, was er vorhat, ich weiß nicht, was Deutschland und der Welt bevorsteht. Aber was es auch ist, ich werde es nicht ertragen. Ich bin am Ende.«

Eric starrte zur Tür, als erwarte er Tante Rosies vertraute Silhouette aus der Dunkelheit auftauchen zu sehen. Eine gläserne Vase ohne Blumen stand auf dem Teetisch.

»Meine arme Käthe. Schon immer warst du das Opfer deiner Mitmenschen, angefangen bei mir«, sagte er. »Von allem, was ich aus Angst und Verzweiflung getan habe, war das Schlimmste, dass ich den Kontakt zu dir abbrach. Jetzt weiß ich, wie es dazu kam. Dass wir ungerecht zu dir waren, ja grausam, fing schon in deiner Kindheit an.«

»Aber deine Eltern waren so gütig zu mir. Sie nahmen mich auf, als …«

»›Nahmen dich auf!‹ Wie grausam das klingt. Sie taten ihre Pflicht, wie nett von ihnen. Du warst ein kleines Mädchen, dessen Mutter gestorben war und dessen Vater eine neue Frau gefunden hatte. Du hättest die Liebe einer richtigen Familie gebraucht, die dir die verlorene ersetzte. Stattdessen hat meine Mutter dir Kleider gekauft und dich in ihrer unerträglich teilnahmslosen Art geküsst, weil sie zu oberflächlich war, um zu begreifen, was in ihren Mitmenschen vorging. Und mein Vater hat erst kurz vor seinem Tod gelernt, seine Liebe zu zeigen. Du musst dich entsetzlich einsam und ausgeschlossen gefühlt haben.«

»Möglich …«, gab sie zögernd zu.

»Ich war schrecklich zu dir«, sagte Eric. Er machte Anstalten sich zu setzen, sprang aber gleich wieder auf. »Ich war ein selbstsüchtiger, verhätschelter Junge, und auf einmal kamen meine Eltern mit einem kleinen Mädchen nach Hause, einer Rivalin. Ich hasste sie!«

Irritiert sah sie zu ihm auf. »Und ich war überzeugt, wir liebten einander innig – wie Bruder und Schwester.«

»Mit der Zeit taten wir das auch.« Selbst Familien, in denen man sich wirklich nahe sei, würden von dieser seltsamen Mischung aus Liebe und Hass nicht verschont, von diesem unausgesprochenen Groll, der einen zu den unerklärlichsten Verhaltensweisen hinreiße. »Weißt du noch, dass ich davon ausging, du würdest nach Mutters Tod zu mir nach London kommen? Stattdessen schriebst du mir aus der Schweiz, du wolltest einen Franzosen heiraten und nach Paris ziehen. Ich war außer mir. Ich fühlte mich betrogen, im Stich gelassen. Jetzt weiß ich, was los war. Ich war eifersüchtig. Ich verschwand, um dich zu bestrafen.«

Er hatte einige Schritte in den dunkleren Teil des Zimmers getan, doch als er sich umdrehte, traf ihn das Licht der Lampe. Reue stand ihm ins Gesicht geschrieben.

»Erich, Tante Rosie hatte recht«, entgegnete Käthe mitfühlend. »Nichts kann die Vergangenheit ungeschehen machen. Letztes Jahr war ich es, die sich dir gegenüber grausam verhielt. Ich war wütend auf dich, weil du weggelaufen und nicht wiedergekommen warst. Geh zurück nach England und versuche dort, deinen Frieden zu finden.«

»Und was wird aus dir?«

Ihre stillen blauen Augen blickten ihn unverwandt an. »Mach dir um mich keine Sorgen.«

»Von wegen. Meinst du, wir fahren weg und lassen dich hier zurück, damit du dich in den nächstbesten Kanal stürzst?«

»Aber du bist doch glücklich in England.«

»Glücklich? Da irrst du dich. Hast du nicht eben selbst erzählt, was es heißt, nur eingebürgert zu sein? Du ahnst nicht, was für einen Winter ich durchgemacht habe, nachdem die Wahrheit über mich ans Licht gekommen war – nicht einmal Nora kann es sich vorstellen.«

»Da täuschst du dich«, sagte Nora und setzte sich im Protest auf. »Ich weiß, dass du dich entsetzlich fühltest.«

»Die Briten haben mir nichts getan«, stellte er hastig klar. »Niemand hat mich ins Gefängnis gesteckt oder mir ein Leid zugefügt. Niemand hat auch nur ein Wort verloren. Aber in mir hat sich etwas verändert.«

Eric stand vor Käthe, die Hände in den Jackettaschen. Wenn man in irgendeinem Land der Welt normal leben wolle, müsse es möglich sein, das, was einem nicht passe, beim Namen zu nennen und sich offen dazu zu verhalten. Doch in dem Augenblick, als er sich zu seiner deutschen Herkunft bekannt hatte, war rund um ihn eine Mauer aus dem Boden geschossen. Seither überlege er sich jedes Wort zweimal. Er fühle sich als Außenseiter, fremd und gehemmt. »Dann fing ich an, andere Eingebürgerte zu beobachten«, sagte er. Es sei erbärmlich gewesen, zu sehen, mit welchem Eifer sie ihr neues Heimatland in den Himmel hoben und alles großartig fanden, wie Konvertiten, die die Tatsache, nicht in eine bestimmte Religion hineingeboren worden zu sein, durch besondere Inbrunst wettzumachen suchen. Plötzlich hatte Eric gemerkt, wie er bei jedem Wort zögerte, jeden Ausdruck doppelt prüfte, aus Angst, von irgendeinem Dummkopf würde er unweigerlich zu hören bekommen: »Gehen Sie doch dorthin zurück, wo Sie hergekommen sind, wenn es Ihnen hier nicht gefällt!« Nachdenklich rieb er sich das Kinn. »Auch ich bin all dieser Lügen und Falschheiten und Ausflüchte müde. Ich bin zu alt, um diese Farce noch länger aufrechtzuerhalten. Also bitte mich nicht, dorthin zurückzukehren.«

»Du hast keine Ahnung, wie schlimm es hier ist«, entgegnete Käthe.

»Was meinst du damit? Die Lage in Berlin ist übler, als sich das irgendein Außenstehender auszumalen vermag, doch ich rede nicht von der politischen Krise, sondern von den menschlichen Werten, die auf dem Spiel stehen.«

»Und warum …«

»Ich bin geflohen, als ich jung und die Welt gegen mich war. Ich kann nicht ewig davonlaufen, erst recht nicht jetzt, da ich allen Widerwärtigkeiten so viel mehr entgegenzusetzen habe.«

»Aber denk auch an Nora.«

Zerknirscht drehte er sich zu seiner Frau um. »Mein armer Liebling, niemand hat mit dir gesprochen oder dich nach deiner Meinung gefragt, und dabei habe ich immer so fest auf deine Liebe und dein Verständnis gebaut.«

»Und das zu Recht«, erwiderte sie leise. »Erzähl Käthe von Magda.«

»Magda?« Verblüfft schaute Käthe auf.

»Sie kommt auch zurück.«

»Nach Deutschland?«

»Zu uns.«

»Aber das könnt ihr nicht tun!« Ihre Stimme überschlug sich. »Ihr könnt von den Juden nicht verlangen, zurück nach Deutschland zu kommen. Die Erinnerungen werden Magda in den Wahnsinn treiben. Erst letzte Woche hat Herr Rosen einen anonymen Hassbrief bekommen: ›Juden, geht zurück in euer eigenes Land und Palästina!‹ Erst letzte Woche!«

»Ich habe über diese Fälle gelesen. Sie sind schon in der ausländischen Presse angekommen. Neuer Antisemitismus in Deutschland.«

»Dann soll Magda in Frieden in Israel bleiben.«

»Das geht nicht, aus dem einfachen Grund, dass sie dort unglücklich ist. Jetzt, da ihr Sohn David geheiratet hat, lebt sie ganz allein und in ärmlichsten Verhältnissen. Herr Rosen hat recht, wenn er sagt, Israel braucht die Jungen und Starken – nicht die Alten und Sterbenden.«

»Magda ist jünger als wir.«

»Der Schmerz hat sie gebrochen, sie wirkt wie achtzig.« Er schien sich selbst ebenso überzeugen zu wollen wie Käthe. »Es geht nicht nur um die Juden, es geht um alle Flüchtlinge weltweit. Findet man im Exil ein neues, sicheres Zuhause, bleibt man. Lebt man sich nicht ein, ist man in seinem Heimatland besser aufgehoben. Sobald Magda dieses Haus betritt, wird sie sich heimisch fühlen, umgeben von Großmutter Lottes Möbeln und Tante Hildes Stühlen. Nach und nach wird sie die Kraft finden, ein paar alte Freunde zu treffen, die sich noch voller Liebe an sie erinnern. Dann kann sie selbst entscheiden, ob sie für immer bleiben will oder ob die Erinnerungen sie zu stark belasten.«

»Leos Junge – verheiratet«, sagte Käthe mit leuchtenden Augen. »Meine Christine wäre jetzt achtzehn, stellt euch vor, ich mit einer erwachsenen Tochter, wenn nur … wäre nur …«

Käthe schluchzte heftig auf. Als wäre ein Damm gebrochen, stürzten all die ungeweinten Tränen aus ihr hervor: die Tränen einer Frau, die einsam auf einer Pariser Parkbank saß, während Verwandte ihr Kind beerdigten; die zu Unrecht verhaftet und ohne ein Wort der Entschuldigung wieder freigelassen wurde; die durch ein kriegszerstörtes Europa zurück in eine in Trümmern liegende Stadt floh, die sie noch immer als ihre Heimat betrachtete. Endlich bahnte sich der Schmerz einen Weg. Haltlos weinend saß sie da, während Else aus der Küche kam, um ihr beizustehen.

»Käthe, Liebes. Es ist gut. Du bist nicht allein. Wir sind hier und kümmern uns um dich.« Nora legte ihr den Arm um die Schultern. »Du bist erschöpft. Else bringt dich ins Bett, und ich werde dir heißen Tee mit Cognac bringen. Dann schläfst du dich aus.«

Es war, als fände das Haus zu seinem eigenen, stillen Rhythmus. Von oben waren gedämpfte Schritte zu hören, eine Tür wurde geschlossen, dann kehrte Nora mit klackenden Absätzen ins Wohnzimmer zurück.

»Käthe fühlt sich schon besser«, seufzte sie erleichtert. »Das neue Mädchen ist nett. Eigentlich kann sie gar kein Englisch, nur ein paar Worte, aber sie errät viel. Die Küche ist blitzsauber und duftet nach Essen, irgendwas mit Klößen. Von Else, glaube ich.«

»Ja, von Else. Ich habe mir Huhn mit Klößen gewünscht«, entgegnete Eric und machte sich an der Lampe auf dem Flügel zu schaffen.

»Eric, was ist das für ein Zimmer oben am Ende des Flurs?«, fragte Nora.

»Ich weiß nicht, wozu es jetzt dient. Früher war es das Nähzimmer meiner Mutter.«

»Als ich es sah, dachte ich, vielleicht könnte Gerhard …«

»Du kannst Gerhard nicht schon wieder von seinem Vater trennen, nicht jetzt, wo sie sich so gut verstehen.«

»Ich will gar keinen trennen.« Sie klang gekränkt. »Ich dachte nur, du könntest Franz bei Gelegenheit sagen: ›Für zwei ist dein Atelier eigentlich viel zu eng, oder etwa nicht? Und falls Gerhard dir bei der Arbeit im Weg ist, hätte ich da ein leeres Zimmer.‹«

Eric blickte auf. »Raffiniert.«

»Magda kriegt das Zimmer hier unten, wo Tante Rosie das dänische Pärchen einquartiert hatte«, sagte Nora wie zu sich selbst. »Der Garten wird ihr guttun, und mit dem separaten Eingang kann sie sich ganz unabhängig fühlen.«

Eric lächelte. »Ich sehe dich mit ganz neuen Augen, Nora. Wenn du irgendwann einmal Witwe bist, kannst du in Bloomsbury eine kleine, feine Pension für nichtzahlende familienlose oder verstoßene Gäste führen.«

Offenbar gefiel Nora der neue Platz der Lampe nicht. Sie ging zum Flügel und rückte sie hinter die Fotografien.

»Nur eines tut mir leid«, sagte sie und betrachtete eines der Fotos.

»Was?«

»Tante Rosie ist gestorben, ohne zu wissen, dass du für immer zurückkommen würdest.«

Das Bild, das sie in der Hand hielt, war ein Hochzeitsfoto: eine blühende junge Frau, den Kopf hocherhoben, die Schleppe des Satinkleides schwungvoll drapiert.

»Hast du Tante Rosies Zimmer gesehen, das früher meiner Mutter gehörte?«

»Nicht seit letztem Jahr.«

»Vor zwei Wochen hat sie ihre persönlichen Dinge in das Zimmer bringen lassen, in dem das kanadische Mädchen gewohnt hatte. Dann ließ sie die Möbel meiner Mutter mit Elses Hilfe wieder an ihren alten Platz stellen. Sie meinte, das Zimmer sei für uns. Sie wusste es. Else wollte uns letzte Nacht nicht dort schlafen lassen, weil die neuen Vorhänge noch nicht fertig sind.«

Die Fotos in ihren verzierten Goldrahmen schimmerten im Lampenlicht. Nora fuhr mit dem Finger über das Bild in ihrer Hand.

»Ist das … deine Mutter?«

»Ja. Hab ich dir nie ein Bild gezeigt? Hübsch, nicht wahr?«

Nora besah sich das zarte blonde Mädchen mit den rätselhaften Augen näher. »Wie war sie?«

»Als Mutter? Hoffnungslos.«

»Wieso?«

»Weil sie selbst noch ein Kind war, vollkommen unreif. Sie wollte der verhätschelte Liebling eines sehr viel älteren Mannes sein. Die Leute wurden aus meiner Mutter nicht schlau. Erst jetzt beginne ich sie zu verstehen – und ihr zu verzeihen.«

Er stellte das Bild wieder neben das von Tante Rosie, ihrer dunkelhaarigen Schwester mit den klugen Augen.

»Arme Agnes – sie hatte leider nichts von Tante Rosie. Sie war schwach und wankelmütig, und wenn sie versuchte, etwas richtig zu machen, endete es jedes Mal in einem Durcheinander.«

»Immerhin hat sie es versucht«, sagte Nora sanft.

»Auf ihre Art.« Versonnen blickte er auf das Bild. Das Lampenlicht warf seltsame Reflexe auf das Glas. »All diese Ideen mit der passenden Gouvernante, dem richtigen Akzent, um mich nach England zu schicken. Dahinter steckte nicht Snobismus, wie die Leute dachten. In Wahrheit hatte meine Mutter Angst vor Deutschland, vor der Gewalt und Grausamkeit, die seit jeher unter der Oberfläche schwelen. Sie glaubte, wenn sie mich wegschickte, könnte sie mich retten. Aber das ist natürlich völlig unsinnig.«

»Was ist unsinnig?«

Er wandte sich vom Bild seiner Mutter ab und dem stillen Raum zu.

»Diejenigen, die wir lieben, vor Leid zu bewahren. Versucht man es, leiden sie am Ende nur umso mehr.«

FÜNF

Berlin, Weihnachten 1958

MEINE LIEBE,

Du kannst Dir nicht vorstellen, wie sehr wir es bedauert haben, dass dieses Jahr ohne Deinen Besuch vorüberging, aber vielleicht können wir auf das kommende Jahr hoffen? Hier beschäftigt uns gerade die Frage, wie wir unseren engsten Freunden angesichts der beunruhigenden Weltlage ein »glückliches« neues Jahr wünschen können. Käthe hat wohl am ehesten den richtigen Ton getroffen. Franz hat ihr ein paar Postkarten mit hübschen kleinen Skizzen aus dem Berliner Leben angefertigt, die den Adressaten nicht das unmögliche »Glück«, sondern die ungleich viel wichtigere »Zuversicht« wünschen.

Ich lege Dir einen Zeitungsausschnitt über die hiesige Festtagsstimmung »ohne Lärm und Betriebsamkeit« bei, die ganze Stadt ist bemüht, sich trotz der nächsten und, wie es scheint, besonders unheilvoll drohenden Krise möglichst normal zu verhalten. Für unsere Familie war es eine unvergessliche Woche. Zwei weitere verloren geglaubte Ahrenfelds sind zu uns gestoßen, einer aus Frankreich, der andere aus den Vereinigten Staaten. Unser amerikanischer Cousin, der sich jetzt Arnold nennt, findet das Englische sehr viel prägnanter und treffender als das Deutsche. »Berlin? You can have it«, meinte er. Besser kann man es nicht auf den Punkt bringen.

Unsere Lebenswege haben nichts gemeinsam, und doch sind wir beide die einzigen Überlebenden der großen Kinderschar, die vor vielen Jahrzehnten aus ganz Deutschland zusammenkam, um bei Großmutter Lotte Weihnachten zu feiern. Tief bewegt sitzen wir jetzt am Kaminfeuer beieinander, trinken Elses köstlichen Weihnachtspunsch und reden – nicht von der schmerzvollen Vergangenheit, sondern von der kaum weniger schmerzvoll erscheinenden Zukunft.

Es war ein merkwürdiges Jahr für mich. Wie soll ich es Dir beschreiben? Der zurückgekehrte Exilant sieht sein Heimatland mit scharfem, kritischem Blick, und mit ebensolcher Klarheit nimmt er die Welt ringsum und die schwankenden Brücken des Verstehens wahr, die immer wieder geschlagen und vom nächsten Unglück eingerissen werden. Mit dem schmerzlich erworbenen »universellen« Blick schaut er von seiner luftigen Position auf beide Welten hinab und weiß, dass der tröstliche, unverbrüchliche Glaube an die heimatlichen Tugenden für immer dem tiefen, tragischen Bewusstsein gewichen ist, wie ähnlich die Menschen einander in Leid und Angst sind. Wohin also »gehört« dieser zurückgekehrte Exilant? Nirgendwohin – und überallhin.

Davon angespornt, habe ich wieder mit dem Schreiben begonnen. Fast scheue ich mich, es zuzugeben, aus Angst, es würde wie Eis in der Sonne zergehen und das Buch, das vielleicht daraus wird, könnte sich am Ende als Totgeburt erweisen. Was ich schreibe, ist das Einzige, was mir momentan möglich ist: die autobiographische Geschichte eines Jungen in den schrecklichen Monaten des Jahres 1932, als die Nazis noch nicht mehr als eine Drohung waren und Deutschland und die Welt auf der Kippe standen, um letztlich durch menschliche Dummheit, Neid und völlige Verblendung ins Verderben zu stürzen.

Ein ziemlich unpopuläres Thema, ohne Zweifel. Aber worüber sonst könnte ich schreiben? Niemand kennt die Tragödie eines Menschen, der seine Vergangenheit verdrängt, besser als ich. Wie viel tragischer und niederschmetternder ist es, wenn eine ganze Nation glaubt, sie könnte sich nach einer Ära kollektiven Wahnsinns wieder in die Normalität zurückkämpfen, indem sie dieselben Fehler macht und jeden Gedanken an das verdrängt, was in der Vergangenheit geschehen ist. Was ich zu sagen habe, mag auf müde und taube Ohren stoßen. Doch mein lächerlich »verstiegenes« Gewissen (ich sehe Albrechts verächtliches Grinsen buchstäblich vor mir) gibt keinen Frieden, bis ich gesagt habe, was zu sagen ist. Jetzt, da ich wieder in Deutschland lebe, kann ich nur nach besten Kräften versuchen, die Menschen dazu zu bringen, sich ihrer Vergangenheit zu stellen und aus ihr zu lernen, um eine ungleich schrecklichere Zukunft zu verhindern. Der Hungertod in Bergen-Belsen war langsam. Atomwaffen töten schnell und grausam und vernichten so viele Leben auf einen Schlag, dass im Vergleich damit nicht einmal mehr Bergen-Belsen als das denkbar Schrecklichste erscheinen mag – ein grausiger Gedanke. Gibt es denn keine Alternative? Wenn ich nicht glauben würde, dass der Mensch mit Verstand ausgestattet wurde, um zu überleben, statt unterzugehen, hätte ich schon längst aufgegeben. Aber immerhin bleibt einem diese Hoffnung.

Hier, zu Hause, ist alles bestens. Magdas Lungen machten uns Sorgen, aber die Ärzte sind inzwischen zuversicht-

lich. Nora hat alles wunderbar im Griff, genau wie Tante Rosie – muss ich mehr sagen?

Die wirklich gute Neuigkeit ist, dass Gerhard bald heiraten wird. Das Mädchen ist eine Kriegswaise, das Opfer in einer Geschichte, die zu grausam ist, um sie in einem Brief zu schildern. Franz findet die Idee vollkommen wahnsinnig. Was sollen diese beiden verlorenen Kinder miteinander anfangen, sagt er. Doch Nora und ich haben ihnen unseren Segen gegeben. In dieser frühreifen Welt ist man mit einundzwanzig Jahren kein Kind mehr. Darüber hinaus können wir nur hoffen, dass ihnen die Liebe und der wechselseitige Beistand genug Kraft und inneren Frieden geben werden, um sie gegen zukünftiges Leid zu wappnen. Wenn die Gesellschaft ringsum eine ständige Bedrohung darstellt, ist es umso dringlicher, zu innerer Stärke zu finden.

Dass ich all das schreiben und der Zukunft einigermaßen gefasst entgegensehen kann, liegt daran, dass ich mich nicht mehr zerreiße. Heute kann ich hier an meinem Kamin sitzen, an Dich schreiben und mit Novalis denken, dass das Leben noch einen Wert hat, wenn man »allein sein kann mit allem, was man liebt«.

Vielleicht ist das der beste Neujahrsgruß, den wir Dir aus Berlin schicken können.

Herzlich, Dein   ERICH DALBURG

ANHANG

ULRIKE DRAESNER
LANDSCHAFTEN DES VERLUSTES,
LANDSCHAFTEN DER WIEDERKEHR

Wer einen Satz wie den folgenden zu schreiben weiß, muss viel von Menschen gesehen und mit ihnen erlebt haben: »Menschen, die mit etwas zu kämpfen haben, werden, berührt von einer tröstenden, ihnen in Freundschaft entgegengestreckten Hand, oft auf ganz eigene Weise verwundbar und anlehnungsbedürftig.«

Er stammt von V. B. Carleton. Als ich diesen Namen auf dem Umschlag eines älteren Buches mit dem Titel *Back to Berlin* geschrieben sah, sagte er mir nichts. Eine Frau? Ein Mann? Auch erste Recherchen förderten wenig zutage. Der amerikanische Verlag Little, Brown and Company (Boston/Toronto) hatte den Roman im November 1959 veröffentlicht; er war, wie das Vorwort deutlich machte, biographisch gefärbt.

Ich las – und staunte. Das Berlin der fünfziger Jahre, vor dem Mauerbau, war mir aus historischen oder fiktiven Büchern, von Fotos und Erzählungen in der Familie nicht unvertraut. Bei Carleton indes stieß ich auf einen anderen Ort: erkennbar in seiner Mischung aus Trümmern, Ku'damm-Leben und Beschreibungen des provisorischen Grenzüberganges, doch erfrischend neu mit den Augen einer Amerikanerin gesehen. Carleton bzw.

die Ich-Erzählerin von *Zurück in Berlin* nimmt die Stadt in verschiedensten Schichten wahr, tastet ihre historischen Spuren ab – hier stand Hitlers Bunker, hier das Schloss – und betrachtet unvoreingenommener, als jeder Deutsche es könnte, was sich westlich und östlich des Brandenburger Tors entwickelt. Vor allem aber interessiert sie sich für die Menschen, ihre Haltungen und ihre Gedanken. Meine Neugier auf die Autorin wuchs.

Eine erste Spur führte zu Gisèle Freund, in deren Fotoband »James Joyce in Paris« sich eine Danksagung an Verna B. Carleton findet, von der die Texte in dem Band stammten. Die beiden Frauen hatten sich in Freunds Exiljahren in Südamerika kennengelernt und lebten nach 1952 immer wieder für längere Zeitabschnitte gemeinsam in Paris. Geboren wurde Verna 1914 in New Hampshire in den USA. Ihr Vater, ein Mann mit deutschem Hintergrund, hatte die Familie früh verlassen; die Mutter, Edith Breed, war mit der Tochter nach New York gezogen, wo Verna, inspiriert vom Namen des berühmten Hotels, begann, sich »Carleton« zu nennen. Ihren Vaternamen, von Kessler, wollte sie vergessen; selbst ihre Tochter Claudia Millan, die die Lektorin Nele Holdack schließlich in Mexiko-Stadt ausfindig machte und der ich die meisten der hier versammelten Informationen verdanke, erfuhr von dieser Namensgebung erst nach dem frühen Tod ihrer Mutter.

1957 reisten Gisèle und Verna gemeinsam nach Deutschland. Es ist verlockend, Carletons Erstling, der offenkundig auf dieser Erfahrung fußt, als Schlüsselroman zu lesen. Dass die Autorin einen männlichen Protagonisten wählt, mag als ein Versuch unter anderen verstanden werden, ebendiese Lesart zu erschweren. Gisèle Freund, als Sophie Gisela Freund 1908 in Berlin-Schöneberg geboren, war Anfang der dreißiger Jahre, noch als Studentin der Soziologie, nach Paris ins Exil gegangen. Dort hatte sie begonnen, als Fotografin zu arbeiten: Berühmt wurden insbesondere ihre Schwarzweißfotoserien von Schriftstellern. 1940, nach der Besetzung Frankreichs durch das nationalsozialistische Deutschland, floh sie nach Südamerika; 1952 übersiedelte sie zurück nach Paris. Ob sie jemals wieder einen Fuß auf deutschen Boden setzen sollte, war für Gisèle eine schwierige Lebensfrage; von Deutschland und den Deutschen wollte sie nichts mehr wissen und kam doch nicht von ihnen los. Verna ermutigte sie zu der Reise – und widmete *Zurück in Berlin* ihrer Freundin »Sophie«.

Auf einer Schiffspassage über den Atlantik lernt die Erzählerin, eine namenlos bleibende Amerikanerin mittleren Alters, ein britisches Paar kennen. Eric Devon, geplagt von einem Erschöpfungssyndrom, kehrt von einem fruchtlosen Erholungsbesuch bei Verwandten seiner Frau Nora zurück. Schon auf dem schäbigen Dampfer, der die Passagiere bei Dauerbeschallung und öligem Essen über ein tropisch gleißendes Meer schippert, zeigt sich, dass dieser 1910 geborene Mann so britisch nicht ist, wie er scheinen möchte. Der Deutsche Grubach – klein, mondgesichtig, wichtigtuerisch und deutsch-sentimental – setzt ihm mit seinen Anbiederungsversuchen zu. Niemals will Grubach, der mit Erfolg einen Elektroladen in Köln betreibt, die Nationalsozialisten unterstützt haben, doch für seine Mitreisenden aus den Niederlanden, Frankreich und England scheint immer wieder nazistisches Gedankengut durch seine Sätze. Ihre Leben sind durch Hitlers Krieg und Rassenwahn verändert, beschädigt, nahezu zerstört worden. Am letzten Abend, als Grubach alle nachdrücklich zu sich einlädt und erneut von Deutschland schwärmt, kippt die Situation. Halb gegen den eigenen Willen, halb von sich selbst überrascht, sagt Eric Devon zu Grubach auf Deutsch, dass er, wie alle deutschen Juden, niemals vergessen werde, was geschehen ist.

Geschlagen zieht Grubach von dannen. Er fungiert im ersten Teil des Romans als das Klischee eines Deutschen. Carletons Erzählen indes bleibt dabei nicht stehen – es löst Begriffe auf. Eric ist deutscher Jude nur nach den Rassengesetzen der Nazis, und auch dem Kölner Kleinunternehmer werden die Leser ein zweites Mal begegnen, auch ihm gibt Carleton Geschichte und Individualität. Sein Denken wird dadurch in keiner Weise gerechtfertigt, doch Grubach wird zu einem Menschen gemacht. Die Autorin verfährt so mit jeder Figur, ihr Werk zeichnet sich nicht nur durch eine beeindruckende Offenheit und Genauigkeit des Blickes aus, sondern ist selbst Zeugnis intensiven Zuhörens und Einfühlens. Beides erscheint in *Zurück in Berlin* als eine spezifische Form – dringend benötigter – Menschlichkeit in einer zerstörten, von ideologischen Abgründen und Kriegen durchfurchten Welt.

Nie mehr wollte Eric Devon, gequält von Ängsten und Alpträumen aus der Vergangenheit, Deutschland betreten, doch bald findet er sich, unterstützt von seiner Frau und der Erzählerin, in einem Flugzeug nach Tempelhof wieder. Zu dritt fahren die Besucher in das schwerbeschädigte Viertel Schöneberg, in dem Eric seine Kindheit verbrachte, sowie zu seinem späteren Elternhaus in Grune-

376

wald. Sie stoßen auf Verwandte, Geschichte wird lebendig. Eric Devon, in seinem deutschen Leben Erich Dalburg, hat sich in vielem getäuscht. Es mag ein Klischee sein, dass Wirklichkeit stets komplexer ist, als wir uns auszudenken vermögen – doch Verna B. Carleton gelingt es, die Wahrheit dieses Satzes von Kapitel zu Kapitel spürbarer zu machen. Erics Geschichte entpuppt sich als ein spannender Lebensbericht, der immer tiefer in die Faltungen einer menschlichen Psyche und Seele unter dem Druck der Jahre seit 1930 führt.

Wir begegnen Widerstand und Verrat, Feigheit und aufrechter Gesinnung. Da den treuen Anhängern Hitlers, die nun ihrerseits Angst haben, die leugnen, sich verstecken, neue Bündnisse schmieden. Und dort jenen, die sich nun, nachdem sie das Ende des Krieges im Exil erlebten, fragen, ob sie nach Deutschland zurückkehren sollen. Was mag sie erwarten? Was können oder wollen sie sich zumuten? Vor allem aber: Wer sind sie selbst nach all den Jahren in der Fremde?

Der Roman *Zurück in Berlin* profitiert sowohl von Carletons Vertrautheit mit der Psychoanalyse – sie hatte in Mexiko-Stadt einige Zeit in einem an den Grundsätzen von Erich Fromm ausgerichteten Institut gearbeitet – als auch von ihrer Erfahrung als Journalistin, die zahlreiche Artikel vor allem über Mexiko in der *Saturday Evening Post*, im *The New Yorker* oder in *Collier's Weekly* veröffentlichte. Carleton, die mehrere Sprachen beherrschte, hatte als junge Frau einen mexikanischen Arzt geheiratet und war mit ihm 1933 nach Mexiko-Stadt gezogen, wo seine wohlhabende, gebildete Familie ein liberales, den Künsten und Wissenschaften zugewandtes Haus führte. Frida

Kahlo und Diego Rivera waren die Trauzeugen des Paares, Leo Trotzki zählte zu den engen Freunden. Nach seiner Ermordung war die Amerikanerin vom Kommunismus nicht mehr überzeugt. Sie sprach spanisch, aber schrieb englisch; eine Migrantin mit deutschem Hintergrund. Von ihrem Vater wollte sie nichts wissen, doch bereits in ihrer Kindheit hatte sie häufig darüber nachgedacht, warum ihre deutsche Großmutter, eine Berlinerin, die 1882 in die USA emigrierte, dort nie glücklich geworden war. Carleton, die während des Zweiten Weltkriegs Flüchtlinge aus ganz Europa unterstützte und Literaten wie Anna Seghers und Egon Erwin Kisch zu ihren Bekannten zählte, lebte nicht selbst im Exil; doch das Gefühl der Entwurzelung war ihr vertraut und spiegelt sich in ihrem Roman. Die Geschichten seiner Figuren berühren ihr zentrales Lebensthema.

Zurück in Berlin ist mit Geschick auf dem Grat zwischen Lebenserfahrung und Fiktion angesiedelt. Die Erzählerin, Vernas Spiegelfigur, wertet und kommentiert selten. Als exakte Beobachterin begleitet sie Eric kritisch, aber mitfühlend; ihr Blick ist freundschaftlich im besten Sinn. Auch der Blick auf Deutschland fällt durch seine sensible Schärfe auf. Die Erzählerin vermittelt mit jedem Schritt, den ihre Figuren gehen, dass sie sich dessen bewusst sind, was zwischen 1933 und 1945 geschah. Man spürt, dass die Autorin Deutschland besucht hatte und dass ihr Menschen nahestanden, die mit diesen deutschen Fragen umgingen, weil sie ihre Lebenswege und die Geschichten ihrer Familien im Kern betrafen.

Carletons Roman entwirft ein erstaunliches Spektrum von Charakteren, angefangen bei der alten Kinderfrau

Else bis zu Erics Cousin Albrecht, Sprössling einer alten preußischen Militärsfamilie, der an der Wiedererstarkung der Bundesrepublik arbeitet. Es erscheinen: Sentiment, Nostalgie, Verbrämung, Beschädigung. Weitsichtig insistiert Carleton auf der Frage, wie die Generation junger Deutscher mit der aktuellen Lage umgehen mag. Stark wird die Getrenntheit von diesen Fast-noch-Kindern und die Verantwortung ihnen gegenüber empfunden. Auch wir kennen diese Generation, die späten 1920er bis beginnenden 1940er Jahrgänge, Hitlers Kinder; nicht wenige von ihnen, jetzt achtzig- bis neunzigjährig, leben noch. In *Zurück in Berlin* werden sie als junge Menschen lebendig, die soeben dabei sind, einen eigenen Lebensweg zu erfinden zwischen den inneren und äußeren Trümmern der Welt, die sie umgibt. Selbst vom Krieg beschädigt – wie viele nahestehende Menschen haben sie verloren, wie wurden sie ihrerseits physisch und psychisch verwundet, welches Verhältnis können sie zu ihren Eltern (noch) haben, wem können sie glauben, an wem sich orientieren? –, suchen sie nach Lebensmodellen in einem heterogenen, von Traumatisierungen, Amputationen, Lügen gezeichneten und zerrissenen Land, dessen ideologische Orientierung, so einer der stärksten Eindrücke aus dem Buch, alles andere als gefestigt ist.

Literarisch ist Verna Carleton an der angloamerikanischen, in der heißen Romanphase des 19. Jahrhunderts ausgebildeten Lust am Vorantreiben eines Plots geschult. Sie weiß ihre Geschichte mit Hilfe spannender Wendungen und Verzögerungen in der äußeren Handlung aufzubauen. Eric Devons Weg wird vorwiegend in Dialogen erzählt. Dies schuldet sich auch der gewählten Erzählperspektive; der Leser hat nur Zugang zu dem, was sich in Devons expliziten Äußerungen oder in Symptomen wie Schlaflosigkeit und Nervosität offenbart. Es mag auf den ersten Blick erstaunen, dass ebendies dem Werk guttut. Aber die Perspektive verhindert, dass Wertungen Erics Erfahrungen verformen: Auch die Erzählerin ist, wie der Leser, darauf angewiesen, den Standpunkt zu wechseln und auf unterschiedliche Stimmen zu hören.

Carletons Erzählen entfaltet Innenwelt durch einen Chor, durch Interpretation und Vielfalt. Erich Dalburg wird erst vor dem Hintergrund seiner familiären Vergangenheit in seiner Gegenwart verständlich, ja gewinnt erst mit Hilfe dieses Hintergrundes eine erfüllte, lebendige Gegenwart zurück. Das zeitgenössische Deutschland erscheint aus den Perspektiven seiner Menschen, die, auch wenn sie verschiedensten Traditionen, Schichten, Städten, Regionen und Generationen angehören, doch eines teilen: Die Jahre unter den Nationalsozialisten haben verheerende Spuren in ihren Leben hinterlassen. Jeder Einzelne sieht sich mit der Frage konfrontiert, wie damit umgehen.

Exilanten waren im Deutschland der Nachkriegszeit nicht willkommen. Ressentiments und ambivalente Gefühle kennzeichneten Begegnungen, die getrennten Erfahrungsräume in den Jahren des Dritten Reichs gaben Anlass zu Neid, Verdächtigungen und Misstrauen. Der unhintergehbare Vorwurf »Was mischt ihr euch ein, ihr habt es nicht erlebt« wurde von beiden Gruppen gleichermaßen erhoben.

Welch statische, ausweglose Lage. Und welche literarische Möglichkeit. Literatur lebt von unseren Fähigkeiten zu Empathie; sie öffnet Verständnis und Gefühl gerade für nicht selbst Erlebtes. Carleton versucht die positive Geschichte einer Rückkehr zu erzählen, ohne Schwierigkeiten und Leid zu leugnen oder Schmerzen auszublenden. *Zurück in Berlin* offenbart, wie wichtig der Austausch zwischen jenen, die geblieben waren, und jenen, die gingen, für die Zukunft aller ist. Genau zeichnet der Roman die Wurzellosigkeit nicht nur des Zurückkehrenden auf, er buchstabiert doppelte Angehörigkeiten und Fremdheit auf jeder Seite.

Landschaften des Verlustes: Für Eric Devon ist das im Konkreten vor allem der Berliner Garten der Großmutter, in dem, so die glücklichsten Kindheitserinnerungen, Freiheit, Phantasie, Spiel und Gemeinschaft zusammenkamen.

Und Landschaften der schwierigen Wiederkehr: Löschungen, Lücken und Reste bestimmen die Stadt – ihr Zustand spiegelt das innere Wiederkehren. Eric erfährt, dass Ängste irreführende Bilder malen und Phantasien über Deutschland und die Schicksale der Familienmitglieder in der Regel falsch sind, weil die sogenannte Wirklichkeit manchmal versöhnlicher, manchmal schrecklicher, manchmal komischer, manchmal sogar liebevoller ist, als man sich auszumalen wagt.

Carleton hatte Ende der dreißiger Jahre ein vorwiegend dokumentarisches Buch verfasst, *Mexico Reborn*, das im Auftrag des mexikanischen Präsidenten Lázaro Cárdenas del Río die Ölförderung der Amerikaner in Mexiko kritisch hinterfragte. *Zurück in Berlin* ist ihr erster Roman. Die einleitenden Seiten wirken manchmal etwas brav nach Hinweisen aus einem Creative-Writing-Ratgeber verfasst; es macht sich bemerkbar, dass die Autorin die Rahmenhandlung frei erfunden hat. Im zweiten Teil, als das Trio in Berlin eintrifft, wird das Erzählen flüssiger und origineller. Das Zuviel am Anfang – innerliches Geschehen wird in pathetischer Übereinstimmung zu hundert Prozent im äußeren Geschehen samt Wetter und Wellengang gespiegelt (eine Mitreisende denkt an ihren im Krieg getöteten Sohn; auf dem Deck über ihr schreit ein Kind) – hätte man leicht kürzen können.

Und hätte etwas Entscheidendes verloren.

Es macht *Zurück in Berlin* als historisches Dokument besonders spannend. Man kann die Überladung des Anfangs als Schutzschild verstehen, als eine Spur der Schwierigkeiten, überhaupt über das gewählte Thema zu sprechen. Die Geschichte vom Unglück Eric Devons ist ein früher Versuch, die Gespaltenheit jeder Flüchtlingsidentität in Worte zu fassen; heute gewinnt er neue Brisanz. Das Wort »Exilant« oder »Migrant« ist rasch gesagt. Doch was bedeutet es für einen jungen Menschen, noch in der Ausbildung, von einem Tag auf den anderen Heimatland, Familie und Freunde verlassen zu müssen? Allemal wenn er sich, überfordert und verzweifelt, wie Eric in diesem Exil noch einmal selbst exiliert, indem er seine Herkunftsidentität aus Scham und innerer Verletztheit leugnet, aus Trauer und Wut, aus Fassungslosigkeit oder in dem verzweifelten, unbewussten Wunsch, wieder irgendwo dazuzugehören?

Der Roman erzählt von dieser zentralen Frage anhand zweier Figuren. Erich Dalburg verwandelte sich in London in Eric Devon. Er brach alle Kontakte mit Deutschen ab, verschwand sozusagen vom Erdboden. Seiner Frau offenbarte er seine Herkunft zwar kurz vor der Hochzeit, weihte sie indes in keinerlei Einzelheiten ein. Eric hat keine Vergangenheit mehr; seine Isolation mag ihm »splendid« vorkommen, tatsächlich beraubt sie ihn aber auch der Entwicklung. Er verkümmert an seinem eigenen Betrug. Nora und ihr Mann haben Bekannte, trösten sich mit Kultur – und sind doch im Wesentlichen allein. Etwas Unlebendiges, Unerfülltes kennzeichnet ihre Londoner Tage, was deutlich wird, wenn man ihre Lebensumstände zu Beginn des Buches und an seinem Ende vergleicht.

Eine Camouflage-Identität ist anstrengend. Exil erscheint hier sowohl als Rettungsraum wie als leere Blase. Es bedeutet Schutzhülle und Abschottung in einem, eine Kapsel: kalt, glitzernd, verlockend. Nach Jahren ist Eric unter diesem Druck zusammengebrochen. Als junger Mann veröffentlichte er eine erfolgreiche, gegen Hitler und seine Schergen gerichtete Satire. Seine Frau weiß davon nichts; Eric Devon schreibt schon lange nicht mehr, seine Muttersprache hat er vergessen.

Die zweite Figur, deren Exilgeschichte erzählt wird, ist Erics Cousine Käthe, die wie eine Schwester Erics ebenfalls in seinem Elternhaus aufwuchs. Sie floh in die Schweiz, heiratete einen Franzosen, der im Kampf gegen die Nazibesatzung Frankreichs getötet wurde, musste sich verstecken. Ihre Tochter wurde von Verwandten ihres Mannes aufgenommen; als sie an Typhus starb, konnte Käthe nicht einmal ihrer Beerdigung beiwohnen. Nach Kriegsende wurde ihr eine alte, zufällig wiederbelebte Familienverbindung zum Verhängnis, da eine französische Nachbarin die junge Frau als Spionin denunzierte. Mit allen Mitteln hatte Käthe sich bemüht, Französin zu werden – vergebens. In den Augen der anderen war sie immer »die Deutsche« geblieben, verdächtig allein ihrer Herkunft wegen.

Landschaften der Zuflucht und des Verlustes werden in Carletons Werk als Entwürfe, Phantasien, auch als Halluzinationen gezeigt. Niemals sind sie etwas Gegebenes oder einmal Erreichtes; ständig bestimmen andere Menschen, soziale Netze und politische wie wirtschaftliche Veränderungen neu, wer wir sind und sein dürfen. Käthes und Erics Beispiele führen vor Augen, dass man Heimat suchen, aber nicht erwerben kann; niemand wird an einem fremden Ort heimisch werden ohne den Konsens der anderen. Heimat ist ein soziales Konstrukt. Dies gilt auch im großzügigen Britannien, wo Erics Umgebung tatsächlich unaufgeregt auf die aus Berlin mitgebrachte neue Herkunftsgeschichte reagiert. Eric hat ebendiese Reaktion erwartet und fühlt sich bestätigt, nicht erwartet hat er, dass und wie er sich selbst durch die Aufgabe seines Exils im Exil verändert. Seitdem Eric erneut Erich Dalburg ist, verdächtigt er seine Londoner Umwelt, ihn als fremd zu verdächtigen. Eben dadurch, dass andere wissen, dass er in Berlin geboren wurde und aufwuchs, fühlt er sich wieder deutscher – er wird durch den Blick der anderen für sich zum Deutschen gemacht.

Zweimal besucht Eric mit Nora und der Erzählerin im Lauf der Romanhandlung die Stadt seiner Kindheit und Jugend. Doch aus »nach Berlin« wird »in Berlin«: von der zweiten Reise kehrt Eric nicht mehr nach London zurück. Schon während des ersten Aufenthaltes stieß er auf zahlreiche Spuren seines früheren Lebens. Konkrete

Außenräume lösten Erinnerungen aus, auch wenn das Gefundene aus nicht mehr als einer auf einer Brache entdeckten Fliese bestand. Zunehmend erscheint Deutschland in *Zurück in Berlin* als ein Land, das in Tausenden von Köpfen in höchst unterschiedlichen Gestalten fortlebt, ein Gespensterland der Gebäude und Straßenzüge, Lebenshandlungen und Menschen. Eric stürzt, fällt, ist angestrengt. Mit dem ersten Besuch in Berlin kehren auch seine Alpträume wieder. Er weiß, dass sein Vater, verhaftet von der Gestapo, im Februar 1936 im Gefängnis starb. Die näheren Umstände erfährt er erst, als er auf seine einst geliebte, seit dem Tod des Vaters verachtete Tante Rosie stößt. Sie war mit einem Bankier verheiratet, der zu einem Anhänger Hitlers mutierte; sie hat, so Erics Wissensstand aus dem Jahr 1936, keinen Finger gerührt, um seinen Vaters zu retten. Doch nun, in Berlin, hört Eric die Sichtweisen der anderen; Carleton zeichnet beeindruckende Gestalten, insbesondere die Frauen gelingen ihr: die Haushälterin der Familie, Else, die in Wedding lebt, Käthe, die einen Buchladen betreibt, und Rosie, eine lebenskluge, integre Frau, die Eric den Kopf wäscht. Die Schwarzweißwahrheiten, die der Exilant sich zurechtlegte – hier böse Menschen, dort gute –, lösen sich umgehend auf.

Eric fremdelt, blüht auf, verstummt, denkt nach, wird überrascht. Tante Rosie bestätigt ihm, dass es eine Kluft gibt zwischen denen, die die Nazijahre und den Krieg in Deutschland erlebten, und jenen, die das Land verließen. Doch der Roman erzählt davon, wie über diese Kluft hinweg Verbindungen aus der Zeit vor dem Nazismus in die Zukunft hinein wirksam bleiben. Eric und seine nächsten Verwandten sehen sich Aufgaben gegenüber, die sie nur gemeinsam lösen können – die Sorge um den Sohn von Franz, Erics Freund aus Berliner Jugendtagen, gehört dazu ebenso wie die Unterstützung Käthes und der Kampf gegen das neu-alte Herrschaftsdenken des preußischen Cousins und seiner Verbündeten. Ihre Gemeinschaft gründet sich auf das Fundament ihres Lebens vor 1933; es ist nicht einfach, daran wieder anzuschließen, aber möglich. Am Ende kann Albrechts Erbanspruch auf die Villa der Familie abgewehrt werden, weil Eric, Rosie und Käthe gemeinsam handeln. Die Lebensläufe aller Figuren nehmen durch Erics eben noch rechtzeitige Rückkehr eine bessere Entwicklung: Man spricht miteinander und reibt sich. Eric und seiner Familie gelingt es, über das gegenseitig so leicht zum Vorwurf zu erhebende »Du warst nicht dabei« und das unkluge Aufrechnen von »Wem ist es schlechter ergangen« hinauszukommen. Darin zu verharren und zu jammern wäre – sehr deutsch. Jammern und klagen werden in Carletons Berliner Geschichte mehrfach humorvoll als typisch deutsche Eigenschaften dargestellt (könnte das stimmen? – etwa bis heute?). Eric jammert zu Anfang ausgiebig, die weiblichen Mitglieder seiner Berliner Familie ziehen ihn damit auf. Carletons Frauenfiguren zeigen Zivilcourage und Zukunftsdenken. Intelligent und wach verfolgen sie, was passiert, und vertreten ihre Meinung; sie sind an ihren Krisen gewachsen.

Zurück in Berlin ist auch heute lesenswert, nicht nur weil wir in einem Europa leben, das sich auf Jahrzehnte hin mit Flüchtlings- und Migrationsfragen konfrontiert sehen wird. Unser Selbstbild ist angesprochen. Noch leben wir in einer Generationenverbindung, die zurück in die Kriegszeit reicht. Und auch die Teilung Deutschlands erscheint nach der Lektüre in einem anderen Licht. Wir denken an Grenzübergänge, Autobahnfahrten nach Berlin, an Ost und West. Carletons Erzählen setzt weitere Teilungen hinzu: Welcher Generation gehörte man an? War man im Exil oder nicht? Hat man ein Kind verloren? Wie kam man wieder auf die Beine? Der Roman profitiert von der dreifachen Perspektive einer Amerikanerin mit teilweise deutschen Wurzeln, die in Mexiko und später in Europa lebte. Sie begleitet einen Briten nach Berlin, der, mit 23 Jahren aus Deutschland ins Exil gezwungen, eine fremde Identität annahm und nun, zum Ende des Buches, Weihnachten 1958, in einer Familienkonstellation, die man heute als Patchwork bezeichnen würde, wieder in seinem Elternhaus lebt.

Carleton will etwas deutlich machen. Sie lässt uns teilhaben an einem Blick auf das Deutschland der späten fünfziger Jahre, in dem sich die Wahrnehmung von außen und der Versuch kreuzen, das Land sowie die Psychostrukturen und Lebensbedingungen seiner Menschen zu verstehen. Nicht aus Ablehnung, Ressentiment oder Abwehr schreibt sie, wohl aber aus einem bewussten Anders-Sein, dass das Doch-Deutsch-Sein eines nahen Menschen begleitet. Durch Berlin. Nach Köln.

Und, ein Jahr später, nach Bergen-Belsen. Dort werden die Figuren und auch der Leser in Trauer und Sprachlosigkeit still.

Eigentlich hatte sich die Autorin eine übergroße Aufgabe gestellt. Die im Vorwort ausgesprochene Hoffnung, das Unternehmen möge geglückt sein, ist mehr als bloße

Bescheidenheitsformel. Auf romanhafter Ebene möchte die amerikanische Europäerin ein Modell dafür vermitteln, wie man mit den Deutschen umgehen kann. Wie diese mit ihrer Geschichte umgehen könnten. Beides bedingt sich, denn Lebensgeschichten sind vielfältig: real die Vergangenheit, wichtig das Gedenken. Nur aus ihm lässt sich eine andere Zukunft ableiten. Carleton macht sich ihr eigenes Zwischen-den-Ländern-Leben zunutze, um Eric Devon zu verstehen. Und lässt keinen Zweifel: Will er sich entwickeln und in ein volles Leben zurückkehren, muss er sich allen vergangenen Geschehnissen stellen, politischen wie familiären, auch wenn er selbst dabei nicht gut wegkommen mag.

Hin- und hergerissen zwischen Abscheu, Zweifeln, Auflehnung und Liebe, bewegte Eric sich anfangs durch Berlin. Er begegnete Menschen, die er zu vergessen suchte – und lange verdrängten Erinnerungen an seine Mutter. Auch hierbei folgt Carleton mit großer Präzision den Manövern eines Kopfes, der versucht, Schmerz zu verarbeiten. Im Sommer 1922 hatte Eric einen Streit zwischen seinen Eltern beobachtet. Seine Mutter gab, wie Käthe erzählt, »die Anna Karenina«: Sie wollte ihren Mann und die Kinder für einen Geliebten verlassen. Schon bei seinem ersten Berlinbesuch fragt Eric sowohl die ehemalige Haushälterin als auch einen Freund seines Vaters nach den Ereignissen in diesem Sommer. Beide Male erhält er ausweichende Antworten. Erst Käthe, die das Leben im Exil aus eigener Erfahrung kennt, erklärt Nora und der Erzählerin, was Eric damit bezweckt: Er kann sich sehr wohl daran erinnern, was in jenem Sommer gespielt wurde, aber versucht, sich harmlose Erklärungen geben zu lassen, um sich in alte Zustände des Nichtwissens zu flüchten.

Für den Mann, der sowohl Eric als auch Erich ist, erzeugt die Reise nach Köln einen unerwarteten, entscheidenden Freiraum. Er hat Gelegenheit und angesichts von Grubachs verbittertem, noch immer faschistisch gesinntem Sohn hinreichend Anlass, Position zu beziehen. Ehe er es sich versieht, ist Eric wieder ein Teil Deutschlands – er engagiert sich, kämpft für seine Überzeugung. Noch einmal flieht er davor nach London. Doch nun wohnt Gerhard, Franz' Sohn, bei Nora und ihm; seine Anwesenheit verändert alles. Nora wird unabhängiger, wirkt jünger und frischer. Auch sie war, wie nun deutlich wird, in der Exilblase ihres Mannes gefangen.

Als das Trio im September 1957 zum zweiten Mal in Berlin eintrifft, erfährt es vom überraschenden Tod Tante Rosies. Eric wird gebraucht, er beschützt Käthe und weist den reichen Cousin, einst SS-Mann in Frankreich – kultiviert, machtbewusst, durchtrieben – aus dem Haus. In seinem Streit mit ihm spricht Eric aus, was niemand für möglich gehalten hätte: dass er in Berlin bleiben will.

Eric und Nora sind im Verlauf der Geschichte von einer Bühne in die Realität zurückgekehrt. Sie übernehmen Verantwortung, entwickeln Freundschaften, gewinnen an Selbständigkeit. Erzählt wird die Rückkehr als Bereicherung – ein Plädoyer für ein sich erfüllendes Leben, wenn man bereit ist, alle Seiten der eigenen Identität anzunehmen. Dieses Leben steckt, wie der den Roman abschließende Brief Erics zum Jahreswechsel 1958/59 deutlich macht, voller Fragen und Schwierigkeiten. Und

Aufgaben. Erich Dalburg findet zurück zu seinem eigenen Schreiben.

Carletons Berlin-Buch erschien 1962 bei Rütten & Loening (Hamburg) unter dem Titel *Zurück nach Berlin oder: Die große Entscheidung*. Drei Jahre später reiste Verna Carleton, die sich inzwischen von ihrem Mann getrennt hatte, zurück nach Mexiko, da ihre Tochter ihr zweites Kind erwartete. Eine Rückkehr nach Paris war geplant; Gisèle Freund richtete bereits die Wohnung der einige Jahre zuvor verstorbenen Sylvia Beach für »Darling Vee« her. Doch Carleton war schwer erkrankt; im Mai 1967 erlag sie, erst 52 Jahre alt, in New York einem Krebsleiden.

Doch zuvor hatte sie ein Schiff über den Atlantik schlingern lassen, hinein in eine Geschichte der schwankenden Böden, wo jede Erzählung ihr Gegenbild in anderen zu finden scheint. Unter Trümmern, neben Ruinen, zwischen Aufbau und neuem Kommerz, mit Hilfe höchst unterschiedlicher Menschen und ihrer Erinnerungen werden Berlin und Deutschland in *Zurück in Berlin* sichtbar als polyphoner Raum.

Carletons Roman ist ein Zeitzeugenbericht in literarischer Form. Die Dokumentation einer inneren Reise, die Biographie eines Seelenzustandes. Einer erlebten, eindringlichen Wirklichkeit nachgeschrieben. Viele Freunde der Autorin waren Flüchtlinge, vom Krieg in alle Erdteile verstreut; Carleton kannte ihre Schmerzen und Zweifel, ihre Trauer, Fragen und Sehnsüchte. Wie Eric im Sommer 1957 in einem Brief schreibt: »Manchmal ist dieses Herumstochern in der Vergangenheit unerträglich. Ich frage mich, ob wir wirklich Überlebende oder doch nur

Gespenster sind, die sich noch nicht von ihrem Körper lösen können.«

Man spürt dem Buch diesen biographischen Untergrund an. Und liest, was seine Verfasserin ein Leben lang mit erstaunlicher Akribie und Einfühlungsvermögen beobachtete: Landschaften des Verlustes, Landschaften der Wiederkehr.

Jenna Blum
Die uns lieben
Roman
Aus dem Amerikanischen von
Yasemin Dinçer
518 Seiten. Broschur
ISBN 978-3-7466-3223-0
Auch als E-Book erhältlich

Das Geheimnis meiner Väter

Fünfzig Jahre lang hat Trudys Mutter kein Wort über ihre Vergangenheit verloren. Doch es gibt ein verstörendes Souvenir, tief vergraben in der Wäscheschublade: ein Familienporträt, auf dem sie und ihre kleine Tochter gemeinsam mit einem Nazi-Offizier zu sehen sind, dem Obersturmführer von Buchenwald.

Jenna Blums preisgekrönter Roman war ein Bestseller in zahlreichen Ländern. Ihre universelle Geschichte von Schuld, Liebe und Vergebung wird für die große Leinwand verfilmt.

»Die packende Geschichte zweier Frauen, die mit der Last und Verantwortung der Erinnerung ringen.« The Boston Globe

Regelmäßige Informationen erhalten Sie über unseren Newsletter. Jetzt anmelden unter: www.aufbau-verlag.de/newsletter

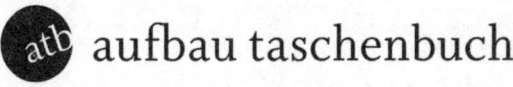

aufbau taschenbuch

Hans Fallada
Kleiner Mann – was nun?
Roman. Erstmals in der Originalfassung
557 Seiten. Gebunden mit Schutzumschlag
ISBN 978-3-351-03641-6
Auch als E-Book erhältlich

Der Weltbestseller erstmals so, wie Fallada ihn schrieb

Zu brisant, um so gedruckt zu werden: Von der Urfassung des Romans, der Hans Fallada am Vorabend der Machtergreifung der Nazis zum international gefeierten Erfolgsautor machte, wurde ein Viertel noch nie veröffentlicht.

Der Verkäufer Johannes Pinneberg und seine Freundin Lämmchen erwarten ein Kind. Kurz entschlossen heiratet das Paar, auch wenn das Geld immer knapper wird. Trotz Weltwirtschaftskrise und erstarkender Nazis nimmt Lämmchen beherzt das Leben ihres verzweifelnden Mannes in die Hand.
In dieser rekonstruierten Urfassung führt ihr gemeinsamer Weg noch tiefer ins zeitgenössische Berlin, ins Nachtleben und in die von den »Roaring Twenties« geprägten Subkulturen.

Jetzt mit Charlie Chaplin, Robinson Crusoe, Goethe, Wilhelm Busch und dem Prinzen von Wales.

Regelmäßige Informationen erhalten Sie über unseren Newsletter. Jetzt anmelden unter: www.aufbau-verlag.de/newsletter

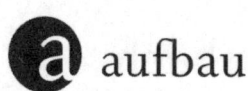

Hans Fallada
Jeder stirbt für sich allein
Roman
704 Seiten. Broschur
ISBN 978-3-7466-2811-0
Auch als E-Book erhältlich

Die Welt entdeckt Fallada

Ein einzigartiges Panorama des Berliner Lebens in der Nazizeit: Hans Falladas eindringliche Darstellung des Widerstands der kleinen Leute avancierte rund 60 Jahre nach ihrer Entstehung zum überragenden Publikumserfolg in Deutschland und der Welt. Millionen Leser sind berührt von der Geschichte des Ehepaars Quangel, das nach dem Kriegstod des Sohnes einen ganz privaten Weg findet, sich gegen das unmenschliche Regime zur Wehr zu setzten und so die eigene Seele zu retten.

»Die literarische Wiederentdeckung.« Der Tagesspiegel

»Ein ganz und gar großartiger Roman.« Die Zeit

»Zeitlose Größe erreicht dieses Buch.« Spiegel online

»Das Buch hat die Spannung eines Le-Carré-Romans: ein tiefgehendes, erschütterndes Porträt.« The New Yorker

Regelmäßige Informationen erhalten Sie über unseren Newsletter.
Jetzt anmelden unter: www.aufbau-verlag.de/newsletter

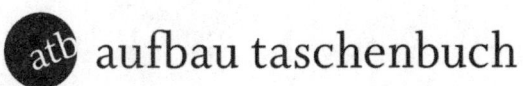

Hans Fallada
Ein Mann will nach oben
Die Frauen und der Träumer
Roman
761 Seiten. Broschur
ISBN 978-3-7466-2688-8
Auch als E-Book erhältlich

»Eine Berliner Variante des amerikanischen Traums.«

Berliner Zeitung

Der Waisenjunge Karl Siebrecht will im Berlin der Zwischen-
kriegszeit Karriere machen. Er chauffiert verbotene Frachten
und dunkle Gestalten durch die Stadt und wird zum Beobachter
der Berliner Gesellschaft. – Rund zwei Jahrzehnte deutscher
Geschichte erzählt dieser packende Roman über einen großen
Lebenstraum und den Preis des Geldes.

»Karl Siebrecht ist eine der schönsten Figuren, die Fallada je
erfand.« Die Zeit

**Regelmäßige Informationen erhalten Sie über unseren Newsletter. Jetzt
anmelden unter: www.aufbau-verlag.de/newsletter**

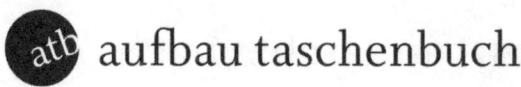

Hans Fallada
Der Alpdruck
Roman
285 Seiten. Broschur
ISBN 978-3-7466-3155-4
Auch als E-Book erhältlich

Berlin, Stunde null – ein bedeutender Fallada

April 1945: Der Krieg ist vorbei, doch nachts verfolgen den Schriftsteller Dr. Doll Träume vom Bombentrichter, der ihn nicht freigibt. Er will etwas tun gegen den Alpdruck der Mitschuld, doch er kann es niemandem recht machen als Bürgermeister einer Kleinstadt, eingesetzt von der Roten Armee. Er stiehlt sich fort und flüchtet in den Drogenrausch. Im Chaos des zerbombten, nur auf dem Schwarzmarkt funktionierenden Berlin entgleitet ihm seine junge, morphiumsüchtige Frau, und er hat um zwei Leben zu kämpfen, als er zaghaft beginnt, wieder an eine Zukunft zu glauben.

»Der ›Alpdruck‹ ist Symbol für das, was sich in Deutschland nach der Kapitulation abspielte.« Der Tagesspiegel

»Ein Stück verdichtete Zeitgeschichte – fesselnd und lebendig geschrieben.« Berliner Zeitung

»Ein höchst ehrliches Buch, ein menschliches Dokument.« Frankfurter Neue Presse

Regelmäßige Informationen erhalten Sie über unseren Newsletter. Jetzt anmelden unter: www.aufbau-verlag.de/newsletter

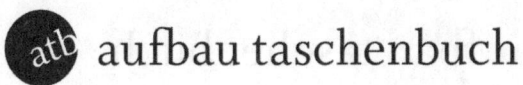

Hans Fallada
Wer einmal aus dem
Blechnapf frißt
Roman
583 Seiten. Broschur
ISBN 978-3-7466-2678-9
Auch als E-Book erhältlich

Falladas tragikomischer Pechvogel

Der Häftling Kufalt kann sein fünfjähriges Gefängnisleben nicht
mit der Gefängniskluft abstreifen. Es bleibt an ihm haften, begleitet ihn auf Schritt und Tritt wie unsichtbar an ihn gekettet.
Sein Leidensweg ins bürgerliche Dasein ist von den Vorurteilen
seiner Umwelt begleitet. Es platzt die Verlobung und sein Traum
von der ehrbaren Existenz. Er, der ewige Pechvogel, bleibt ein
Versager für die Bürger und für die Ganoven.
Erleichtert geht er zurück ins Gefängnis: Nun hat er Ruhe – er ist
zu Hause.

**Regelmäßige Informationen erhalten Sie über unseren Newsletter. Jetzt
anmelden unter: www.aufbau-verlag.de/newsletter**

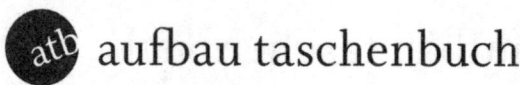

Hans Fallada
Kleiner Mann, großer Mann –
alles vertauscht
448 Seiten. Broschur
ISBN 978-3-7466-2687-1
Auch als E-Book erhältlich

Max im Glück

Max Schreyvogel und seine Frau Karla werden zum Justizrat
bestellt, der ihnen eröffnet, dass Onkel Eduard gestorben und
eine Erbschaft anzutreten sei. Als ein Foto der neuen Millionäre
im »Radebuscher Kurier« prangt, ist ihr gewohntes Leben von
einem Tag auf den anderen vorbei: Neider klopfen an, und schon
bald hängt der Haussegen schief.
Dieses Buch über das fragwürdige Glück eines ungeahnten Geld-
regens ist einer der heitersten Romane Hans Falladas.

»Das kann man nicht erfinden, das ist gehört. Und bis auf das
letzte Komma richtig wiedergegeben: man fühlt, daß die Leute
so gesprochen haben und nicht anders.« Kurt Tucholsky über
Hans Fallada

Regelmäßige Informationen erhalten Sie über unseren Newsletter. Jetzt
anmelden unter: www.aufbau-verlag.de/newsletter

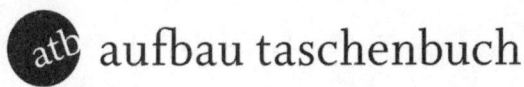

aufbau taschenbuch

3